Veras Welt

M. C. Poets

Jedes Kind in der kleinen Stadt kennt Vera Lettner, misstrauisch, verschlossen und engstirnig. Ihr ereignisloses Leben verläuft in streng geregelten Bahnen, von denen sie keine Abweichungen duldet. Trotzdem fällt ihre wohlgeordnete Welt ohne ihr Zutun binnen weniger Wochen zusammen wie ein Kartenhaus. Sie verliert ihren Arbeitsplatz, der Vater muss das Haus der Familie verkaufen, und am Ende verbringt Vera, die sich fast im Wortlaut an das Gesetz hält, gar eine Nacht im Gefängnis. Ihre einzige Erklärung für diesen Niedergang: In der kleinen Stadt gibt es eine Verschwörung gegen sie.

M.C. Poets lebt in Norddeutschland, wo sie viele Jahre englischsprachige Literatur ins Deutsche übersetzt hat. Seit 2013 veröffentlicht sie als Selfpublisherin erfolgreich ihre eigenen Romane.

www.mcpoets.de

Veras Welt

M. C. Poets

Roman

FSC
www.fsc.org

MIX

Papier aus ver-
antwortungsvollen
Quellen
Paper from
responsible sources

FSC® C105338

Bibliografische Information der Deutschen Nationalbibliothek: Die Deutsche
Nationalbibliothek verzeichnet diese Publikation in der Deutschen Nationalbibliografie,
detaillierte bibliografische Daten sind im Internet über http//dnb.dnb.de abrufbar.

Herstellung und Verlag: BoD – Books on Demand, Norderstedt

ISBN: 978-3-739-20589-2

Nur weil du paranoid bist, heißt das nicht,
dass sie nicht hinter dir her sind.

I

Natürlich wusste jeder, dass mit Vera Lettner etwas nicht stimmte, auch wenn niemand einen konkreten Grund dafür hätte benennen können. Das Unbehagen, das sie bei anderen Menschen hervorrief, war eine Mischung aus Grauen vor ihrer Mitleidlosigkeit und Mitleid angesichts ihrer Grauheit. Und so war es auch kein Wunder, dass, als man von dem Verbrechen und Veras Verstrickung darin erfuhr, die meisten Bewohner der kleinen Stadt ihr eine solche Tat durchaus zutrauten.

Vera Lettner war hochgewachsen und dünn bis zur Magerkeit. Die Mundwinkel zeigten nach unten, die mausgrauen, sich langsam in altersgraue verwandelnde Haare ließ sie alle vier Wochen schneiden. Sie kleidete sich mit jener penetranten Unauffälligkeit, die alle Blicke auf sich zog. Ihre bevorzugten Farben waren braun, dunkelblau und beige, jener trübsinnige Ton, der an eine Melange aus Sand und Tränen erinnert, der Rocksaum reichte stets bis weit über die Knie, die sorgfältig gebügelte, schlichte Bluse war fest in den Bund gesteckt. Sie war siebenundvierzig Jahre alt und hatte ihr ganzes Leben, bis auf einige Busreisen, von denen keine länger als eine Woche gedauert hatte, in der kleinen Stadt verbracht. Seit fast fünfundzwanzig Jahren arbeitete sie bei der gleichen Firma.

Als sie in der kargen Zelle saß und zu begreifen versuchte, wann alles angefangen hatte; wann ihre Welt begonnen hatte, zu zerbröseln wie ein Stück zu trockenen Kuchens, in das jemand immer wieder mit der Gabel hineingestochen hatte, kam sie zu dem Schluss, dass es Anfang März gewesen sein musste, denn die Schneeglöckchen hatten gerade angefangen zu blühen.

Wie gewohnt war sie mit dem Bus zur Arbeit gefahren. Einen Führerschein besaß sie nicht, und der kurze Fußweg von ihrer Wohnung über die Fußgängerbrücke und an den Kleingärten entlang in das Industriegebiet war selbstverständlich viel zu gefährlich für eine alleinstehende Frau, vor allem in der Dämmerung und bei Dunkelheit. Die Brücke führte über die Hamburger Straße, eine vierspurige Ausfallstraße Richtung Süden, sie war schmal und mit bunten Graffitis besprüht, worüber Vera sich jedes Mal von Neuem empörte, wenn sie es sah. Es war ihr unbegreiflich, warum niemand etwas gegen diese Schmierereien unternahm. Sie hatte sich bereits mehrfach mit Frau Keller darüber unterhalten, die allerdings eine merkwürdige Toleranz an den Tag gelegt und doch tatsächlich der Meinung war, der hässlichen Brücke täte etwas Farbe ganz gut. Kopfschüttelnd hatte Vera ihre Nachbarin angestarrt, die Lippen zu einem schmalen Strich zusammengepresst und rasch das Thema gewechselt.

Direkt gegenüber der Hofeinfahrt lagen die Büroräume der Spedition Thomsen, die um diese Uhrzeit noch im Dunkeln lagen. Wie so häufig hatte Vera den ersten Bus genommen, denn sie genoss die ruhigen Stunden, bis Nicole und Herr Thomsen kamen, und erledigte in dieser Zeit so viel Arbeit wie manchmal an einem halben Tag nicht. Auf dem Hof parkten drei LKW mit vorgezogenen Gardinen. Die Fahrer schliefen noch, was Vera wie jedes Mal veranlasste, sich über die Faulheit ihrer Mitmenschen Gedanken zu machen.

Im Büro schaltete sie Computer und Schreibmaschine ein und bereitete sich in der kleinen Küche einen Kaffee zu. Vor Jahren schon hatte sie sich eine eigene Maschine fürs Büro gekauft, dazu eine Kaffeedose, und natürlich besaß sie auch eine Kaffeetasse, eine richtige Kaffeetasse mit hübschem Blumenmuster und einer dazu passenden Untertasse. Im Gegensatz zu ihr hatte Nicole in der kurzen Zeit, die sie bei der Spedition arbeitete, bereits drei Becher zerschlagen, unförmige

Teile mit albernen Sprüchen, «Nicki, du bist einfach Spitze» oder mit grellbunten Bildern darauf. Vera hielt nichts von der Unsitte, den Kaffee aus solchen Ungetümen zu trinken, womöglich noch zu gleichen Teilen mit normaler Milch gemischt. Ihr wurde regelrecht übel, wenn sie sah, was Nicole da jeden Tag zu sich nahm.

Vor zwei Jahren hatte eines Tages so ein neumodischer Espressoautomat in der Küche gestanden, der wer weiß wie viele verschiedene Sorten Kaffee und Mokka, der aber Cappuccino hieß, herstellen konnte. Vera misstraute dem Gerät und bereitete sich ihren Kaffee weiterhin mit ihrer eigenen Maschine zu, allen Überredungsversuchen von Klaus Thomsen zum Trotz. Immer wieder einmal versuchte er, sie damit zu ködern, dass sie nichts mehr für ihren Kaffee bezahlen müsse, da er den Mitarbeitern fortan die Getränke zur Verfügung stellte. Vera indes blieb stur, sie wollte keine Veränderung und verstand nicht, warum ihr Chef sie mit dem Thema nicht einfach in Ruhe ließ. Dass er sich nicht mehr jeden Morgen von Vera eine Tasse von ihrem Kaffee bringen ließ, so wie sie es schon beim alten Herrn Thomsen gemacht hatte, sondern dass Nicole ihm mit dem neuen Apparat eine Latte macchiato zubereitete, nagte an Vera, mehr als sie jemals zugeben würde. Sie versuchte, sich damit zu trösten, dass sie die Ältere sei und es nicht nötig habe, den Chef zu bedienen, aber womöglich verspürte sie da bereits den ersten kalten Hauch der Veränderung, ahnte, dass ihre Tage in der Spedition gezählt waren. Die Angst jedoch, die diese vage Ahnung in ihr ausgelöst haben musste, begrub sie an jener Stelle tief in ihrem Inneren, umgeben von einer undurchdringlichen Mauer, an der sie alle anderen unangenehmen Empfindungen gelagert hatte, die nicht in ihr sorgsam gestaltetes Leben passten.

Der Kaffee war stark und schwarz, wie es sich gehörte. Vera nahm den Stapel Frachtpapiere aus der Ablage, den sie gestern fein säuberlich hineingelegt hatte. Draußen war es noch dunkel, doch die Hofbeleuchtung war natürlich eingeschaltet und tauchte den Hof und das schmucklose Gebäude in ein fahles Licht. Als sie vor die Tür trat, hörte sie die ersten Vögel, die sie für Nachtigallen hielt, da sie noch nie davon gehört hatte, dass es nicht die einzigen Vögel waren, die bei Dunkelheit sangen. Sie drückte den Rücken durch, weil sie wusste, dass die Überwachungskameras sie filmten, eine Tatsache, an die sie sich in all den Jahren nie richtig hatte gewöhnen können. Die Vorstellung, dass Klaus Thomsen sie später, wenn ihm der Sinn danach stünde, heimlich in seinem Büro beobachten könnte, war ihr unangenehm. Beim ersten LKW, mit Bremer Kennzeichen, klopfte sie an die Tür und wartete ungeduldig, bis sie in der Fahrerkabine ein Geräusch hörte. Die Gardine wurde ein Stück zur Seite geschoben, das Fenster öffnete sich einen Spalt, und eine Stimme, die noch nach Schlaf klang, fragte: «Was ist denn los?»

«Ich brauche ihre Frachtpapiere.»

«Wie spät isses denn?» Vera hörte ein Fluchen, dann ging das Licht an, und jemand kramte in der Kabine herum. Schließlich erschien ein bärtiges Gesicht am Fenster, und der Fahrer reichte die Papiere heraus.

«Gute Frau, es ist fünf Uhr morgens!»

Veras Mundwinkel sackten nach unten, ihre Lippen wurden eine Spur schmaler. Wortlos ergriff sie die Papiere, drehte sie sich um und steuerte den nächsten LKW an. Er kam aus Polen, und der Fahrer war von den Geräuschen wach geworden, oder vielleicht hatte er auch gar nicht geschlafen, sondern auf der schmalen Pritsche vor sich hin geträumt. Nie hatte Vera sich die Frage gestellt, was die Fahrer wohl in der Abgeschiedenheit ihrer kleinen Höhlen trieben. Nicht ein einziges Mal in all den Jahren waren ihr die hungrigen Blicke der Männer aufgefallen, die nach den langen Stunden auf der Straße im Büro standen und von ihr mit Stempeln und Papieren versorgt wurden. Und dabei von ganz anderen Dingen träumten.

Wortlos streckte der Mann ihr die Unterlagen hin, ebenso schweigend nahm Vera sie entgegen. Sie kannte den Fahrer, seit Jahren schon kam er regelmäßig auf den Hof und wusste, dass er gegen sie nichts ausrichten konnte.

Der Fahrer im letzten LKW, er kam aus der Nähe von Heidelberg, schlief noch. Energisch klopfte Vera gegen die Tür. Sie hasste es, zu warten, und argwöhnte, dass der Mann nur vorgab zu schlafen, allein, um sie zu ärgern. Sie klopfte noch einmal. Ein blonder Wuschelkopf tauchte am Fenster auf, hellwach, obwohl ihm der Schlaf noch in den Augenwinkeln klebte.

«Was wollen Sie?»

«Ihre Frachtpapiere.»

«Wissen Sie, wie spät es ist?»

Vera antwortete nicht. Sie kannte die Tricks der Fahrer, die es ihr verübelten, dass sie schon so früh auf den Beinen war. Die Stimme des Mannes kam ihr bekannt vor, dabei war sie sich sicher, ihn nie zuvor gesehen zu haben.

«Ich bin erst um zwei hier angekommen. Ich brauche meinen Schlaf!»

«Und ich brauche die Papiere. Geben Sie sie mir, dann können Sie ja weiterschlafen.»

«Wie heißen Sie?»

Vera schaute zu dem Mann hoch, einen Moment lang wusste sie nicht, was sie antworten sollte. Noch nie hatte einer der Fahrer sie nach ihrem Namen gefragt. Er hatte den Kopf halb aus dem Fenster gesteckt, als wollte er den Vogelstimmen lauschen, und sah sie ungeduldig an.

«Das geht Sie gar nichts an. Und jetzt geben Sie mir endlich die Papiere.»

«Nein. Lassen Sie mich in Ruhe schlafen. Ich werde mich über Sie beschweren.»

Vera machte das Geräusch, das sie immer machte, wenn sie versuchte zu lachen. Es war eine Art Schnauben, mit einem leicht kehligen Beiklang, in dem die Verachtung mitschwang, die sie für den Mann empfand. Sollte er sich doch beschweren, er würde schon sehen, was er davon hatte. Sie drehte sich um und ging zurück ins Büro.

Drei Stunden später stand der Mann vor ihrem Schreibtisch und hielt ihr ein paar Zettel vor die Nase. Natürlich hatte Vera den Vorfall nicht vergessen. Nicole war gerade erst gekommen, aber selbst wenn sie schon länger da gewesen wäre, wäre es Vera nicht im Traum eingefallen, ihr von der Unverschämtheit des Fahrers zu erzählen. Die junge Kollegin hatte sich gerade ihren ersten Kaffee geholt, den Computer eingeschaltet und warf gähnend einen Blick auf die Unterlagen, die Vera ihr auf den Platz gelegt hatte.

«Hier sind Ihre Frachtpapiere.»

Vera tippte erst noch ein paar Zahlen ein, ehe sie antwortete.

«Na endlich.» Ohne einen Blick darauf zu werfen, nahm sie die zerknitterten Blätter und legte sie in die Ablage.

«Wann sind Sie damit fertig?»

«Das kann ich Ihnen nicht sagen. Ich habe noch andere Dinge zu erledigen. Sie müssen schon warten, bis Sie an der Reihe sind.»

Der Mann musterte Vera nachdenklich. «Sagen Sie mal, haben Sie irgendein Problem?» Er war jünger als Vera, hochgewachsen und schlank, da er, wann immer er konnte, Sport trieb, um der Bewegungslosigkeit, zu der er von Berufs wegen verdammt war, etwas entgegenzusetzen.

«Werden Sie hier nur nicht ausfallend, junger Mann.»

Nicoles Interesse war geweckt, und über den Rand ihres Monitors hinweg beobachtete sie den Streit. Die beiden Schreibtische waren so aufgestellt, dass die Frauen sich gegenübersaßen und stundenlang den gnadenlosen Blicken der anderen ausgeliefert waren. Manchmal flogen im Laufe eines Tages zwanzig, dreißig Sätze hin und her, abgefeuert wie Schüsse aus einem Präzisionsgewehr, ohne sichtbare Spuren zu hinterlassen, aber darum nicht weniger verletzend.

Der Mann zuckte die Achseln und warf Nicole einen Blick zu. Sie war wesentlich jünger als ihre Kollegin, gerade vierundzwanzig Jahre alt. Blonde Haare, stark geschminktes Gesicht, lackierte Fingernägel. Er roch ihr Parfüm, ein süßliches, aufdringliches Zeug, lächelte ihr zu und legte den Kopf schräg.

«Ist der Chef schon da?», fragte er, zu achtzig Prozent an Nicole gewandt, während die letzten zwanzig Prozent aus purer Höflichkeit an Vera gingen.

«Nö. Ist noch zu früh.»

«Herr Thomsen ist noch nicht im Hause.»

Nicole verdrehte die Augen, wobei sie darauf achtete, dass der Fahrer es sah. Der Mann grinste.

«Ich muss um neun hier los. Spätestens. Bis dahin brauche ich die Papiere.»

Vera antwortete nicht. Sie vermied es, sich mit Personen zu unterhalten, die ihre Autorität nicht anerkannten oder bei denen sie den Verdacht hegte, sie würden sich über sie lustig machen. Diese Haltung führte dazu, dass sie mit sehr wenigen Menschen sprach, doch das bekümmerte Vera nicht. Nachdem der Mann gegangen war, holte sie die Papiere aus der Ablage und überflog sie. Nichts Großartiges, eine Sache von zehn Minuten. Sie machte wieder ihr Lachgeräusch und schob die Zettel ganz nach unten in den Stapel.

Fünf Minuten vor neun tauchte der Fahrer erneut im Büro auf und forderte die Papiere ein. Vera schob Arbeit vor, Nicole verschanzte sich hinter ihrem Monitor und lauschte aufmerksam, ohne sich indes einzumischen. Die hilfesuchenden Blicke des Mannes ließ sie ins Leere laufen; schließlich war sie diejenige, die diesen Tag und noch einige weitere zusammen mit Vera Lettner in einem Raum verbringen musste. Es empfahl sich also, nicht allzu offen Partei gegen sie zu ergreifen.

Kurz bevor der Mann grob wurde – was selten geschah, da er mit sich selbst im Reinen und mit seinem Leben im Großen und Ganzen zufrieden war – warf Klaus Thomsen einen kurzen Gruß in den Raum. Der Mann reagierte sofort, bat den Chef, bei seiner Angestellten ein gutes Wort für ihn einzulegen. Dabei lachte er, und bei diesem Lachen erkannte Vera, an wen diese Stimme ihn erinnerte. Christian hatte genauso gelacht, vielleicht lachte er noch immer so, aber woher sollte sie das wissen?

Klaus Thomsen nickte dem Mann zu und wies Vera an, die Papiere fertig zu machen. Sofort. Ohne ein Wort tat Vera wie geheißen, und nach zehn Minuten war der Mann verschwunden.

Nicole war klug genug, den Mund zu halten und brachte stattdessen Klaus den morgendlichen Latte macchiato ins Büro. Dort traf sie auch den Fahrer, der gerade seinen Bericht beendet hatte.

«Um fünf Uhr morgens, stellen Sie sich das mal vor. Kann man der guten Frau nicht mal klarmachen, dass andere Leute schlafen müssen?»

«Danke, dass Sie zu mir gekommen sind, Herr Hofer, ich werde mich darum kümmern. Sagen Sie mir bitte sofort Bescheid, wenn so etwas noch einmal vorkommt.» Klaus Thomsen dankte Nicole mit einem kurzen Nicken für den Kaffee und verzog das Gesicht. «Ehrlich gesagt geht mir die Frau Lettner selbst gewaltig auf die Nerven. Aber was soll ich machen? Rauswerfen geht leider nicht so einfach.» Nachdenklich warf er einen Blick auf die Notizen, die er sich gerade gemacht hatte, dann hob er den Kopf und schaute Frank Hofer an. «Aber wie gesagt, geben Sie mir bitte sofort Bescheid, wenn die Frau Ihnen irgendwie Ärger macht.» Dabei lächelte er, fast versonnen, als habe er gerade etwas besonders Schönes gesehen.

Äußerlich war Vera kaum etwas anzumerken. Nur wenn Klaus Thomsen sie im richtigen Moment beobachtet hätte, wären ihm die um einen Bruchteil schmaler werdenden Lippen und das leichte Heruntersacken der Mundwinkel aufgefallen. Doch stattdessen tippte er etwas auf seiner Tastatur. Vera war ihm zuwider, um so mehr, je länger er sie ertragen musste. Er hielt sie für langweilig und bieder und somit für das genaue Gegenteil von sich selbst. Schließlich hatte er in Hamburg und London studiert, in Frankfurt und München gearbeitet, er war mittelgroß, dunkelhaarig und legte großen Wert auf seine äußere Erscheinung. Dieses graue Ding vor ihm hatte ihn schon vor mehr als zwanzig Jahren, als er im Betrieb seines Vaters ein Praktikum machte, herablassend und einschleimend zugleich behandelt. Ersteres, weil sie ihre Lehre bereits abgeschlossen hatte und sich wer weiß was auf ihre Erfahrung einbildete, Letzteres, weil er immerhin der Sohn des Chefs war und niemand ernsthaft bezweifelte, dass er eines Tages die Spedition übernehmen würde. Anders als Klaus ging sie ganz selbstverständlich davon aus, dass sie dann noch hier arbeiten würde. Er hatte auf das Gegenteil gehofft und musste vor fünf Jahren zu seinem Entsetzen feststellen, dass Vera Recht behalten hatte.

«Meinetwegen können Sie so früh anfangen zu arbeiten, wie Sie wollen, aber lassen Sie in Zukunft die Fahrer in Ruhe.»

«Aber ich habe das schon immer so gemacht, und noch nie hat sich einer beschwert.» Keine Spur von Einsicht oder Verständnis war in ihrer Miene zu erkennen, denn Vera sah nichts ein und begriff nichts.

«Das stimmt nicht. Vor drei Monaten war bereits einer bei mir, und das wissen Sie auch.» Endlich hob er den Kopf und schaute Vera an. Er sah graue Haare und Falten, die nur von frühem Alter, nicht aber von Leben zeugten. Was hatte diese Frau nur all die Jahre über getrieben, dass sie heute aussah wie sechzig, obwohl sie so alt gar nicht sein konnte?

«Ich muss Ihnen eine offizielle Abmahnung erteilen, Frau Lettner, die auch in Ihre Personalakte kommt. Ich warne Sie, die nächste Beschwerde wird ernste Folgen für Sie haben.»

Vera rührte sich nicht von der Stelle, was indes kein Zeichen von Renitenz darstellte, sondern schlicht das Einzige war, was ihr in diesem Augenblick einfiel. Abgesehen vom Zusammenpressen der Lippen, bis der Mund nur noch eine dünne weiße Linie war, aber das geschah ganz von allein, als führten diese Lippen ein Eigenleben. Es lag ihr fern, mit ihrem Arbeitgeber zu diskutieren oder seine Entscheidungen offen zu kritisieren, doch das Gefühl, ungerecht behandelt zu werden, lähmte sie für einen Moment. Es war nicht so, dass irgendetwas in ihr brodeln würde. Es kochte nicht, vielmehr gefror es, bis die Kränkung, von einem Eismantel umhüllt, in der Tiefe bei den anderen ungewollten Empfindungen ihren Platz gefunden hatte.

«Ist noch etwas, Frau Lettner? Sie können jetzt gehen.»

Vera wusste nicht, was eine offizielle Abmahnung bedeutete, doch selbst, wenn sie es gewusst hätte, war es fraglich, ob sie an ihrem Verhalten etwas geändert hätte und die Katastrophe auf diese Weise möglicherweise verhindert worden wäre. In ihren Augen handelte es sich lediglich um eine etwas ernster gemeinte Ermahnung, mit der Klaus Thomsen seine Unterlegenheit ihr gegenüber zu kaschieren versuchte. Veras Loyalität galt nach wie vor dem alten Herrn Thomsen, der sie damals eingestellt und dem sie jahrelang den Kaffee ins Büro gebracht hatte. Anders als sein Sohn hatte Alfred Thomsen ihre Arbeit stets geschätzt, und so ein aufdringlicher und frecher Fahrer wie dieser Frank Hofer hätte bei ihm auf Granit gebissen.

Fünf Jahre war es jetzt her, dass der Alte einen Schlaganfall erlitten hatte und der Sohn von einem Tag auf den anderen einspringen musste. Nicht, dass er es Klaus jemals gedankt hätte, schließlich war das schon seit der Geburt des Jungen klar gewesen: Der Sohn führt weiter, was der Vater aufgebaut hat. Und so war es auch nur recht und billig, dass der Erbe umgehend aus München anreiste und drei Monate lang ohne

Frau und Kinder im Hotel wohnte. Als Klaus so unvermutet auftauchte, hatte Vera sich zunächst gefreut. Schließlich kannte sie ihn noch von früher, diesen schüchternen Jungen, dem sie beigebracht hatte, was eine Abbuchung und ein Hauptlauf und eine Vorholung war. Wie Geschütze hatte Vera die Begriffe in Stellung gebracht und befriedigt die Treffer registriert, wenn es ihr gelang, den pickeligen Abiturienten einzuschüchtern. Doch Klaus hatte in den Jahren gewaltig aufgerüstet und konterte jetzt mit Workflow, Lean Management und Controlling. Wie die fremde Sprache behagten ihr auch die Veränderungen ganz und gar nicht, die mit Klaus in der Spedition Einzug gehalten hatten, denn alles Neue und Unbekannte bereitete Vera Angst.

An die Abmahnung verschwendete sie keinen weiteren Gedanken, doch dass Klaus Thomsen sich so offen gegen sie gestellt hatte, vergaß sie ihm keineswegs. Sie riss sich zwar zusammen und ließ sich weder an diesem noch an den folgenden Tagen etwas anmerken, doch in der Rückschau war dies die erste von einer ganzen Reihe Ungerechtigkeiten, Schmähungen und Demütigungen, durch die ihre Mitmenschen sie bedrängten und schließlich fast in den Ruin trieben.

An jenem Tag geschah nichts Besonderes mehr, außer, dass ihr Computer wieder einmal abstürzte. Mit versteinertem Gesicht starrte Vera auf den Bildschirm, auf dem sich nichts mehr rührte, und drückte schließlich auf den großen Knopf am Gehäuse. Natürlich bekam Nicole mit, dass Veras Computer wieder einmal ausgefallen war, woraufhin sie sich nicht verkneifen konnte, einen wohl gezielten Schuss abzufeuern.

«Kommen Sie inzwischen besser mit dem neuen Programm zurecht?»

«Ich habe keine Probleme damit.» Was natürlich nicht der Wahrheit entsprach, aber Vera wäre nie so dumm, eine Schwäche einzugestehen.

Nicoles Tastatur klapperte leise, während Vera ungeduldig darauf wartete, weiterarbeiten zu können. Obwohl sie heute so früh angefangen hatte, war sie inzwischen mit der Arbeit im Rückstand, und wenn sie durch den Computerfehler Daten verloren hatte, würde sie auf jeden Fall länger arbeiten müssen.

«Komisch eigentlich, dass immer nur Ihr Rechner abstürzt. Haben Sie Klaus deswegen mal Bescheid gesagt?»

«Ich werde Herrn Thomsen bestimmt nicht mit solchen Lappalien behelligen und seine Zeit vergeuden.»

Nicoles Gesicht tauchte neben dem Monitor auf, mit einem Lächeln, das Veras Verteidigungsanlagen rasselnd in Stellung gehen ließ.

«Könnte doch sein, dass Ihr Rechner kaputt ist und Sie gar nichts dafür können, dass er immer abstürzt.»

«Das werden Sie ja wohl kaum beurteilen können.»

Nicole verzichtete auf weitere Kommentare. Ihr zufriedenes Grinsen war Antwort genug.

Es musste ein Dienstag oder Donnerstag gewesen sein, denn Vera meinte sich daran zu erinnern, an jenem Tag noch zu ihrem Vater gefahren zu sein. Es dämmerte bereits, also hatte sie wohl länger gearbeitet, was allerdings nicht zwangsläufig bedeutete, dass es der Tag der Abmahnung gewesen war. Es wäre Vera Lettner nie in den Sinn gekommen, Feierabend zu machen, solange die Arbeit nicht erledigt war, was in der letzten Zeit immer häufiger geschah.

Wenige Meter hinter der Bushaltestelle in der Altstadt traf sie Christian. Beide blieben stehen, Christian, weil er es nicht eilig hatte und Vera, weil es ein Gebot der Höflichkeit war, einen Gruß zumindest kurz zu erwidern.

«Hallo Vera. Wie geht's?»

Vera reagierte mit einem knappen Nicken und verzog die Mundwinkel zu etwas, das sie für ein Lächeln hielt. Sie konnte sich diese Geste leisten, denn sie wusste, dass Christian zutiefst bereute, sie betrogen zu haben, und sich vermutlich jeden Tag von Neuem dafür schalt.

«Viel Arbeit, aber ich kann nicht klagen.»

«Und deinem Vater? Wie geht's dem?»

«Auch gut, danke.»

Natürlich bemerkte Vera sofort, wie verwahrlost Christian herumlief. Das halblange, dunkelblonde Haar fiel ihm in die Stirn, und die blauen Augen musterten sie mit einem Ausdruck, den sie für Bedauern, vielleicht sogar Sehnsucht hielt. Ihr Blick fiel auf den durchgescheuerten Saum seiner Hose und die schweren Stiefel, die eine gründliche Reinigung dringend nötig hätten. Sandra schien sich nicht darum zu kümmern, wie ihr Mann herumlief, was Vera mit einem leichten Triumphgefühl zur Kenntnis nahm.

Sie fragte Christian nicht, wie es ihm ginge, erkundigte sich auch nicht nach Sandra oder den Kindern, sondern sagte nur, dass sie weiter müsse, sie habe noch einiges zu erledigen. Als sie sich abwandte, reckte sie das Kinn leicht vor und straffte den Rücken. Er hätte es auch anders haben können, aber jetzt musste er eben sehen, wie er mit dieser Schlampe zurechtkam.

Das Haus ihres Vaters lag in einer engen Straße am Rand der Altstadt. Kleine Häuser mit einem oder zwei Stockwerken, schmale Gehwege und viel zu viel Autoverkehr. Früher war es hier ruhiger gewesen. Vera erinnerte sich noch gut daran, wie sie und die Kinder aus der Nachbarschaft auf der Straße Ball gespielt und staunend Platz gemacht hatten, wenn ein Auto vorbei kam. Später, als sie Autos zahlreicher wurde und ihnen nur noch der Gehweg blieb, erstellten sie eine Zeitlang endlose Listen mit den Kennzeichen der vorbei fahrenden Autos. Stundenlang saßen sie am Rinnstein, notierten gewissenhaft jede Buchstaben- und Zahlenkombination und verglichen die Ergebnisse abends miteinander. Wer die meisten auswärtigen oder exotischsten Nummern entdeckt hatte, galt als Sieger und erntete den Neid der weniger Erfolgreichen. Da Vera die meiste Zeit darauf verwendete, gewann sie fast immer, was sie mit Stolz erfüllte. Zu Hause schlug sie die Kennzeichen, die sie noch nicht kannte, in einem kleinen Heft nach, um ihren Spielgegnern beim nächsten Mal mit ihrem Wissen imponieren zu können. HH für Hamburg kannten sie alle, auch SE und OH und KI, denn diese Städte und Kreise lagen um das vertraute PLÖ herum und tauchten regelmäßig auf. Seltener waren da schon das H oder D und nur ein einziges Mal hatten Holger, der Sohn vom Bäcker Behnke, und Sabine aus dem Haus gegenüber das Glück, ein M zu erwischen, was Veras bisherigen Entfernungsrekord von W für Würzburg brach. Vera ärgerte sich so sehr, dass sie sich eine Woche lang weigerte, mit Stift und Papier auf die Straße zu gehen und den anderen Kindern zuflüsterte, Holger und Sabine hätten bestimmt gemogelt; warum sollte ein Münchner Auto sich ausgerechnet in ihre Stadt verirren? Die anderen Kinder musterten die beiden Verdächtigen, argwöhnisch und verunsichert. Niemand wagte es, sich offen gegen Vera zu stellen, die schließlich von allen die meisten Kennzeichen auf ihrem Block stehen hatte. Niemand bis auf die kleine Maike Rogalla, die sie ab und zu mitspielen ließen, aber die nahm natürlich niemand ernst, weil sie erst in die erste Klasse ging.

Als Vera das Haus ihres Vaters, das eines Tages ihr gehören würde, erreichte, schlüpfte sie mit gesenktem Kopf durch die abgestoßene Tür. Der bröckelnde Putz an der Fassade und die Fenster, die dringend einen neuen Anstrich nötig hatten, trieben ihr die Schamesröte ins Gesicht. Früher einmal war das Haus eines der schönsten in der ganzen Straße gewesen, ein kleines Fachwerkhaus aus dem neunzehnten Jahrhundert, mit weißgekalkten Wänden und Butzenscheiben, in denen sich die Sonne spiegelte. Doch ihrem Vater schien es gleichgültig zu sein, wenn jetzt die Menschen kopfschüttelnd daran vorbeigingen. Vera hingegen spürte jeden abfälligen Blick wie einen Schlag ins Gesicht, selbst jene, die sie sich nur vorstellte, und nahm es ihrem Vater persönlich übel, dass er sie dieser Schmach aussetzte.

Die Wohnung lag im ersten Stock, direkt über der ehemaligen Werkstatt. Vom schmalen Flur gingen nach vorn zwei Zimmer und nach hinten ein Zimmer sowie die Küche und das Bad ab. Die Tapeten waren mindestens zwanzig Jahre alt, die überwiegend selbst geschreinerten Möbel stammten größtenteils noch aus der Zeit, als Vera hier gewohnt hatte. Mahagoni, Kirsche und Eiche, viel Kiefer, hier und da Nussbaum waren vom Vater in der Werkstatt verarbeitet worden. Hin und wieder war es vorgekommen, dass die bestellte Ware später nicht abgeholt wurde; bisweilen hatten sich die Auftraggeber aber auch geweigert, für ein Möbelstück mit offenkundigen Mängeln zu bezahlen. Herrenlos und verlassen standen die Möbel dann eine Weile unten in der Werkstatt, wie ausgesetzte Hunde, die mit traurigen Augen auf einen neuen Besitzer hofften. Fand sich kein anderer Abnehmer, erbarmten sich die Lettners schließlich ihrer und schafften sie nach oben in die kleine Wohnung. Im Laufe der Zeit war so ein buntes Sammelsurium entstanden, ein schlichter Kleiderschrank aus Kiefer stand neben einer Mahagonikommode mit feinen Schnitzereien, und der zierliche Kirschbaumtisch mit seiner missglückten Intarsienarbeit wurde von dem schweren Fernsehschrank aus dunkler Eiche fast erdrückt. Im Laufe der Jahre schienen sich die Möbel aneinander gewöhnt zu haben, und das Holz war mit der Zeit nachgedunkelt, so dass die natürlichen Unterschiede weniger ins Auge fielen. Doch wenn man aufmerksam lauschte, ließ sich gelegentlich das arrogante Knarren eines Mahagonis oder Ahorns vernehmen, die immer noch empört zu sein schienen, in Gesellschaft einfacher Kiefer ihr Leben fristen zu müssen.

Durch die kleinen Fenster drang nur wenig Licht, und das wurde auch noch von schweren Stores abgefangen. Jedes Mal, wenn Vera ihren Vater besuchte, hatte sie das Gefühl eine Höhle zu betreten. Kalter Zigarettenrauch hatte sich überall festgesetzt, und sie wurde der schmierigen Schicht, die sich über alles gelegt hatte, einfach nicht Herr, da konnte sie putzen, so viel sie wollte.

«Hallo Vater. Ich bin's.»

Vera steckte kurz den Kopf ins Wohnzimmer. Ihr Vater hockte auf dem Sofa und starrte den Fernseher an. Sie wartete die Antwort nicht ab – es war auch nicht sicher, ob es überhaupt eine gab – und ging weiter zur Küche, wo sie die Einkäufe verstaute. Als sie den Abfall kontrollierte, verzog sie den Mund, richtete sich auf und ging zurück ins Wohnzimmer.

«Du hast schon wieder Kuchen gegessen.»

«Kurt war hier.»

«Er weiß genau, dass du keinen Zucker essen darfst. Und so etwas nennst du einen Freund?»

Horst Lettner seufzte und warf Vera einen Blick zu, als könne er es nicht fassen, dass diese Frau seine Tochter war. Er war fast so groß wie Christian, daran erinnerte Vera sich gut, aber von beeindruckender Leibesfülle. Im dichten Bart hingen vertrocknete Essensreste, und er roch, als habe er die Kleidung seit Tagen nicht mehr gewechselt. Die Finger waren gelb vom Nikotin, ebenso die Haare, die nach dem Tod seiner Frau schlohweiß geworden waren.

Vera musterte ihn mit kritischen Blicken. Sie nahm nur die Ungepflegtheit wahr; die Lachfalten um die Augen oder der breite, sinnliche Mund hingegen bedeuteten ihr nichts. Natürlich würde sie es sich niemals eingestehen, doch sie hasste diese Besuche. Aber es war schließlich ihre Pflicht, der drohenden Verwahrlosung ihres Vaters etwas entgegenzusetzen. Eine Stunde lang widmete sie sich dem Haushalt, saugte, scheuerte, wischte und polierte. Im Küchenschrank entdeckte sie eine Packung Kekse, die sie in ihre Tasche steckte. Ihr Vater hatte Diabetes, und Vera musste ihn vor sich selbst schützen wie ein unmündiges Kind. Sie selbst wahrte beim Essen strengste Disziplin und verachtete Menschen, die nicht an sich halten konnten.

Als sie fertig war, schaute Vera noch einmal ins Wohnzimmer, doch der Vater war nicht da. Sie fand ihn in ihrem Zimmer neben der Küche, das er sich eines Tages vor achtzehn Jahren einfach genommen hatte, ohne sie zu fragen.

Es war der einzige Raum der Wohnung, in dem sie nicht saubermachte. Vera weigerte sich, weil sie ihrem Vater die unrechtmäßige Aneignung ihres Zimmers noch immer verübelte. Doch Horst Lettner hätte es ohnehin nicht zugelassen, dass Vera Hand an seine Modelleisenbahn legte. Trotzdem war dieses Zimmer das reinlichste in der ganzen Wohnung. Regelmäßig staubte er die liebevoll gestaltete Modelllandschaft mit ihren Bergen, Seen, Tunnels und Brücken, den kleinen Häusern, Bäumen, Büschen, Zäunen, Autos und Menschen mit einem feinen Pinsel ab. Auf der Werkbank und den Regalen an den Wänden herrschte eine penible Ordnung, an der selbst Vera nur schwer etwas auszusetzen fand. Ihr Vater saß in seinem Lehnstuhl und ließ drei Züge ihre Runden drehen, in der einen Hand eine Zigarette, die andere an der Schaltanlage. Er blickte nicht auf, als Vera die Tür öffnete.

Einen Moment starrte sie einem Nahverkehrszug hinterher, der vor ihren Augen in einem Tunnel verschwand, dann sagte sie: «Ich bin fertig und gehe jetzt.»

Als ihr Vater nicht reagierte, fügte sie hinzu: «Hast du dich schon um den Wasserfleck in der Küche gekümmert? Du musst den Klempner kommen lassen, am besten, bevor es wieder anfängt zu regnen.»

«Ja, ja», gab er zur Antwort und sah sie immer noch nicht an. Angesichts des väterlichen Desinteresses verzog Vera den Mund. Er war nicht immer so gewesen, denn Horst Lettner war beileibe kein Sonderling. Erst seit ein paar Monaten zog er sich immer weiter zurück und verbrachte Stunde um Stunde in dem kleinen Zimmer neben der Küche. Doch Vera fehlte die Gabe der Feinfühligkeit, um zu spüren, dass ihren Vater etwas quälte. Sie deutete das veränderte Verhalten als ein Zeichen beginnender Demenz, denn dass alte Menschen seltsam wurden, war schließlich allgemein bekannt.

«Ich gehe jetzt», wiederholte sie anstelle eines Grußes und verließ die Wohnung.

2

Christian Mersfeld fiel an jenem Tag nichts an Vera auf, das auf die sich anbahnende Katastrophe hingedeutet hätte. Die missbilligenden Blicke, der schmale Mund waren ihm seit Jahren vertraut, und auch die Kleidung bot keinerlei Überraschungen. Vera trug einen bis zu den Waden reichenden dunkelgrünen Mantel, unter dem zwei magere Beine hervorschauten, die Füße steckten in beigefarbenen Gesundheitsschuhen. Selbst die unförmige Einkaufstasche, die sie stets mit sich herumschleppte, fehlte nicht. Die Falten in ihrem Gesicht waren im Laufe der Zeit immer zahlreicher geworden, ebenso die grauen Strähnen im kurzen, fantasielos geschnittenen Haar. Wann hatte er zum ersten Mal wahrgenommen, wie alt Vera wirkte, wesentlich älter als sie war? Damals, als Sandra gerade mit Lena schwanger gewesen und so unglaublich jung ausgesehen hatte, überlegte er, da war ihm der Kontrast zum ersten Mal ins Auge gesprungen. Vor sieben Jahren musste das gewesen sein.

Die Stadt war klein, sodass sie einander fast zwangsläufig hin und wieder über den Weg liefen. Die Begegnungen riefen bei Christian und seiner Frau, seiner zweiten Frau, wie Vera betonen würde, jedes Mal aufs Neue ein Gefühl des Unbehagens hervor, und er fragte sich, ob Vera sich so sehr verändert hatte, oder ob er damals vollkommen blind für ihre Unnahbarkeit und Arroganz gewesen war.

Als Vera gerade in der Wohnung ihres Vaters putzte, ging Christian, der davon nichts wusste, auf der gegenüberliegenden Straßenseite am Haus vorbei und warf wie immer einen prüfenden, halb wehmütigen Blick darauf. Er erinnerte sich noch sehr gut an den Geruch frischer Holzspäne, der einem aus der Tischlerei entgegenwehte. Oder an den Bratenduft aus der Küche im Stock darüber, der zuverlässig jeden Sonntag durch die Wohnung zog und bei schönem Wetter, wenn die Fenster offen standen, auf den Hinterhof und die Straße entwischte. Die Tischlerei war klein, aber gut ausgestattet, und Christian arbeitete gern dort, obwohl er rasch begriff, dass das Herz des Meisters an ganz anderen Dingen hing. Nie würde Christian den Anblick vergessen, wie sich der alte Lettner aus der Backstube auf dem angrenzenden Grundstück schlich, wo sein Freund Kurt ihm das eine oder andere Stück Kuchen zugesteckt hatte. Andere Männer versoffen ihr Geschäft, Horst Lettner verfraß es. Irgendwo bewahrte er immer etwas zu essen auf, und die mahlenden Bewegungen seines Kiefers gehörten zu ihm wie der Geruch nach Holz und Leim. Nachdem Christian am Mühlendamm aufgehört hatte, war es mit der Tischlerei langsam, aber stetig bergab gegangen. In den letzten elf Jahren bis zur Rente war Horst Lettner mehr schlecht als recht über die Runden gekommen; wozu sollte er sich noch anstrengen, wenn ohnehin niemand da war, der die Werkstatt eines Tages übernehmen würde?

Dort, wo früher die Werkstatt mit dem kleinen Geschäft gewesen war, befand sich heute ein Ein-Euro-Laden, der mit grellen Plakaten und Warenständern voll billigen Plunders das ganze Haus verschandelte. Christian tat es in der Seele weh, das alte Gebäude in diesem jämmerlichen Zustand zu sehen, und dachte mit leisem Bedauern daran, dass all das hätte ihm gehören können, oder zumindest so gut wie. Wenn nur der Preis nicht so hoch gewesen wäre.

Zwei Jahre hatte er es mit Vera ausgehalten. Dann küsste er auf irgendeinem Fest, dem Schützenfest vielleicht oder dem Feuerwehrball, einem dieser immer gleichen Saufgelage, eine andere Frau, deren Namen er längst wieder vergessen hatte. Vera sah die beiden, stellte noch am selben Abend seine Sachen ins Treppenhaus, schloss die Tür ab und ließ den Schlüssel von innen stecken. Drei Tage später suchte sie einen Anwalt auf und reichte die Scheidung ein.

Kurz vor dem Gerichtstermin hatte sie sich schließlich doch noch zu einem Treffen bereit erklärt, bei ihrem Anwalt, darauf hatte sie bestanden. Christian versuchte zu erklären, wie es zu diesem verdammten Kuss gekommen war.

«Wirklich, Vera, das war überhaupt nichts Ernstes, mein Gott, ich habe einen über den Durst getrunken, da kann so was doch mal vorkommen!»

Mit verkniffenem Mund und ohne mit der Wimper zu zucken, hatte Vera dagesessen. «Du hättest dich eben nicht sinnlos betrinken sollen.»

«Ich war nicht sinnlos betrunken. Angeheitert, ja, aber nicht sinnlos betrunken.»

«Trotzdem ist das kein Grund, über eine andere Frau herzufallen, und noch dazu in aller Öffentlichkeit!» Was sollen nur die Leute denken! Sie sprach es nicht laut aus, aber das war auch nicht nötig, so gut kannte er sie inzwischen allemal. «Du hast mich betrogen, das wirst du ja wohl schlecht leugnen können. Glaubst du etwa, das ließe ich mir einfach gefallen? Man hintergeht seine Frau nicht ungestraft, das wirst du noch bereuen, du, du ...»

«Herrje, jetzt reg dich doch nicht so auf! Ich habe dich nicht betrogen, ich habe schließlich nicht mit der Frau geschlafen. Ich habe sie geküsst, mehr nicht! Ich weiß ja nicht einmal, wie sie heißt oder wo sie wohnt!»

Darauf hatte sie die Lippen noch fester zusammengepresst, und er hatte ihr angesehen, dass sie ihn und die Ehebrecherin am liebsten öffentlich gesteinigt hätte, mindestens, denn ein Kuss war für sie bereits gleichzusetzen mit Untreue, und die kam für Vera Lettner gleich hinter Mord; wer weiß, vielleicht wog es in ihren Augen sogar noch schwerer. Sie schaute den Rechtsanwalt an, der danebensaß und eine unbeteiligte Miene machte, als sei es ihm peinlich, sie zur Mandantin zu haben. Aber so lange sie zahlte, konnte er sich schlecht gegen sie stellen, also hielt er den Mund.

Hocherhobenen Hauptes hatte Vera die Kanzlei und später das Gerichtsgebäude verlassen. Sie war felsenfest davon überzeugt, dass Christian seinen Fehltritt bitter bereute, und dieser Gedanke erfüllte sie mit einer Befriedigung, die sie über die Demütigung, nun eine geschiedene Frau zu sein, hinwegrettete.

Doch Vera irrte sich. Christian bedauerte nichts und war nach wie vor nicht der Ansicht, er hätte sie jemals betrogen. Auch ihre Fürsorge vermisste er nicht, die darin bestanden hatte, dass sie gekocht, seine Kleidung instand gehalten und die Schuhe für ihn geputzt hatte. Sandra bekäme Anfälle, wenn er so etwas nur erwähnen würde, ganz abgesehen davon, dass Christian selbst gar nicht auf diese Idee käme.

Seine Sandra.

Er erinnerte sich noch gut an ihre erste Begegnung. Bei einer Fortbildung für Ergotherapeuten war es gewesen, einem Kurs über Holzverarbeitung. Acht Frauen wollten von ihm einen Überblick über verschiedene Holzarten und Werkzeuge bekommen, und drei von ihnen hatten mehr oder weniger offen mit ihm geflirtet. Sandra hatte nicht dazugehört. Aufmerksam hörte sie sich seine Ausführungen an, arbeitete konzentriert mit dem Hobel oder Stichel und stellte intelligente Fragen. Das gefiel ihm. Erst am Ende des Kurses schien sie ihn überhaupt richtig zu bemerken und nahm lächelnd, mit einem fast unmerklichen Nicken, seine Visitenkarte entgegen.

Eine Woche später hatte sie ihn angerufen, als er schon gar nicht mehr damit gerechnet hatte. Sie hatten sich verabredet, waren nach dem Kino in der Kneipe gelandet, irgendwo in Hamburg, wo sie sich auskannte, und hatten sich verliebt angelächelt. Staunend hatte er sich von ihr küssen lassen, ganz weich und warm waren ihre Lippen, nicht so kalt wie die von Vera oder so feucht wie die der Frau, die er damals auf diesem

Fest geküsst hatte und die er seitdem tatsächlich nie wieder gesehen hatte. Natürlich hatte es seit der Scheidung andere Frauen für ihn gegeben, sogar zwei längere Beziehungen, aber heiraten, nein, das kam für ihn nicht in Frage, die Ehe mit Vera hatte ihm gereicht. Doch dann war da plötzlich Sandra, klein und zierlich, mit braunen Augen und roten Haaren, gefärbt natürlich, aber trotzdem: aufregend und anders als alles, was er aus der kleinen Stadt kannte. Trotzdem dauerte es noch einmal fast zwei Jahre, ehe er sich schließlich ein Herz fasste. Den Verlobungsring schnitzte er selbst, aus Kirschholz, sogar ein winziges Herz zauberte er hinein. Er hatte gewusst, dass es ihr mehr bedeuten würde als jeder Diamant, und richtig, so war es dann auch. Beinahe zwölf Jahre war das jetzt her, doch den Ring trug sie noch immer.

Christian war mit Leib und Seele Tischler. Noch während der Ehe mit Vera hatte er seine Ausbildung zum Meister begonnen, da es als abgemacht galt, dass er eines Tages die Werkstatt vom alten Lettner übernehmen würde. Doch mit der Scheidung zerplatzte dieser Traum. Christian fand zwar rasch eine neue Arbeitsstelle, damals, Mitte der Achtziger Jahre war das kein Problem, und auch seine Meisterprüfung legte er ein Jahr später ab. Gewiss, das Angestelltendasein behagte ihm nicht, doch um einen eigenen Betrieb aufzubauen, fehlten ihm die finanziellen Mittel – oder vielleicht auch nur der Mut.

Als er an diesem Abend die Auffahrt zum kleinen Reihenhaus hinaufging, dachte er an den Ring und daran, wie sehr Sandra ihn lieben musste, dass sie damals mit ihm in diese kleine Stadt gekommen war, in der sie niemanden gekannt hatte. Doch dann waren die beiden Kinder gekommen, Lukas und Lena, und da war es ganz schnell gegangen mit dem Kennenlernen und dem Dabeisein. Jetzt gehörten sie dazu, waren hier zu Hause, und etwas anderes wollten sie auch nicht, warum auch.

War es in der Woche mit der Abmahnung gewesen? Oder noch später? Auf jeden Fall war es nach ihrem Zank mit dem LKW-Fahrer gewesen, daran meinte Vera sich genau zu erinnern. Felsenfest überzeugt hingegen war sie, dass es bereits nach zehn Uhr gewesen war, als eines Abends das Telefon klingelte. Für Vera bedeutete das so viel wie mitten in der Nacht, da sie spätestens um zehn im Bett zu liegen pflegte. Es war ihr unangenehm, im Nachthemd am Telefon zu stehen, selbst mit dem langen Morgenmantel und den Hausschuhen hatte sie das Gefühl, nur unzureichend bekleidet zu sein.

Selbstverständlich kam es Vera nicht in den Sinn, es einfach klingeln zu lassen, schließlich könnte es sich um einen Notfall handeln. In der Spedition könnte ein Feuer ausgebrochen sein, oder vielleicht ging es ihrem Vater schlecht, weil er zu viel gegessen oder sein Herz ihn im Stich gelassen hatte.

«Hier spricht Vera Lettner. Guten Tag.» Ihre Stimme klang so verkniffen, wie ihr Mund aussah. Wer Vera kannte, würde es nie wagen, sie mit Belanglosigkeiten zu behelligen, schon gar nicht um diese Uhrzeit. Umso empörter war sie, als sie am anderen Ende der Leitung zwar einen Menschen atmen hörte, der Anrufer sich indes erdreistete, kein Wort zu sagen.

«Hallo? Wer ist da?» Vera lauschte dem leisen Schnaufen. Es könnte ihr Vater sein, der hilflos am Boden lag, aber er würde in solch einer Situation eher den Notarzt anrufen als seine Tochter.

«Hallo?», fragte Vera ein weiteres Mal. Und dann: «Wissen Sie eigentlich, wie spät es ist?» Ohne sich dessen bewusst zu sein, wiederholte sie den Satz, den sie schon so viele Male von verschlafenen Fahrern gehört hatte. «Unverschämtheit.» Als sich der andere immer noch nicht meldete, legte sie auf.

Vera bekam nicht viele Anrufe, denn niemand hatte einen Grund, ihre Nummer zu wählen. Die Schwester ihrer Mutter rief sie selbst regelmäßig an, Frau Keller traf sie im Treppenhaus, ihren Vater besuchte sie zweimal in der Woche, und sonntags kam er zum Essen zu seiner Tochter. Manchmal vergaß sie fast, wie sich ihr Telefon anhörte, und nur die Tatsache, dass es keine andere Erklärung für dieses klingelnde Geräusch gab, ließ sie jedes Mal zum richtigen Schluss kommen. Ab und zu erreichte sie ein klassisches Falschverbunden, was sie stets wortlos zur Kenntnis nahm, und von den lästigen Anrufen aus Call-Centern blieb sie verschont, da Vera Lettner nie an irgendwelchen Gewinnspielen teilnahm und auch nicht im Telefonbuch stand, denn als alleinstehende Frau war sie natürlich vorsichtig.

Ein später Anruf, noch dazu ein anonymer, war deshalb ein derart außergewöhnliches Ereignis, dass es Vera die halbe Nacht wach hielt. Ruhelos warf sie sich unter ihrem Federbett hin und her und grübelte darüber nach, wer der Anrufer gewesen sein könnte. Mit größter Selbstverständlichkeit ging sie davon aus, dass es sich um einen Mann handelte, denn ihrer Meinung nach taten Frauen so etwas nicht. Zunächst tippte sie auf Christian, der schließlich allen Grund hatte, ihr zu zürnen. Aber vielleicht war es auch dieser Fahrer gewesen, der sich über sie beschwert hatte. Oder könnte es Klaus Thomsen gewesen sein, ihr Chef? Er hatte etwas gegen sie, das merkte sie doch genau. Oder der Busfahrer, der meistens am Dienstag die Frühschicht hatte: Wie oft hatte Vera sich über ihn beschwert, weil er regelmäßig ein paar Minuten zu spät kam. Im Dunkeln dachte sie an all die Männer, die ihr auf irgendeinem Grund grollen könnten. Oder was wäre – der Gedanke elektrisierte sie und riss sie aus dem schon fast in einen leichten Schlaf übergehenden Dämmerzustand – was, wenn doch eine Frau hinter dem Anruf steckte? Nicole zum Beispiel, die vielleicht ihren Freund angestachelt hatte, oder Frau Kirsdorf, die Nachbarin von gegenüber, mit der Vera schon häufiger aneinandergeraten war, da die junge Dame sehr merkwürdige Vorstellungen davon hatte, wie man ein Treppenhaus zu reinigen hatte. Die Liste mit Menschen, die hinter diesem anonymen Anruf stecken könnten, wurde immer länger. In endlosen Reihen zogen die Gesichter vor Veras geistigem Auge vorbei, manche schuldbewusst, andere dreist und frech, was natürlich lediglich ihren Groll überdecken sollte, dass sie Vera Lettner nichts anhaben konnten, dass niemand Vera Lettner irgendwelche Vorwürfe machen konnte. Denn Vera Lettner machte keine Fehler, und wer von ihr gerügt wurde, hatte ein für alle Mal die Chance verspielt, in ihren Augen Gnade zu finden.

Am nächsten Morgen fühlte sie sich wie zerschlagen. Den ganzen Tag war sie unkonzentriert und machte bei der Arbeit einige Fehler, die sie jedoch vor Nicole und Klaus Thomsen verbergen konnte. Immer wieder kehrten ihre Gedanken zu dem mysteriösen Anrufer zurück. Zuhause bezog Vera sofort hinter den schweren Stores im Schlafzimmer Posten und beobachtete die Straße, auf den Unbekannten lauernd, der sie verfolgte und terrorisierte. Wenn sie sich im Wohnzimmer aufhielt, wanderte ihr Blick immer wieder zum Telefon, einem alten, moosgrünen Kasten mit Wählscheibe, wie sie in den achtziger Jahren des letzten Jahrhunderts modern gewesen waren. Vera dachte an die Filme, die sie gesehen hatte, in denen nächtliche Anrufe immer von Mördern kamen, die mit ihren hilflosen Opfern spielten wie die Katze mit der Maus. Sie drückte den Rücken durch, holte tief Luft und reckte das Kinn vor. Wer immer sie töten wollte – sie würde sich nicht in die Ecke treiben lassen. Von niemandem.

Am Nachmittag informierte sie Frau Keller darüber, dass sie einen nächtlichen Anruf erhalten hatte. Kaum war sie von der Arbeit wieder zu Hause, läutete Vera bei der Nachbarin im ersten Stock, was sie selten tat, denn Vera legte Wert auf Ungestörtheit und wollte ihrerseits niemandem zur Last fallen. Sie war sich jedoch ihrer Verantwortung bewusst, falls ihr tatsächlich ein Unbekannter nachstellen sollte, denn wer wusste schon, ob er nicht auch andere Hausbewohner bedrohen würde? Herr Pätzholt aus dem ersten Stock war als älterer Herr wohl kaum in Gefahr, und was die junge Frau Kirsdorf von nebenan betraf ... nun, wegen ihrer Differenzen in Bezug auf die Treppenhausreinigung hatte Vera nicht das beste Verhältnis zu der jungen Dame. Sie würde Frau Keller bitten, sie zu informieren.

Erstaunlich rasch wurde die Tür geöffnet, von einer kleinen, lebhaften Person mit Sommersprossen und Brille. Vera erstarrte, als sie Sandra Mersfeld erkannte, Christians neue Frau. Sandra lächelte freundlich und bat sie im Namen von Frau Keller, deren Stimme aus dem Wohnzimmer zu hören war, herein. Misstrauisch folgte Vera der jüngeren Frau, musterte die Jeans und das weite T-Shirt, das ebenso ungebügelt war wie Christians Hemd vor wenigen Tagen.

«Schön, Sie zu sehen, Frau Lettner. Frau Mersfeld kennen Sie natürlich?»

Frau Keller saß auf dem Sofa und wirkte zerbrechlich. Das feine weiße Haar war sorgfältig frisiert, das Gesicht dezent geschminkt, und wie immer verbarg sie sich hinter einem freundlichen Lächeln. In der rechten Hand hielt sie zwei Qigong-Kugeln, die für Vera jedoch nur zwei glänzende Metallkugeln waren. Helena, die Katze schlief neben ihr auf einem Kissen.

Vera nickte stumm und blieb in der Mitte des Zimmers stehen. Gewiss kannte sie Sandra, wenn auch nur flüchtig. Schon vor Jahren hatte sie die junge Frau einmal in Christians Begleitung auf der Straße getroffen, und ihr Exmann hatte nichts Besseres zu tun gehabt, als ihr lächelnd, höhnisch lächelnd, wie Vera fand, seine neue Frau vorzustellen. Selbstverständlich würde sie in Sandras Gegenwart den Telefonanruf nicht erwähnen, da sie Christian keineswegs als Verdächtigen ausschließen konnte. Das Schweigen, das sich langsam ausdehnte, störte Vera nicht. Sie war es gewohnt, dass die Menschen in ihrer Gegenwart verstummten, und hielt es für vollkommen normal. Es entstand eine dieser unglaublichen Stillen, in der es keine Geräusche mehr zu geben schien, kein Auto, kein Vogel, kein Schlüsselgeklapper, kein Rauschen irgendeiner Wasserleitung. Doch dann knurrte Sandras Magen, unnatürlich laut schien es Vera, beinahe aufdringlich, was sie mit einem Zusammenpressen der Lippen honorierte.

«Sie wissen doch, Frau Lettner, dass Sandra mit mir ein paar Übungen macht. Wegen meiner Arthritis.»

Vera wusste, dass Frau Keller einmal in der Woche von der Frau ihres Exmannes besucht wurde, für ihre «Übungen», unter denen sie sich nichts Genaues vorstellen konnte, indes auch nicht genügend Interesse aufbrachte, um sich nach Einzelheiten zu erkundigen. Sie hatte die Jüngere noch nie im Haus getroffen, sich jedoch schon oft gefragt, wie es wohl wäre, wenn sie ihr eines Tages unvermittelt im Hausflur gegenüberstünde. Schließlich waren sie Rivalinnen, beide mit demselben Mann verheiratet, den sie, Vera, wegen Untreue verstoßen hatte. Ob Christian ihr davon erzählt hatte? Vera bezweifelte es, denn welche Frau würde schon einen Mann heiraten, von dem sie wusste, dass er bereits seine erste Frau betrogen hatte? Weiß der Himmel, welche Geschichte Christian der Frau aufgetischt hatte, um die Scheidung zu erklären.

Natürlich irrte Vera sich, wie sie in so vielen Dingen irrte. In aller Ausführlichkeit hatte Christian Sandras verwunderte Fragen beantwortet, als diese, kurz nach der Hochzeit und ihrem Umzug in die kleine Stadt, erfuhr, dass Christian ausgerechnet mit Vera verheiratet gewesen war. Sie kannte die Geschichte des Festes und jenes verhängnisvollen Kusses, aber im Gegensatz zu Vera wusste sie auch, wie erleichtert Christian am Ende gewesen war, als alles vorbei war und er Vera nicht länger ertragen musste. «Diese Frau hat absolut keinen Humor», hatte er gesagt, «dafür aber eine doppelte Portion moralinsaure Engstirnigkeit.»

Neugierig musterten sich die beiden Frauen, Vera misstrauisch, Sandra mit jener professionellen Freundlichkeit, die sie ihren Patienten und, wenn sie nicht aufpasste, überhaupt jedem Menschen entgegenbrachte. Sandra war offen und tolerant, aber auch sie hatte ihre Grenzen. Vera Lettner bewegte sich außerhalb dieser Grenzen, was Sandra zwar wahrnahm, aber nicht wahrhaben wollte. Sie hatte sich zum Ziel gesetzt, allen Menschen Verständnis entgegenzubringen und begriff zu diesem Zeitpunkt nicht, dass sie an Vera damit scheitern musste, obwohl diese Frau ihr vom ersten Moment an zutiefst unsympathisch gewesen war. Allein diese dunkle, triste Kleidung, die bequemen Schuhe, die sie nur zu gut von ihren alten Patienten kannte, und die Haare, die wie ein lockiger Helm am Kopf klebten! Nichts an ihr schien liebenswert zu sein, nirgendwo entdeckte Sandra ein Fünkchen Wärme oder Weichheit. Alles an Vera war starr, eckig und kalt, und der Geruch von Reinigungsmitteln umwehte sie wie eine Parfumwolke.

Veras Abneigung war ähnlich intensiv, doch zugleich verspürte Vera tatsächlich so etwas wie Mitleid mit diesem jungen Ding, das auf Christian hereingefallen war. Das junge Ding war bei der Hochzeit achtundzwanzig Jahre alt gewesen, acht Jahre älter als Vera bei ihrer eigenen Heirat, aber das war nur einer jener Widersprüche, denen Vera geschickt auswich. Wahrscheinlich konnte Sandra froh sein, dass sie überhaupt einen Mann gefunden hatte, so dick und unansehnlich, wie sie war.

Anders als Sandra hatte Vera kein Problem mit ihrer ablehnenden Haltung der anderen gegenüber. Die wenigsten Menschen genügten ihren strengen Ansprüchen, sodass sie daran gewöhnt war, andere zu verachten. Sie hielt es für normal, ebenso wie das Schweigen in ihrer Gegenwart.

Sandra löste sich als Erste aus der Erstarrung, wandte sich an Frau Keller und sagte: «Wir sind ohnehin fertig für heute, ich möchte Sie auch gar nicht länger stören.» Sie packte die Qigong-Kugeln in ihre Tasche. «Wir sehen uns nächste Woche zur gleichen Zeit.»

Sie verschwand im Flur und kehrte noch einmal zurück, weil sie ihr Mobiltelefon auf dem Tisch liegen gelassen hatte. Vera registrierte es mit einem halb missbilligenden, halb spöttischen Hochziehen der Augenbraue. Schließlich klappte die Wohnungstür, Schritte verhallten auf der Treppe, und schließlich fiel die Haustür ins Schloss.

«Eine nette Frau», sagte Frau Keller und musterte Vera aufmerksam. Diese zuckte bei den Worten zusammen, sagte jedoch nichts, sondern machte einen unsicheren Schritt nach vorn, unschlüssig, ob sie sich setzen sollte oder nicht. Noch nie hatte Vera ihre Nachbarin ohne vorherige Einladung besucht, und sie wusste nicht, was in solch einer Situation von ihr erwartet wurde. Welches Verhalten war das richtige? Das Abwägen der Möglichkeiten zog sich unendlich hin und wurde immer wieder torpediert von der Erinnerung an den Blick, den Sandra ihr beim Gehen zugeworfen hatte: abschätzig und hasserfüllt, zumindest in Veras Augen.

Frau Keller war eine kluge Frau, die Veras Unsicherheit sehr wohl bemerkte. Sie erbarmte sich, indem sie Vera bat, Platz zu nehmen, und ihr etwas zu Trinken anbot.

«Nein danke, nicht nötig.» Vera wusste, dass Sandra allen Grund hatte, sie zu hassen. Schließlich war sie, Vera, Christians erste Frau gewesen. Sie hatte ihn verstoßen, sodass ihm nichts anderes übrig geblieben war, als irgendein dahergelaufenes Flittchen zu nehmen, irgendeine Frau, die er nicht liebte und die ihm nicht das bieten konnte, was er an Veras Seite bekommen hätte.

Vera riss sich zusammen und erinnerte sich wieder an den Grund ihres Besuchs.

«Ich wollte Sie nur informieren, dass ich einen anonymen Anruf erhalten habe.»

«Ach Gott, wann denn?»

«Gestern Nacht. Ich lag bereits im Bett.»

«Wie spät war es denn?»

«Fünf Minuten nach zehn.»

Frau Keller wandte den Kopf ab und verdeckte ihr kleines Lachen mit einem etwas größeren Husten. «Nacht würde ich das nun nicht gerade nennen.» Sie nahm ein Schluck Wasser und begann Helena zu streicheln. «Aber jetzt erzählen Sie mal von dem anonymen Anruf. Was hat er oder sie denn gesagt?»

«Nichts.»

«Aha ... Und dann?»

«Ich habe meinen Namen gesagt, wie es sich gehört. Dann habe ich gefragt, wer dran sei und dass es eine Unverschämtheit sei, um diese Uhrzeit noch anzurufen.»

Frau Kellers Mundwinkel zuckten, was Vera übersah, da sie wie gebannt auf die Katze starrte. Diese war inzwischen vom Sofa gesprungen und streckte sich. Vera mochte keine Katzen, mochte überhaupt keine Tiere, doch da Frau Keller Eigentümerin der Wohnung und zudem alt war und wohl sonst niemanden hatte, musste Vera diese Kreatur wohl oder übel im Haus dulden.

«Hat er noch einmal angerufen?»

«Nein. Aber vermutlich wird er es wieder versuchen.»

«Wie kommen Sie denn darauf?»

Mitleidig sah Vera die Nachbarin an. Wahrscheinlich war es ihrem Alter zuzuschreiben, dass sie die Gefahr anonymer Anrufe nicht erkannte. Vielleicht wurde sie langsam dement, genau wie Veras Vater.

«Er wird versuchen, mich zu verunsichern.»

«Aber warum denn? Meinen Sie nicht, da hat sich jemand einfach nur verwählt?»

Vera schüttelte den Kopf. «Das glaube ich nicht.»

«Haben Sie denn einen Verdacht?» Frau Keller legte den Kopf schräg und lächelte freundlich. Vera zögerte, sie war sich nicht sicher, ob sie der Nachbarin trauen konnte. Immerhin hielt sie Sandra für eine nette Frau, und in Veras Weltbild war kein Platz für differenzierte Beziehungsgefüge. Wer nicht für sie war,

war gegen sie, und wer für die war, die gegen sie waren, musste automatisch auch gegen sie selbst sein. Andrerseits kannte sie Frau Keller seit Jahren und hatte noch nie Anlass gehabt, ihr zu misstrauen.

«Vielleicht war es Christian Mersfeld. Oder ein ...»

«Sie meinen Sandras Mann?»

«Meinen geschiedenen Mann.»

«Ach ja, ich vergesse immer, dass Sie einmal verheiratet waren.» Womit Frau Keller in der kleinen Stadt nicht die Einzige war. «Aber warum sollte er Sie mit nächtlichen Anrufen belästigen?»

«Woher soll ich das wissen? Rache vielleicht, weil ich damals die Scheidung eingereicht habe.»

«Frau Lettner, wie lange ist das jetzt her? Zwanzig Jahre? Glauben Sie wirklich, dass Christian sich jetzt noch an Ihnen rächen will?»

Vera richtete sich ein wenig auf, ihr Mund wurde noch schmaler, als er ohnehin schon war. Es war ein Fehler gewesen, Frau Keller einzuweihen, nun wusste sie es. Jetzt blieb ihr nichts anderes übrig, als die alte Dame rasch abzulenken.

«Vielleicht war es ja auch gar nicht Christian. Es könnte auch ein LKW-Fahrer gewesen sein, der mich schon bei der Arbeit angegriffen hat.»

Diesmal lachte Frau Keller nicht, sondern machte große Augen. «Sie wurden angegriffen? Sie meinen, er hat sie geschlagen?»

«Nein, aber es hätte nicht viel gefehlt.»

«Und wie ist es dazu gekommen?»

«Erst weigerte er sich, mir die Frachtpapiere auszuhändigen, und später drängte er mich, sie auf der Stelle fertig zu machen.»

Frau Keller musterte Vera mit gerunzelter Stirn. Sie wusste, dass es sinnlos war, mit Vera zu diskutieren, ebenso wie sie ihr den Verdacht, Christian könnte immer noch Rachepläne schmieden, nicht würde ausreden können. Und weil sie müde war und gerne ihre Ruhe hätte, sagte sie mit versöhnlicher Stimme: «Und jetzt wollten Sie mir Bescheid sagen, falls Ihnen etwas passiert.»

Vera nickte, ohne zu lächeln und fügte hinzu: «Und um Sie zu warnen. Wer weiß, vielleicht ist es ja auch ein Verrückter, der das ganze Haus terrorisieren will.» Jeder andere wäre sich vermutlich lächerlich vorgekommen, solche Worte auszusprechen und hätte spätestens in diesem Augenblick die nächtlichen Hirngespinste als solche erkannt. Nicht jedoch Vera. Sie meinte, was sie sagte, und kam gar nicht auf die Idee, man könnte sie nicht ernst nehmen. Den erneuten Hustenanfall ihrer Nachbarin nahm sie daher ohne jedes Misstrauen zur Kenntnis und nutzte die Gelegenheit, um Helena grob beiseite zu stoßen, als die Katze sich an ihre Beine schmiegen wollte.

Von allen Menschen, die Vera kannten, verstand Frau Keller vielleicht am besten, was in ihr vorging, wobei verstehen in diesem Fall nichts mit empathischem Verständnis, sondern dem rationalen Begreifen psychischer Prozesse zu tun hatte. Sie wusste, dass Vera in einer Welt gefangen war, in der ausschließlich die anderen Fehler machten, sie selbst sich hingegen niemals täuschte oder unkorrekt verhielt.

Frau Keller war eine zierliche Dame, die in Kürze ihren dreiundachtzigsten Geburtstag feiern würde und seit fünfzehn Jahren im selben Haus wie Vera lebte. Sie erinnerte sich noch gut an das dürre Kind, das schon damals diesen verkniffenen Gesichtsausdruck gehabt hatte, der so typisch für die erwachsene Vera werden sollte. Reglos hatte sie in der Tür zur Tischlerei gestanden und zugehört, wie sich ihr Vater mit den Kunden unterhielt. Beinahe vierzig Jahre war das jetzt her, Vera musste damals sieben oder acht gewesen sein. Frau Keller erinnerte sich so gut daran, weil sie gemeinsam mit ihrem Mann eine Kommode aus Mahagoni in Auftrag gegeben hatte. Doch bevor das Möbelstück fertig wer, kam Wilfried Keller bei einem

Autounfall ums Leben, und die Witwe bat Horst Lettner, die Kommode für sie zu verkaufen. Sie wusste nicht, was daraus geworden war, aber niemals hätte sie den Anblick in ihrer Wohnung ertragen.

Vera dagegen sah sie beinahe jeden Tag in der Schule, auch wenn sie nicht bei ihr im Unterricht saß. Von den Kollegen wusste sie, dass sie eine stille und ordentliche Schülerin war, die es bei allem Fleiß nur zu mittelmäßigen Noten brachte. Schon als Kind und noch mehr als Jugendliche schien eine Aura aus Unnahbarkeit sie zu umgeben. Bereits damals kleidete sie sich in gedeckten Farben und musterte jene Mitschüler mit verächtlichen Blicken, die die herrschende Flower-Power-Mode mitmachten oder imitierten. Sie hatte keine Freundinnen, verabredete sich nie und schien auch später niemals auszugehen. Mehr als einmal drehte sich das Gespräch im Lehrerzimmer um Vera Lettner, denn den Kollegen war sie unheimlich, und niemand mochte sie. Keiner konnte sich erinnern, sie jemals lachen gesehen zu haben. Es war noch nicht die Zeit, in der man sich ausgiebig über die Gründe solch einer abgrundtiefen kindlichen Leblosigkeit Gedanken machte, niemand dachte auch nur an Dinge wie Missbrauch oder Inzest, womit man im Übrigen auch vollkommen falsch gelegen hätte. Man stellte fest und beließ es dabei. Als Vera im Jahr 1976 ihren Realschulabschluss machte, war man froh, sie los zu sein.

Umso überraschter war Frau Keller, und nicht nur sie, als Vera heiratete. Eines Tages las sie die Anzeige in der Lokalzeitung, die ihr vielleicht nur deshalb ins Auge fiel, weil darin der Name der Tischlerei Lettner am Mühlendamm erwähnt wurde. Zur Trauung erschien sie in der Kirche, um zu sehen, was aus dem blassen, schweigsamen Kind geworden war. Es war zu einer blassen, mageren Braut mit ernstem Gesicht herangewachsen, die ihren zukünftigen Mann stumm, aber ohne offenkundige Freude ansah. Den Bräutigam kannte Frau Keller nicht, was bedeutete, dass es ein Auswärtiger sein musste, denn sie kannte alle Einwohner der Stadt, die zwischen 1949 und 1989 hier zur Schule gegangen waren, zumindest vom Sehen. Die gesamte Familie Mersfeld war ihr unbekannt, während sie Vater und Mutter Lettner sowie die Tante der Braut mit einem Kopfnicken grüßte. Die Hochzeitsgesellschaft bestand aus nicht mehr als einundzwanzig Personen, wobei Christian den größeren Teil beisteuerte. Von Veras Seite waren lediglich die Eltern, besagte Tante und ihr damaliger Chef samt Gattin erschienen. Allerdings saßen in der Kirche mehrere Zuschauer, hinten, in den letzten Reihen, die den Neugierigen vorbehalten waren. Man wollte wissen, welcher Mann so wagemutig war, Vera zu ehelichen. Einige hielten Christian schlicht für einen Dummkopf, während andere, die vielleicht schon einmal das eine oder andere Möbelstück in der Tischlerei hatten anfertigen lassen und wussten, wie sehr der junge Mersfeld mit dem Herzen bei der Sache war, zu Bedenken gaben, dass er schließlich nicht nur Vera, sondern das Geschäft gleich mit dazubekam.

Über die Ehe wurde in der Stadt nicht viel bekannt. Das junge Paar wohnte zunächst im Haus am Mühlendamm, später kauften sie sich die Wohnung in der Vicelinstraße. Veras Mutter hatte eine kleine Erbschaft gemacht und dem jungen Paar unter die Arme gegriffen. Zweieinhalb Zimmer mit Balkon, umgeben von alten Villen und in der Nähe des Stadtparks gelegen. Hier wohnte Vera noch heute, und hier hatte Frau Keller sie als Nachbarin wieder getroffen.

Nie wäre es Vera in den Sinn gekommen, die alte Dame, die bei ihrem Einzug noch nicht alt gewesen war und sich auch heute nicht alt fühlte, zu belästigen. Sie grüßte höflich, wenn sie einander im Treppenhaus begegneten, doch es war Frau Keller, die ab und zu stehen blieb, sich nach Veras Arbeit und ihrem Befinden erkundigte und sie schließlich hin und wieder auf eine Tasse Tee zu sich einlud. Frau Keller, die mit Vornamen Martha hieß, wusste nicht, was sie eigentlich dazu bewog, sich um Vera zu bemühen, zumal die Jüngere zäh war und mit äußerster Zurückhaltung auf die beharrlichen Versuche einer Kontaktaufnahme reagierte. Vielleicht war es Neugier – oder Mitleid. Vera ihrerseits fühlte sich verpflichtet, hin und wieder ein paar Worte mit der alten Dame zu wechseln, weil sie glaubte, das gehöre sich so. Mit Mitmenschlichkeit oder Freundlichkeit hatte das nichts zu tun, denn dafür hätte sie zumindest Sympathie für Frau Keller empfinden müssen, und das tat sie nicht. Wie für die meisten Menschen empfand Vera überhaupt nichts für ihre Nachbarin, ein eher neutrales Gefühl, das indes leicht in Verachtung umschlagen konnte. Das positivste Gefühl, zu dem Vera fähig war, war Respekt. Sie kannte jedoch nur einen Menschen, dem sie Respekt entgegenbrachte, und das war ihr alter Arbeitgeber, Alfred Thomsen.

Je länger die Bekanntschaft zwischen Frau Keller und Vera anhielt, desto größer wurde die Faszination, die diese verschlossene Frau auf die alte Lehrerin ausübte. Immer wieder testete sie aus, ob es nicht doch irgendeine Spur von Lebendigkeit oder gar Mitleid in Vera verborgen war, doch ihre Versuche blieben erfolglos. «Haben Sie schon von diesem furchtbaren Erdbeben gehört?», fragte sie zum Beispiel, doch Vera zeigte keine weitere Reaktion als einen mürrisch verkniffenen Mund, zusammen mit einer zwischen den Lippen hervor gepressten Bemerkung wie «Schrecklich», was Frau Keller ganz richtig nicht als Mitleid, sondern als Floskel interpretierte, um es ihr, der alten, rührseligen Lehrerin, recht zu machen.

Manchmal unterhielt sich Frau Keller mit ihren Freundinnen über Vera. Es war beileibe nicht ihre Absicht, Gerüchte über sie zu verbreiten oder sie gar in Verruf zu bringen, doch sie konnte nicht verhindern, dass ihre Berichte weiter getragen wurden und sich einer Nebelwolke gleich ausbreiteten, durch die Straßen und Häuser der kleinen Stadt waberten, bis schließlich jeder schon einmal von Vera Lettner gehört hatte, der Tochter vom alten Lettner, die herzlos war und für andere Menschen nichts übrig hatte als eine verächtlich hochgezogene Augenbraue. Auch von dem nächtlichen Telefonanruf erzählte die alte Lehrerin ihren Freundinnen und lachte mit ihnen über Veras Weltfremdheit, und auch dieses Lachen wurde weitergetragen, hinter vorgehaltener Hand und ohne, dass Vera je davon erfuhr.

3

Hell und heiß schossen die Flammen in die Höhe. Gelächter und Schreie übertönten das Knacken des Holzes, Bierflaschen klirrten, und zum Rauch des Lagerfeuers mischte sich der Qualm von Zigaretten. Auf der nahen Hauptstraße donnerte ab und zu ein LKW Richtung Autobahn, das Rauschen des übrigen Verkehrs nahm Christian Mersfeld jedoch kaum noch wahr. Es war ein kühler Abend im Mai, wie so oft hier oben im Norden, strahlender Sonnenschein am Tag, angenehme Frische in der Nacht. Die Rapsfelder rund um die kleine Stadt standen in voller Blüte.

Er stand ein wenig abseits und hatte ein wachsames Auge auf seine Jungs. Sie feierten die Prüfungen, die drei von ihnen bestanden hatten, mit Ach und Krach zwar, aber immerhin. Tischlergesellen waren sie jetzt, was sie sich vor vier, fünf Jahren nie hätten träumen lassen. Keiner der Sieben hatte einen Schulabschluss, jeder hatte schon einmal eine Nacht oder zumindest ein paar unangenehme Stunden auf der Polizeiwache und vor dem Richter verbracht. Sechs kamen aus Hamburg, einer aus Kiel. Zwar waren alle freiwillig in diese Kleinstadt gekommen, aber niemand aus eigenem Antrieb. Trotzdem waren sie geblieben, ohne dass man sie dazu gezwungen hätte. Manche hielten nicht durch, die vollen drei Jahre ohne ihre Kumpels und ohne die Großstadt. Die waren dann eines Tages auf und davon, der Platz wurde ihnen freigehalten, zwei Wochen, drei, manchmal auch länger, aber irgendwann gab es kein Zurück mehr, und der Nächste rückte nach.

Der Verein Neustart e.V. war vor fünfzehn Jahren gegründet worden, um benachteiligten Jugendlichen eine Chance zu bieten, indem sie den Jungen und Mädchen in einer Tischlerei, einem Restaurant und einer Autowerkstatt Ausbildungsplätze anbot. Christian hatte früh begonnen, sich zu engagieren, zunächst ehrenamtlich, dann beruflich, bis er schließlich die Leitung der Tischlerei übernommen hatte. Die Tischlerei auf dem günstigen Pachtgrundstück am Ortsrand gab es noch heute, das Restaurant und die Autowerkstatt dagegen waren vor drei Jahren geschlossen worden, als die staatliche Förderung immer weiter zusammengestrichen wurde und die geringen Erträge der Betriebe nicht einmal mehr ausreichten, um die Kosten zu decken.

Die Tischlerei hatte Glück, vor allem das Glück, mit Christian Mersfeld einen begabten Handwerker zu haben, der es nicht nur schaffte, die Jungs – in den letzten zehn Jahren hatten nur zwei Mädchen bei ihm das Tischlern gelernt – zu motivieren, sondern darüber hinaus ein gewisses Geschick fürs Marketing zu entfalten. Seine Schützlinge stellten nicht nur recht brauchbare und ansehnliche Möbelstücke her, es gelang Christian auch, sie gut zu verkaufen, genau wie seine eigenen Arbeiten. Formal gesehen war Neustart e.V. zwar immer noch ein Verein, doch Christian war mittlerweile der Vorsitzende, und außer ihm gab es kein weiteres aktives Mitglied. Ein paar Honoratioren der Stadt unterstützten das soziale Projekt, weil ihnen die Spendenbescheinigungen ganz gelegen kamen, und auch zu dem einen oder anderen handgefertigten Möbel aus der Werkstatt an der Hamburger Straße sagten sie nicht nein.

Die Stimmen am Lagerfeuer wurden lauter. Christian warf einen Blick auf den Kasten Bier, den er zur Feier des Tages spendiert hatte. Er war leer, und Jan, einer der frischgebackenen Gesellen, war bereits ziemlich angetrunken und verlangte lauthals Nachschub.

«Du weißt, dass es kein Bier mehr gibt. Du kennst die Regeln.» Christians Stimme dröhnte über den Platz.

«Ey, Meister, ich bin jetzt Geselle, mir kannste nix mehr!»

Spaß und Ernst hielten sich noch die Waage, doch schon beim nächsten Satz wurde deutlich, dass Jan es nicht dabei bewenden lassen würde. «Ey, Schnulli, mach mal rüber zur Tanke, hol mal zwei Sixpacks.» Er kramte in seinen Hosentaschen und zog einen zerknitterten Fünf-Euro-Schein hervor.

«Patrick, du bleibst hier. Jan, steck das Geld wieder weg.» Christian trat auf den Jungen zu, der ein paar Zentimeter größer war er selbst. «Komm, mach keinen Quatsch. Du hast allen Grund, stolz auf dich zu sein. Wenn du dir jetzt Ärger einhandelst ...»

«... dann kann mir keiner mehr was!» In Jans Augen tauchte jenes verräterische Blitzen auf, das Christian nur allzu gut kannte. Bei den meisten Jungen brach ab und zu dieser Zorn hervor, der ihnen schon so früh so viel Ärger beschert hatte, vor allem bei denen, die neu hierher kamen. Manchmal flackerte er, wie bei Jan, ganz am Ende noch einmal auf, als hätte er seinen Brass nur mit Mühe so lange im Zaum gehalten und könnte ihm jetzt, wo alles vorbei war und er es endlich hinter sich gebracht hatte, wieder freien Lauf lassen. Plötzlich schien Jan einzufallen, dass er nicht ganz freiwillig in diese Stadt und diese Tischlerei gekommen war. Wütend warf er die Bierflasche in hohem Bogen in Richtung Straße, als würde er sich den Spaß, den ihm die Arbeit bereitete, übel nehmen. Er fühlte sich nachträglich überrumpelt, jawohl, mit einem ganz miesen Trick hatte man ihn dazu gebracht, sich spießig anzupassen.

Natürlich fürchtete Jan sich vor dem Sprung ins kalte Wasser, davor, plötzlich zusehen zu müssen, wie er allein zurechtkam, vor der Freiheit, selbst entscheiden zu müssen, was er aus seinem Leben machte, aber das würde er nie jemandem eingestehen, nicht einmal sich selbst und am allerwenigsten dem Menschen, der ihm den Weg dorthin gezeigt hatte. Drei Jahre Schufterei und Flucherei lagen hinter ihm, er hatte Christian angeschrien und sich behaglich unter dem Gebrüll des Älteren geduckt. Und jetzt sollte er gehen, fort aus der Stadt, fort aus dieser Tischlerei, dem einzigen Ort auf der Welt, der ihm etwas bedeutete?

Die anderen Jungs hatten aufgehört zu reden, sie spürten, dass etwas in der Luft lag. Jan war ihr Boss, ihr Vorbild, nichts ließ der sich sagen, hielt nie den Mund und leistete trotzdem gute Arbeit. Natürlich, die Prüfung hatte er nur so gerade eben geschafft, aber Prüfungen waren eh nichts für solche wie sie, die beim Schreiben und überhaupt bei allem, was nach Schule roch, Schwierigkeiten hatten. Mit dem Holz war es was anderes, da klappte es, das merkten sie, alle, wie sie dastanden. Alle spürten, dass das Holz sie mochte und dass sie das Holz verstanden, irgendwie, und dass es tat, was sie wollten, wenn sie es nur richtig anpackten. Jan kapierte es und sogar Schnulli, der Jüngste, der eigentlich Patrick hieß. Jeder, der blieb, begriff es, denn das war es, was Christian den Jungs klar machte: Holz lebt. Behandle es mit Respekt, dann bekommst du auch, was du willst. Wer es nicht packte, weil ein Brett für ihn nur ein Brett war, blieb nicht hier.

Jans Fäuste waren geballt, sein Oberkörper leicht vorgebeugt, die klassische Kampfhaltung höherer Primaten. Christian hatte solche Situationen schon oft erlebt, was nur natürlich war, denn das sogen die Jungs schon mit der Muttermilch auf. Wenn dir einer blöd kommt, mach ihn fertig. Wenn du eine Stinkwut hast, schlag zu. Christian blieb gerade noch genug Zeit, sich darüber zu wundern, warum ausgerechnet Jan, sein begabter und intelligenter Jan, jetzt so ausflippte, als ihn auch schon die Faust am Unterkiefer traf. Er taumelte zurück, stürzte und blieb benommen liegen.

Das Grölen der Jungs nach der kurzen Schrecksekunde nahm er nur am Rande war. Der Lärm wurde schwächer, und bald war nur noch das Knistern des heruntergebrannten Feuers zu hören.

Das gute Wetter vom Wochenende hielt auch am Montag an. Die Sonne strahlte zufrieden vom Maihimmel herab, als Klaus Thomsen kurz nach vier Uhr die Spedition verließ. Vorher drehte er kurz seine Runde um den schmucklosen Industriebau aus den siebziger Jahren. Der fast quadratische Kasten stand mitten auf dem Grundstück, die Wände waren mit Blech verkleidet. Rechter Hand fuhren die LKW auf das Grundstück, hielten auf den dortigen Parkplätzen, um die Papiere im Büro abzugeben, dann umrundeten sie die Halle, um an der linken Gebäudeseite an eines der vier großen Rolltore zu fahren, wo sie über eine Rampe be- und entladen wurden. Über die linke Ausfahrt verließen sie den Hof wieder. Gegenüber der Einfahrt lag die Eingangstür, die zu den Büros führte, in der hinteren rechten Ecke des Gebäudes befand sich die Werkstatt, die heute verwaist war. Vorn auf dem Hof gab es drei PKW-Stellplätze, die durch einen jämmerlichen Grünstreifen mit immergrünen Bodendeckern von der Straße abgetrennt waren.

Insgesamt gab es drei Büros, wovon das kleinste heute als Archiv für die Akten diente. Der größte Raum war seit jeher dem Chef vorbehalten. Alle Räume, inklusive der kleinen Küche, waren mit robustem braunem Nadelfilz ausgelegt. Früher war es auf dem Hof bisweilen recht eng, oft genug hatte der Platz nicht ausgereicht, und ein, zwei Dreißigtonner mussten auf der Straße warten, bis sie an die Reihe kamen und abgefertigt wurden. Doch die Zeiten waren längst vorbei, heute mussten die Fahrer nicht mehr ins Büro, um sich die Frachtpapiere abzuholen, das ging alles per Mail und Internet, nur wenn die Güter in der Halle zwischengelagert wurden, mussten sich die schweren LKW noch durch die kleine Stadt in das Industriegebiet quälen.

Vor fünf Jahren hatte Klaus Thomsen die Räume frisch streichen lassen, die alten Büromöbel gegen neue ausgetauscht und andere Lampen aufgehängt. Am liebsten hätte er auch noch Vera Lettner entlassen und eine zweite Nicole eingestellt, jung und flexibel, doch leider galten für das Personal, im Gegensatz zu Büromöbeln, besondere Gesetze. Und so hielt sich, nicht zuletzt wegen Vera, in der Spedition Thomsen hartnäckig der Eindruck kleinbürgerlicher Enge.

Mit seinen sorgfältig gestylten Haaren und dem dezenten Duft des herben Rasierwassers wirkte Klaus hier seltsam fehl am Platz, auch wenn ihm von klein auf alles vertraut war. Sein Elternhaus, in dem sein Vater nach dem Tod seiner Mutter allein lebte, lag nur wenige hundert Meter entfernt, direkt an der Hamburger Straße. Klaus war oft nach der Schule in den Betrieb gekommen, hatte dem alten Herrn Scholz in der Werkstatt zugeschaut und war in den Fahrerkabinen herumgeklettert. Von den Männern ließ er sich Geschichten erzählen, die natürlich nie von den endlosen, einsamen Stunden auf den Autobahnen und Landstraßen handelten, und auch nie von dem Termindruck, der damals auch noch nicht so mörderisch war wie heute, sondern von den fernen Städten und Ländern. Ein Fahrer fuhr hin und wieder nach Portugal, er schwärmte dem Jungen vom Meer und den Kollegen vom Temperament portugiesischer Frauen vor; ein anderer fuhr regelmäßig nach Norwegen. Das waren ungeheure Strecken zu jener Zeit und für die kleine Spedition, die einmal mit einem Wagen angefangen hatte: Transporte nah und fern.

Später bekniete Klaus seinen Vater, ihn in den Ferien einmal mitfahren zu lassen. Fahrer, die ihn mitgenommen hätten, gab es genug, doch der Vater weigerte sich. Ihm war der Freiheitsdrang des Sohnes nicht ganz geheuer, ebenso wie er dessen Faszination für die dreckige, harte Arbeit nicht verstand, die Klaus stundenlang in der Werkstatt hielt. Alfred Thomsen war froh gewesen, als er endlich vom Bock runter konnte, rein ins Büro, das er sich so groß hatte bauen lassen, dass es ihm fast unverschämt vorkam, nur damit er nie wieder die Enge der Kabine spüren musste, diese sechs Quadratmeter Einsamkeit.

Sein Freiheitsdrang trieb Klaus schließlich an die Uni, denn zu dem Zeitpunkt hatte er bereits begriffen, dass sich mit schmutzigen Fingern kein Geld verdienen ließ, jedenfalls nicht, wenn es ehrlicher Dreck war.

Langsam schob Klaus sich mit dem Range Rover durch den Feierabendverkehr. Das Industriegebiet war nur über eine einzige Straße zu erreichen und hatte keinen eigenen Autobahnzubringer. Eine stadtplanerische Fehlleistung der sechziger Jahre, unter der die Spedition heute zu leiden hatte, noch mehr als damals, als sein Vater das Grundstück gekauft hatte, weil es so unschlagbar billig gewesen war und weil es noch nicht auf jede Minute ankam, die ein LKW im Stau oder vor einer roten Ampel stand. Heute dagegen, wo Geschwindigkeit alles war, mutete es geradezu absurd an, dort eine Spedition zu unterhalten. So sah Klaus das, und der Gedanke trübte seine Stimmung, wie jedes Mal, wenn er daran dachte. Seine schlechte Laune besserte sich nicht, als er in der Hamburger Straße auf dem Grundstück seines Vaters parkte. Früher war es hier ruhiger gewesen, wie überall, aber der langweilige Kasten, den seine Eltern ihr Zuhause nannten, war schon damals hässlich gewesen. Heute wohnte Klaus am anderen Ende der Stadt, mit Blick auf den See, ruhig gelegen und in angenehmer Nachbarschaft. Das hatte Babette sich gewünscht, als sie vor fünf Jahren aus München hierher gekommen waren, wenn schon keine Großstadt, dann wenigsten das Beste, was die kleine Stadt zu bieten hatte. Sie war Assistentin der Geschäftsführung in einem Pharmaunternehmen gewesen, hatte damals gerade allerdings Pause gemacht, weil die kleine Paula noch kein Jahr alt gewesen war. «Als brave Ehefrau folge ich meinem Mann natürlich überall hin, selbst in die tiefste Provinz.» So hatte sie ihre Entscheidung, die ihr nicht leicht gefallen war, mit selbstironischem Unterton ihrem Chef Alexander und den Münchener Freunden erklärt. Immerhin, zum Golfplatz war es nicht weit, ebenso zum Stall, in dem Babettes Pferd stand, die

Landschaft war reizend, sanfte Hügel, viele Seen, wirklich entzückend, und zur Ostsee war es auch nicht weit. Bislang ließ es sich hier ganz gut aushalten, auch wenn sie hin und wieder die freie Großstadtluft vermisste und die Berge und ihre Arbeit und die Freunde. Aber gottlob gab es E-Mails und günstige Flüge, Hamburg war in der Nähe, auch wenn das natürlich nicht mit München zu vergleichen war.

Alfred Thomsen war zu Hause, natürlich war er das, wo sollte er auch sonst sein, seit er nach seinem Schlaganfall im Rollstuhl saß und sich nicht mehr selbst versorgen konnte. Als gewissenhafter Kaufmann hatte er natürlich vorgesorgt und konnte sich eine ordentliche Pflege leisten, auch wenn es ihm, ebenfalls ganz der Kaufmann, um jeden Cent leidtat, den er ausgeben musste. Zumal der Gegenwert in solchen Selbstverständlichkeiten wie einem sauberen Bett, drei Mahlzeiten täglich und regelmäßiger Krankengymnastik bestand. Natürlich erwartete er auch Freundlichkeit, doch Alfred Thomsen begriff nicht, dass dafür in einer anderen Währung gezahlt werden musste. Und da ihm selten ein nettes Wort oder gar ein Lächeln über die Lippen kam, blieb es nicht aus, dass ihm etwas fehlte, das er weder kaufen noch durch seine herrische Art einfordern konnte.

«Du bist zu spät», empfing er seinen Sohn, als dieser zwanzig Minuten vor fünf das Wohnzimmer betrat. Die weißen Stores hingen wie tot vor dem Fenster, der Garten war eine Ödnis aus Rasen und Sträuchern. An der Wand über dem alten Sofa hing ein Ölschinken, die Standuhr tickte, im Sonnenlicht tanzte der Staub.

«Auf den Straßen war viel los. Feierabendverkehr.»

«Das kann sich ein Spediteur nicht leisten.»

Klaus verkniff sich eine Bemerkung, nahm auf dem Sessel neben dem Rollstuhl Platz und musterte den Vater verstohlen. Bis auf die Tatsache, dass er halbseitig gelähmt war, wirkte er erschreckend gesund.

«Was macht das Geschäft?»

«Läuft gut. Wir haben Aufträge ohne Ende, fast mehr als wir bearbeiten können. Ich muss bald noch jemanden einstellen.»

«Mit der Vera Lettner hast du doch eine tüchtige Kraft. Die schafft das schon.»

Mit ungeduldigen Bewegungen strich der Vater über seine gelähmte Hand. Selbstverständlich freute er sich über die guten Nachrichten, aber von seinem Sohn hatte er auch nichts anderes erwartet. Schließlich galt es quasi seit seiner Geburt als abgemacht, dass er eines Tages das Geschäft übernehmen würde, jenes Fuhrunternehmen, das Alfred Thomsen schon stolz eine Spedition genannt hatte, als er mit nur einem Lastkraftwagen begonnen hatte.

«Vater, hast du noch einmal darüber nachgedacht, was ich dir beim letzten Mal vorgeschlagen habe? Dass wir mit dem Betrieb umziehen ...»

«Papperlapapp. Da brauche ich nicht nachzudenken. Das Grundstück gehört uns, das Gebäude ist noch in Ordnung, und so eine große Lagerhalle findest du auch nicht so schnell wieder.»

«Wir brauchen aber ein repräsentatives Gebäude, keine Lagerfläche. Heute werden kaum noch Güter eingelagert.»

«Dann kümmerst du dich nicht richtig um die Aufträge.»

«Und woher kommen dann die zwölf Prozent Umsatzsteigerung im letzten Jahr?»

Darauf wusste der Alte nichts zu sagen, was denn auch, denn niemals würde er zugeben, dass ihm das Wissen, das sein Sohn an der Uni und später in der freien Wirtschaft angehäuft hatte, suspekt war. Sechs der acht Wagen hatte der Junge in den letzten Jahren verkauft, und trotzdem verdiente er mehr Geld als sein Vater.

Angespannt saß Klaus im Sessel und schaute in den Garten, der immer noch genau so aussah, wie er ihn in Erinnerung hatte. Der kurze Rasen bestand mehr aus Moos als aus Gras, und von den Sträuchern trug allein der Rhododendron ein paar vereinzelte Blüten. Andere Blumen, die das dunkle Grün der Lebensbäume und der Ligusterhecke aufgehellt hätten, gab es nicht. Vera Lettner fiel ihm plötzlich ein, die würde sich in diesem Garten wohlfühlen, der genau so farblos und eintönig war wie sie selbst. Überhaupt wurde ihm in diesem Moment die starke Ähnlichkeit zwischen seiner Angestellten und seinem Vater bewusst. Diese Beengtheit, die ihm die Luft zum Atmen zu rauben schien; das Alte, Verbrauchte, das doch noch ganz gut war und deshalb noch lange nicht ausgetauscht zu werden brauchte. Ein grauer Schleier aus Leblosigkeit schien seinen Vater ebenso wie Vera Lettner zu umhüllen, an den sich beide krampfhaft klammerten, weil er allein ihnen Schutz bot gegen die Verwandlung ihrer Welt.

«Vater, das Grundstück ist vollkommen ungeeignet, und wir brauchen unbedingt ein neues Bürogebäude. Ich kann in dem alten Kasten keine Geschäftskunden empfangen. Letzte Woche musste ich schon wieder ins Schlosshotel gehen.»

«Warum ist das Büro denn plötzlich nicht mehr gut genug? Du hast doch neulich erst alles für viel Geld renovieren lassen.»

«Das war vor fünf Jahren.»

«Ich habe immer Ordnung gehalten, dreißig Jahre lang, und brauchte nicht ständig neue Möbel, neue Lampen und so einen Schnickschnack. Warum willst du überhaupt so protzen? Das macht einen schlechten Eindruck.»

«Vater, die Zeiten haben sich geändert. Heute macht man einen schlechten Eindruck, wenn man in einer alten Halle in einem toten Industriegelände hockt. Die Kunden wollen sehen, dass wir mit der Zeit gehen, dass wir innovativ sind, modern, dass wir uns den Herausforderungen stellen, dass wir ...» Mitten im Satz hielt Klaus inne. Er klang wie ein Werbefuzzi – nicht, dass es vollkommen falsch wäre: Innovation, Zukunft und Globalisierung, natürlich waren solche Worte wichtig, aber das waren nicht die Gründe, warum er aus dem

55

Industriegebiet fortwollte, jedenfalls nicht die einzigen. Er hatte es einfach satt, er wollte etwas Neues, wollte frischen Wind im Geschäft, wollte allen zeigen, dass er der Chef war und kein bloßes Anhängsel seines Vaters. Doch es war nicht das erste Mal, dass er sich Mühe gab, den Alten zu überzeugen. Warum sollte er ausgerechnet heute Erfolg haben?

Natürlich würde Alfred Thomsen dem Drängen des Sohnes nicht nachgeben. Für ihn war Klaus trotz seiner dreiundvierzig Jahre immer noch ein junger Spund, der neu im Geschäft war, und auf dessen Aktivitäten er ein wachsames Auge haben musste. Er misstraute seinem Sohn, wie er allen Menschen misstraute, selbst Vera Lettner, die sich in all den Jahren nie etwas hatte zuschulden kommen lassen. Alfred Thomsen hielt sich für zu wichtig, um aufs Abstellgleis geschoben zu werden, ohne zu begreifen, dass seine Welt, in der Redlichkeit und Fleiß mehr zählten als der äußere Schein und schöne Bilanzen, längst untergegangen war. Wenn sie überhaupt jemals existiert hatte, außer in seiner Vorstellung.

Selbstverständlich wusste er nicht, dass es allein die Furcht war, die ihn an diesem Trugbild festhalten ließ. Alfred Thomsen sah sich durchaus noch in der Lage, über die Belange der Spedition mitzuentscheiden. Sein Körper mochte vielleicht ein Wrack sein, aber aus seinem Körper hatte er sich ohnehin noch nie viel gemacht. Mit seinen knapp einhundertsiebzig Zentimetern, der roten, fleckigen Haut und den dünnen Strähnen auf der schuppigen Kopfhaut hatte er schon früh auf andere Qualitäten gesetzt. Er war ein Kaufmann der alten Schule, ehrlich und sparsam; Verschwendung war ihm ebenso zuwider wie Betrug und Mauscheleien. Er lebte, um zu arbeiten. Nicht ein einziges Mal hatte er Urlaub gemacht, so sehr seine Frau ihn auch drängte, und auch Krankheit war für ihn nie ein Grund gewesen, der Arbeit fernzubleiben. Nur widerwillig und weil er von Gesetzes wegen dazu gezwungen war, gestattete er seinen Angestellten, Urlaub zu nehmen. Meldete sich ein Fahrer krank, fasste er es beinahe als persönliche Beleidigung auf, mehr als drei Mal durfte sich das keiner leisten. Dann wurde er ins Büro zitiert, in dem der Alte hinter seinem Schreibtisch hockte, in seinem Chefsessel versinkend wie ein Kind, und den Mann zusammenstauchte. Manche suchten sich daraufhin eine andere Stelle, doch später, als das immer schwerer wurde, kuschten sie.

Mittlerweile war Klaus der einzige Mensch, bei dem Alfred Thomsen sich seine Macht noch beweisen konnte. Und der gab ebenfalls klein bei. Klaus war klug genug, um zu wissen, dass er im Moment keine Chance gegen den Alten hatte. Als sein Vater mit zittriger Hand nach dem Glas griff, sah er ungerührt zu, wie dieser ein paar Tropfen auf der Hose verschüttete. Irgendwann wird es mit dir vorbei sein, dachte er und lächelte über die Hilflosigkeit des Alten.

Nach dem Besuch musste er dringend an die frische Luft. Er fuhr nach Hause, und allein der Anblick der großen Villa lenkte ihn ab. Die Wände waren weiß gestrichen, die Dachziegel blau lackiert und der Garten von einem Landschaftsarchitekten geplant. Auch die Inneneinrichtung war nur vom Feinsten, Küche von bulthaup, Eichenparkett im Wohnzimmer, Musikanlage von b & o. In München hätten sie sich so ein Haus niemals leisten können, aber hier in der kleinen Stadt hatte er diesen Riesenkasten bei einer Zwangsversteigerung günstig geschossen, und Babette war begeistert. Sie war neununddreißig Jahre alt, sah aber keinen Tag älter als dreiunddreißig aus. Immer adrett, immer gepflegt, was hier in der Provinz bei Weitem nicht selbstverständlich war. Hier drückte man öfter mal ein Auge zu, wenn sich einer im Stil vertat, falls man es überhaupt bemerkte, und dass man zum Friseur extra nach Hamburg fuhr wie seine Frau, das kam schon gar nicht vor. Klaus hauchte ihr einen schnellen Kuss auf die Wange, sog das Parfüm ein, das er ihr zu Weihnachten geschenkt hatte, sündhaft teuer, aber das war sie ihm wert. Die Kinder waren unterwegs, Geigenunterricht oder Sport oder bei Freundinnen, so genau wusste er das gar nicht. Babette sah sein Gesicht, merkte an, dass er wohl wieder bei seinem Vater gewesen sei, und Klaus wunderte sich, dass sie ihm das einfach so ansah. Aber schließlich hatte er meistens schlechte Laune, wenn er vom Alten kam, und oft ging er danach laufen, genau wie heute.

«Aber denk daran, wir sind heute noch bei Markus und Sibylle eingeladen», rief sie ihm hinterher, als er im Schlafzimmer verschwand, um sich umzuziehen. Nein, er hatte es nicht vergessen, diese Abende mit den alten Freunden vergaß er nie, schließlich waren Markus und er schon in der Schule unzertrennlich gewesen.

Oben im Schlafzimmer zog er den anthrazitfarbenen Anzug aus und hängte ihn über den stummen Diener, das dunkelbraune Hemd kam in die Wäsche, die schwarze Krawatte in den großen Schrank, ein Designerstück aus Chrom und Milchglas. Auch seine Sportbekleidung war nicht irgendein Zeug von der Stange, die Schuhe von asics, natürlich atmungsaktiv und mit SPACE-TRUSSTIC-Bewegungsunterstützung, waren nicht ganz billig gewesen, ebenso wenig die Laufpants und das Shirt von TAO. Manche Leute liefen einfach nur in Hose und T-Shirt, womöglich noch aus verwaschener Baumwolle, doch mit so etwas würde Klaus sich höchstens in den Garten wagen, und selbst das nur im Dunkeln.

Der Fußweg entlang des Seeufers und weiter durch die Felder führte nur wenige Meter hinter seinem Garten vorbei. Klaus Thomsen begann zum Aufwärmen mit einem gemütlichen Trab, ging jedoch rasch zu einem schnellen Tempo über. Seine Schritte wurden wuchtiger, stampfender, kaum, dass er sich genügend aufgewärmt hatte. Er lief mindestens dreimal in der Woche, manchmal auch öfter. Heute hatte er zunächst das Bild seines Vaters vor Augen, der ihn unwirsch musterte, sobald er das Thema Umzug auch nur anschnitt. Doch mit jedem Schritt gelang es ihm, seine Wut besser zu beherrschen, bis er schließlich, während seine Bewegungen weicher und geschmeidiger wurden, zu träumen begann, von einem glänzenden Neubau aus Stahl und Glas, mit hellen Büros und Konferenzräumen, mit denen die gediegene Festlichkeit des Schlosshotels nicht mithalten konnte. Klaus Thomsen würde kein kleiner Spediteur bleiben wie sein Vater, er sah sich als Manager eines aufstrebenden Logistikunternehmens, das den Kunden mehr zu bieten hatte, als Güter von A nach B zu transportieren. Auch wenn der Alte ihn wie einen Schuljungen an der kurzen Leine hielt – Klaus hatte Pläne, große Pläne, die er jedoch, solange er nicht wirklich freie Hand hatte, nicht verwirklichen konnte. 1992 war er in München dabei gewesen, als der Flughafen umzog, in einer Nacht von München-Riem ins Erdinger Moos. Fast siebenhundert Fahrzeuge mussten organisiert und angewiesen werden, ganz zu schweigen von den mehr als tausend Wagen, die in den Wochen davor und danach unterwegs gewesen waren. Eine logistische Meisterleistung, zu der er, Klaus Thomsen, seinen Teil beigetragen hatte, wenn auch nur als Praktikant. Von dieser Zeit träumte er noch heute manchmal, von jener emsigen Betriebsamkeit, der Teamarbeit und der perfekten Organisation. Und er war dabei gewesen war, bei den ganz Großen der Branche, hatte zu jenen gehört, von denen damals alle sprachen. Dieses Gefühl von damals wollte er sich zurückholen, hierher in die Kleinstadt.

Der Anblick des Mannes, der sich zwanzig Meter vor ihm heftig atmend gegen einen Baum stützte, riss Klaus aus seinen Träumen. Er wurde langsamer, und als er Christian Mersfelds blasses Gesicht erkannte, lief er auf der Stelle.

«Hi Christian, alles in Ordnung?»

Christian blickte auf, winkte mit der Hand ab und versuchte, seinen Atem zu beruhigen. Am Kinn schimmerte ein großer Bluterguss in schönstem Violett.

«Ärger mit den Jungs?»

«Letzten Freitag. Bei der Prüfungsfeier.» Vorsichtig rieb Christian sich das Kinn und gleich darauf den Nacken. «Hab wohl doch mehr abgekriegt, als ich dachte.» Er schwankte leicht.

Es war zwar das erste Mal, dass er Christian mit einem lädierten Gesicht sah, aber in der Stadt war es kein Geheimnis, dass die Schützlinge vom Neustart e.V. bisweilen über die Stränge schlugen. Raufereien gehörten fast zur üblichen Wochenendgestaltung, hin und wieder kam es auch mal zu einem Autodiebstahl und einmal sogar zu einer Messerstecherei, bei der aber zum Glück niemand ernsthaft verletzt wurde. In der Öffentlichkeit stellte Christian Mersfeld sich stets vor seine Jungs, verteidigte sie und das Projekt, das in der Stadt nicht nur Anhänger hatte. Dabei musste er selbst am meisten einstecken. Sein Autoradio war schon so oft gestohlen worden, dass er inzwischen ganz darauf verzichtete; er schlug sich die Nächte um die Ohren, wenn wieder einmal einer Reißaus genommen hatte, und Maike Rogalla, die Kriminalkommissarin, kannte er inzwischen so gut, dass er ihr vor ein paar Jahren auf dem Feuerwehrball das Du angeboten hatte. Auch Prügel hatten seine Jungs ihm schon das eine oder andere Mal angedroht, aber früher hatte Christian darüber nur gelacht. Groß und kräftig war er, da sollten sie nur kommen, und mehr als einmal verschaffte er sich Respekt, indem er dem Tier in sich die Zügel lockerte und schrie und brüllte und den Delinquenten schüttelte, sodass dieser die ehrliche Wut spürte, die dahinter steckte. Das kannten die Jungs, dieser Berserker schien den gleichen Stallgeruch zu haben wie sie, obwohl er uralt war und spießig mit Frau und Kind in dieser Kleinstadt hockte, die sie zum Kotzen fanden.

«Warum tust du dir das eigentlich immer noch an?», fragte Klaus.

Christian zuckte vorsichtig die Achseln und steuerte die nächste Bank an. Klaus folgte ihm.

«Ich bin jetzt neunundvierzig. Ich habe keine Lust mehr, zu

toben und mich zu prügeln, nur damit diese Gören parieren und sich nicht selbst alles vermasseln.» Vorsichtig ließ er sich auf der Bank nieder und stöhnte leise. «Ich werde weich und natürlich spürten die Jungs das.» Er streckte die Beine aus. «Aber was soll ich denn sonst machen?»

Unaufgefordert nahm Klaus neben ihm Platz, weil er plötzlich die Tischlerei vor sich sah, oder besser das Grundstück an der Hamburger Straße, direkt an der Umgehungsstraße, nur wenige hundert Meter vom Haus des Vaters entfernt. Als Kind hatte er manchmal dort gespielt, als es dort weder eine Umgehungsstraße noch eine Tischlerei gab, sondern einen Stall und ein paar Pferde. Wenn er von einem neuen Standort für die Spedition Thomsen träumte, dachte er immer zuerst an dieses Grundstück. Es gab kein besseres, in der ganzen Stadt nicht. Verkehrsgünstig gelegen und groß genug für seine Pläne. Sein Betrieb würde jedem Fremden, der die Stadt besuchte, sofort ins Auge fallen, niemand käme an ihm vorbei, ohne einen Blick auf die Glasfassaden und das Logo zu werfen, das übergroß am Straßenrand prangen würde: *Thomsen Logistics*.

«Jetzt mal im Ernst, warum lässt du den Verein nicht Verein sein und machst deinen eigenen Laden auf? Kunden hast du doch sicherlich genug, und wenn du dich nicht ständig mit den Jungs herumplagen müsstest, hättest du auch mehr Zeit für deine eigenen Sachen.»

Christian verzog das Gesicht. «Schön wär's. Aber wenn ich beim Verein kündige, stehe ich auf der Straße.»

Nachdenklich sah Klaus ihn an. «Das Grundstück, gehört das eigentlich dem Verein?»

«Nee, das ist nur gepachtet. Der alte Paulsen lässt zwar immer wieder durchklingen, dass er es zu gern verkaufen würde, aber so lange es an den Verein verpachtet ist, bekommt er ja nichts dafür.»

«Was würde eigentlich aus dem Verein und der Tischlerei werden, wenn du kündigst?»

Christian zuckte die Schultern. «Keine Ahnung. Aber ich denke, irgendjemand würde sich schon finden, der sich den Job zutraut oder einfach nur froh ist, überhaupt Arbeit zu haben.» Er dacht kurz nach und lächelte schief. «Könnte aber auch sein, dass die Herren gar keine Lust haben, einen Nachfolger für mich zu suchen. Die Begeisterung für den Verein hat mit den Jahren merklich nachgelassen.»

Zwei Frauen zogen mit ihren klackernden Walkingstöcken an ihnen vorbei.

Nach einer Weile fragte Klaus: «Wie groß ist der Verein eigentlich?»

«So groß, wie gerade mal nötig. Ich bin der Vorsitzende, dann gibt's noch den Schriftführer und Kassenwart und vier oder fünf zahlende Mitglieder, die aber alles absegnen, was der Vorstand beschließt.»

«Das heißt, im Grunde bist du der Chef.»

«Wenn du so willst, ja.»

«Kannst du dem Verein die Tischlerei nicht einfach abkaufen?»

Christian fragte ihn, wie er sich das vorstelle. Sobald der Verein den Pachtvertrag kündigte, würde der Eigentümer das Grundstück verkaufen, und wohin solle er dann mit der Werkstatt? Überhaupt fehle ihm das Geld, und wer gäbe einem fast fünfzigjährigen Handwerker schon einen Kredit, und dann sei da ja auch die Hypothek für das Haus, das Sandra und er vor zehn Jahren gekauft hatten. Dabei verzog er das Gesicht, und Klaus ahnte, dass der andere Träume mit sich herumtrug, die seinen eigenen vielleicht gar nicht so unähnlich waren.

«Wenn Vera nur nicht so ein Eisbrocken gewesen wäre.»

Verwirrt schaute Klaus Christian an. Was hatte seine verdrießliche Angestellte mit der Sache und überhaupt mit Christian zu schaffen? Doch dann erinnerte er sich, dass Vera Lettner damals, als sie ihn nach dem Abitur mit dieser Mischung aus Arroganz und Schleimerei behandelt hatte, noch Vera

Mersfeld geheißen hatte. Wie so viele Menschen in der kleinen Stadt hatte er es vergessen, so wenig passte ein Ehemann zu diesem längst vergessen geglaubten Bild einer alten Jungfer, das Vera bis ins kleinste Detail wiederzubeleben verstand.

Dort auf der Bank mit Blick zum See bekam Klaus zum ersten Mal eine Ahnung davon, wie er seinem Glück auf die Sprünge helfen könnte. Binnen weniger Sekunden zeichnete sich ein Weg vor ihm ab, wie in einer Computeranimation, bis die aus dem Nichts auftauchenden Einzelteile am Ende das vollständige Bild ergaben. «Das ist sie noch», sagte er leise, wie zu sich selbst.

4

Ab Mai begannen die Urlauber, scharenweise in die kleine Stadt einzufallen, denn diese hatte neben einer malerischen Altstadt auch ein Schloss und mehrere Seen in der näheren Umgebung zu bieten. Die leuchtend gelben Rapsfelder, die sich dem Betrachter in sanften Wellen wie ein gewaltiges Meer darboten, entzückten bereits seit Jahrzehnten ältere Damen und gesetzte Herren, während die Jüngeren gähnten und ihr Glück in der einzigen Diskothek des Ortes suchten. Auf dem Marktplatz in der Altstadt fand wie jedes Jahr am zweiten Juniwochenende die große Blumenmesse statt, auf der dreißig Aussteller aus fünf Städten ihre Kunst zeigten. Das Wetter zeigte sich von ungewohnt freundlicher Seite, der blaue Himmel wurde durch kleine weiße Wolken aufgelockert, dazu wehte eine sanfte Brise, die von den Einheimischen kaum wahrgenommen wurde, die Sommergäste aus dem Süden hingegen dazu veranlasste, den Kragen ihrer Jacken hochzuschlagen und vom kräftigen Wind zu sprechen. Die Blumenmesse war eine der wenigen Veranstaltungen, die Vera besuchte, denn die hübschen Gestecke, die dort gezeigt wurden, gefielen ihr, wenn sie auch nie eines davon erwarb, das wäre ihr schade ums Geld. Wenn es sich um Kunstblumen gehandelt hätte, haltbar und pflegeleicht, hätte sie eine Anschaffung vielleicht in Erwägung gezogen, aber warum sollte sie Geld für Blumen ausgeben, die bereits nach wenigen Tagen verblüht waren?

Bei der Arbeit hatte es in den letzten Wochen immer mehr Probleme gegeben. Vera fing zwar stets zeitig genug an, um einen Teil der Arbeit zu erledigen, ehe Nicole und Klaus kamen, trotzdem konnte sie so gut wie nie pünktlich Feierabend machen. Verbissen kämpfte sie gegen einen Feind, den sie weder sah noch verstand.

Vera Lettner war keine Frau, die leicht nervös wurde, aber die noch weiter als üblich nach unten gezogenen Mundwinkel deuteten darauf hin, dass die Situation sie anstrengte. Natürlich sprach sie mit niemandem darüber, denn das hätte bedeutet, sich diese Angestrengtheit und vor allem die leiseste Möglichkeit des eigenen Scheiterns einzugestehen. Dass sie härter und länger arbeiten musste als je zuvor, erklärte sie sich damit, dass es mehr zu tun gab als früher, und dass die Computer, unausgereift, wie sie waren, entgegen allen Gerüchten eben doch keine Geräte zur Arbeitserleichterung waren. Sie hatte so etwas schon hie und da gelesen, in den Zeitschriften, die sie abends manchmal durchblätterte, oder am Wochenende, wenn die Arbeit endlich einmal geschafft war und sie sich ein paar Minuten Ruhe gönnen konnte.

Seit dem Telefonanruf waren mehrere Wochen vergangen, doch vergessen war der Vorfall keineswegs. Abends lag sie noch lange wach und wartete auf das erneute Läuten des Telefons. Ihre kleine Welt war in Gefahr, das spürte sie deutlich. Nicole und Klaus Thomsen, die LKW-Fahrer, Christian und Sandra und nun der mysteriöse Anrufer ... für Vera Lettner war es keine Frage, dass all diese Menschen einen Groll gegen sie hegten. In ihren Augen war die Welt mit schlechten und übel meinenden Menschen bevölkert, die ihre Bösartigkeit wahllos in alle Richtungen verspritzen. Natürlich war sie selbst mit ihrer Korrektheit und Tugendhaftigkeit ein geborenes Opfer, denn war es nicht allgemein bekannt, dass schlechte Menschen besonders das Gute im Anderen hassten?

Über das Lauschen und Grübeln fiel sie in einen unruhigen Schlummer und fand sich auf der Blumenmesse wieder, die sie heute besucht hatte. Die Gestecke wirkten zunächst noch fröhlich und gefällig, doch je länger sie durch die Tischreihen schritt, die endloser waren als in der nachmittäglichen Wirklichkeit, desto greller wurden die Farben und desto stechender der Geruch. Die Menschen um sie herum lärmten und unterhielten sich über Veras Kopf hinweg und drängten immer dichter an sie heran. Die Hitze in dem kleinen Zelt wurde unerträglich, bis Vera flüchtete, heraus aus dieser Hölle, diesem Dschungel, und hinein ins Büro, das ihr vertraut war, das sie kannte und ihr Schutz bot. Dort fand sie indes keinen Trost, nur der Computer wartete auf sie. Sie hörte das leise Summen, tief und bedrohlich, und sah den Bildschirm, auf dem sich nichts mehr rührte. Wie das Auge eines Toten starrte er ihr entgegen, bis Vera in ihrem Bett hochschreckte und nichts als Dunkelheit erblickte.

In dieser Nacht fand Vera keinen Schlaf mehr. Stunden später quälte sie sich mühsam aus dem Bett und bereitete den kleinen Sonntagsbraten zu, wie sie es jeden Sonntag tat. Kurz vor zwölf klingelte ihr Vater an der Tür. Trotz Veras Vorhaltungen hatte er sich in den letzten Wochen noch weiter gehen lassen. Seine Haare hatten einen fettigen Glanz bekommen, der Bart war schon lange nicht mehr gestutzt worden, und auf dem Hemd und der Hose entdeckte Vera Flecken. Was sie bei diesem Anblick verspürte, war Ekel, nicht Kummer; für sie war es kein Hinweis auf die Verzweiflung des Vaters, sondern ein Mangel an Selbstdisziplin. Zeugte nicht sein ganzes Gebaren von Schuldgefühlen? Wie er verlegen versuchte, einen längst eingetrockneten Fleck fortzuwischen, als sei er ihm gerade erst aufgefallen! Das erboste Vera fast noch mehr, als wenn er den eigenen Verfall gar nicht wahrgenommen hätte.

Ein stattlicher Mann war Horst Lettner schon immer gewesen, groß und kräftig von der schweren körperlichen Arbeit, aber er hatte früh begonnen, Fett anzusetzen und bis heute nicht damit aufgehört. Jahr für Jahr hatte er weitere Hosen und Hemden benötigt, was seine Frau und Dr. Arnheim zunächst gar nicht, dann mit einem Lachen und schließlich mit besorgten Vorwürfen quittierten. Sein Lieblingsplatz war von jeher die behagliche Backstube beim Bäcker Behnke gewesen. Die Grundstücke der Tischlerei und der Bäckerei grenzten aneinander, sodass Kurt und Horst als Kinder bequem durch eine Lücke im Zaun hindurchschlüpfen konnten, um dem Freund einen Besuch abzustatten. Damals, als sie sechs, sieben Jahre alt waren, stand bereits fest, was sie später einmal werden würden: Bäcker und Tischler, wie schon ihre Väter und Großväter und bei Kurt sogar schon der Urgroßvater. Solche Berufe wurden vererbt, zumal, wenn ein Geschäft vorhanden war, da gab es keine Widerworte und keinen Platz für Träume. Horst Lettner träumte nicht, er wusste nur, dass er lieber in der Bäckerei spielte als in der heimischen Tischlerei, zwischen den leeren Mehlsäcken, umgeben vom Duft des frisch gebackenen Brotes. Daheim roch es nach Harz und Firnis, der Holzstaub kratzte in den Augen und nie bestand Hoffnung auf einen Kanten Brot, frisch aufgeschnitten, oder gar ein Stück Kuchen, noch warm und süß und so weich, dass ihm heute noch das Wasser im Munde zusammenlief, wenn er nur daran dachte.

Die Freundschaft zwischen Kurt und Horst hatte alles überdauert, den Krieg, für den sie beide gottlob zu jung waren, die Nachkriegszeit, in der keiner von beiden hungern musste, und dann das Wirtschaftswunder, in dem beide groß wurden in der kleinen Stadt, Horst mit seinen Möbeln, die er nicht liebte, aber doch ganz ordentlich zusammenzimmerte, und Kurt mit seinen Broten und Kuchen, für die er eine Leidenschaft entwickeln durfte, um die Horst ihn beneidete.

Sie waren immer noch Freunde, obwohl der alte Bäcker schon längst im Seniorenheim bei der alten Mühle lebte und in der Bäckerei ebenso zahlen musste wie Horst, denn Holger, sein Sohn, hatte anderes im Sinn gehabt, als sich in der Backstube die Nacht um die Ohren zu schlagen. Er war zum Theater gegangen, obwohl er dort auch nachts schaffen musste, aber eben in der richtigen Hälfte der Nacht, und das schon seit Jahren.

Nur mit Mühe passte Horst Lettner in den Gartenstuhl auf dem Balkon. Vera hatte jedes Mal Angst, das weiße Plastik könnte der Belastung nicht standhalten, aber sobald er einmal ächzend Platz genommen hatte, rührte ihr Vater sich nicht mehr von der Stelle, sodass kaum ein Unglück zu befürchten war. Schweigend sah er zu, wie seine Tochter das Essen auftrug, das ihn an die Sonntage in der kleinen Wohnung über der Tischlerei erinnerte. Als seine Frau noch lebte, war Vera zuverlässig jeden Sonntag zu ihnen gekommen, außer natürlich, sie machte eine Urlaubsreise, was alle zwei, drei Jahre einmal vorkam. Stets half sie ihrer Mutter in der Küche bei den letzten Vorbereitungen, deckte den Tisch im Wohnzimmer und trug das Essen auf, wie sie es getan hatte, als sie noch zu Hause gelebt hatte. Selbst die Ehe mit Christian Mersfeld hatte an diesem Ritual nichts geändert. Als Christian am Sonntag nach dem Schützenfest nicht erschien, erklärte Vera mit verkniffenem Mund, er würde nie wieder einen Fuß über ihre Schwelle setzen, er sei unehrlich, ein Betrüger, ein Schwerenöter – Horst Lettner erinnerte sich, dass seine Tochter dieses Wort tatsächlich benutzt hatte – und forderte ihre Eltern auf, ihn gleichfalls davonzujagen. Natürlich stellten die Eltern Fragen, erfuhren von dem Kuss, wurden im Ungewissen gelassen, ob das alles gewesen sei, und versuchten, Vera zu besänftigen. Doch diese hatte ihre Meinung gefasst, ganz für sich allein, und war davon nicht mehr abzubringen. Noch am selben Tag rang sie ihrem Vater das Versprechen ab, den Verräter umgehend hinauszuwerfen, schließlich könne man unmöglich von ihr verlangen, diesem Unmenschen bei einem Besuch in der elterlichen Tischlerei zu begegnen. Schweren Herzens gab ihr Vater nach, obwohl er schon ahnte, dass er so einen wie Christian nie wieder finden würde, und damit sollte er auch recht behalten.

Kaum war die Scheidung ausgesprochen, wobei Vera die Gelegenheit nutzte und ihren Mädchennamen wieder annahm, wurde der Name Christian Mersfeld in Veras Gegenwart nicht mehr erwähnt. Gleichwohl sprachen Horst und Gertrud, Veras Mutter, noch häufig über ihn, was für eine Schande es sei, dass es nun keinen Nachfolger für die Tischlerei mehr gäbe, wo doch ihr kleiner Thorsten schon so früh verstorben war, vier Jahre alt war er nur geworden.

Schweigend und mit hängenden Schultern hockte der Vater da, den Blick auf den Teller gerichtet, während Vera sich sehr gerade hielt und mit kontrollierten Bewegungen das Fleisch schnitt und die Gabel zum Mund führte. Der Anblick ihres Vaters mit seinem Dreifachkinn und dem über dem gewaltigen Bauch spannenden Hemd verdarb ihr beinahe den Appetit, um den es in der letzten Zeit ohnehin nicht zum Besten bestellt war.

Nach dem Essen räumte Vera ab, und der Vater zündete sich eine Zigarette an, was Vera ihm nur widerwillig zugestand, nachdem Horst Lettner damit gedroht hatte, seine Tochter sonst gar nicht mehr zu besuchen. Doch das konnte Vera natürlich allein wegen der Gerüchte, die dann aufkämen, nicht zulassen. Als sie in der Küche fertig war, rauchte der Vater immer noch stumm an seiner Zigarette, vielleicht war es auch schon die zweite oder dritte, das vermochte sie nicht zu sagen, schließlich bestand sie darauf, dass er selbst eine Dose für die Asche und die Stummel mitbrachte. Vera presste die Lippen zusammen und wedelte den auf sie zuziehenden Rauch mit der Hand fort, hustete sogar demonstrativ, aber der Vater ließ sich davon nicht beirren. So also sah seine Dankbarkeit aus? Sie hielt ihm die Wohnung in Ordnung und kümmerte sich nach dem Tod der Mutter um ihn, aber er hielt es noch nicht einmal für nötig, sich in ihrer Gegenwart zusammenzureißen.

Über den Tod der Mutter sprach Vera nie mit ihrem Vater. Wenn man von Vera Lettner sagen konnte, dass sie einem Menschen nahe gestanden hatte, dann war es ihre Mutter gewesen, was aber nur bedeutete, dass Gertrud Lettner neben Alfred Thomsen der Mensch war, an dem Vera Lettner am wenigsten auszusetzen hatte. Den Haushalt hatte sie mustergültig geführt, die Kleidung war stets sauber und frisch gebügelt gewesen, jedenfalls, bis sie krank wurde. In den seltenen Gesprächen, die Mutter und Tochter miteinander führten, äußerte Gertrud ganz vernünftige Ansichten, sodass Vera keinerlei Veranlassung gehabt hätte, ihr zu misstrauen. Etwa ein Jahr nach der Scheidung von Christian hatte die Mutter es einmal gewagt, Vera auf die gescheiterte Ehe anzusprechen; ob sie nicht vielleicht doch manchmal bereue, wie alles gekommen sei, immerhin sei sie jetzt allein, ohne Mann. Vera hatte die Lippen zusammengepresst und mit heiserer Stimme geantwortet: «Damit habe ich kein Problem. Aber ich verstehe nicht, wie du dich auf die Seite von diesem, diesem ... Kerl stellen kannst.»

Der hochmütige Blick, den die Tochter ihr mit diesem Wort zuwarf, schmerzte Gertrud. Nie wieder sprach sie in Veras Gegenwart von Christian oder von anderen Dingen, die womöglich ihr Missfallen hätten erregen können. Vera nahm diese Veränderung mit Befriedigung zur Kenntnis, ohne je den Verdacht zu hegen, getäuscht zu werden.

Sie wusste, dass es in anderen Familien üblich war, von Liebe zu sprechen, die Eltern ihren Kindern und diese wiederum den Eltern entgegenbrachten. Niemand jedoch hatte Vera dieses Wort jemals aussprechen hören, weder die Mutter noch der Vater und auch Christian nicht. Fremden gegenüber erwähnte Vera dieses Wort erst recht nicht. Es schien ihr unheimlich zu sein, als sei ihr schleierhaft, wie dieser Begriff mit Leben zu füllen sei, als vermute sie Lüge und Täuschung bei allen, die sich zu seiner Verwendung hinreißen ließen. Und so hatte sie auch keine Vorstellung von der Liebe zwischen dem Vater und der Mutter; dass er sie um dieses Gefühls willen bis zu ihrem Tod zu Hause pflegte, sich mühsam mit seiner gewaltigen Leibesfülle die steile Treppe herunter und wieder hinaufquälte, um die täglichen Besorgungen zu machen, sie fütterte und wusch und ihre Hand hielt, als sie schließlich starb, eines Nachts vor sechs Jahren.

Vera war nicht dabei gewesen. Dem Vater wäre es nicht recht gewesen, und auch der Mutter nicht, die sich innerlich schon vor Jahren von dieser fremden Tochter verabschiedet hatte. In ihren letzten gemeinsamen Stunden wollten die beiden allein sein, ohne diese kalte Gestalt, die oft genug missbilligend am Krankenbett gesessen hatte, die Flecken auf dem Bettzeug musternd, während die Mutter auf ein warmes Wort hoffte, eine Geste, einen Blick, irgendetwas, das ihr gezeigt hätte, dass es in dieser Tochter doch ein Gefühl gab, das der Liebe zumindest ähnelte.

Nie weinte Vera über den Tod der Mutter. Nicht, als sie die Nachricht erhielt, nicht bei der Beerdigung und auch später nicht. Sie machte nicht einmal ein trauriges Gesicht, denn zu einem differenzierten Mienenspiel fehlte ihr die Begabung, und Trauer, die sich in ihren Zügen spiegeln könnte, empfand sie nicht. Mit der ihr eigenen Vernunft, die oft genug an Unmenschlichkeit grenzte, bedauerte sie den Tod nicht, sondern sprach davon, dass es für die arme Frau, für ihren Vater und nicht zuletzt für sie selbst das Beste sei, denn eine so schwere Krankheit wie die ihrer Mutter sei doch eine arge Belastung für alle Beteiligten. Ganz selbstverständlich ging sie davon aus, dass ihr Vater diese Ansicht teilte, dass er froh sein musste, von der Last der Pflege entbunden zu sein, und wie sie selbst im Stillen schon längst auf diesen Moment gewartet hatte. Die Tränen des Vaters betrachtete sie interessiert, gleichwohl mit Unverständnis und, als sie auch nach einem Jahr ab und zu noch hervorbrachen, mit Unwillen. Er solle sich endlich zusammen reißen, sagte sie, was sollten denn die Leute denken. Dass sie selbst es war, über die sich die Leute Gedanken machten und redeten und den Kopf schüttelten, bemerkte sie nicht. Oder besser, sie war es nicht anders gewohnt.

Schweigend saßen Vater und Tochter auf dem kleinen Balkon. Ein paar Mal schien es, als wollte der alte Lettner etwas sagen. Er warf Vera den einen oder anderen Blick zu und öffnete den Mund, doch stets verließ ihn der Mut, ehe er ein Wort herausbrachte. Vera fiel dieses sonderbare Verhalten nicht auf, und so erinnerte sie sich später auch nicht an das erfolglose Bemühen ihres Vaters, ihr etwas mitzuteilen. Für sie zählte allein seine Undankbarkeit der pflichtbewussten Tochter gegenüber.

5

Müde rieb Vera sich die Augen und schaute blinzelnd auf den Bildschirm vor sich. Auch in der letzten Nacht hatte sie wenig geschlafen, da sie noch lange wach gelegen und sich über die Ungerechtigkeit der Welt gegrämt hatte. Selbstverständlich erschien sie überpünktlich im Büro, aber sie fühlte sich matt und zerschlagen. Manchmal wusste sie kaum, was sie in den Computer eintippte, da konnte sie noch so sehr versuchen, sich zu konzentrieren. Einmal konnte sie einen Fehler gerade noch rechtzeitig korrigieren, doch kurz vor der Mittagspause kam Klaus Thomsen in das kleine Büro, musterte Vera, deren Augen vom Schlafmangel klein und gerötet waren, und sagte:

«Frau Lettner, ich habe mir gerade Ihre Buchungen angesehen. Hier, sehen Sie sich das an!» Er warf ihr einen Ausdruck auf den Schreibtisch, auf dem er mit rotem Stift die Fehler markiert hatte. Vera starrte auf das Papier und versuchte zu begreifen, was sie dort sah.

«Ihre Leistungen lassen in der letzten Zeit ohnehin sehr zu wünschen übrig. Ich habe keine Zeit, ständig Ihre Arbeit kontrollieren zu müssen. Reißen Sie sich mal zusammen!»

Er schien darauf zu warten, dass Vera etwas erwiderte, doch sie machte nicht einmal den Versuch, sich zu verteidigen, sondern blickte nur stumm auf den Zettel vor sich. Zum ersten Mal erfuhr sie, dass ihre Leistungen nachgelassen hatten, oder vielmehr, dass es Klaus Thomsen aufgefallen war, denn sie selbst ahnte es sehr wohl, auch wenn sie dieses Eingeständnis niemals als bewussten Gedanken zugelassen hätte.

«Ich muss Ihnen eine offizielle Abmahnung erteilen, das wäre dann bereits die zweite. Ich warne Sie, wenn das so weitergeht, wird das ernste Konsequenzen haben. Ich kann es mir nicht leisten, eine unfähige Angestellte mit durchzufüttern.»

Vera zuckte zusammen, brachte aber immer noch keinen Ton heraus.

«Sehen Sie mich gefälligst an, wenn ich mit Ihnen rede!»

Widerwillig hob sie den Kopf und blickte ihrem Arbeitgeber ins Gesicht. Sie sah die verzerrte Fratze und das höhnische Grinsen eines Menschen, der sich an ihrer Qual weidete. Sie nahm den Duft seines Rasierwassers wahr und fragte sich einen Moment verwirrt, ob das wirklich immer noch der Klaus war, den sie von früher kannte, der pickelige Junge, den sie so leicht verunsichern konnte. Und jetzt putzte er sie hier herunter, noch dazu in Nicoles Beisein. Die Kollegin gab sich keine Mühe, auch nur den Anschein zu erwecken, sie würde von dieser Standpauke nichts mitbekommen. Neugierig musterte sie Vera, als hätte sie den Auftrag, sich ihre Reaktionen genau einzuprägen, und tatsächlich rief Klaus Thomsen Nicole kurze Zeit später zu sich ins Büro.

«Und? Wie hat sie es aufgefasst?»

«Keine Reaktion, du kennst sie doch. Ihr Mund war genau so verkniffen wie immer, und sie hat kein Wort gesagt.»

«Aber irgendwie muss sie doch reagiert haben.»

Nicole zuckte die Achseln. «Sie hat ein paar Minuten lang auf den Monitor gestarrt, ohne sich zu rühren. Dann hat sie angefangen, zu tippen, ganz langsam, als müsste sie die Tasten erst suchen. Aber gesagt hat sie nichts.»

Klaus schwieg und schaute aus dem Fenster, vor dem gerade ein LKW anhielt. «Sie wirkt in der letzten Zeit ziemlich nervös. Weißt du, ob sie irgendwelche Probleme hat, persönliche Probleme, meine ich?»

«Keine Ahnung, aber wir reden ja auch so gut wie gar nicht miteinander.» Sie zögerte einen Augenblick. «Ich frage mich, ob die überhaupt mit jemandem redet. Man hört nur komische Sachen über sie.»

«Wie meinst du das? Wo hörst du was über sie?»

«Ach, ich weiß nicht. Von meiner Mutter, glaube ich, die hat es im Sportverein gehört oder so.»

«Und was für Sachen?»

«Irgendjemand hat die mal abends angerufen und aufgelegt, ohne den Namen zu sagen, und da hat sie gleich gedacht, ein Verrückter würde ihr auflauern.»

«Hm.» Klaus wandte sich ab, damit Nicole sein leises Lächeln nicht sah. Sie brauchte nicht zu wissen, dass er diese Geschichte ebenfalls kannte. Frau Keller hatte viele Freundinnen, die alle ein aktives Leben führten und ihrerseits gerne plauderten. Er selbst wusste es von Babette, die es von irgendeiner Mutter in der Schule erfahren hatte. Selbstverständlich mochte sie Vera Lettner nicht, auch wenn sich die beiden Frauen nur wenige Male begegnet waren, wenn Babette ihren Mann in der Spedition aufgesucht hatte.

Seltsamerweise zeigte man in der kleinen Stadt ein nicht geringes Interesse an dieser Frau, die doch gemeinhin als langweilig und bieder galt, man registrierte ihre Aussprüche und beobachtete ihr Verhalten. Vera, die stets um Korrektheit und Unauffälligkeit bemüht war, ahnte nicht, dass sie genau dadurch auffiel wie ein bunter Hund.

Nicole ließ sich von Klaus noch kurz eine Funktion des Logistikprogramms erklären. Anfang des Jahres hatte sie zusammen mit Vera eine Schulung bekommen, doch anders als die ältere Kollegin scheute sie sich nicht, Fragen zu stellen, wenn sie nicht weiterkam. Sie suchte Klaus oft in seinem Büro auf, wo sie fast täglich ein paar Minuten Privatunterricht erhielt, von dem Vera nichts wusste und auch nichts wissen sollte. Ohne es auszusprechen, waren sich Klaus und Nicole einig, Vera mit dem Programm allein zu lassen, mit der Folge, dass diese unweigerlich Fehler machen und letztendlich scheitern musste. Nicole informierte Klaus, wenn Vera wieder einmal verzweifelt vor dem Computer saß, und er wusste, dass die junge Frau morgens stets die Aufträge auf ihrem Schreibtisch vorfand, für deren Bearbeitung mehr Wissen nötig war als jenes, welches Vera in der zweitägigen Einführung erworben hatte.

Niemand legte Wert darauf, an diesem Arrangement etwas zu ändern.

Vera nicht, denn solange sie Nicole die Arbeit zuteilte, konnte sie sich weiterhin der Illusion hingeben, die Ältere und Erfahrenere zu sein, deren Stellung in der Firma allein durch die langen Jahre ihrer Betriebszugehörigkeit gesichert war. Nie käme sie auf die Idee, zuzugeben, das sie mit dem Programm nicht zurecht kam oder dass das Wissen, dass sie in dem Kurs erworben hatte, nicht ausreichen könnte. Sie ging davon aus, dass man ihr dort alles Notwendige beigebracht hatte; wenn sie trotz dieses Wissens scheiterte, konnte es nur an dem Programm liegen, nicht jedoch an ihrer Weigerung, selbständig weiterzulernen.

Nicole war mit dem Status quo zufrieden und nutzte jede Gelegenheit, sich intensiv in das Programm einzuarbeiten. Sie stellte fest, dass es ihr Spaß brachte, schwierige Fragestellungen zu lösen, was ihr immer häufiger auch ohne Klaus' Hilfe gelang. Natürlich wusste sie, dass ihr Verhalten unkollegial war, doch Vera war für sie keine Kollegin im üblichen Sinne. Vielmehr sah sie in ihr ein Phänomen, eine Art Naturereignis, über das sie staunend und mit einem leichten Gruselgefühl ihren Freundinnen berichtete, die es ihrerseits weitertrugen. Und so wuchs das Wissen der kleinen Stadt über Vera Lettner stetig. Es war bekannt, dass sie manchmal schon mitten in der Nacht in der Spedition aufkreuzte und übermäßig ordentlich war, und manche machten sofort einen Spruch daraus: korrekt wie Vera, wenn jemand es ganz genau nahm, aber trotzdem nichts Vernünftiges zustande brachte.

Ihren eigenen Anteil an Veras Scheitern verschwieg Nicole natürlich, denn wie stünde sie denn da, wenn sie sagte: «Vera kapiert noch nicht einmal die einfachsten Buchungen, weil ich ihr nicht verrate, wie es geht.» Bisweilen regte sich Nicoles schlechtes Gewissen, doch meist gelang es Vera rasch, das Mitleid, das Nicole in solchen seltenen Momenten mit ihr empfand, mit einer missbilligend hochgezogenen Augenbraue oder einer hochmütigen Bemerkung wieder zu vertreiben.

Klaus seinerseits nahm gerne in Kauf, dass Veras Arbeitsleistung nachließ, dass sie Fehler machte und längst nicht mehr für alle Aufgaben einzusetzen war, wie sein Vater ihm oft genug einzureden versuchte. Seine Abneigung schien fast täglich zu wachsen, doch eines Tages, so hoffte er, würde er sich der ungeliebten Mitarbeiterin auf elegante Weise entledigen können, denn niemand würde es ihm zum Vorwurf machen, wenn er eine Angestellte entließ, die die ihr übertragenen Aufgaben nicht mehr bewältigte.

Dieser Tag kam schneller, als er zu hoffen gewagt hatte.

Der Juni ging dem Ende entgegen. Nach dem sonnigen Mai war es wieder kühler geworden, und der typische norddeutsche Nieselregen tauchte die Landschaft und die kleine Stadt fast jeden Tag in ein tristes Grau. Als Klaus eines Morgens auf den Hof fahren wollte, fand er die Einfahrt und den Zugang zum Büro von einem großen LKW blockiert, der quer davor geparkt war. Vera Lettner hielt ein Klemmbrett umklammert und stand, halb vom LKW verdeckt und abseits von den anderen, dicht am Gebäude, in das sie nicht hineingelangen konnte, wer weiß, seit wie vielen Stunden schon. Ein weiterer LKW stand auf dem Parkplatz und wurde vom ersten so blockiert, dass er quasi in Geiselhaft genommen war. Die Türen der Führerhäuschen waren geöffnet, die beiden Fahrer standen vor dem spektakulär geparkten Wagen und redeten laut auf Nicole ein, die ihren kleinen Wagen an der Straße abgestellt hatte und nun versuchte, die Fahrer zu besänftigen.

Klaus konnte sich vorstellen, was geschehen war, und fand

seine Vermutung auch sofort bestätigt, sobald er, Nicoles Beispiel folgend, den Wagen an der Straße geparkt und den Hof betreten hatte. Er erkannte den Fahrer, der sich bereits im Frühjahr über Vera Lettner beschwert hatte.

«Herr Hofer, richtig?»

Der Mann nickte und deutete mit dem Kinn auf Vera, die, in der Überzeugung, dass ihr jetzt endlich Gerechtigkeit widerfahren würde, auf die Gruppe zusteuerte.

«War Frau Lettner wieder einmal etwas übereifrig?»

«Genau. Um halb fünf hat sie mich geweckt. Ich bin um zwei auf den Hof gefahren, der Kollege hier kann das bestätigen. Mensch, ich brauche doch meinen Schlaf, verstehen Sie das denn nicht?» Ein letztes Mal wandte sich der Fahrer direkt an Vera, fragte sie eindringlich, wollte ihr begreiflich machen, ihr Verständnis wecken, aber vergeblich.

«Wenn Sie mir die Papiere sofort gegeben hätten, hätten Sie ja gleich weiter schlafen können. Es wäre überhaupt nicht nötig gewesen, solchen Aufruhr zu veranstalten.»

Der andere Fahrer mischte sich ein, er kam aus der Nähe von Bamberg, und schlug sich auf die Seite seines Kollegen. Fast jedes Mal sei er hier in aller Herrgottsfrühe aus dem Schlaf gerissen worden, da halfen gute Worte gar nichts, gut, dass sich endlich einmal wer getraut hat, was dagegen zu machen, jawohl.

Herr Hofer, der endlich mal was gemacht hatte, warf einen unsicheren Blick auf Klaus Thomsen, denn immerhin hatte er hier für einigen Wirbel gesorgt. Niemand konnte ins Büro, dabei war schon seit mindestens einer Stunde offizieller Geschäftsbetrieb, die Telefone hatten auch schon ein paar Mal geklingelt. Doch ein Kopfnicken vom Chef persönlich beruhigte ihn, wie sich überhaupt alle beruhigten. Niemand sprach mehr durcheinander, Veras Knöchel am Klemmbrett wurden weiß, und Nicole tat merkwürdig unbeteiligt, vielleicht ahnte sie schon, was jetzt geschehen würde.

«Herr Hofer, bitte fahren Sie Ihren LKW zur Seite, Nicole, mach bitte die Papiere der beiden Herren fertig und, wenn sie noch genug Zeit haben, eine Tasse Kaffee für beide. Frau Lettner, Sie können nach Hause gehen. Sie sind entlassen. Fristlos.»

Ein paar Sekunden schwiegen alle. Dem Fahrer aus Bamberg blieb der Mund offen stehen, Herr Hofer machte große Augen, Nicole starrte auf den Asphalt vor ihren Füßen. Klaus Thomsen wirkte fast überrascht, vielleicht auch ein wenig ungehalten, weil dieser wunderbare Moment nun vorüber war und er ihn nicht länger auskosten konnte. Er beobachtete Vera, denn dieses Mal musste sie doch reagieren, musste irgendeine Regung zeigen, widersprechen, aufbrausen, toben; dieses Mal musste es einen Hinweis, und sei er noch so winzig, darauf geben, dass etwas in ihr lebendig war, das sich nicht durch das bloße Zusammenpressen der Lippen kontrollieren ließ.

Doch Vera rührte sich nicht.

Selbst als die anderen zögernd von einem Bein aufs andere traten, als hätten sie eine Steifheit abzuschütteln, die Arme leicht streckten, Handgelenke kreisen ließen und Schultern hoben, als sei eine ungeheure Last von ihnen genommen, bewegte Vera sich nicht. Sie blinzelte nicht einmal. Erst als Frank Hofer in seinen LKW stieg und den Motor anließ, trat sie einen Schritt zurück, als wollte sie ihm höflich Platz machen. Sie wartete, bis der Dreißigtonner den Eingang freigegeben hatte, machte dann auf dem Absatz kehrt und ging ins Büro. Aus der Küche hörte Klaus Thomsen ein lautes Scheppern, als Vera Lettner ihre Kaffeetasse mit dem hübschen Blumenmuster fallen ließ. Dann verließ sie, nur mit einer leichten Jacke bekleidet, die große Einkaufstasche fest an sich gepresst, ohne ein Wort, die Spedition.

Klaus Thomsen sah Vera Lettner nie wieder, doch auf Neuigkeiten über seine ehemalige Angestellte brauchte er deswegen nicht zu verzichten. Er brauchte nicht einmal Fragen zu stellen; die Fakten und Gerüchte, die Vera betrafen, schienen durch die Straßen der kleinen Stadt zu wehen und sich jedem zu offenbaren, der dafür empfänglich war.

Es sprach sich rasch herum, dass Vera Lettner ihre Arbeit verloren hatte, obwohl sie selbst weder ihren Vater noch Frau Keller darüber informierte. Arbeitslosigkeit war in Veras Augen schon immer ein Makel gewesen. Sie kannte niemanden, der arbeitslos war, und wollte mit solchen Leuten auch nichts zu tun haben. Die Vorstellung, nun selbst dazuzugehören, war für sie dermaßen unerträglich, dass sie sich weigerte, diese Tatsache zu akzeptieren. Gottlob befand sie sich in der glücklichen Lage, nicht auf die Fürsorge des Staates angewiesen zu sein, zumindest vorerst nicht. Die Papiere, die Klaus Thomsen ihr binnen weniger Tage zuschickte, heftete sie sorgfältig ab, ohne einen Blick darauf zu werfen, und vergaß sie. Sie hatte keine Ahnung, wo sich in der kleinen Stadt das Arbeitsamt befand, und sie wollte es auch gar nicht wissen. Schließlich gehörte sie nicht zu *denen*, denn sie würde selbstverständlich sofort wieder eine Anstellung finden, wenn sie nur suchte. Doch sich auf die Suche zu begeben hieße, sich einzugestehen, dass sie etwas verloren hatte, und so weit war Vera Lettner noch nicht, noch lange nicht.

Im Laufe der Jahre hatte sie, sparsam, wie sie war, eine nicht unbeträchtliche Summe beiseitegelegt, mit der sie, wenn sie gut haushaltete, eine Weile zurechtkommen würde. Und nicht zuletzt war da noch das Haus ihres Vaters, das sie eines Tages erben würde. Gewiss, es war in den letzten Jahren etwas vernachlässigt worden, doch es lag direkt in der Altstadt, und Vera rechnete damit, dass sie einen guten Preis dafür erzielen würde, sollte sie sich genötigt sehen, ihr Erbe zu verkaufen.

Rein äußerlich war ihr zunächst nichts anzumerken. Mit wie üblich verkniffenem Mund hielt Vera an ihrem gewohnten Tagesablauf fest. In aller Frühe stand sie auf, machte zur gleichen Zeit Frühstücks- und Mittagspause wie seit fast fünfundzwanzig Jahren und ging erst am Nachmittag einkaufen, zu den Zeiten, zu denen man sie in den Geschäften erwartete. Sie hasste Untätigkeit, doch zum Glück fand sich in den zweieinhalb Zimmern ihrer Wohnung genug zu tun. Endlich konnte sie die Gardinen wieder einmal waschen und mit einem speziellen Gerät, das sie sich extra dafür auslieh, die Teppiche und die Polstermöbel reinigen. Die Matratze wurde gelüftet und der Bettrahmen mit einem feuchten Tuch ausgewischt. Sie nahm die Bilder ab und befreite die Wände gründlich von imaginären Spinnweben. Endlich konnte sie auch wieder einmal ihr sämtliches Geschirr abspülen, vor allem das gute zwölfteilige Service, das sie zur Hochzeit bekommen hatte, und das Silberbesteck polieren. All diese Arbeiten hatte sie in den letzten Jahren nicht häufig genug und nur am Wochenende erledigen können, und manchmal verspürte Vera sogar eine gewisse Freude darüber, dass sie jetzt endlich, endlich einmal genügend Zeit dafür fand.

Zwei Tage nach ihrer Entlassung traf sie zur Mittagszeit Frau Keller im Treppenhaus. Die Nachbarin, zu der die Neuigkeit noch nicht vorgedrungen war, sah Vera Lettner erstaunt an.

«Frau Lettner, was machen Sie denn um diese Zeit hier? Haben Sie Urlaub?»

Vera zuckte sichtlich zusammen. «Ja.» Sie schien kurz nachzudenken. «Ich habe mich kurzfristig dazu entschlossen, in der Wohnung gibt es einiges zu tun.»

Aufmerksam musterte Frau Keller die Jüngere. In den langen Jahren ihrer Bekanntschaft hatte sie gelernt, die kleinsten Änderungen im Minenspiel der verschlossenen Frau zumindest zu erkennen, und manchmal sogar richtig zu deuten. Sie stellte fest, dass die Lippen noch schmaler waren als üblich, die Falten, die sich von den Nasenflügeln bis zu den Mundwinkeln zogen, noch ausgeprägter schienen, als sie es gewohnt war, während die Gesichtshaut blasser wirkte als sonst. Vera Lettner erweckte den Eindruck, krank zu sein oder Sorgen zu haben. Frau Keller spürte sehr wohl, dass ihre Nachbarin die Unwahrheit sagte, denn Vera Lettner hatte kein Talent zum Lügen. Doch sie kannte Vera gut genug, um zu wissen, dass direktes Nachfragen nur dazu führen würde, dass sich die Jüngere noch weiter verschloss.

Ein wenig ratlos verabschiedete Frau Keller sich von der Nachbarin. Was mochte wohl hinter Veras spontanem Urlaub stecken, der ihr so gar nicht ähnlich sah?

Drei Tage später erhielt sie die Antwort. Sandra Mersfeld fragte Frau Keller bei ihrem wöchentlichen Besuch, ob sie denn schon die Neuigkeit gehört habe.

«Welche Neuigkeit?»

«Frau Lettner ist bei der Spedition rausgeflogen.»

«Wie bitte? Die war doch schon seit mehr als zwanzig Jahren da, wie kann der Klaus Thomsen sie denn da rauswerfen?»

Sie habe wohl irgendwie Mist gebaut, einen LKW-Fahrer beleidigt oder so ähnlich. Und da sie schon zwei Abmahnungen hatte, habe Klaus sie einfach vor die Tür gesetzt. Fristlos.

«Vera Lettner soll jemanden beleidigt haben?» Im ersten Moment mochte Frau Keller das nicht recht glauben – obwohl, eigentlich konnte sie es sich doch vorstellen, sehr gut sogar, wenn sie genauer darüber nachdachte. Auch wenn es ihrer Nachbarin vermutlich nicht im Traum einfiele, dass ihr Verhalten als kränkend, verletzend oder unverschämt aufgefasst werden könnte.

«Was da genau vorgefallen ist, weiß ich auch nicht», gab Sandra Mersfeld zu. «Christian hat es mir erzählt, und er hat es von Klaus erfahren.»

«Ach, Ihr Mann und Klaus Thomsen kennen sich?»

«Unsere Lena und Ann-Kathrin von Klaus und Babette gehen in eine Klasse, und manchmal laufen die Männer zusammen um den See.»

Frau Keller nickte langsam, während ihre arthritischen Finger mit mühsamen Bewegungen die Qigong-Kugeln kreisen ließen.

«Merkwürdig, die ganze Geschichte», sagte sie nach einer Weile. «Vera Lettner macht immer so einen fleißigen und korrekten Eindruck. Dass ausgerechnet sie ihren Arbeitsplatz verliert! Dabei hat der alte Herr Thomsen immer so große Stücke auf sie gehalten.»

Sandra begann, Frau Kellers Hände zu massieren. «Alfred Thomsen ist ja auch nicht gerade ein einfacher Zeitgenosse», erklärte sie. «Ich war ein paar Mal bei ihm zu Hause, um nach dem Schlaganfall mit ihm zu arbeiten. Aber er war so unkooperativ und unhöflich, dass ich mich geweigert habe, ihn weiter zu behandeln.» Vorsichtig strich sie die Handflächen aus. «Er kommandierte mich herum, als sei ich seine Angestellte, die vor ihm zu kuschen hat.»

«Das ist Alfred Thomsen, wie er leibt und lebt. Als Kind war er auffällig fleißig und hatte immer gute Zensuren, obwohl er schon früh neben der Schule Geld verdienen und Essen heranschaffen musste. Immerhin war das kurz nach dem Krieg, und es gab noch zwei kleinere Geschwister zu versorgen. Seine Mutter war zu krank dafür, schwermütig, wie man damals sagte. Heute würde man wohl eher von Depression sprechen.» Frau Keller hing ihren Erinnerungen nach. «Merkwürdig, es ist mir noch nie aufgefallen, aber Vera Lettner war ihm schon als Kind sehr ähnlich. Fleißig und auf eine unheimliche Art unfröhlich, als hätten beide in ihrem Leben nichts zu lachen. Es wundert mich nicht, dass die beiden sich so gut verstehen.»

Sandra dagegen wunderte sich fast gar nicht, dass Frau Keller Alfred Thomsen ebenfalls kannte. Nach zwölf Jahren hatte sie sich daran gewöhnt, dass hier anscheinend jeder jeden kannte. Die Tochter ging mit dem Sohn vom besten Freund zur Schule, der Bruder war im selben Segelclub wie der Schwager, der Steuerberater und dem Sohn vom Richter, und die Sprechstundenhilfe turnte Donnerstag mit der Gattin des Anwalts und ließ sich Samstag von der Enkelin des Kaufmanns die Haare schneiden. Man ging höflich und freundlich miteinander um, schließlich war man das ganze Leben lang auf Gedeih und Verderben den anderen ausgeliefert, wer wollte sich da schon ernste Feinde machen?

Die Stunde war vorüber, und Sandra verabschiedete sich von Frau Keller. Im Hausflur traf sie auf Vera Lettner, die sie mit einem knappen Kopfnicken grüßte. Sandra Mersfeld empfand dieser ganz in düstere Farben gekleideten Frau gegenüber dasselbe Unbehagen wie bei jeder ihrer Begegnungen, doch dieses Mal mischte sich eine Spur Mitleid darunter. Was konnte das Leben dieser Frau, die mit siebenundvierzig Jahren ihren Arbeitsplatz verloren hatte und so wenig Sympathie bei ihren Mitmenschen hervorrief, schon noch bieten? Wer würde sie noch einstellen, zumal das Zeugnis, das sie von Klaus bekäme, sicherlich nicht das Beste sein würde? Wenn sie später an die folgenden Minuten zurückdachte oder davon erzählte, rechtfertigte sie sich stets damit, dass sie ja nur hatte helfen wollen, als sie die Frau, die sie eigentlich gar nicht kannte und die sich schon halb an ihr vorbei geschoben hatte, direkt ansprach.

«Frau Lettner, ich habe gehört, dass Sie ihre Arbeit verloren ...» Erschrocken unterbrach sie sich, als Vera Lettner mit einer Heftigkeit, die sie nie bei ihr vermutet hätte, herumwirbelte. Das Gesicht war kreidebleich, die Augen schmal, doch der Mund klaffte, was wohl noch nie zuvor ein Mensch beobachtet hatte, weit offen. Vera Lettner wollte etwas erwidern, etwas Wütendes, doch zugleich Beherrschtes und Überlegenes, doch sie brachte kein Wort heraus, sondern schnappte nur ein paar Mal hilflos nach Luft, wie ein Fisch auf dem Trockenen. Anstatt Mitleid zu zeigen, sich zu entschuldigen und ihr Opfer allein zu lassen, damit es sich in Ruhe seine Wunden lecken konnte, bohrte Sandra den Stachel noch weiter ins offene Fleisch und sagte: «Brauchen Sie vielleicht Hilfe? Haben Sie sich schon arbeitslos gemeldet? Sie wissen doch, dass Sie das sofort tun müssen, sonst haben Sie keinen Anspruch ...»

«Ich brauche keine Hilfe, und von Ihnen schon gar nicht. Kümmern Sie sich gefälligst um Ihre eigenen Angelegenheiten.» Veras Finger ballten sich um den Schlüssel zur Faust. Unvermittelt verspürte sie den starken Wunsch, Sandra weh zu tun, sie zu schlagen und ihr das Gesicht zu zerkratzen, weil sie es gewagt hatte, ihr die Wahrheit ins Gesicht zu sagen. Sie, die zweite Frau von Christian Mersfeld, dieses Flittchen, das einen untreuen Kerl genommen hatte, weil es sonst keinen mehr abbekommen hätte; die ihren Mann ungepflegt wie einen Penner draußen herumlaufen ließ, diese, diese ... Person bildete sich ein, ihr helfen zu können, ihr, Vera Lettner? Doch sie brauchte keine Hilfe, von niemandem, und wenn die ganze Welt sich gegen sie verschwor. Die Fingerknöchel wurden weiß, Vera atmete heftig, ein roter Schimmer zeigte sich auf ihren Wangen, und nur Sandras Zurückweichen war es zu verdanken, dass die zum Schlag erhobene Hand sich wieder senkte. Ohne ein weiteres Wort verschwand Vera Lettner in ihrer Wohnung.

Sie wusste nicht, wie lange sie wie erstarrt in der Küche saß, auf der Stuhlkante hockend, die Hände immer noch zu Fäusten geballt. Sie sah nichts, hörte auch nicht das Ticken der Uhr oder die Autos, die draußen vor dem Haus entlang fuhren.

Für Vera Lettner grenzte es an Beleidigung, einen anderen Menschen unaufgefordert auf persönliche Dinge anzusprechen, und jeder, der sie gut genug kannte, brachte in ihrer Gegenwart nur belanglose Themen wie das Wetter oder die letzten Preiserhöhungen zur Sprache. Doch schon die Erörterung des Autoverkehrs bekam für Vera Lettner rasch persönliche Züge, denn sie unterstellte jedem Menschen, der nachts mit dem Auto durch die Vicelinstraße fuhr und ihren Schlaf störte, eine Rücksichtslosigkeit, die ihr, Vera Lettner, selbstverständlich vollkommen fernlag.

Und jetzt wagte es diese Frau, die dazu noch quasi ihre Rivalin war, sie auf den Verlust ihres Arbeitsplatzes anzusprechen. Im ersten Moment hatte sie nichts als Wut und Empörung empfunden, aber im Grunde war es natürlich nur eine bodenlose Furcht, weil jemand im Begriff gewesen war, ihre Mauer niederzutrampeln und ihr unaufgefordert und ohne jede Erlaubnis so nahe getreten war wie selten ein Mensch zuvor. Vera zitterte. Kalter Schweiß stand ihr auf der Stirn, doch selbst in diesem Moment erkannte sie nicht, dass es Angst war, die sie empfand; dass es überhaupt ein Gefühl in ihrem Inneren war, das sie wie gelähmt in ihrer Küche kauern ließ. Stattdessen befürchtete sie, aus heiterem Himmel krank geworden zu sein, womöglich hatte Sandra Mersfeld sie angesteckt, wer weiß, was die an Keimen mit sich herumschleppte. Doch nach einer Weile beruhigte Vera sich wieder, einfach so, ohne ihr Zutun, weil sie keine Kraft mehr zum Sich-Fürchten hatte. Ihre verkrampften Finger lösten sich, dann seufzte sie und strich die Haarsträhne zurück, die ihr in die Stirn gefallen war. Vera Lettner sah sich in ihrer Meinung über Sandra Mersfeld bestätigt: Diese Frau wusste einfach nicht, was sich gehörte. Ihre vertraute Empörung kehrte zurück und schließlich schaffte sie es, aufzustehen und sich wieder an die Hausarbeit zu machen.

Erst als sie im Wohnzimmer, wo längst schon kein Staub mehr zu finden war, Staub wischte, fragte sie sich, woher Sandra Mersfeld eigentlich wusste, dass ... Vera beließ es in ihren Gedanken bei diesem Satzanfang, denn ein Weiterdenken wäre zu gefährlich. Es würde sie unweigerlich zu jener Wunde führen, die sie seit Tagen mehr oder weniger erfolgreich zu ignorieren versuchte und die Sandra auf so unbarmherzige Weise aufgerissen hatte. Woher also wusste Sandra? Ohne Zweifel war sie gerade bei Frau Keller gewesen, doch Vera hatte der Nachbarin gegenüber nichts erwähnt. Der Gedanke, dass Sandra womöglich der alten Dame davon erzählt haben könnte, traf Vera wie ein erneuter Schlag, und zum zweiten Mal an diesem Tag schnürte Furcht ihr die Kehle zu, bis sie schwankte und sich nach Luft schnappend am Schrank festhalten musste. Wenn Frau Keller jetzt Bescheid wusste, würde sie gewiss ebenfalls eine Bemerkung darüber machen, sobald sie einander das nächste Mal begegneten. Die alte Dame würde an ihrer Mauer kratzen und klopfen, wenn auch kaum mit derselben Unverfrorenheit wie Sandra. Vera versuchte, sich zu beruhigen. Frau Keller sei viel zu höflich und zu wohlerzogen, um sich solcherlei Unverschämtheiten zu erlauben; die beiden Frauen seien gar nicht miteinander zu vergleichen und wer weiß, vermutlich war Frau Keller sogar viel zu anständig, um sich diese gemeine Verleumdung überhaupt anzuhören. Ja, genau, eine hinterhältige Verleumdung war es, die Worte Vera und Arbeitslosigkeit in einem Satz zu erwähnen, eine Unverschämtheit war das. Dass Sandra es wagte, sie derart mit Schmutz zu bewerfen! Aber Grund genug hatte sie ja, das stand schließlich außer Frage.

Angesichts dieses kläglichen Versuchs ihrer Rivalin, ihr das Leben schwer zu machen, verzog Vera die Lippen zu einem verächtlichen Lächeln. Sollte sie es nur versuchen – sie, Vera Lettner würde sich nicht aus der Ruhe bringen lassen. Zufrieden mit sich bereitete sie sich eine Tasse Kaffee zu, obwohl es bis zu ihrer üblichen Pause noch eine gute Stunde hin war, und dachte über die Schlechtigkeit der Welt nach. Könnte womöglich Sandra hinter der ihr widerfahrenen Ungerechtigkeit stecken? Vera traute ihr so eine Hinterhältigkeit durchaus zu. Je länger sie darüber nachdachte, desto wahrscheinlicher schien es ihr, bis sie schließlich fest davon überzeugt war, eine Erklärung für alles gefunden zu haben. Natürlich, diese Person hatte ihre Finger im Spiel gehabt, auch wenn ihr noch nicht ganz klar war, wie Sandra Mersfeld Klaus Thomsen dazu gebracht haben könnte, sie zu entlassen, doch vermutlich steckte auch Christian mit den beiden unter einer Decke. Kein Wunder also, dass sie davon wusste. Veras Stimmung besserte sich. Jetzt, wo sie dieses Rätsel gelöst sah, erwog sie sogar für einen Augenblick, einen Rechtsanwalt einzuschalten, um gegen das an ihr begangene Unrecht vorzugehen. Doch dieser Moment verflog rasch, da sie sehr wohl spürte, dass ein solcher Schritt dem freiwilligen Einreißen ihrer Mauer gleichkäme, wozu sie niemals, unter keinen Umständen, bereit wäre.

Vera Lettners gute Stimmung hielt bis zum frühen Abend an. Die Arbeit ging ihr leicht von der Hand, und sie schaffte es sogar noch, die kleinen Hummelfiguren im Wohnzimmer abzuwaschen. Die hatte sie zwar erst vor vier Tagen gründlich gereinigt, aber sie war froh, dass sie die Zeit fand, die filigranen Kunstwerke gar nicht erst wieder einstauben zu lassen. Die Türklingel schreckte sie auf. Sofort dachte sie an etwas Böses, einen Überfall vielleicht oder doch mindestens einen Klingelstreich. Aber dafür war es wohl noch zu früh, gerade mal sechs Uhr, und draußen war es noch hell. Zögernd stand sie in der Küche, einen Putzlappen in der Hand, und überlegte, was sie tun sollte, ehe ihr das Naheliegendste einfiel. Sie ging zur Tür und fragte an der Gegensprechanlage, wer dort sei.

«Hallo Vera, hier ist Christian. Mach auf.»

Noch nie in all den Jahren seit der Scheidung hatte Christian sie besucht, wozu auch, sie hatten einander schließlich nichts mehr zu sagen. Vermutlich kam er jetzt, um sich für das Verhalten seiner zweiten Frau zu entschuldigen. Sie wird es ihm gebeichtet haben, reumütig, was Vera ihr gar nicht zugetraut hätte, aber dass Christian jetzt die Stärke besaß, zu ihr zu kommen, stimmte Vera milde. Bereitwillig ließ sie ihn ins Haus und öffnete die Wohnungstür.

Zu ihrer Überraschung wollte Christian sich nicht entschuldigen, mitnichten.

«Sag mal, was fällt dir eigentlich ein, Sandra zu bedrohen?», ging er sie heftig an, kaum dass die Tür hinter ihm geschlossen war. Vor Empörung schwer atmend stand er vor ihr und schien auf eine Antwort zu warten, während Vera zu begreifen versuchte, warum Christian sie beschimpfte, anstatt sie um Verzeihung zu bitten. Es schien ihr, als würde er sie in diesem Moment ein zweites Mal betrügen, indem er nicht das tat, was sie von ihm erwartete, sondern ihr in den Rücken fiel. Vera Lettner richtete sich auf, presste die Lippen zusammen, weil sie es immer so machte, und erwiderte: «Ich weiß nicht, wovon du sprichst.»

«Das weißt du sehr gut, Vera. Du hättest Sandra heute Nachmittag beinahe geschlagen, hier im Treppenhaus, weil sie dir Hilfe angeboten hat. Oder hast du das etwa schon vergessen?»

«Ich habe mir im Gegensatz zu deiner neuen Frau ja wohl nichts vorzuwerfen.»

«Vera, was hat sie dir denn getan?»

«Sie hat mich beleidigt.»

«Indem sie die Wahrheit ausgesprochen hat? Herrje, Vera, merkst du eigentlich noch was?»

Veras Mund wurde noch schmaler, und ohne mit der Wimper zu zucken, sagte sie: «Sie hat sich mir gegenüber im Ton vergriffen. Das habe ich mir nicht bieten lassen und werde es auch in Zukunft nicht dulden.»

«Verdammt Vera, was hat sie denn gesagt, das dich so verletzt hat? Sie saß ganz fertig zu Hause und hat geheult. Das Einzige, was aus ihr herauszukriegen war, war, dass du sie fast geschlagen hättest. Dabei wollte sie dir nur ihre Hilfe anbieten, weil du bei Thomsen rausgeflogen bist.»

Vera zuckte zusammen, weil Christian auszusprechen wagte, was sie vergessen wollte, doch dann richtete sie sich auf und sagte mühsam beherrscht: «Was mischt sie sich auch in Sachen, die sie nichts angehen? Sie soll sich gefälligst um ihren eigenen Dreck kümmern.»

Ihr Gesicht war bleich, so bleich, dass Christian sich beinahe Sorgen machte. Schweigend starrte er sie an, dann schüttelte er den Kopf und schaute sich flüchtig um. Hier hatte er einmal gewohnt. Hier? Mit dieser Frau war er verheiratet gewesen. Mit dieser Frau? Im engen Flur nahm er den penetranten Geruch von Putzmitteln wahr, der von ihr ausging. Sein Blick wanderte in das Wohnzimmer und die Küche, in der noch diverse Plastikflaschen auf der Spüle standen. Er verspürte einen Anflug von Mitleid mit Vera, doch noch mehr grauste ihm vor ihr, denn beinahe hätte sie Sandra geschlagen und hatte sie zum Weinen gebracht, Sandra, die er liebte, und wer weiß, was Vera als Nächstes anstellen würde. Das war der Moment, in dem Christian zum ersten Mal der Verdacht kam, mit Vera würde etwas nicht stimmen, vielleicht war sie ja verrückt, litt unter Verfolgungswahn, wer weiß, ausgeschlossen war es nicht.

«Lass sie in Zukunft einfach in Ruhe, okay? Aber wenn du sie noch einmal bedrohst, dann werden wir Anzeige gegen dich erstatten.» Er wartete ihre Antwort nicht ab, denn er wollte nur noch raus hier, raus aus dieser Enge und fort von dieser Frau, die ihn verwirrte und frösteln ließ, ohne dass er hätte sagen können, warum.

6

Zwei Wochen lang schaffte Vera es, den Verlust des Arbeitsplatzes ihrem Vater gegenüber unerwähnt zu lassen, ohne zu ahnen, dass dieser längst Bescheid wusste. Sein Freund Kurt hatte ihn davon in Kenntnis gesetzt, der es von einer Altenpflegerin im Seniorenheim bei der alten Mühle gehört hatte, die es wiederum von Nicoles Mutter erzählt bekommen hatte, mit der sie zusammen einmal in der Woche Gymnastik machte. Die Geschichte von dem LKW, der Vera auf so spektakuläre Weise gestoppt hatte, hatte die Runde gemacht, und in der kleinen Stadt war man sich einig, dass wohl wirklich nur ein dreißig Tonnen schweres Ungetüm aus Stahl Vera Lettner Einhalt gebieten konnte. Man war neugierig, wie es mit dieser Frau weitergehen würde, und Frau Keller, als diejenige, die mit ihr in einem Haus lebte und sie am besten kannte, fand sich plötzlich im Mittelpunkt eines nicht gerade lebhaften, aber doch spürbar stärker gewordenen Interesses.

Horst Lettner berührte die Arbeitslosigkeit seiner Tochter nur wenig, denn er hatte andere Sorgen. Als Vera Anfang August ins Haus am Mühlendamm kam, schien ihr Vater sie zu erwarten, zum ersten Mal seit Jahren. Es ging nicht so weit, dass er sie an der Wohnungstür begrüßte, aber er schaute auf, als sie wie stets den Kopf zu einem kurzen Gruß ins Wohnzimmer steckte und sagte: «Vera.»

So gefühllos Vera Lettner auch sein mochte, diese Änderung der üblichen Routine, und sei sie auch noch so klein, registrierte sie auf der Stelle und ließ sie innehalten.

«Was ist?»

Die heiße, stickige Luft machte das Atmen schwer.

«Ich muss hier raus.»

Verständnislos starrte sie ihren Vater an, der ihr wortlos ein Blatt Papier reichte, auf dem sie das Logo der örtlichen Sparkasse erkannte. Sehr geehrter Herr Lettner, ...

Vera las den Brief, las ihn ein zweites Mal und musterte ihren Vater.

«Warum hast du denn einen Kredit aufgenommen? Du bekommst doch Rente!»

«Aber die reichte nicht mehr, als deine Mutter krank wurde. Die Krankenkasse hat doch die Behandlung beim Heilpraktiker nicht bezahlt, was sollte ich denn sonst machen?»

«Geholfen hat es jedenfalls nichts. Mutter ist ja trotzdem gestorben, und du hast jetzt die Schulden.» Sie warf einen erneuten Blick auf den Brief. «Und jetzt kannst du die Raten nicht mehr zahlen. Hast du dir denn nicht vorher überlegt, ob du dir das leisten kannst?»

«Vera! Mutter war krank, ich konnte sie doch nicht einfach allein lassen.»

«Aber das Geld hast du doch völlig umsonst ausgegeben! Mutter hat nichts davon gehabt!»

«Sie hat ein paar Monate länger gelebt und weniger Schmerzen gelitten.»

Vera begriff nicht, wie jemand leichtfertig sein Hab und Gut aufs Spiel setzen konnte, nur um einem anderen Menschen, der ohnehin sterben würde, noch ein paar schöne Momente zu schenken. In Veras Augen grenzte das an Verschwendung, zumal sie nicht nachvollziehen konnte, wie das Leben trotz schwerer Krankheit noch lebenswert sein konnte. Vera, für die das Dasein nichts als eine endlose Abfolge von Pflichten und Routinen war, wusste nicht, wie wichtig jeder einzelne Moment sein konnte, wie kostbar ein Tag, eine Stunde sein konnte für zwei Menschen, die sich liebten und Angst vor der endgültigen Trennung hatten.

Inzwischen lag die Mutter längst im Doppelgrab auf dem

Friedhof, und die Schulden hatten sich aufgehäuft und vermehrt, weil ihr Vater von seiner kleinen Rente die monatlichen Raten nicht hatte abbezahlen können. Jetzt drohte die Bank mit einer Zwangsräumung, wenn er nicht binnen einer Woche die ausstehenden Schulden beglich. Vera überlegte, was zu tun sei. Schließlich steckte sie den Brief in ihre Tasche und verkündete, sie würde sich darum kümmern und morgen persönlich bei der Sparkasse vorsprechen.

«Das bringt doch nichts.»

«Das werden wir ja sehen.»

«Ich habe kein Geld, und du hast auch keines.» Mit dieser Äußerung begab der Vater sich in gefährliches Fahrwasser. Veras Lippen wurden bereits schmal.

«Wie meinst du das?», fragte sie, und zum ersten Mal vernahm Horst Lettner so etwas wie einen bedrohlichen Unterton in der Stimme seiner Tochter, ganz leicht nur, und kaum wahrnehmbar. Auch wenn sie einander nichts zu sagen hatten, wusste er doch die sparsame Gestik und Mimik seiner Tochter zu deuten. Vorsichtig fragte er nach, ob es denn womöglich nicht stimme, dass sie ihre Stelle verloren hatte.

Vera schwieg, verwirrt und hilflos, weil sie noch nicht gelernt hatte, über diese Schmach, die ihr widerfahren war, zu sprechen.

Ihr Vater bedrängte sie nicht weiter. Er war müde, und er wollte sich nicht um die Probleme einer Tochter kümmern müssen, die ihm fremd war, schon als Kind, und die er nicht mochte, weil sie so kalt und unnahbar war. Er gestand sich nur ungern ein, dass er sein eigenes Kind nicht liebte, weil es sich nicht lieben ließ, von niemandem, aber er schritt auch nicht ein, wenn andere in seiner Gegenwart schlecht über Vera sprachen. Er verteidigte sie nicht, sondern saß nur still dabei, beim Stammtisch der Modelleisenbahnfreunde, zu dem er immer noch einmal im Monat ging, oder in der alten Mühle, die jetzt ein Café war und wo sich die Alten aus dem Seniorenheim und der Stadt trafen. Er saß dabei, bestellte seinen Kaffee und Kuchen, ein, zwei Stücke, manchmal auch drei, und lauschte dem, was sich die anderen über seine Tochter zuraunten. Man bedauerte ihn, und hie und da trafen ihn mitleidige Blicke, weil er mit einer solchen Tochter geschlagen war. Horst Lettner tat, als merkte er nichts; als spürte er nicht das leichte Grauen der anderen, wenn das Gespräch auf Vera kam; als hörte er die Bemerkungen und sähe die Blicke nicht. Einzig sein Freund Kurt Behnke wusste, wie sehr er litt, unter der Tochter, die auf so ungewöhnliche Art missraten war, und unter den Worten der anderen, und so war Kurt auch der Einzige, mit dem Horst hin und wieder über Vera sprach.

Vera ließ den Vater im Wohnzimmer sitzen und machte sich an die übliche Hausarbeit. Die Sommerhitze trieb ihr bei jeder Bewegung den Schweiß auf die Stirn, doch sie dachte gar nicht daran, einmal Fünfe gerade sein zu lassen und sich einen schattigen Platz zu suchen, wo sie den Abend genießen, vielleicht mit einem kühlen Glas Wein in der Hand, träge und müßig der Zeit beim Verrinnen zusehen könnte. Verbissen putzte und wischte sie, während sie sich über das Verhalten ihres Vaters empörte. Schließlich war es ihr Erbe, das er leichtfertig aufs Spiel gesetzt hatte. Warum hatte er nicht mit ihr darüber gesprochen, damals, als ihre Mutter krank war oder auch später, als absehbar wurde, dass er mit den Ratenzahlungen in Verzug geriet? Sie ahnte nicht, dass ihr Vater sehr wohl daran gedacht und auch mit seiner Frau darüber gesprochen hatte, aber keiner von beiden wollte Vera einweihen oder um Hilfe bitten. Die Vorstellung, von ihrer Tochter etwas anzunehmen, das diese, wenn überhaupt, nur widerwillig und unter größten Vorhaltungen über solcherlei Verschwendung geben würde, war ihnen zutiefst zuwider gewesen. Natürlich hatten sie diesen Widerwillen nicht benannt, sondern einander versichert, sie wollten ihrer Tochter nicht zur Last fallen, um sich nicht eingestehen zu müssen, dass sie die Abweisung der

Tochter fürchteten. Später war der Vater einfach zu erschöpft gewesen, vom Sterben seiner Frau und vom Alleinsein, als dass er die Kraft gefunden hätte, Vera ins Vertrauen zu ziehen. Monat um Monat, Jahr um Jahr verstrich, er zahlte so viel er konnte an die Bank, verzichtete auf vieles, wenn auch nicht auf seinen geliebten Kuchen, ließ das Haus verfallen und hoffte, zu sterben, bevor es zusammenbrach oder er hinausgeworfen wurde.

Lange, nachdem Vera gegangen war, saß ihr Vater noch im Wohnzimmer und starrte aus dem Fenster auf die gegenüberliegende Straßenseite. Er wusste, dass seine Tage in diesem Haus, in dem er geboren worden war und sein ganzes Leben verbracht hatte, gezählt waren, aber er wusste nicht, wohin er gehen sollte. Er träumte von dem Seniorenwohnheim bei der alten Mühle, wo er so viele Menschen kannte, mit denen er früher die Schulbank gedrückt und später Geschäfte gemacht hatte. Doch es war ein privates Haus und teuer, und wer weiß, wie viel ihm noch blieb, wenn die Bank ernst machte mit der Drohung. Jahrelang hatte Markus Hansen Geduld mit ihm gehabt, hatte seine Bemühungen honoriert und sich immer wieder vertrösten lassen, immerhin konnte es dem Filialleiter der Sparkasse egal sein, wenn er die eine oder andere Rate nicht zahlen konnte, schließlich war da das Haus in bester Lage, wenn auch nicht im besten Zustand, und die Bank würde am Ende so oder so gewinnen, egal ob der alte Lettner dabei verlor oder nicht. Mit Geldsachen hatte er noch nie eine glückliche Hand gehabt, bei der Buchhaltung für die Tischlerei hatte er sich abgemüht, jahrelang, und das mit der Rente hatte er auch nicht im Griff gehabt, sonst sähe es heute anders aus, wer weiß, vielleicht würde er dann schon längst bei der alten Mühle wohnen. Jetzt musste er wohl in eines der städtischen Heime ziehen, wo sie die Alten vernachlässigten und schlugen und einsperrten, er hatte da so Geschichten gehört, von denen er nicht wusste, dass es nur Geschichten waren. Aber es stimmte schon, dass es für die Alten nichts Besseres gab als das Haus bei der alten Mühle. Morgen würde er sich darum kümmern, oder übermorgen, egal. Horst Lettner holte eine Packung Kekse aus seinem Versteck hinterm Sofa hervor und begann zu essen.

An diesem Abend lag Vera wieder einmal lange wach und grübelte über den Verrat des Vaters nach. Sie dachte nicht an seine Not oder an die Schmerzen der Mutter und ihre Angst vor dem Sterben, die Horst Lettner vielleicht gemildert hatte, sondern einzig und allein daran, dass ihr Erbe verspielt war. Wie Wasser war es ihm zwischen den dicken, fleischigen Fingern zerronnen. Natürlich würde sie es sich nie eingestehen, aber Vera ekelte sich vor ihrem Vater. Er war schon immer dick gewesen, doch seit dem Tod ihrer Mutter hatte er sich vollkommen gehen lassen. Geregelte Mahlzeiten gab es in dem Haus am Mühlendamm schon lange nicht mehr. Horst Lettner aß, wann er Lust hatte, und das war fast immer. Die Kekse, die Vera regelmäßig in seinem Küchenschrank fand, waren nur dazu gedacht, der Tochter ein Erfolgserlebnis zu bescheren, damit sie ihn anschließend in Ruhe ließ. Überall in der Wohnung hatte er Verstecke angelegt, in den Schränken, zwischen selten getragenen Hemden und Pullovern, unter alten Zeitungen und vor allem in dem Zimmer mit der Modelleisenbahn. Im Laufe der Jahre war diese unbändige Lust am Essen immer mehr zur Gier geworden. Wenn man Horst Lettner fragte, würde er vielleicht sagen: Das war schon immer so gewesen. Er war mit dem Duft aus der nachbarlichen Bäckerei groß geworden, und mit den süßen Kuchen, die es dort gab, sogar nach dem Krieg, als sonst niemand auch nur davon träumen konnte. Doch Kurt und er, und die, die gut zahlten, mussten nie auf diesen Luxus verzichten.

Auch heute noch fühlte Horst Lettner sich reich, wenn er nur diesen Geschmack auf der Zunge spürte, die Schokolade, die langsam zerschmolz, den weichen Zuckerguss eines Kuchens oder eine milde Sahnefüllung, zart und sanft. Dann konnte er alles vergessen, die Schulden und seine Tochter, und dass er bald aus dem Haus raus musste, ab ins Heim, wo sie den Alten nur einen elendigen Fraß vorsetzten. Früher hatte das Essen ihn getröstet, wenn das Geschäft schlecht lief, wenn er über den Zahlen saß, die sich verdrehten und ihn foppten und sich nicht bändigen ließen, so wie es sich gehörte und wie das Finanzamt es haben wollte.

Vera wusste von alldem nichts, denn sie sah stets nur das Äußere und verstand nicht, dass der größte Teil eines Menschen sich in seinem Inneren befand, so wie sich der größte Teil eines Eisbergs unter der Wasseroberfläche verbarg. Für sie war ihr Vater ein Schwächling, ein Versager, der ihr Erbe verprasst hatte und sich gehen ließ; ein verantwortungsloser Alter, der ohne seine Frau hilflos war, wie vielleicht alle Männer.

Über diese Gedanken schlief sie schließlich ein, mit den Zähnen knirschend, was jedoch niemand hörte, wer denn auch. Nur ihr Zahnarzt hatte sie einmal darauf angesprochen, doch Vera reagierte empört, als sei es unanständig, mit den Zähnen zu knirschen, und dann noch vor Wut. Welche Wut, hatte Vera spitz gefragt, sie sei zufrieden und habe keinen Grund sich zu grämen oder gar wütend zu sein.

Am nächsten Morgen erwachte sie beim ersten Läuten des Weckers. Diszipliniert wie immer stand sie auf, um die leidige Angelegenheit mit dem väterlichen Kredit aus der Welt zu schaffen. Sie war blass, und da sie sich niemals schminkte, sah man es ihr auch an. Kaum hatte eine Angestellte der Sparkasse die großen Glastüren aufgesperrt und zur Seite geschoben, verlangte Vera auch schon den Filialleiter zu sprechen.

«Haben Sie einen Termin bei Herrn Hansen?»

«Nein. Aber es ist wichtig. Außerdem kenne ich Herrn Hansen.» Was eine Übertreibung war, denn sie hatte lediglich einmal ein Beratungsgespräch mit ihm geführt, als er noch kein Filialleiter war und versucht hatte, ihr eine Geldanlage schmackhaft zu machen, um das Geld auf ihrem Sparbuch für sie arbeiten zu lassen. Vera war misstrauisch geblieben und hatte sich geweigert, auf die Vorschläge des jungen Mannes einzugehen, der sich freundlich lächelnd an Vera Lettner die Zähne ausbiss.

Die Angestellte verschwand und kehrte kurz darauf mit der Nachricht zurück, Herr Hansen könne in zehn Minuten etwas Zeit für sie erübrigen. Befriedigt, aber ohne den leisesten Hauch von Dankbarkeit, nahm Vera auf einem Besucherstuhl Platz, schlug einen Kaffee oder Tee aus und packte ihre große Tasche mit festem Griff.

Markus Hansen hatte sich sein jugendliches Äußeres bewahrt, wenngleich er inzwischen einen leichten Bauchansatz entwickeln hatte. Die dunklen Haare waren modisch kurz geschnitten, die Krawatte dezent gemustert, die Schuhe blank poliert. Er hatte, was Kleidung und Gebaren anging, einen ähnlichen Geschmack wie Klaus Thomsen, was nicht erstaunte, schließlich waren sie nicht nur Nachbarn, sondern auch Freunde und Studienkollegen, wovon Vera jedoch nichts wusste. Er führte sie in sein Büro und bat Vera Platz zu nehmen.

«Was kann ich für Sie tun, Frau Lettner?»

Vera holte den Brief hervor, den ihr Vater von der Sparkasse bekommen hatte, und reichte ihn über den Schreibtisch. «Sie wollen meinen Vater aus seinem Haus werfen. Das können Sie nicht machen.»

Markus Hansen tat, als überflöge er das Schreiben, was nicht nötig war, da er den Inhalt natürlich kannte, und wandte sich schließlich der Frau zu, die aufrecht und mit zusammengekniffenem Mund vor ihm auf der Kante des Besucherstuhls saß. Ihre Blässe fiel ihm auf, auch die dunklen Schatten unter den

Augen. Sie sieht krank aus, dachte er kurz, krank und erschöpft. Fasziniert starrte er ihren Mund an, da dieser in allen Beschreibungen, die er von Vera Lettner gehört hatte, immer wieder besonders hervorgehoben wurde, diese schmale, fast weiße Linie, die so gar nichts Sinnliches hatte; diese Lippen, die so oft aneinandergepresst wurden, dass sie beinah miteinander verwachsen zu sein schienen. Doch dann riss Markus Hansen sich zusammen, setzte ein Lächeln aus der Kategorie «Es tut mir schrecklich leid, aber es muss sein» auf und sagte:

«Es tut mir leid, aber wenn Ihr Vater die ausstehende Summe nicht aufbringen kann, sind wir gezwungen, beim Amtsgericht eine Zwangräumung zu beantragen.»

Vera dachte an das Geld auf ihrem Sparbuch. Es würde nicht ausreichen, um die Schulden des Vaters zu begleichen, aber vielleicht, vielleicht könnte es doch das Haus retten, auch wenn sie nicht wusste, wovon sie dann leben sollte. Sie zögerte, doch schließlich sagte sie: «Und wenn ich meinem Vater helfe, das Geld abzuzahlen?»

Der Filialleiter sah sie an. Als Bewohner der kleinen Stadt und als Klaus Thomsens Freund wusste er natürlich, dass sie keine Arbeit mehr hatte, aber als Bankmensch durfte er es nicht wissen. Achselzuckend sagte er: «Wenn Sie die Schulden bis zur nächsten Woche zahlen können, ist das Problem vom Tisch.»

«Die ganze Summe kann ich nicht aufbringen, aber einen Teil. Können wir nicht einen neuen Vertrag abschließen, mein Vater und ich zusammen? Schließlich gehört mir die Wohnung in der Vicelinstraße.»

Markus Hansen tat, als überlegte er. «Wenn Sie ein regelmäßiges Einkommen haben, sprich, einen festen Arbeitsplatz, dann könnten wir diese Möglichkeit ins Auge fassen.» Aufmerksam beobachtete er Veras Gesicht. Er wusste, dass Sandra Mersfeld Zeugin geworden war, wie sich dieser Mund geöffnet hatte, unerwartet und völlig überraschend, doch dieses Erfolgserlebnis blieb ihm verwehrt. Veras Lippen wurden nur in der üblichen Manier noch schmaler, was auch schon ein erstaunlicher Anblick war, denn Markus Hansen hatte noch nie so schmale Lippen gesehen. Einen Moment lang fragte er sich, wie es sich wohl anfühlen mochte, diesen Mund zu küssen, sicherlich waren sie kalt und so hart, dass man Angst hätte, sich daran zu verletzen. Er wandte sich dem Computer zu, tippte etwas in die Tastatur und sagte dabei in beiläufigem Ton zu Vera: «Sie sind doch berufstätig, oder?»

Als Vera schwieg, sah er sie an.

«Frau Lettner, was haben Sie denn? Sie sind ja ganz blass. Geht es Ihnen nicht gut? Soll ich Ihnen ein Glas Wasser bringen lassen?»

Vera schüttelte den Kopf. Sie wollte etwas sagen, doch sie musste sich räuspern, ehe sie ein Wort herausbrachte. «Ich habe zurzeit keine Arbeit.»

Markus Hansen zeigte Mitgefühl. «Das tut mir natürlich sehr leid für Sie, aber in diesem Fall können wir Ihnen keinen Kredit gewähren.»

Vera zeigte keine Reaktion, und der Mann verspürte tatsächlich einen Anflug von Mitleid mit dieser Frau, die vermutlich nie wieder eine Anstellung finden würde. Doch andererseits wusste Markus Hansen ja, dass Vera an ihrer Entlassung nicht ganz unschuldig war. Kühl betrachtete er die erstarrte Frau, lehnte sich in seinem Schreibtischstuhl zurück und sagte nach einer Weile, während der sich das Schweigen in dem kleinen Raum ausgedehnt hatte, was Vera allerdings nicht zu irritieren schien: «Eine Möglichkeit für Ihren Vater gäbe es noch, die Zwangsräumung abzuwenden.»

Vera sah ihn an, misstrauisch und immer noch schweigend.

«Wenn er das Haus verkaufen würde, könnte ich davon absehen, Klage gegen ihn zu erheben.» Er hatte seine Worte mit Bedacht gewählt, und richtig, Vera zuckte zusammen, als sei schon allein das Wort Klage, in Zusammenhang mit der

Familie Lettner benutzt, ein Makel, der auf ewige Zeit nicht nur ihrem Vater, sondern auch ihr anhaften würde. Vera war der Unterschied zwischen einer Zivilklage und einer Anklage durch den Staatsanwalt sehr wohl bewusst, doch das eine erschien ihr ebenso verwerflich wie das andere. Ordentliche Leute hatten mit dem Gericht nichts zu schaffen, und eine Klage gegen ihren Vater würde sie mit allen Mitteln zu verhindern versuchen. Fast erleichtert sah sie Markus Hansen an.

«Es gibt sogar schon einen möglichen Interessenten. Einer unserer Kunden sucht ein Stadthaus in der Altstadt, und das Haus Ihres Vaters würde den Vorgaben des Kunden in weiten Teilen entsprechen. Nicht einmal der schlechte Zustand des Hauses wäre für ihn ein Problem, schließlich würde er durch den geringen Kaufpreis Geld für die Renovierung übrig haben.»

Vera wurde hellhörig.

«Geringer Kaufpreis? Aber das Haus ist doch noch vollkommen in Ordnung, es müsste nur einmal frisch gestrichen werden ...»

«Frau Lettner, ich gehe davon aus, dass das Haus Ihres Vaters bei Weitem nicht mehr den heutigen Standards entspricht. Vermutlich muss die gesamte Elektrik erneuert werden, dazu kommen neue Fenster und Türen, ein neues Dach, neue Sanitärinstallationen, Wärmedämmung, eine neue Heizung ...»

Markus Hansen hielt inne, und Vera Lettner schwieg. Im Grunde wusste sie, dass er recht hatte. Wann war das Haus zum letzten Mal grundlegend saniert worden? Das musste Jahrzehnte her sein. Man konnte noch so pfleglich mit den Dingen umgehen, aber irgendwann war es mit Reparaturen und Ausbesserungen einfach nicht mehr getan, und selbst darauf hatte Horst Lettner seit Jahren keine Mühe mehr verschwendet. Womöglich musste sie auch noch dankbar sein, dass überhaupt noch jemand Interesse an dem Haus im Mühlendamm zeigte.

Doch so leicht gab ihre Empörung nicht klein bei. Der Verkaufspreis würde gerade einmal die Schulden abdecken; danach wäre ihr Vater mittellos, mit nicht mehr als einer kleinen monatlichen Rente, von der er vermutlich nicht einmal eine eigene Wohnung würde finanzieren können. Als Vera das begriff, erwachte ihre Entrüstung zu neuem Leben. Es sei eine Frechheit, die Notlage eines armen, alten Mannes so auszunutzen, und sie würde sich schon zu wehren wissen. Zum ersten Mal seit langer Zeit machte sie wieder ihr Lachgeräusch, dieses verächtliche Schnauben, als sei sie dem Mann hinter dem Schreibtisch überlegen, was sie nicht war.

Markus Hansen begann, sich zu langweilen. Er schaute auf die Uhr und kam zu dem Schluss, dass er dieser Frau genug von seiner Zeit geopfert hatte, obwohl die Sache gar nicht sie selbst betraf. Schließlich ging es um die vertraglichen Verpflichtungen ihres Vaters, und mit diesem würde er auch die weiteren Schritte besprechen. Er hatte zwar damit gerechnet, dass Vera Lettner ihn aufsuchen würde, und es war gut zu wissen, dass es für die Lettners definitiv keine Möglichkeit gab, das Haus am Mühlendamm zu behalten, aber jetzt war es genug. Herr Hansen erhob sich und kam um den Schreibtisch herum auf Vera zu.

«Frau Lettner, es tut mir leid, dass ich nichts weiter für Sie tun kann und dass Ihr Vater in diese Zwangslage geraten ist. Aber ich muss Sie jetzt bitten zu gehen, ich habe noch weitere Termine.»

Steif erhob sich Vera Lettner, mit geradem Rücken und vorgestrecktem Kinn. Sie war einen halben Kopf kleiner als er, und als sie einander gegenüberstanden, vermischte sich der Duft seines Rasierwassers mit dem ihrer Putzmittel. Schweigend stand Vera vor ihm, reglos und eine leise Aggressivität ausstrahlend, die ihn irritierte, denn das schien so gar nicht zu diesem grauen Wesen zu passen, doch als er den Blick senkte, stellte er fest, dass die Knöchel ihrer Hand, mit der sie die

Tasche umklammert hielt, weiß waren; weiß und fest wie ihre Lippen.

Später erinnerte Markus Hansen sich wieder an diesen Moment, und er sprach auch mit seiner Frau darüber, während Sandra von der erhobenen Hand berichtete, die sie für einen Moment bedroht hatte. Nur von dem neuen, bedrohlichen Unterton in Veras Stimme, den der Vater in diesen Tagen wahrgenommen hatte, erfuhr niemand, denn Horst Lettner war zum Zeitpunkt des Verbrechens bereits tot und ruhte auf dem Friedhof neben seiner Frau.

Vera selbst waren ihre Wut und Zorn mitnichten fremd, auch wenn sie keine Namen dafür hatte und nicht wusste, dass sie damit nur ihre bodenlose Furcht zu verbergen hoffte. Jeder verächtliche Blick, mit dem sie andere Menschen bedachte – Holger und Sabine, die angeblich einen Wagen aus München in ihrer Straße gesehen hatten; Klaus Thomsen, der nicht einmal wusste, was eine Vorholung war; Nicole, die sich schminkte und kleidete wie eine von der Straße; Sandra, die ihren Mann verkommen ließ – war Ausdruck ihres Zorns, weil Vera es nicht ertrug, ihr eigenes Weltbild in Frage gestellt zu sehen, indem andere einfach anders waren als sie selbst. Jeder, der es wagte, an ihren Vorstellungen von der Welt und der Mauer, die diese schützten, zu kratzen, bekam diesen Zorn zu spüren, und je stärker man sie bedrängte, desto stärker war Veras Reaktion. Jedem Menschen wurde zugestanden, sich bei drohender Gefahr zu schützen und zu verteidigen, doch für Vera zeigte niemand Verständnis, da man nicht begriff, dass sie sich bedroht fühlte. Man trieb sie in die Enge wie ein verletztes Tier, stach mit spitzen Stöcken auf sie ein, warf johlend Steine nach ihr, doch als sie anfing, um sich beißen, zeigte man mit den Fingern auf sie.

Die nächsten Wochen waren so ausgefüllt mit dem Verkauf des Hauses und dem Umzug des Vaters, dass Vera keine Zeit hatte, die Leere zu spüren, die der Verlust des Arbeitsplatzes in ihrem Leben hinterlassen hatte. Sie begegnete Markus Hansen noch mehrmals, sehr zu dessen Verdruss, als sie ihren Vater zur Sparkasse und zu Florian Tietgen, dem Notar, begleitete, wo er die notwendigen Unterschriften leisten musste. Formal verkaufte er sein Grund und Boden an die Sparkasse, sodass sie die Identität des Käufers nicht erfuhren, die sowohl Vera als auch ihrem Vater im Übrigen auch völlig gleichgültig war.

Horst Lettner wehrte sich nicht. Nicht ein einziges Mal legte er Widerspruch gegen den geringen Kaufpreis ein. Er kam nicht auf die Idee, sich beraten zu lassen und sich professionelle Hilfe zu holen, was Vera wohl auch verhindert hätte, da es ihr um jeden Cent leidtäte, den sie im Rahmen dieser schrecklichen Geschichte zusätzlich hätte ausgeben müssen. Sie wusste nicht, dass man manchmal zuerst etwas geben musste, um später mehr zu bekommen.

Niemand hatte ein Interesse an langen Verzögerungen und so waren bereits nach zwei Wochen alle Verträge unter Dach und Fach. Horst Lettner wurde noch ein weiterer Monat zugestanden, um aus dem Haus auszuziehen, danach wäre die Zeit der Lettners am Mühlendamm endgültig vorbei. Als sie das Schreiben des Notars in der Hand hielt, in dem der 31. August als Datum der Übergabe genannt wurde, fragte Vera Lettner ihren Vater zum ersten Mal, wo er in Zukunft wohnen wolle. Er zuckte die Achseln und blieb stumm.

«Hast du dir denn schon eine Wohnung gesucht? Oder einen Platz im Altersheim?»

Ihr Vater sagte immer noch nichts, sondern schien nur noch weiter in sich zusammen zu sacken. Vera schaute sich im Wohnzimmer um. Was würde mit den schweren, dunklen Möbeln geschehen? Dem alten Sofa, den Sesseln, den sperrigen Schlafzimmermöbeln? Sie schloss die Augen und wollte am liebsten nichts damit zu tun haben. Warum konnte es nicht einfach alles so sein wie früher, als sie jeden Tag zur Arbeit gegangen war, zweimal in der Woche ihren Vater besucht und ansonsten ihre Ruhe gehabt hatte? Sie ballte die Hände zu Fäusten, bis es schmerzte.

Ihr Vater kümmerte sich um nichts, also nahm Vera schließlich alles in die Hand. Was sollten schließlich die Leute denken, wenn in vier Wochen die Möbelpacker kämen und ihren Vater einfach auf die Straße setzten? Sie schaute sich die Wohnungsanzeigen im Stadtanzeiger an und verwarf ausnahmslos alle Angebote als zu teuer. Einige Telefonate mit den Altersheimen in der Stadt bescherten ihr die Auskunft, dass im Falle ihres Vaters kein akuter Notfall bestünde und er mit einer Wartezeit von mindestens einem halben Jahr zu rechnen habe. Zähneknirschend kam Vera zu dem Schluss, dass sie wohl oder übel ihren Vater bei sich aufnehmen musste, zumindest vorübergehend. Er würde mit dem halben Zimmer vorlieb nehmen müssen, in dem sie eigentlich ihre Wäsche bügelte, doch ein Bett und eine Kommode würden schon noch hinein passen. Selbstverständlich konnte er nicht seine gesamte Wohnungseinrichtung mitnehmen, denn in ihrem Keller war nicht unbegrenzt Platz. Also beauftragte sie ein Entrümpelungsunternehmen, die Sachen aus der Wohnung am Mühlendamm abzuholen, die ihr Vater nicht würde mitnehmen können. Sie konnte sich nicht vorstellen, dass sich jemand für diesen alten Plunder interessieren könnte, womit sie wieder einmal irrte.

Als der Mann von der Entrümpelungsfirma in der Wohnung am Mühlendamm stand, saß der Vater stumm im Wohnzimmer, wie stets in den letzten Tagen, und aß mechanisch einen Keks nach dem anderen. Er schien den Besucher gar nicht zur Kenntnis zu nehmen. Erst als die Tür zu dem kleinen Zimmer neben der Küche geöffnet wurde, erwachte der Vater aus seiner Starre. Der Fremde, der bereits im Kopf den satten Gewinn überschlug, den er mit dieser Wohnung erzielen würde, trat einen Schritt zur Seite, als Horst Lettners massige Gestalt sich in den kleinen Raum drängte.

«Die Modelleisenbahn wird nicht verkauft.»

«Aber, Herr Let...»

«Aber Vater, ...»

«Nein. Die Eisenbahn bleibt.»

Der Mann von der Entrümpelungsfirma warf einen Blick auf Veras verkniffenen Mund und zog sich diskret zurück. Es wäre jammerschade um diesen Posten, aber so oder so würde er ein gutes Geschäft machen, denn die Frau hier schien keine Ahnung haben, wie viel diese im Großen und Ganzen ordentlich gearbeiteten und sorgfältig gepflegten Möbel wert waren. Diese Mahagonikommode zum Beispiel oder der Tisch aus Kirschbaum. Dem Alten schien alles egal zu sei, bis auf diese Modelleisenbahn, was wirklich zu ärgerlich war.

Vater und Tochter stritten immer noch, doch selbst als Veras Mund vor Ärger kaum noch zu sehen war und die Handknöchel so weiß waren, dass sie wie abgestorben wirkten, blieb Horst Lettner dabei, dass er sich nicht von der Modelleisenbahn trennen würde.

«Und wo willst du die aufbauen? Etwa bei mir in der Wohnung? Oder in dem Zimmer, das du im Altersheim bekommst?»

Auch ohne den Hohn in ihrer Stimme wäre der Vater unter Veras Worten zusammengezuckt. Er wusste, dass sie ihn nur notgedrungen bei sich aufnahm. Außerdem hasste er dieses Wort Altersheim, weil es so schonungslos ehrlich war, nichts verdeckte oder beschönigte. Ja, er würde in ein Heim für Alte kommen, und da war dann Endstation für ihn, aber wer weiß, vielleicht war das sogar das kleinere Übel, denn Horst Lettner wusste schon jetzt, dass er sich bei seiner Tochter niemals zu Hause fühlen würde, bestenfalls geduldet.

«Die Wagen packe ich ein, du wirst schon sehen, dann nehmen sie kaum Platz weg.» Trotzig wie ein Kind stand der Vater in seinem Zimmer und klammerte sich an dem Regal fest, auf dem eine Dampflok stand. Fast vierzig Jahre war es her, dass er sie gekauft hatte, die würde er doch jetzt nicht aus der Hand geben! «Die Anlage spende ich dem Verein.» Nur ein kleines Stück würde er übrig behalten, sodass er gerade mal einen Zug darauf fahren lassen konnte, mit drei, vier Wagen. Trotz seines bittenden, unsicheren Tons blieb er hart. Schließlich gab Vera sich geschlagen, achselzuckend und wie immer verständnislos. Nachdem sie mit dem Mann vom Entrümpelungsunternehmen einen Preis ausgehandelt hatte, musste dieser sich zusammenreißen, um nicht laut aufzulachen, während Vera nur verächtlich den Kopf darüber schüttelte, dass jemand für diesen alten Krempel auch noch Geld bezahlte. Am Ende waren alle zufrieden, selbst Horst Lettner, der immerhin seine Eisenbahn gerettet sah, und wer weiß, vielleicht geschah noch ein Wunder, und er würde sie eines Tages wieder aufbauen können.

7

Es war schon spät, als Christian die Tür zu dem kleinen Reihenhaus im Neubaugebiet aufschloss. Es lag weniger als zwei Kilometer von Vera Lettners Wohnung entfernt, auf der anderen Seite der Umgehungsstraße, die den alten Ortskern umfasste und die kleine Stadt in ein Innen und ein Außen teilte. Obwohl es bereits nach Mitternacht war, war die Luft noch angenehm warm. Es war Hochsommer, seit Wochen schon hatte es nicht mehr geregnet, und an den Badestellen der zahlreichen Seen versetzte das Geschrei der Badegäste jeden Tag auf Neue die Tierwelt in Angst und Schrecken. Im Wohnzimmer wartete bei geöffneten Terrassentüren Sandra auf ihn, ein Buch vor der Nase und ein Glas Wein in der Hand. Wie es gelaufen sei, fragte sie nach der Begrüßung. Ein Kuss auf die Stirn und ein sanfter Druck auf den Arm, vertraute Gesten, die ihr gefielen, immer noch.

«Gut. Zum Ende des Jahres wird der Verein aufgelöst. Es gab keine Gegenstimmen.»

Vor drei Wochen, Ende Juli, hatte Christian seinen Job als Ausbilder bei Neustart e.V. gekündigt sowie seinen Rückzug aus dem Vorstand des Vereins bekannt gegeben. Die Aufregung war nicht so groß gewesen, wie er erwartet hatte, und auch die Befürchtung, die übrigen Vereinsmitglieder könnten das Projekt am Leben erhalten wollen, hatte sich zum Glück nicht bewahrheitet. Niemand der honorigen Herren wollte Zeit investieren, um einen geeigneten Nachfolger für Christian zu suchen.

«Für die Jungs tut es mir natürlich leid, ich werde sehen, was ich für die tun kann, vielleicht bringe ich sie woanders unter.» Sowohl Sandra als auch Christian wussten, dass das illusorisch war, zumindest in der kleinen Stadt, doch ihr Bedauern war ernst gemeint, das zumindest waren sie den Jungs schuldig.

«Und bekommst du die Werkstatt?»

«Klar. Was sollen Ärzte und Rechtsanwälte schon mit einer Hobelmaschine oder einer Kreissäge anfangen?»

«Vielleicht für den Hobbykeller?» Sandra grinste. Sie war froh, dass es bald vorbei sein würde. Früher hatte sie Christian für sein Engagement bewundert; dass er etwas tat und jeden Tag dafür kämpfte, dass seine Jungs es schafften, hatte ihr imponiert. Doch mit jedem aufgebrochenen Auto wurde ihre Abneigung größer, und später kam noch die Angst hinzu, um sich selbst, um Lukas und Lena und natürlich um Christian. Streitereien, die auch mal lauter wurden, hatte es schon immer gegeben, aber die hatte er im Griff gehabt. Bis jetzt, bis zu jenem Abend im Mai, als er mit geschwollenem Kinn nach Hause gekommen war, dreckig und noch ganz durcheinander, weil einer seiner Jungs ihn geschlagen hatten. Sandra hatte es schon längst kommen sehen. Natürlich brachte sie den Jungs Verständnis entgegen, irgendwie, Jan und Patrick und Kevin und Jason, dass sie aber auch immer diese Namen haben mussten, bei denen man sofort ahnte, wie es bei denen zu Hause aussah, Vater arbeitslos, Mutter auch, Unmengen von Kindern, keine Bücher, aber High Tech vom Feinsten; Fernsehen ohne Ende, egal was, schon für die Kleinsten. Aber irgendwann wurden aus den armen Kids erwachsene Straftäter, und dann hörte der Spaß auf, und auch das Mitleid. Natürlich wusste Sandra, dass jeder von Christians Schützlingen schon eine Menge hatte einstecken musste, jeder einzelne von ihnen hatte eine beschissene Kindheit, und sie war auch durchaus bereit, das eine oder andere Auge zuzudrücken, aber dass ihr eigener Mann bedroht wurde, oder womöglich gar ihre Kinder? Christian grinste zurück. Er war sich nicht sicher gewesen, ob

Sandra ihn unterstützen würde, doch als er vorsichtig die Fühler ausgestreckt hatte, nachdem Jan ihn niedergeschlagen, oder nein, eigentlich erst, nachdem er mit Klaus darüber geredet hatte, hatte Sandra sich hocherfreut gezeigt. Ihre Sorge um ihn tat ihm wohl, so wie ihm damals ihre Bewunderung für seine Arbeit gefallen hatte. Es war gut zu wissen, dass sie immer noch dieselben Ziele verfolgten, auch wenn diese sich mittlerweile verändert hatten.

Er holte eine Flasche Sekt aus dem Kühlschrank, dazu zwei Gläser, und als Sandra ihn erstaunt anschaute, sagte er: «Da ist noch was.» Er schenkte ein, zog sie vom Sofa hoch und auf die kleine Terrasse. Zärtlich gab er ihr einen Kuss auf die Wange und reichte ihr das Glas. «Morgen können wir den Vertrag unterschreiben. Ab September können wir loslegen.»

Sprachlos sah seine Frau ihn an, natürlich war sie verblüfft, denn sie hatte nicht damit gerechnet, dass es so schnell gehen würde.

«Es gibt zwar einiges zu tun, du weißt ja, in welchem Zustand das Haus ist, aber ich schaff das schon. Die Jungs können auch ruhig mit anfassen, mal sehen, wenn sie keinen anderen Ausbildungsplatz bekommen, kann ich sie vielleicht so arbeiten lassen, für ein kleines Taschengeld. Besser, als auf der Straße rumzuhängen wäre es für sie allemal.»

«Dass das so schnell geklappt hat, mit dem Kredit, und dass der Alte da raus geht ... normalerweise dauert so was doch viel länger.»

Christian atmete tief ein und blickte hinauf in den sternenklaren Nachthimmel. «Markus Hansen hat sich eben ordentlich ins Zeug gelegt. Du weißt doch, bei dem habe ich einen Stein im Brett, seit ich ihm seinen Schlafzimmerschrank gebaut und über den Verein abgerechnet habe ... so was zahlt sich aus.» Dass auch Klaus Thomsen mit in die Sache verstrickt war, ließ er unerwähnt. Sandra hing viel zu sehr an ihrem guten Gewissen, als dass er sie mit so was belasten wollte, und überhaupt, was war denn schon geschehen? Man hatte hier und da ein paar Gespräche geführt, über Träume und Flausen im Kopf, und dann: Mal sehen, was sich so machen lässt, ich kann ja mal mit dem und dem reden, du weißt ja, in der kleinen Stadt kennt man sich. Manchmal war Christian unwohl bei dem Gedanken daran, wie das alles zufällig genau zusammenpasste: dass Vera bei der Arbeit rausflog und ihr Vater aus dem Haus; dass die einen keinen Kredit bekamen, im Gegensatz zu ihm, der im Grunde auch nicht mehr Sicherheiten zu bieten hatte. Doch die Freude über das gelungene Geschäft war zu groß, als dass er sich die gute Laune vermiesen lassen wollte, und Sandra freute sich mit ihm. Sie sah das alte Haus schon vor sich, frisch renoviert, vorn eine kleine Galerie, hinten die Werkstatt. Die Wohnung oben könnten sie vermieten oder als Büro nutzen, wer weiß, oder später einmal, wenn die Straße endlich verkehrsberuhigt war, selbst darin wohnen, wenn die Kinder größer waren und aus dem Haus.

Es war ein Gewinn für die ganze Stadt, da war sie sicher, mehr als der Verein, der nicht nur einigen Wenigen ein Dorn im Auge war. Aber mit diesem neuen Geschäft würden sie Erfolg haben, das war so sicher wie das Amen in der Kirche: Kunst und Möbel am Mühlendamm.

Daran dachte sie auch später noch, als sie mit Christian, inzwischen leicht beschwipst, die Treppe hochstieg ins Schlafzimmer, torkelnd und trunken, nicht nur vom Sekt, sondern auch von der Zukunft, die sich vor ihnen ausbreitete. Sie rochen nach Alkohol, doch das störte sie nicht, im Gegenteil. Lange war es her, seit sie so ausgelassen albern gewesen waren, immer waren da die Umstände und die Kinder, schlafen sie schon, psst sei leise, doch jetzt kicherten sie wie Schulkinder, unterdrückten und erstickten die Gluckser und später das Stöhnen und Schreien. Sandra liebte ihren Mann, ihren Christian, vom ersten Moment an hatte sie sich damals in den hübschen Kerl verguckt, auch wenn sie so getan hatte, als seien das Holz und die Werkzeuge tausend Mal spannender, und später hatte er auch noch gehalten, was der erste Anblick versprochen hatte. Groß war er, viel größer als sie, so dass sie sich bei ihm ganz klein machen konnte, und trotzdem mochte er es, wenn sie oben saß und mit ihm spielte. Sie sprachen viel miteinander, so gut kannten sich, und unternahmen immer noch Streifzüge ins Unbekannte, zum Glück, machten sich hier und da auf die Suche nach Neuem. Meistens waren es Dinge, die Sandra irgendwo aufgeschnappt hatte, du, lass uns doch mal das ausprobieren, das hörte sich so verlockend an, und mach doch mal dies und leg dich mal so hin. Die Körper nackt, das Licht gedämpft, die Haut feucht, Hände, die wussten, was sie zu tun hatten, ohne dass ein Kopf es ihnen sagte, und trotzdem war es gut, Sandras feine Haare kitzelten ihn in der Nase, dafür kratzte sein Bart zwischen den Beinen, gerecht ist gerecht, trotzdem hatte er den Dreh raus, wusste, wie er sie locken und reizen konnte, diese Frau, sein Weib, das ihm alles war, mehr als er es sich je hätte vorstellen können.

Unvermittelt musste er an Vera denken, seine erste Frau, und er merkte, wie etwas in ihm gefror. Sandra spürte es ebenfalls. Sie übernahm die Regie, problemlos wechselten sie die Rollen, und während sie ihn abschleckte, überall an seiner erogenen Zone, der einzigen, die Männern nachgesagt wurde, obwohl beide wussten, dass er noch viel mehr davon hatte, da dachte er immer noch an Vera, diese steife kalte Frau, mit der er ebenso das Bett geteilt hatte wie mit Sandra. Aber nein, nicht ebenso. Er erinnerte sich, dass sie früher immer nach Harz und Holz gerochen hatte, weil diese Gerüche sich in ihren Kleidern und Haaren festgesetzt hatten, und dass ihm das gefallen hatte, obwohl Vera damals schon merkwürdig gewesen war. Steif wie ein Stück Holz, und ebenso unbeweglich, doch da er Holz liebte und diesen Geruch, hatte es ihm nichts ausgemacht, neben Vera im Bett zu liegen, selten einmal auf ihr, niemals unter ihr. Doch anders als beim Holz begriff er nie, was Vera wollte, wie er sie anfassen oder behandeln sollte, im Bett nicht und auch sonst nicht.

Sandra hatte aufgehört, das merkte er erst jetzt. Die Temperatur im Raum schien gesunken zu sein, und plötzlich fröstelte sie, nicht nur wegen der kalten Luft. Unsicher sah sie ihn an, spürte, dass er gegangen war und fragte: wohin, ohne das Wort laut auszusprechen. Er wollte Vera aus seinem Kopf verscheuchen, weg, weg, aber beharrlich sah er ihr Gesicht vor sich, wie sie als Jugendliche gewesen war, als er am Mühlendamm seine Lehre gemacht hatte. Schweigend und scheu hatte sie ihn angesehen, mit einem Hauch von Traurigkeit, den er sich nicht erklären konnte, weil er nichts von dem toten Bruder gewusst hatte. Ein einsames Stück Holz, duftend und harzig, das er formen wollte, nach seinen Vorstellungen, ohne zu begreifen, dass ihm das Werkzeug dazu fehlte.

Sandra hatte sich in seinen Armen zusammengerollt und war eingeschlafen, unbefriedigt und trotzdem satt. Christian deckte sie zu, gegen die Kälte, und ein bisschen auch gegen die Angst, die er verspürte, unerwartet.

Auch drei Wochen nach dem Umzug standen immer noch zwei große Kartons im Flur. Das kleine Zimmer war mit Bett, Schrank, Kommode und einem Sessel so voll, dass man sich darin kaum noch rühren konnte, und auch im Keller war kein Platz mehr. Bis in den letzten Winkel stapelten sich dort Kisten, Möbelstücke und große, blaue Plastiksäcke. Der Wäscheschrank war stehengeblieben, doch alle anderen Möbel hatte Vera aus dem kleinen Zimmer in der Wohnung verteilt oder in den Keller gebracht, vorübergehend, wie sie sich immer wieder sagte, sagen musste, um nicht zu verzweifeln.

Die beiden Kartons im Flur jedoch erinnerten Vera tagtäglich daran, dass man in ihre Privatsphäre eingedrungen war, dass sie nicht mehr allein war in der Wohnung und dass sie sich einschränken musste; zum ersten Mal, seit sie vor vierundzwanzig Jahren Christians Sachen vor die Tür geräumt hatte. Nicht, dass sie ihren Vater häufig zu Gesicht bekäme. Der war viel unterwegs oder hockte in dem winzigen Zimmer, das sie ihm überlassen hatte, keine zehn Quadratmeter groß, das typische Kinderzimmer, wie es sich Architekten und Bauplaner der siebziger Jahre vorgestellt hatten: lang und schmal, hoher Fenstersims und pflegeleichter Fußboden. Vera hatte ihrem Vater verboten, in der Wohnung zu rauchen, und er hielt sich daran, bis jetzt. Sie wusste nicht, was er den Tag über trieb, draußen oder in dem Kabuff, in dem immer noch ihre Bilder hingen: Blumen in Aquarell, eine Serie von drei Stück, Rosen, Nelken und Chrysanthemen, vor zwanzig Jahren günstig erworben. Die dunkle Mahagonikommode und der schwere Sessel, die Horst Lettner aus dem Mühlendamm mitgenommen hatten, dazu ein neu angeschafftes Bett waren alles, was ihm geblieben war. Die Kommode war vollgestopft mit Kleidung, was keinen Platz mehr gefunden hatte, war im Keller gelandet. Zwischen den Pullovern hatte er bereits einen ersten Vorrat an Keksen und Schokolade angelegt. Ein Teil der Modelleisenbahn war unter dem Bett verstaut, aber die Wagen selbst passten beim besten Willen nicht mehr ins Zimmer. Doch um nichts in der Welt wollte Horst Lettner sie in den Keller schaffen lassen, und warum sie nicht auf dem Flur stehen bleiben könnten, die Kartons, so sehr störten die doch gar nicht. Er verstand wirklich nicht, warum Vera sich so sehr aufregte, aber dass sie ungehalten war, das sah er; blind war er schließlich nicht, und auch nicht taub. Der dünne, verkniffene Mund, der kaum noch etwas anderes war als eine weiße Linie, wie eine Narbe, war ebenso wenig zu übersehen, wie sich die spitze, fast schrille Stimme ignorieren ließ, mit der Vera ihm ihre Vorwürfe, denn etwas anderes brachte sie kaum noch über die Lippen, entgegenwarf wie spitze Pfeile.

Nur vorübergehend. Die Kartons würden nicht auf Dauer im Flur stehen bleiben, das versprach der Vater der Tochter, er würde schon einen Platz dafür finden, doch auf das verächtliche «Wo denn?» wusste er keine Antwort. In dem Zimmer, in dem er jetzt hauste, jedenfalls nicht.

Trotzdem war Vera froh, dass das jetzt erst einmal geschafft war, der Umzug und die Auflösung der Wohnung am Mühlendamm. Schon Tage vor dem Umzug war sie so nervös gewesen, dass sie kaum schlafen und essen konnte. Bleich und hager beaufsichtigte sie schließlich die Möbelpacker, junge Burschen ohne jedes Benehmen, die mit ihren dreckigen Schuhen glatt durch die ganze Wohnung getrampelt wären, wenn Vera nicht energisch dafür gesorgt hätte, dass sie nur den Flur und das kleine Zimmer betraten. Nicht einmal das Badezimmer stellte sie ihnen zur Verfügung. Als einer der Männer darum bat, ihre Toilette benutzen zu dürfen, starrte sie ihn nur an und schwieg.

«Dürfte ich bitte mal Ihre Toilette benutzten?», wiederholte der Mann, doch Vera reagierte immer noch nicht. Er beugte sich zur Seite, um demonstrativ einen Blick auf die Badezimmertür zu werfen, machte sogar einen Schritt darauf zu, doch Vera wich nicht von der Stelle. Wie angewachsen stand sie da, die Lippen zusammengepresst, und das einzig Lebendige an ihr schien der Brustkorb zu sein, der sich mit jedem Atemzug hob und senkte.

«Na so was», entfuhr es dem Mann, dann machte er auf dem Absatz kehrt und ging in den Vorgarten, um dort sein Geschäft zu erledigen, direkt vor Vera Lettners Schlafzimmerfenster. Anschließend erzählte er seinen Kollegen davon, die daraufhin den Kopf schüttelten und sich keine Mühe mehr gaben, die Möbel des alten Lettners pfleglich zu behandeln. Selbst Schuld, bestätigten sie einander, als sie endlich mit der Plackerei fertig waren. Ein schweres Stück nach dem anderen hatten sie im Mühlendamm die enge Stiege herunter und dann in der Vicelinstraße in den Keller schleppen müssen, nicht so wie diese modernen Möbel, die man flugs auseinander und, wenn vielleicht auch nicht ganz so zügig, wieder zusammenschrauben konnte. Nein, das waren richtig schwere Teile, uralt und sicher einiges wert, noch richtige Handwerksarbeit, ja stimmt, der alte Herr war ja Tischler gewesen. Von dem einen oder anderen Kratzer erzählten sie Vera natürlich nichts, und auch ihr Vater erfuhr nichts davon, doch insgeheim feixten sie, später, als sie Feierabend machten und den LKW zurück zur Firma brachten, wo sie noch ihre Stundenzettel abgeben mussten. Vera Lettner hatte nicht einen Gedanken daran verschwendet, ob sich die Männer vielleicht über eine Tasse Kaffee freuen würden, oder zumindest einen Schluck Wasser, denn es war ein heißer Augusttag gewesen. Auch Trinkgeld existierte in Veras Welt nicht: wofür denn, die Männer wurden doch für ihre Arbeit bezahlt. All das waren sie mehr oder weniger gewohnt, das kam mal vor, dass jemand eben besonders knauserig war, oder vielleicht auch nur durcheinander, denn so ein Umzug konnte schon eine große Sache sein für jemanden, in dessen Leben sonst nichts passierte; da vergaß man schon mal, dass die Männer Durst hatten oder sich über die Anerkennung und ein kleines Extrageld nebenbei freuten, das vielleicht nur für ein Bier oder zwei reichte, aber immerhin. Doch dass sich jemand weigerte, sie auf die Toilette gehen zu lassen, nein, das sei ihnen noch nie vorgekommen, in all den Jahren nicht, und selbst der Chef, dem sie davon erzählten, hatte das in seinen dreißig Jahren im Geschäft noch nie erlebt, das sei ja wirklich ... gab es dafür überhaupt Worte?

Die Bitte hatte Vera zunächst verblüfft, mit so etwas hatte sie nicht gerechnet. Eigentlich wusste sie überhaupt nicht, wie so ein Umzug vonstattenging. Es lag schon viel zu lange zurück, dass sie in die Vicelinstraße gezogen waren, und damals hatten Christian, die Väter und ein paar Freunde von Christian mit angefasst. Außer ihrem Vater und früher ihrer Mutter und noch früher Christian hatte niemand jemals ihr Badezimmer benutzt. Die Vorstellung, dass ein wildfremder, verschwitzter

Mann diesen Raum betreten und sich dort teilweise entblößen, dass er seine Spuren dort hinterlassen würde, kleine Spritzer, die sie hinterher fortwischen musste ... Noch während sie den Mann anstarrte, spürte Vera Ekel in sich aufsteigen. Sie begann fast zu würgen, denn der Mann ließ nicht locker, fragte noch einmal und dann ein drittes Mal, als sei er völlig blind für das, was seine Frage bei Vera auslöste, für ihr Entsetzen, weil schon wieder jemand an ihrer Mauer rüttelte und ihr einen Blick auf eine Welt aufzwang, die sie zutiefst verabscheute. Doch dann gelang es ihrer Empörung, die Macht an sich zu reißen, und das Entsetzen verkroch sich schnell wieder in die Tiefe, dorthin, wo es hingehörte. Ungerührt starrte sie den Mann an, der mit dieser unflätigen Bitte an sie herangetreten war, und verstand die Welt nicht.

Als der Umzugswagen schließlich abgefahren war, begann für Vera die eigentliche Arbeit. Tagelang räumte sie die Wohnung um, verschob Kommoden und Tischchen und Stühle, bis sie schließlich leidlich zufrieden war. Abgesehen von diesen beiden Kartons im Flur, bis oben hin voll mit unnützem Spielzeug. Modelleisenbahnen, wie war ihr Vater nur auf dieses kindische Hobby verfallen, warum hatte die Mutter da kein Machtwort gesprochen? Sie wusste nicht einmal, wann er damit angefangen hatte, denn sie erinnerte sich nicht mehr an die Lokomotive, die am Heiligabend des Jahres 1967 für Thorsten unter dem Tannenbaum gelegen hatte, ein altes Ding, das Horst Lettner schon von seinem Vater geschenkt bekommen hatte.

Tagelang hatte Vera zu tun, denn natürlich wurde beim Herumräumen die eine oder andere staubige Stelle freigelegt, die daraufhin gründlich gereinigt werden musste. Im Schlafzimmer musste Platz geschaffen werden für eine kleine Kommode, der Vater half ihr, den Schrank zehn, zwanzig Zentimeter zu verrücken, und seitdem war da dieser helle Fleck auf dem Teppich, leuchtend hell und unübersehbar.

Vera erkannte, dass sie bisher einer Selbsttäuschung erlegen war. Jahrelang hatte sie geglaubt, sauber und reinlich zu sein, doch jetzt sah sie den Beweis des Gegenteils vor sich. Dieses helle Rechteck, dort, wo der Teppich seit der Anschaffung unberührt geblieben war, schien sie zu verhöhnen und auszulachen. Sie holte noch einmal das Reinigungsgerät, das sie sich erst vor zwei Monaten entliehen hatte, und rückte dem Teppich zu Leibe, doch das helle Rechteck blieb hartnäckig, wo es war, ebenso wie der graue Schleier auf dem Rest des Teppichs. Vera wusste natürlich, irgendwie, dass es ganz normal war, dass Teppiche im Laufe der Jahre nachdunkelten, dass sie selbst es niemals an Gewissenhaftigkeit hatte mangeln lassen, trotzdem begann sie, sich unwohl zu fühlen. Sie mochte nicht mehr ohne Hausschuhe durch die Wohnung laufen, wie es früher ab und zu einmal vorgekommen war, und als ihr einmal ein frisch gewaschenes Unterhemd beim Bügeln auf den Boden fiel – eine Arbeit, die sie jetzt zu ihrem Leidwesen im Schlafzimmer erledigen musste – warf sie es sofort wieder in die Schmutzwäsche.

Allen Unannehmlichkeiten zum Trotz bildete sich gleichwohl allmählich so etwas wie ein Alltag heraus. Morgens stand Vera früh auf, um sechs, spätestens halb sieben, bereitete das Frühstück zu und weckte ihren Vater, der zwar unwillig, aber gehorsam aufstand und ihr bei der Mahlzeit Gesellschaft leistete. Zwei Scheiben Brot gestand sie ihm zu, einem Mann, der über hundertvierzig Kilo auf die Waage brachte, doch er beschwerte sich nicht, denn er war sich der Vorräte in seinem Zimmer sicher. Nach dem Essen begann Vera mit dem Putzen, das für sie langsam zu einer Obsession wurde. Kein Staubkorn hatte eine Chance, länger als einen Tag zu überleben, nur in dem kleinen Zimmer hielt sie sich gezwungenermaßen zurück. Einmal am Tag durfte sie dort staubsaugen, einmal wöchentlich das Bett frisch beziehen, die Fenster putzen und die Möbel von außen feucht abwischen. Nach vorherigem Anklopfen durfte sie jederzeit an ihren Wäscheschrank, aber weitere Einmischung hatte ihr Vater sich verbeten, es sei seine Privatsache, was er in seiner Kommode aufbewahrte, und er bräuchte ihre Hilfe nicht; die Wäsche könne er auch gut allein wegräumen. Zähe Verhandlungen waren dieser Regelung vorangegangen, doch wie schon bei dem Ringen um die Modelleisenbahn zeigte sich Horst Lettner in diesem Punkt unnachgiebig. Um nichts auf der Welt würde er seine Vorräte gefährden, mit Klauen und Zähnen würde er sie verteidigen, die Kekspackungen, Schokolade und Bonbons. Alles, was sich unauffällig in die Wohnung schmuggeln ließ, wurde gehortet, für schlechte Zeiten, die regelmäßig nach dem Frühstück begannen und erst beim Schlafengehen endeten.

Häufiger als früher besuchte Horst Lettner seinen Freund Kurt, draußen bei der alten Mühle. Veras ständige Gegenwart war nur schwer zu ertragen, da unterschied sich der Vater nicht von anderen, und rauchen durfte er nur auf dem Balkon. Noch war es dort auszuhalten, es war Ende September, aber immer noch angenehm warm, nicht so heiß wie im August und auch nicht so regnerisch wie sonst manchmal um diese Zeit. Vom Balkon aus konnte er den Blick über den ordentlichen Garten schweifen lassen, in dem außer den Büschen nie etwas blühte und die Vögel bereits verstummt waren. Doch wie sollte es später im Jahr werden, wenn es hier kalt und ungemütlich würde? Ohnehin fühlte er sich nicht wohl in der kleinen Wohnung, zusammengepfercht mit der Tochter, die den ganzen Tag putzte und mit schmalen Lippen jede seiner Bewegungen zu beobachten schien. Also machte Horst Lettner sich fast täglich auf den Weg durch den Stadtpark, über den Marktplatz, an der Kirche vorbei, quer über den großen Parkplatz bis zur Umgehungsstraße. Von dort war es nicht mehr weit zum Seniorenheim und dem Mühlencafé, wo er keuchend auf einen Stuhl sank und sich endlich richtig satt essen konnte.

Morgens Frühstück, nachmittags Kuchen, und dazu Kaffee, guten Kaffee, der verführerisch duftete, nicht so eine billige, ätzende Plörre wie in der Vicelinstraße. Er genoss es, endlich wieder Geld zu haben, denn seit er aus dem Haus raus war, hatte er keine Schulden mehr, und auch sonst keine Ausgaben. Seine gesamte Rente, so klein sie auch war, konnte er nach Herzenslust verfressen, denn Vera war noch nicht auf den Gedanken gekommen, von ihrem Vater Miete oder Essensgeld zu verlangen. Doch wer weiß, wie lange dieser paradiesische Zustand noch anhielt, also aß er lieber jetzt, so lange er noch konnte, warum auch nicht: Was hatte er sonst noch vom Leben?

Den Mühlendamm mied er. Er brachte es nicht übers Herz, an seinem alten Haus vorbei zu gehen, auch nicht, als er längst wusste, dass Christian die alte Tischlerei gekauft und sofort angefangen hatte, das Haus zu restaurieren, kaum dass die Entrümpelungsfirma den letzten Müll hinausgetragen hatte. Bei der Mühle erfuhr er davon, er wusste gar nicht genau, von wem. Eines Tages wehte es durch den Raum, das geflüsterte Hast-du-schon-gehört, und der alte Lettner saß wie immer dabei. Bisweilen fühlte er sich selbst wie ein Möbelstück, vor dem man keine Geheimnisse zu haben brauchte.

Dabei nahm er es Christian noch nicht einmal übel, dass er die Gelegenheit genutzt und das Haus gekauft hatte, nachdem er schon einmal knapp davor gewesen war. Dumm war er nicht, der alte Lettner, und dass einer seine Vera heiratet, weil er sie für ein nettes Mädel hält, hatte er nie geglaubt, auch von Christian nicht. Damals war er froh gewesen, dass der Bursche sich zutraute, mit dem Mädchen fertig zu werden; die Tischlerei verdiente er sich damit doppelt und dreifach, das war Lettner schon immer klar gewesen, und auch seiner Frau, die Christian mochte, als wär's ihr eigener Junge.

Kurt war der Einzige, der wusste, dass der alte Lettner dem Nachfolger am Mühlendamm sein Glück nicht verübelte, und dass er manchmal sogar ganz froh war, den alten Kasten los zu sein, denn darin steckten schließlich eine Menge Erinnerungen, und nicht nur gute. Der Freund unterrichtete ihn über die Fortschritte, die Christian machte. Im Oktober kamen die Fenster raus und neue rein, das Dach wurde neu gedeckt, und auch drinnen passierte wohl einiges, was man nicht sah, aber Lärm war immer zu hören, manchmal bis spät abends. Christian sei ja tüchtig, schon immer gewesen, und er ließ seine Jungs für sich arbeiten, warum auch nicht, da lernten sie ja sogar noch was. Sie probierten von der neuen Torte im Mühlencafé, einer ausgezeichneten Kreation mit Nüssen, Marzipan und einem Schuss Cognac – das sei doch genau das Richtige für die Herren, hatte die Bedienung ihnen augenzwinkernd versichert – und schließlich vertraute der alte Lettner Kurt an, dass er nicht zum ersten Mal bedauerte, dass damals Thorsten gestorben war und nicht die Vera, Gott möge ihn dafür strafen, wenn es denn einen gäbe, aber so sei es nun einmal, da könne er nicht gegen an.

«Thorsten ...» Kurt musste erst überlegen, bis er darauf kam, dass Horst von seinem toten Sohn sprach. Gerade mal vier oder fünf Jahre alt war der alt geworden, so genau wusste er es gar nicht. «Woran ist der noch mal gestorben?»

«Das weiß keiner. Er hatte die Masern gehabt, und war eigentlich schon fast wieder gesund, nur noch leichtes Fieber, und der Arzt meinte, er sei über den Berg. Und dann lag er eines Morgens tot im Bett, einfach so.»

«Ja, bei den Masern kann man nie wissen. Eine Cousine von mir ist auch daran gestorben.»

«Wenn das man die Masern waren.» Horst Lettner sah sie noch vor sich, die kleine Gestalt, bleich und kalt. In dem kleinen Zimmer am Mühlendamm war es passiert, vor fast vierzig Jahren. Niemand konnte es den Eltern erklären, und trösten konnte sie erst recht keiner. Natürlich gab es da noch Vera, ein braves Mädchen, etwas farblos und träge, aber gehorsam und gewissenhaft, doch so ein Mädchen war kein Ersatz für einen aufgeweckten Jungen, der in der Tischlerei spielte, seit er laufen konnte, und der einmal die Werkstatt übernehmen würde. Dafür hatte der Vater alles auf sich genommen, die Schufterei und die Meisterprüfung, bei der er Blut und Wasser schwitzte, weil es ihm so schwer fiel, das Lernen und auch das Tischlern. Er wusste, dass er kein guter Tischler war, nie einer werden würde, aber Thorsten, der würde nach seinem Opa kommen, das sah man ja schon jetzt, dass er das Holz liebte und davon träumte, so wie Horst als kleiner Junge vom Brot geträumt hatte, frisch aus dem Ofen, und vom Kuchen aus der Bäckerei Behnke. Doch darüber sprach er mit niemandem, mit seiner Frau nicht, und auch nicht mit dem Freund, der es aber wohl ahnte, denn die sehnsüchtigen Blicke, wenn der Tischlermeister den Bäckermeister in der Backstube besuchte und dazu wie früher durch das Loch im Zaun zwischen den Grundstücken schlüpfte, das zu diesem Zweck ordentlich vergrößert werden musste, würde Kurt nie vergessen, sein Lebtag nicht.

Der alte Tischler wusste noch genau, wann der Gedanke zum ersten Mal aufgetaucht war, nachdem er jahrelang unter der Oberfläche auf den richtigen Moment gewartet hatte, wie eines dieser Springteufelchen, die einem entgegenfuhren, sobald man den Deckel öffnete. Am Totenbett seiner Frau war es gewesen, als sie so bleich und kalt da lag, irgendwie auch friedlich. Der Anblick erinnerte ihn an seinen Jungen, der ihr ähnlich sah, aber vielleicht auch nur in seiner Erinnerung. Und dann trat Vera ins Zimmer. Er hatte sie angerufen: Deine Mutter ist tot, und ohne dass sie ein Ton sagte, wusste er, was die Tochter dachte: endlich, endlich tot. Der schmale Mund, der ihr diesen missbilligenden und verächtlichen Ausdruck gab, als könnte sie das Leid der Menschen nicht verstehen – dieser Mund erinnerte Horst Lettner an den Morgen, als sie Thorsten tot in seinem Bett gefunden hatten. Vera hatte danebengestanden, stumm, als die Eltern weinten, nein, nicht weinten, die Tränen kamen später. Zuerst waren da Unglauben und Entsetzen und die Fragen an die Tochter: Und du? Hast du denn nichts gemerkt? Du hast doch mit ihm im Zimmer geschlafen! Verstockt stand sie da, die Achtjährige, zeigte keinen Funken Traurigkeit. Der Tod des Bruders schien sie nicht zu berühren, damals nicht und auch später nicht, nie. Und bei der Erinnerung an dieses kalte Kind, das so viel toter wirkte als das gestorbene, da kam dem Vater der Verdacht. Konnte es sein, war es möglich, nein, aber vielleicht doch, nein, unmöglich! Unmöglich? Dass die Tochter den Sohn umbringt, und dann danebensteht, als sei nichts gewesen? Warum hatte sie nichts gemerkt? Ist das normal? Da stirbt ein Kind, und im Bett darüber schläft die Schwester und merkt nichts?

Mit seiner Frau konnte er nicht mehr darüber reden, als dieser Gedanke Gestalt annahm, ihm blieb nur sein Freund Kurt, aber nein, den mochte er mit diesem ungeheuren Verdacht nicht behelligen. Doch es half nichts, so sehr er auch versuchte, die Bilder unter Bergen von Essen zu begraben. Jedes Mal, wenn er Vera jetzt ansah, war sie wieder da, die Frage: Hatte sie ihren Bruder getötet, damals? Und jetzt war es so weit. Horst Lettner schaute sich verstohlen um, und weihte den Freund flüsternd in sein Geheimnis ein, um Himmels Willen, Kurt, wie soll ich nur damit leben, mit diesem Verdacht und dieser Tochter?

Der September war mild, trotzdem hatte Alfred Thomsen die Heizung aufgedreht. Im tristen Wohnzimmer hockte er in seinem Rollstuhl, mit einem dicken Wollpullover und einer Decke über den Knien. Die heiße, stickige Luft schlug Klaus schon an der Haustür entgegen, am liebsten er hätte sein Jackett abgelegt, doch er wollte nicht den Eindruck erwecken, er würde länger bleiben. Er lockerte seine Krawatte, mehr Bequemlichkeit gestand er sich nicht zu, in diesem Haus wollte er sich nicht behaglich und zu Hause fühlen, ums Verrecken nicht.

«Was macht das Geschäft?», fragte der Vater, wie jedes Mal.

«Läuft gut. Die neue Speditionskauffrau hat sich gut eingearbeitet. Die scheint ordentlich was auf dem Kasten zu haben, und sie versteht sich gut mit Nicole.»

«Nicole?»

«Frau Grönwohld.»

Missmutig musterte Alfred Thomsen seinen Sohn. Ihm wäre es nie in den Sinn gekommen, seine Angestellten beim Vornamen zu nennen. Nervös strich die gesunde Hand über die kranke. «Ich verstehe einfach nicht, warum du Frau Lettner entlassen hast. Wo die doch schon so lange da war. Die ist doch immer tüchtig gewesen.»

«Aber in der letzten Zeit nicht mehr, Vater, das habe ich dir doch schon erklärt.» Dass sie mit dem neuen Computerprogramm nicht zurechtkam, und dass sie die LKW-Fahrer provozierte. Drei Monate lag ihre Entlassung jetzt zurück, trotzdem fing Alfred Thomsen immer wieder damit an. Es sei doch zu begrüßen, dass sie schon so früh auf den Beinen sei, Klaus hätte froh sein sollen, dass sie soviel Einsatz gezeigt hatte, und er werde es schon noch bereuen, sie entlassen zu haben. Ehe er auch dieses Mal zu einer endlosen Lobhudelei auf Vera Lettner ausholen konnte, wechselte Klaus das Thema.

«Dr. Arnheim hat mich angerufen. Er sagte, die letzten Untersuchungsergebnisse seien beunruhigend gewesen.»

«Papperlapapp. Ärzte reden immer von schlechten Ergebnissen, damit man Angst bekommt und sie viel Geld an einem verdienen können. Mir geht's gut, wenn nur dieses verdammte Ding nicht wäre.» Die gesunde Hand zur Faust geballt, klopfte er auf den Rollstuhl.

«Vater», begann Klaus Thomsen, holte noch einmal tief Luft, um dann fortzufahren. «Hast du dir schon einmal überlegt, was geschieht, wenn dir etwas zustößt?»

«Was soll mir schon passieren? Nichts, was die Ärzte nicht wieder hinbekommen.»

«Vater, ich bitte dich, es ist zu gefährlich! Wenn du ausfällst, könnte das Geschäft in ernsthafte Schwierigkeiten geraten!»

«Was für Schwierigkeiten meinst du? Wofür brauchst du meine Unterschrift denn noch? Du entlässt ja schon gute Leute, ohne mich zu fragen.» Mit zittrigen Fingern griff der Alte nach dem Glas Wasser. Beim Trinken verschüttete er ein paar Tropfen, mehr, als noch vor wenigen Monaten, wie Klaus fand. Misstrauisch sah Alfred Thomsen seinen Sohn an. «Fängst du schon wieder damit an?» Und, nach einem weiteren prüfenden Blick, der nichts von seiner alten Schärfe verloren hatte, fragte er streng: «Was ist los, Junge, dass du jedes Mal damit kommst, dass ich mich aus dem Geschäft zurückziehen soll? Hast du etwa Schulden gemacht?»

«Nein. Aber mir ist einfach nicht wohl bei dem Gedanken daran, dass dir etwas passieren könnte», log Klaus, obwohl es die Dinge außerordentlich vereinfachen würde, wenn Alfred Thomsen einen zweiten Schlaganfall oder einen Herzinfarkt bekäme, denn dann wäre es vermutlich wesentlich leichter, ihn per Gerichtsbeschluss entmündigen zu lassen. Aber wer wusste schon, wann das so weit war. So lange konnte er nicht warten, schließlich hatte er Pläne, die er sich von dem sturen Alten nicht vermasseln lassen wollte. Doch der Vater stellte sich quer. Wie er es auch anpackte, Alfred Thomsen weigerte sich, sich ein für alle Mal zur Ruhe zu setzen. Klaus hatte schon, ganz unverbindlich und leise flüsternd, beim letzten Stammtisch Florian Tietgen gefragt, ob man da nicht etwas machen könnte, mit Entmündigung oder so, aber der Rechtsanwalt hatte gleich abgewinkt, so etwas sei langwierig und habe nicht viel Aussicht auf Erfolg, solange sein Vater noch klar im Kopf sei. Daran zweifelte der Sohn allerdings manchmal, denn warum sonst sollte sich der Alte dergestalt an das letzte Stückchen Macht klammern, das ihm geblieben war? Klaus wollte nicht sehen, dass man durchaus klar im Kopf und trotzdem von Angst und Misstrauen zerfressen sein konnte, dass sein Vater nicht loslassen konnte, weil das Geschäft für ihn das Wichtigste im Leben war, immer noch, wichtiger als der Sohn.

Auf die Lüge gab Alfred Thomsen keine Antwort. Die Andeutung von Fürsorglichkeit, die in den Worten mitschwang, auch wenn sie nicht ernst gemeint waren, irritierte ihn einen kurzen Moment lang, bis er sie als das interpretierte, was es war: Als Finte und Täuschung, um ihn hereinzulegen. Nicht, weil er seinen Sohn durchschaute, kam er zu diesem Schluss, sondern weil er von keinem Menschen selbstlose Zuwendung erwartete, von Klaus so wenig wie von dem Pflegepersonal, das schließlich auch nur sein Geld wollte, ohne genug dafür zu leisten.

Klaus betrachtete seinen Vater und sah nicht, wie ähnlich er ihm war. Gewiss, rein äußerlich gab es so gut wie keine Gemeinsamkeiten, bis auf die Augenfarbe, ein helles Blau, und die hohen Wangenknochen, doch Klaus tat alles, um einen Graben zwischen sich und den Alten zu ziehen und dafür Sorge zu tragen, dass dieser niemals zuwucherte. Klaus war hochgewachsen und schlank, trieb regelmäßig Sport und achtete auf seine Gesundheit, denn er wollte nicht eines Tages, nach einem Leben im muffigen Büro, so enden wie sein Vater: als hilfloses Wrack. Obwohl er jünger war, hatte er es in allem, worauf es ankam, schon weitergebracht als der Alte: Sein Haus war größer, die Frau war schöner, das Auto schneller, die Urlaubsreisen exotischer. Er, Klaus Thomsen, scheute sich im Gegensatz zu seinem Vater nicht, das Geld auszugeben, das er verdiente und eines Tages verdienen würde. Sollten die anderen ruhig sehen, dass er es geschafft hatte, dass er ausgebrochen war aus der kleinbürgerlichen Enge seiner Eltern. Er hatte studiert, war im Ausland gewesen, hatte die Welt gesehen, doch jetzt, jetzt klebte dieser Krüppel an ihm und wollte ihn festhalten in der kleinstädtischen Miefigkeit. Warum er überhaupt zurückgekehrt war, in diese spießige Enge, das fragte er sich nicht; das fragte niemand, denn wer zurückkehrte, wurde mit offenen Armen empfangen. Jeder der zurückkam, bewies aufs Neue, dass es nirgendwo auf der Welt besser war als hier in der kleinen Stadt; Klaus und Markus: Sie waren gegangen und sind wiedergekommen, hatten ihre Freundschaft erneuert und ihr Glück gefunden. Wer wollte daran zweifeln?

8

Um vier Uhr nachmittags klebte die Sonne, vom Sommer ermattet, an einem blauen Himmel, als der alte Lettner vom Mühlencafé nach Hause kam. Er hatte von der neuen Sahnetorte gegessen, drei Stücke, dazu einen Cognac und bestimmt drei, vier Kaffee, und jetzt war er müde, obwohl es noch hell war und bestes Herbstwetter. Anfang Oktober war es, doch von der bunten Natur da draußen, die sich zum Abschied noch einmal schön gemacht hatte, schien Vera nichts zu merken. Horst Lettner fand sie im Wohnzimmer, neben sich die beiden Kartons aus dem Flur, um sich herum im ganzen Zimmer verteilt die kleinen Wagen, zierliche Lokomotiven und Güterwagons und Passagierwagen. Manche steckten noch in der Originalverpackung, andere hatte sie herausgerissen und beiseitegelegt, auf die Kommode, den Schrank oder den Tisch. Ihre Haare waren zerzaust, und ein paar Sekunden weidete sich der Vater an diesem Anblick, denn er wusste nicht, ob er so etwas schon einmal gesehen hatte: seine Tochter mit wirrem Haar und gerötetem Gesicht. Doch die Wut, die in ihren Augen aufblitzte, jagte ihm einen Schrecken ein. Er klammerte sich an den Türrahmen, und ihm stiegen tatsächlich Tränen in die Augen, als sein Blick auf die Lokomotive in Veras Hand fiel, eine Märklin G 800, nicht die, die er damals Thorsten geschenkt hatte, aber doch eine seiner liebsten. Mein Gott, Vera, dachte er, und sagte: «Mein Gott, Vera, die Lokomotive, Vorsicht!»

«Wie kannst du es wagen, du, du ...» Vera schrie nicht, nein, soweit ging sie nicht, aber ihre Stimme überschlug sich, hysterisch und schrill, weil sie sechs Stunden Zeit gehabt hatte, sich hineinzusteigern in ihren maßlosen Zorn. Um zehn Uhr war sie, wie immer, seit sie zu Hause blieb – diese Formulierung war das erste Zugeständnis an ihr neues Leben, nie dachte sie: Seit ich arbeitslos bin, oder: Seit ich nicht mehr in der Spedition arbeite; sondern stets: seit ich zu Hause bleibe –, zum Briefkasten gegangen. Sie fand zwei Briefe, einen von einem Seniorenheim und einen Werbebrief, sowie eine Zeitschrift, mit der sie zunächst wenig anfangen konnte, bis sie sich das Titelbild ansah: eine Lokomotive im Miniaturformat. Die Modelleisenbahn, Heft 11. Sie kehrte in ihre Wohnung zurück, schloss die Tür, ging in die Küche, um die Post durchzusehen und dem Vater die Zeitschrift an seinen Platz zu legen, als ihr Blick auf die Rückseite des Heftes fiel. Fast neuwertige Märklin CCS 800.6 für nur 3850,00 Euro. Zunächst meinte Vera, sich verlesen zu haben, vermutlich hatte sie eine Stelle zuviel hinzugedichtet, aber auch, als sie ein zweites Mal hinschaute, änderte sich nichts an der unglaublichen Vierstelligkeit der Zahl. In diesem Moment begann sich langsam eine dumpfe Ahnung in ihr auszubreiten, wie ein schwarzer Schatten, ein furchtbarer Verdacht, und hektisch begann sie in dem Heft zu blättern, bis sie noch mehr Anzeigen fand, kleiner und ohne Abbildungen, aber mit Zahlen, dreistellig zumeist, aber auch vier- oder gar fünfstellig. Märklin Krokodil CCS 800.3 für 12.000,00 Euro. Bei dieser Zahl musste Vera sich setzen. Ihr wurde schwindelig, als sie an die Kartons draußen auf dem Flur dachte, randvoll mit Modelleisenbahnen. Mit verkniffenem Mund, das Heft fest umklammert, die Knöchel weiß wie die einer Toten, ging sie in den Flur und öffnete vorsichtig den oberen Karton. Doch hier auf dem Flur war es eng und schummerig, also wuchtete sie den Karton auf den Boden, diese Kraft hätte sie sich selbst nicht zugetraut, und zerrte ihn ins Wohnzimmer, den zweiten gleich hinterher. Gründlich besah sie sich die kleinen Kartons, suchte im Heft nach Namen oder Nummern oder irgendwas, das ihr verriet, wie viel dieses alberne Spielzeug ihres Vaters wert war. Einen Wagen fand sie, der im Heft vierstellig angeboten wurde, daneben viele alte Dinger, die Verpackungen gut erhalten, von denen sie im Heft nichts fand, gleichwohl ahnte: Das waren die, die fünf Stellen brachten, vor dem Komma, vielleicht nicht alle, aber auch wenn es nur vier, fünf waren, von den mehr als hundert Wagen, dazu sechzig, siebzig vierstellige ...

Vera ließ sich auf den Boden sinken, eine ganz neue Erfahrung für sie, noch nie hatte sie auf dem Boden gesessen, außer vielleicht als kleines Kind, aber daran erinnern konnte sie sich nicht. Jetzt saß sie also, umgeben von altem Spielzeug für kleine Jungs auf dem Wohnzimmerteppich, und da fiel es ihr auch wieder ein: die erste Lokomotive unter dem Weihnachtsbaum; Thorsten, der das Ding betrachtete und brumm-brumm machte; der Vater, der dem Jungen das Geschenk behutsam wieder aus der Hand nahm, nicht kaputtmachen, damit spielen Papa und Thorsten zusammen, aber nicht alleine. Der Erlös aus dem Verkauf der Wagen hätte vermutlich ausgereicht, um das Haus am Mühlendamm zu behalten und es obendrein noch zu renovieren. Nie und nimmer hätte Vera ihr Erbe einem Fremden überlassen, wenn sie gewusst hätte, wie viel diese Liebhaberei ihres Vaters wert war. Eher hätte sie ihm jeden Wagen einzeln aus der Hand gerissen, um ihn zu verkaufen und damit zu retten, was ihr gehörte, ihr, und sonst niemandem.

Als sie den Schlüssel in der Wohnungstür hörte, richtete sie sich mühsam auf, eine Lokomotive fest umklammert, und wartete auf ihren Vater, der artig erst die Schuhe auszog und den Mantel an die Garderobe hängte, ehe er in der Tür zum Wohnzimmer auftauchte. Horst Lettner bemerkte ihre Wut, vor allem aber sah er seine Schätze in Gefahr. Er fürchtete um diesen alten Plunder, wie er sich um Vera nie gesorgt hatte. Als der Wagen in ihren Händen zu zerbrechen drohte, schrie der Alte auf, es knirschte schon verdächtig, denn das alte Material konnte dem Druck von Veras Fingern kaum standhalten. Horst Lettner wollte sich losreißen vom Türrahmen, retten, was zu retten war, dabei strauchelte er und schrie und stürzte, drei, vier Wagen unter sich begrabend, zu Boden.

Vera blickte auf ihren Vater hinab, wie sie es irgendwie schon immer getan hatte, jetzt aber tatsächlich, im wahrsten Sinne des Wortes. Schwer atmend lag er vor ihr, nach Luft japsend, die Hand auf die Brust gepresst, das Gesicht vor Schmerzen verzerrt. Veras Wut war nicht verraucht, nein, so einfach käme er nicht davon, aber als er nicht aufstand und auch nichts sagte, dachte sie, dass sie ihm wohl helfen müsste, vermutlich hatte er einen Schwächeanfall erlitten. Jetzt verlangte er auch noch nach einem Arzt, aber was sollte Dr. Arnheim denken, wenn er ihren Vater hier so liegen sähe, inmitten der Unordnung. Also schaffte sie den schweren Mann hinüber in sein Bett. So schlecht ging es ihm nicht, dass er nicht brav mittun würde, mühselig mit ihrer Hilfe auf die Beine kam und sich von der Tochter stützen ließ, immer noch schwer atmend, manchmal wimmernd wie ein Tier. Aber Veras Stimme trieb ihn unbarmherzig weiter, ja, Vater, wenn du im Bett liegst, rufe ich den Arzt, komm, das kleine Stück schaffst du noch, jetzt stell dich nicht so an. Energisch zog und zerrte sie an ihm, sie wusste, wenn er noch einmal stürzte, würde sie ihn nie mehr fortkriegen, und das wollte sie nicht. Also stachelte sie und triezte und drängte, und der Vater konnte nichts tun, vielleicht wollte er auch nichts tun, als sich in sein Bett zu legen und zu sterben. Endlich streckte er sich lang aus, der Atem ganz klein, fast schon nicht mehr da. Vera deckte ihn zu, weniger aus Fürsorge denn aus Unsicherheit, und sagte, er solle sich ausruhen, mal sehen, ob er später noch einen Arzt bräuchte.

Selbstverständlich wusste Vera Lettner, dass ihr Vater einen Arzt brauchte, und zwar dringend, doch als sie in das Wohnzimmer zurückkehrte, brachte sie es nicht über sich, einfach zum Telefon zu gehen und Dr. Arnheim oder den Notarzt zu rufen. Sie würde sich für diese Unordnung zu Tode schämen, und die kurze Zeit würde ihr Vater schon noch durchhalten. Also begann sie aufzuräumen, verstaute vorsichtig die Modellbahnen wieder in den Packungen und die Packungen in den Kartons. Sie hatte einiges durcheinandergebracht, und manchmal passte das Äußere nicht zum Inneren. Das war jetzt egal, sie hatte es eilig, doch dann quälte sie der Gedanke, unordentlich zu sein und sie begann noch einmal von vorn. Jede einzelne Packung wurde kontrolliert, passte die Nummer auf dem Wagen zu der Nummer auf der Pappe, es war mühselig, doch schließlich hatte sie es geschafft. Stolz war sie, unbändig, und erleichtert, denn das Wort originalverpackt besaß einen ganz eigenen Reiz, es klang nach Ordnung, und das gefiel ihr, und ganz, ganz tief in sich dachte sie dabei, wenn das überhaupt ein Denken sein konnte, so tief unter allem Bewussten verborgen, an Zahlen, vierstellige und fünfstellige.

Draußen war es schon längst dunkel, und Vera warf einen raschen Blick auf die Uhr, ob es schon zu spät sei, um den Staubsauger noch einmal hervorzuholen. Nicht, dass sie sich davon hätte abbringen lassen, denn das Wohnzimmer sah so schmutzig aus, wie Vera es noch nie erlebt hatte, kleine Papierschnipsel flogen herum, manchmal auch kleine Plastikstückchen, die sie vor dem Saugen sorgfältig aufklaubte; dazu der Staub und Dreck, der an den Verpackungen geklebt hatte und jetzt auf dem Teppich, und noch schlimmer, an ihrer Kleidung und in ihrem Haar hing. Nein, Vera wollte sich nur vergewissern, ob nicht vielleicht Frau Kirsdorf sich beschweren würde, schließlich hatte sie es schon einmal getan: Es ginge ja wohl nicht an, dass um sechs Uhr morgens der Staubsauger in Betrieb genommen würde. Zwei Jahre war das jetzt her, dass der Eigentümer der Nachbarwohnung, der die Wohnung an die junge Frau vermietet hatte, Vera einen geharnischten Brief geschrieben hatte, eine Unverschämtheit, wie Vera fand, noch heute. Doch es war erst halb neun, sie hatte somit laut Hausordnung noch eineinhalb Stunden Zeit und machte sich sofort an die Arbeit. Zuvor warf sie einen kurzen Blick ins kleine Zimmer auf ihren Vater, doch der lag da, ganz ruhig, und sagte nichts.

Nach dem Staubsauger kam das Staubtuch an die Reihe und dann Vera selbst. Sie duschte, wusch sich die Haare und zog frische Kleidung an, wodurch sie sich sofort befriedigt und fast ein wenig glücklich fühlte. Nur, wenn sie ganz und gar sauber war und nach Seife und Wäschestärke duftete, wusste sie, wofür sie tagtäglich all die Arbeit und Mühe auf sich nahm. In diesen Momenten empfand sie manchmal eine tiefe Ruhe, als hätte sie erreicht, wonach jeder Mensch sich sehnte, einen Zustand, in dem die Seele zu Hause war.

Inzwischen war es zehn Uhr geworden. Vera war müde, denn sie hatte heute viel geleistet, und überhaupt ging sie immer um diese Zeit ins Bett. Sie schaute noch kurz bei ihrem Vater herein, rief sogar leise etwas, Hallo vielleicht oder Vater, das wusste sie später nicht mehr, doch als sie keine Antwort erhielt, zog sie sich wieder zurück und ging zu Bett.

Am nächsten Morgen fiel Vera Lettner zunächst nichts Besonderes auf, außer vielleicht, dass sie sich ungewöhnlich beschwingt fühlte. Doch als sie im Bad war, erinnerte sie sich wieder an den letzten Abend. Eilig beendete sie ihre Morgentoilette, kleidete sich an und klopfte an die Tür zum kleinen Zimmer. Als ihr Vater nicht antwortete, drückte sie die Klinke herunter und trat vorsichtig ein.

Horst Lettner lag noch genau so da, wie sie ihn gestern Nachmittag ins Bett geschafft hatte. Lang ausgestreckt, mit geschlossenen Augen. Doch seine Haut wirkte seltsam bleich und kalt. Ja, kalt. Obwohl Vera ihn gar nicht berührte, wusste sie, wie er sich anfühlen würde.

«Vater?», fragte sie, obwohl sie wusste, dass es zu spät war, aber sicher war sicher, nicht dass sie den Arzt noch umsonst rief. Sie überlegte kurz, ob sie den Notarzt oder den Hausarzt rufen sollte, aber für den Notarzt war es wohl schon zu spät. Sie wählte die Nummer von Dr. Arnheims Praxis und fragte, ob der Doktor wohl vorbeikommen könnte, ihrem Vater ginge es nicht gut, wer weiß, vielleicht sei er auch schon tot. Die Sprechstundenhilfe war sprachlos, denn das war sie nicht gewohnt, das jemand so über den Tod redete, so beiläufig, als könnte der Tote tot sein oder zum Einkaufen gegangen, egal.

Natürlich kam Dr. Arnheim sofort, denn Horst Lettner war seit über zwanzig Jahren sein Patient. Außerdem war da Vera, um die er sich Sorgen machte. Nicht, dass er sie wirklich kannte, leibhaftig gesehen hatte er sie vielleicht drei, vier Mal, einmal wollte sie ein Mittel gegen eine hartnäckige Erkältung haben und weigerte sich, sich krankschreiben zu lassen, daran erinnerte er sich noch gut, aber die anderen Male? Vielleicht hatte er sie auch nur dieses eine Mal gesehen, aber natürlich war Dr. Arnheim mit ihrer Geschichte vertraut: Verlust des Arbeitsplatzes und des Hauses, und jetzt war wohl auch noch der Vater gestorben, da sollte man schon mal einen Blick auf diese merkwürdige Frau werfen, er hatte ja auch schon allerhand über sie gehört und ja, er gab es zu, zumindest vor sich selbst: Er war neugierig.

Das Haus in der Vicelinstraße war ein typischer Backsteinbau der Siebzigerjahre, im Vorgarten ein kurz geschnittener Rasen und fantasielose Sträucher. Es erinnerte ihn an etwas, doch er wusste nicht, dass es der Garten von Alfred Thomsen war. Auf sein Klingeln hin wurde sofort der Türöffner betätigt. Das Treppenhaus war sauber, an den Briefkästen klebten ordentliche Namensschildchen. Vera Lettner empfing ihn an der offenen Wohnungstür. Sie machte einen sehr wachen Eindruck auf ihn und wirkte überhaupt nicht aufgelöst, wie er es sonst von Angehörigen und Hinterbliebenen kannte. Auch sonst war einiges anders, als er es gewohnt war. Durch die Wohnung wehte der verführerische Duft frischen Kaffees, und aus der Küche war leise Radiomusik zu hören, deutsche Schlager, gleichtönend und weichgespült. Die Wohnung und die Frau machten den Eindruck eines ruhigen Sonntagvormittags, man frühstückte in aller Ruhe, um dann den Tag zu vertrödeln, vielleicht einen Spaziergang zu machen, das Wetter war so schön. Nichts deutete darauf hin, dass in dieser Wohnung ein Toter lag, dass hier ein Mensch gestorben war. Merkwürdigerweise zweifelte Dr. Arnheim keine Minute daran, dass Horst Lettner tot war, oder vielleicht war es auch gar nicht merkwürdig, sondern eher ein Wunder, dass er überhaupt so alt geworden war.

Und so war er auch nicht überrascht, als er die Leiche sah. Vera war ihm ins Zimmer gefolgt, stand schweigend neben ihm, als er die Decke zurückschlug und den Toten untersuchte. Die Totenstarre hatte bereits eingesetzt, am Kiefer und Nacken, doch irgendwelche Auffälligkeiten fand er nicht. Keine blauen Flecken, keine Würgemale, keine Anzeichen von Gewaltausübung, was ihn im Übrigen auch gewundert hätte, denn davon, dass Vera Lettner Sandra Mersfeld bedroht hatte, hatte er noch nichts gehört, und von der Wut, die Horst Lettner in den Augen seiner Tochter gesehen hatte, jenen unbändigen Zorn, der einen zurückschrecken ließ, wusste keiner etwas außer dem Alten, der es nun niemandem mehr erzählen konnte. Neben dem Toten lag ein kleines schwarzes Plastikrad. Dr. Arnheim nahm keine Notiz davon, wohl aber Vera, die es aufsammelte und in die Schürzentasche steckte.

Warum ihr Vater denn vollständig bekleidet sei, wollte der Arzt wissen, und natürlich herzliches Beileid, Horst Lettner sei tatsächlich in der Nacht verstorben, am frühen Abend vielleicht.

«Danke», erwiderte Vera, und so klang sie tatsächlich: dankbar und erleichtert. Warum er sich nicht ausgezogen hatte, wisse sie nicht, und fuhr fort. «Er ist gestern Nachmittag nach Hause gekommen und hat gesagt, er fühle sich nicht wohl. Er wollte sich hinlegen und etwas ausruhen. Ich habe ein paar Mal nach ihm geschaut, aber ich dachte, er schläft, da habe ich ihn schlafen lassen.» Fast lebhaft erzählte sie diese Geschichte, als habe es sich wirklich so zugetragen. Dr. Arnheim hatte keinen Grund, daran zu zweifeln, schließlich kannte er seinen Patienten gut genug.

«Wie spät war es, als er nach Hause kam?»

«Etwa vier Uhr, vielleicht etwas später.»

«Und da ist er direkt ins Bett gegangen?»

«Ja.» Kein Zögern, kein Stocken. «Er sagte nur, er fühle sich nicht wohl, mehr nicht.»

Nachdenklich musterte Dr. Arnheim die Frau vor sich. Der leicht verkniffene Mund, von dem er, wie Markus Hansen, schon soviel gehört hatte und an den er selbst sich nur dunkel erinnerte, wirkte nicht so auffällig, wie er es erwartet hatte. Bleich war sie, das wohl, und hager, aber sie erweckte nicht den Eindruck, als habe sie in der Nacht vor Sorge um ihren Vater nicht schlafen können.

«Und Sie sind nicht auf die Idee gekommen, er könnte ernsthaft krank sein?»

Jetzt war es doch da, ein unsicheres Zögern, und ja, jetzt sah Dr. Arnheim auch den Mund schmaler werden, doch die Empörung, Veras liebstes Gefühl, hielt sich zurück, denn sie wusste, dass das jetzt die falsche Reaktion wäre, geradezu ungehörig, trotz des Vorwurfs, der in den Worten des Arztes mitklang.

«Doch, schon. Aber ...» Sie stockte, weil sie es nicht gewohnt war, von sich zu erzählen oder davon, wie sie zu ihrem Vater stand. «Ich dachte doch nicht, dass er einfach so sterben würde.»

«Bei seinem Herzen und dem Diabetes und dem Übergewicht war damit schließlich jederzeit zu rechnen.»

Veras Lippen wurden noch schmaler. Sie verschränkte die Arme, sagte jedoch nichts.

Dr. Arnheim warf noch einen Blick auf den Toten, überlegte, ob er die Polizei informieren sollte, ob er einen Verdacht äußern sollte, aber er war sich nicht sicher, ob er überhaupt einen Verdacht hegte. Horst Lettner wurde nicht wieder lebendig, und die Tochter, nun, er hatte genug gehört, um zu wissen, dass sie etwas seltsam war, dass sie andere Menschen nicht mochte und oft ungehalten reagierte, beinahe anmaßend. Das wusste er von Frau Grönwohld, die er wegen Migräne behandelte. Vor ein, zwei Jahren hatte er sie gefragt, ob es etwas gäbe in ihrem Leben, das ihr Probleme bereitete. Ja, hatte die junge Frau geantwortet, da sei diese Kollegin bei ihrer neuen Arbeitsstelle, eine fürchterliche Schreckschraube, arrogant und spießig, nichts könne man der recht machen, immer habe sie etwas zu meckern, einfach furchtbar. Daran dachte Dr. Arnheim in diesem Moment und fragte sich, ob der Vater wohl ähnlich empfunden haben mochte, oder ob er es seiner Tochter hatte recht machen können. Wer weiß, vielleicht konnte Vera gar nichts dafür, dass sie so kalt war, wer konnte schon sagen, warum die Menschen genau so waren und nicht anders.

Versöhnlicher gestimmt, versuchte er ein freundliches Lächeln und sagte: «Er musste ja auch einiges durchmachen in der letzten Zeit. Der Verlust des Hauses hat ihn sicherlich sehr getroffen. Dabei wird das Gebäude jetzt so schön renoviert, seit Herr Mersfeld es übernommen hat.» Erstaunt beobachtete Dr. Arnheim, wie Vera erbleichte. Ihm wurde ein Anblick beschert, wie ihn zuvor nur Sandra Mersfeld zu sehen bekommen hatte: Veras Mund klappte auf, statt schmal zu werden, und sie begann zu schwanken, bis sie fast zu stürzen drohte. Gerade noch rechtzeitig konnte sie sich an der Kommode festhalten.

«Ja, wussten Sie denn nicht, dass Christian Mersfeld das Haus Ihres Vaters gekauft hat? Der Tischler vom Verein Neustart?»

Nein, das hatte Vera nicht gewusst, woher denn auch? Außer mit ihrem Vater und vielleicht noch mit Frau Keller wechselte sie kaum ein Wort mit anderen Menschen. Und die beiden kannten Vera gut genug, um den Mund zu halten, so dass diese gefährliche Aufgabe also an Dr. Arnheim hängen blieb, der Vera heute somit zwei schlechte Nachrichten überbrachte. Wie so viele dachte er nicht mehr daran, dass Vera einmal mit Christian Mersfeld verheiratet gewesen war. Möglicherweise hätte er sich andernfalls gesagt: Siehe da, jetzt bekommt Christian das Haus am Ende doch noch, und würde ahnen, was es für Vera bedeutete. Doch Dr. Arnheim wusste nicht, dass sie jedem anderen vielleicht verziehen hätte, das Haus am Mühlendamm gekauft zu haben, irgendwann, niemals aber diesem Mann.

Keinen Ton brachte Vera heraus, was Dr. Arnheim überrascht, aber nicht hilflos zur Kenntnis nahm, schließlich wusste er Bescheid und erkannte Schocksymptome bei einem Patienten. Er führte Vera aus dem Sterbezimmer ins Wohnzimmer, wo er sie nötigte, auf dem Sofa Platz zu nehmen, ihr ein Glas Wasser reichte und eine Beruhigungstablette aufdrängen wollte, gegen die Vera sich jedoch verbissen sträubte. Hier war er in seinem Element, das war die Reaktion, die er kannte und erwartete, wenn ein Toter zu beklagen war, und wer weiß, vielleicht war dieser katatone Zustand, den er bei Vera Lettner beobachtete, ja doch auf das Ableben ihres Vaters zurückzuführen, und die Nachricht über den neuen Besitzer des Hauses war nur der Auslöser, ein Katalysator, der der Trauer, die sie anders nicht zulassen konnte, das Tor öffnete. So bog Dr. Arnheim sich die Wirklichkeit zurecht, weil ihm bei der Vorstellung grauste, dass jemand den Tod des Vaters so hinnehmen konnte, aber beim Verlust von ein paar Steinen und Holzbalken und Fenstern und etwas Farbe so außer sich geraten konnte. Er stellte den Totenschein für Horst Lettner aus, fragte Vera, ob sie eine Freundin oder eine Verwandte habe, die er für sie anrufen sollte; ließ ihr, als sie stumm den Kopf schüttelte, noch zwei Tabletten des Beruhigungsmittels da und verabschiedete sich. Auf dem Weg zur Tür schaute er sich unauffällig in der Wohnung um und musterte kopfschüttelnd den gedeckten Frühstückstisch in der Küche, in der das Radio immer noch diese unerträgliche Leichtigkeit aneinandergereihter Töne verströmte. Lediglich die beiden unansehnlichen Umzugskartons im Flur störten die penible Ordnung der Wohnung. Dr. Arnheim stutzte, aber nur kurz, und kaum war er aus dem Haus getreten, war seine Verwunderung auch schon wieder verflogen.

Veras Erstarrung verflog nicht so rasch. Um kurz nach neun verabschiedete sich Dr. Arnheim, um zehn Uhr hockte sie immer noch regungslos auf dem Sofa. Nur diese absolute äußere Ruhe konnte den brodelnden Sumpf ihrer Gefühle in Schach halten. Nicht auszudenken, was geschähe, wenn Vera aufstünde und sich bewegte, sodass in der sie umgebenden Mauer kleine Risse und Spalten entstünden und ihr Inneres nach Außen entwiche. Womöglich finge sie an, die Möbel zu malträtieren, zu zertrümmern, risse das gute Geschirr aus dem Schrank, das sie zur Hochzeit bekommen und kein einziges Mal benutzt hatte, und zerschlüge es, laut stöhnend und vor Wut und Scham schreiend, vielleicht auch vor Trauer, denn auch die rüttelte an den engen Gitterstäben ihres Gefängnisses, schüchtern und hilflos. Irgendwann würden die Nachbarn aufmerksam werden, würden an der Tür klingeln, dann den Notarzt rufen, weil das Toben und Lärmen in der Wohnung nicht nachließe.

Nein, irgendetwas in Vera wusste, dass nur die Starre sie schützen konnte vor der Demütigung, ihre Gefühle nach außen dringen zu lassen und dadurch deren Existenz akzeptieren zu müssen. Jetzt hatte Christian das Haus am Mühlendamm also doch noch bekommen, nach so langer Zeit. Seit drei Generationen hatten die Lettners die Tischlerei am Mühlendamm geführt, und dann schlich Christian sich in die Familie ein, umschmeichelte den Vater und die Mutter und machte ihr, Vera, schöne Augen. Dabei wollte er niemals sie haben, das hatte sie schon damals gewusst, als sie Ja sagte, denn dumm war sie schließlich nicht, ebenso wenig wie ihr Vater. Die Eltern mochten Christian. Sie redeten mit ihm, wie sie mit ihr nie redeten, bei ihm lachten sie und lächelten, während Vera nur scheele Blicke erntete. Ihr Vater und ihre Mutter wussten mit der seltsamen Tochter nichts anzufangen. Sie waren froh, als Christian ins Haus kam und dann sogar Vera heiratete. Auf so ein Glück hatten sie nicht zu hoffen gewagt, dass sie doch noch einen Sohn bekämen, oder doch so gut wie, der an die Stelle des kleinen Thorsten treten konnte, der zu der Zeit gerade seine Lehre begonnen hätte, wenn er nicht so früh gestorben wäre.

Doch Thorsten war tot, ebenso wie Veras Mutter und nun auch der Vater. Der Gedanke an den Toten im Nebenzimmer war es dann auch, der Vera langsam wieder zurückholte. Der Tote in der Wohnung beunruhigte Vera nur insofern, als er ihren gewöhnlichen Tagesablauf gewaltig durcheinanderbrachte. Sie empfand keine Scheu, die Leiche anzufassen und auf dem Bett nach weiteren Plastikteilchen zu suchen, denn sie ahnte, dass ein kleines schwarzes Stück möglicherweise über die Anzahl der Stellen vor dem Komma entscheiden konnte, also suchte sie akribisch und fand auch tatsächlich noch einen Miniaturstoßdämpfer. Dann fiel ihr der Staubsauger ein. Sie ließ den Vater liegen, zog den Staubsaugerbeutel aus dem Gerät und durchsuchte, nachdem sie dünne Einmalhandschuhe gegen den Schmutz übergestreift hatte, den Dreck. Zum Glück war es nicht viel, und tatsächlich erbeutete sie vier weitere Plastikteilchen, deren Funktion sie sich nicht erklären konnte, aber egal, das würde sie wohl auch nicht brauchen.

Erst als sie sicher war, dass nirgendwo mehr kleine, kostbare Teile herumlagen, rief sie das Bestattungsinstitut an, das sie damals beim Tod ihrer Mutter beauftragt hatte. Noch am selben Tag wurde der Leichnam abgeholt. Vera wollte die

Sache so rasch wie möglich hinter sich bringen und war ungehalten, dass der Vater nicht noch in derselben Woche beerdigt
werden konnte, doch da ließ sich nichts machen. So hatte die
Nachricht vom Tod des alten Tischlers Zeit, sich in alle Winkel
und Ecken der kleinen Stadt auszubreiten.

Noch am selben Tag rief sie bei der Entrümpelungsfirma an,
die auch schon die Wohnung am Mühlendamm leer geräumt
hatte, damit die väterlichen Möbel so rasch wie möglich abgeholt würden. Vera fand nichts dabei, dass der Mann am Freitag
vorbeikommen wollte, am gleichen Tag, an dem die Todesanzeige in der Zeitung erschien. Der Besucher, dessen Namen
Vera auch dieses Mal nicht interessierte, musterte sie neugierig.
Er hatte die Adresse in der Zeitung gelesen, wusste, dass der
Tote noch nicht einmal beerdigt war, und fragte sich, was für
eine herzlose Tochter das sein mochte.
  Doch natürlich hatte Vera sehr wohl ein Herz, ruhig und
kräftig schlug es in der mageren Brust. Sie fühlte sich beschwingt, jetzt, wo der Termin für die Beerdigung feststand
und sie die wichtigsten Dinge bereits erledigt hatte. Gleich am
Dienstag war sie beim Standesamt gewesen, um die Sterbeur-
kunde zu beantragen, die sie noch am selben Tag an Versicherungen und Ämter geschickt hatte. Sie genoss es, ihre Wohnung wieder für sich zu haben, die Mahlzeiten wieder allein
einnehmen und das kleine Zimmer jederzeit betreten zu können. So rasch wie möglich wollte sie den ursprünglichen Zustand wieder herstellen, die Möbel wieder an die angestamm-
ten Plätze rücken und ihr gewohntes Leben wieder aufnehmen.
In voller Absicht vergaß sie, dass dazu mehr gehörte als etwas
äußerliche Kosmetik an der Wohnung, denn mit der Arbeit in
der Spedition war es ebenso unwiderruflich vorbei wie mit den
regelmäßigen Besuchen am Mühlendamm. Die Wohnung war
alles, was ihr geblieben war, und daran klammerte sie sich mit
aller Macht.

Suchend schaute der Mann sich um. Er trug eine ausgebeulte Jeans, Pullover und derbe Schuhe, darüber eine Lederjacke mit angestrickten Ärmeln. Vierzig Jahre war er vielleicht alt, Vera konnte so etwas schlecht schätzen, und im Übrigen interessierte es sie genauso wenig wie sein Name.

«Wo hat Ihr Herr Vater denn die Modelleisenbahn untergebracht?», fragte er, als sie im kleinen Zimmer standen und Vera auf die Mahagonikommode und das Bett deutete.

«Die Wagen befinden sich in den Kartons auf dem Flur.»

«Na, die nehme ich Ihnen natürlich auch ab. Was wollen Sie denn auch mit dem Krempel.»

Veras Lippen wurden schmal, und wenn man genau hinsähe, könnte man auch ein winziges Lächeln erkennen, das die Mundwinkel andeutungsweise nach oben zog, zäh und angestrengt, als seien die Muskeln mit dieser ungewohnten Aufgabe überfordert.

«Wie viel wollen Sie denn dafür zahlen?»

Der Mann hörte die Alarmglocken nicht und tat, als interessiere er sich vor allem für die Kommode, bestimmt fünfzig Jahre alt, handgeschreinert und gut in Schuss. Beiläufig und achselzuckend sagte er schließlich: «Ach, vielleicht noch mal zweihundert Euro, oder dreihundert, da würden wir uns schon einig werden.»

Wenn er in diesem Moment aufgeschaut hätte, hätte er Vera lächeln sehen. Er wäre einer der wenigen Menschen gewesen, die dieses Wunder je erlebten: dass sich so etwas wie Freude, und sei es nur Schadenfreude, auf ihrem Gesicht zeigte, weil sie das Geheimnis kannte, weil sie wusste und dadurch diesem Betrüger überlegen war und ihn bloßstellen könnte, wenn sie wollte. Klaus Thomsen kannte dieses Lächeln. Früher, als Praktikant, war er hin und wieder damit bedacht worden, genau wie Nicole Grönwohld, die in ihrer ersten Zeit bei der Spedition nicht wusste, wo sie Papier oder einen neuen Kugelschreiber oder Büroklammern finden konnte und auf Veras

Hilfe angewiesen war. Doch der Mann von der Entrümplungsfirma ließ die Gelegenheit ungenutzt verstreichen, widmete sich weiterhin der Kommode, zog eine Schublade auf, kramte erstaunt eine Packung Kekse unter den Socken hervor und fragte schließlich kopfschüttelnd, immer noch, ohne Vera anzuschauen: «Also, was ist, soll ich die Eisenbahn mitnehmen, oder wollen Sie sie selbst auf den Müll werfen?»

Vera machte ihr Lachgeräusch.

«Ihr Angebot ist eine Frechheit. Ich weiß, was die Wagen wert sind.»

Jetzt endlich sah der Mann sie an, sah den triumphierenden Blick, mit dem Vera alle Menschen bedachte, die sie in die Enge treiben konnte. Der verkniffene Mund schien zu vibrieren, so viel Freude bereitete es ihr, diesem Mann auf die Schliche gekommen zu sein. Einen Moment lang erwog sie, völlig auf ein Geschäft mit ihm zu verzichten, doch sie wollte die Möbel los sein, die in ihrer kleinen, heilen Welt nur störten. Der Form halber nannte sie einen Preis für die Modellbahn. Der Mann vor ihr erbleichte, dann wurde er rot: Sie hatte ihn ertappt. Wie hätte er aber auch ahnen können, dass diese alte Schachtel sich so gut auskannte, wo sie doch vor knapp drei Monaten die Eisenbahn selbst hatte verkaufen wollen. Den genannten Preis konnte er natürlich nicht zahlen, auch wenn er kurz daran dachte, aber zwei Kartons, das waren sicherlich an die hundert Wagen, die wollten erst einmal verkauft sein. So lange müsste er das Geld vorstrecken, und sein Gewinn wäre auch nicht mehr so hoch, dass es sich lohnte.

Bei den Angeboten, die er ihr für die Möbel machte, war er vorsichtiger. Er bot mehr, als er für die Sachen im Mühlendamm gegeben hatte, ließ sich noch ein wenig raufhandeln und machte immer noch einen guten Schnitt. Man einigte sich rasch auf einen Preis, Barzahlung bei Abholung am Mittwoch nächster Woche. Der Mann hielt Vera die Hand hin. Zögernd nur schlug sie ein. Die Berührung ließ sie erschaudern, aber so gehörte es sich wohl, sonst wäre ihr Vertrag womöglich nicht gültig. Vor Jahren hatte Vera so etwas in der Zeitung gelesen: Ein Handschlag galt so viel wie eine Unterschrift, und so beugte sie sich dem, was sie für ehernes Gesetz hielt. Anschließend steckte sie die Hand in die Schürzentasche, und dort blieb sie, bis der Mann gegangen war und sie sich endlich gründlich waschen konnte. Das Wasser war so heiß, dass sie sich fast verbrühte, aber nur so wurde sie das unangenehme Gefühl los, sich beschmutzt zu haben.

9

Der Friedhof der kleinen Stadt befand sich unweit der alten
Mühle zwischen der Bahnhofstraße und dem Mühlendamm.
Veras Mutter lag dort seit Jahren, allein in dem Doppelgrab,
wartete geduldig auf ihren Mann und nahm die Grabpflege
der Tochter stoisch hin.

Die kleine Kapelle war voll, und später am Grab standen die
Menschen bis auf den Hauptweg, sodass sie zwischen den
Lebensbäumen und den Rhododendren kaum etwas von der
Zeremonie sahen, was indes der allgemeinen Stimmung keinen
Abbruch tat. In der kleinen Stadt traf man sich beim Sportverein und Kegelklub und Stammtisch, generationsübergreifend
bei Hochzeiten, vor allem aber auf Beerdigungen. Zumal, wenn
jemand wie der alte Tischler vom Mühlendamm starb, von
dem sich früher viele ihre Möbel hatten schreinern lassen. Man
kannte die Familiengeschichte, und jetzt fiel es auch manch
einem wieder ein, dass die Tochter einmal verheiratet gewesen
war, und die erzählten es weiter, haben Sie das nicht gewusst?
Und stell dir vor, der hat jetzt doch den Mühlendamm bekommen, na, wenn das den Alten man nicht unter die Erde gebracht hat. Veras Tante konnte nicht kommen, sie lag im
Krankenhaus, Krebs, aber Frau Keller war da und Dr. Arnheim
und der alte Paulsen. Kurt war natürlich gekommen, der älteste
Freund, und der beste, der beinahe anstelle einer Schaufel
Sand ein Stück Kuchen auf den Sarg geworfen hätte. Horst
hätte es verstanden, aber sonst niemand, also ließ er es bleiben.
Kurts Sohn Holger war auf einen Sprung vorbei gekommen.
Wann bekäme er so schnell wieder die Gelegenheit, die ganze
Bagage auf einen Haufen zu sehen? Und neugierig war er ja

doch, auf die alten Gesichter, die er hinter sich gelassen hatte. Er begrüßte alte Bekannte, die sich freuten, ihn wiederzusehen, den berühmten Sohn der Stadt, in Hamburg am Theater trat er auf, und ein, zweimal war er sogar im Fernsehen zu sehen gewesen. Man zeigte sich gern mit ihm, dem schlanken, hochgewachsenen Mann mit den feinen Gesichtszügen und bewies, wie gut man ihn kannte, indem man ihm auf die Schulter klopfte – die Männer – oder ihm ein Küsschen auf die Wange hauchte – die Frauen – so machte man das doch unter Künstlern. Nur Maike Rogalla, mit der er ehrlich befreundet war, begrüßte ihn mit einem knappen Nicken; die anderen brauchten nicht zu wissen, wie gut sie sich kannten, sehr gut sogar.

Rogalla musterte Vera Lettner verstohlen, ihr Misstrauen konnte sie nie ablegen. Flüchtig fragte sie sich, ob die Tochter etwas mit dem Tod des Vaters zu tun haben mochte, aber nein, der Alte war wirklich krank gewesen, das wusste sie, das wusste jeder hier. Manchmal verfluchte sie diese Berufskrankheit, das ständige Misstrauen gegen alle und jeden, aber was soll's, sie war und blieb nun einmal Kriminalbeamtin, da kam sie nicht aus ihrer Haut.

Alfred Thomsen wurde von den anderen Trauergästen mit einem Kopfnicken oder per Handschlag begrüßt, man setzte ein gedämpftes Lächeln auf, ließ sich nicht anmerken, wie erschrocken man über den Anblick des Alten in seinem Rollstuhl war, mein Gott, wie lange habe ich dich nicht mehr gesehen, sechs Jahre muss es bald her sein, Mensch aber auch, wie die Zeit vergeht. Den Rollstuhl schob jemand von der ambulanten Pflege, denn der Sohn hatte dringend auf Dienstreise gemusst, die war schon lange geplant und ließ sich nicht verschieben.

Auch von den Jüngeren waren einige da, auch wenn sie mit dem alten Lettner gar nichts mehr zu tun gehabt hatten, aber man sah es und man merkte es sich, wer wem die letzte Ehre erwies, da konnte niemand so einfach wegbleiben. Auch die Dienstreise von Klaus Thomsen wurde registriert, aber gut, dass es zwischen dem und Vera nicht zum Besten stand, das wusste man ja. Der Rechtsanwalt und Notar Tietgen war da, mit seinen alten Eltern, und Herr Hansen von der Bank machte ein schuldbewusstes Gesicht, als sich der Sarg absenkte, aber er hatte sich streng an die Vorschriften gehalten, wer sollte ihm da einen Strick daraus drehen?

Christian war natürlich ebenfalls gekommen, zusammen mit Sandra, doch sie hielten sich im Hintergrund, saßen in der Kapelle ganz hinten, weit weg vom Sarg, und später am Grab war er einer der letzten, die Vera kondolierten.

Nicht wenige waren vor allem aus Neugier gekommen, wollten einen Blick auf diese Frau erhaschen, von der sie auf die eine oder andere Weise gehört hatten oder die sie sogar flüchtig kannten, aus der Schule zumeist, denn danach hatte Vera kaum noch Menschen kennengelernt. Unruhig scharrten sie mit den Füßen, schauten sich suchend um und warfen unter den gesenkten Lidern und zwischen den Büschen hindurch verstohlene Blicke auf die bleiche, magere Gestalt am Grab, die mit unbewegter Miene dabeistand und dem Pastor lauschte, der von einem langen, erfüllten Leben und Gottes Gnade sprach. Nichts regte sich in diesem Gesicht, kein Zeichen der Trauer oder des Erstaunens über die große Trauergemeinde. Frau Keller stand ihr am nächsten, im räumlichen Sinn, und auch im übertragenen, obgleich das nicht viel zu bedeuten hatte.

Zwar war Vera am Dienstag, gleich nach dem Anruf beim Bestattungsinstitut, zu ihr hochgegangen und hatte sie über das Ableben ihres Vaters informiert, aber das war allein aus Pflichtgefühl geschehen, nicht, weil sie in irgendeiner Weise Trost oder Unterstützung suchte. Frau Keller schlug die Hand vor den Mund und sprach ihr Beileid aus, und dass das ja schreckliche Nachrichten seien und ob sie ihr, Vera irgendwie behilflich sein könnte. Einen kurzen Moment lang zögerte Vera, vielleicht zum ersten Mal in ihrem Leben erwog sie, ehrlich zuzugeben, dass sie nicht genau wusste, was in den nächsten Tagen auf sie zukäme und dass ihr das unangenehm war. Doch dieser Moment der Schwäche verging, Vera straffte den Rücken und antwortete danke, sie käme gut allein zurecht. Schließlich, aber das sagte sie nicht, habe sie bereits ihren Bruder und ihre Mutter beerdigt, obschon sie beim Ersten noch ein Kind gewesen war, und Hilfe von Fremden hatte sie nicht nötig.

Mit dem Ablauf der Trauerfeier, die das Beerdigungsinstitut organisiert hatte, war sie leidlich zufrieden, von der Annonce im Stadtanzeiger bis zum anschließenden Leichenschmaus im Schlosshotel, natürlich in einem der billigeren Räume, die nach vorn zur Straße lagen, nicht nach hinten mit Blick auf den See.

In Gegenwart der halben Stadt gelang es Vera, sich zusammenzureißen und sich nichts anmerken zu lassen, ihre Trauer nicht, die sie endlich doch verspürte, wenn auch nur wie einen leisen Windhauch im Sommer, und auch ihre Wut nicht, als sie sich Christian gegenübersah, der tatsächlich die Frechheit besaß, ihr sein Beileid auszusprechen. Er, der die Schuld am Tod ihres Vaters trug. Vera war sich plötzlich sicher, dass Horst Lettner, gefühlsduselig, wie er nun einmal gewesen war, es nicht verwunden hatte, das Haus am Mühlendamm ausgerechnet an den Menschen verloren zu haben, der seine einzige Tochter ins Unglück gestürzt hatte, jawohl, ins Unglück. Eigentlich sollte es die ganze Stadt erfahren, dachte Vera, nicht ahnend, dass die allermeisten Trauergäste bereits im Bilde waren, doch sie wusste nicht, wie sie ihr Wissen unter die Leute bringen sollte. Sie würde es Frau Keller erzählen, wer weiß, vielleicht kannte die alte Dame ja noch den Einen oder Anderen hier in der Stadt, immerhin hatte sie in ihrem Beruf früher viel mit Menschen zu tun gehabt. Vera merkte nicht, dass man ihre Begegnung mit Christian beobachtete, und schwieg, während Christian ein paar nichtssagende Worte murmelte und ihren Blick mied. Zögernd streckte er die Hand aus. Einen Moment hing sie einsam in der Luft zwischen ihnen, bis er sie wieder zurücknahm. Selbstredend wagte er es nach dieser deutlichen Zurückweisung nicht mehr, beim anschließenden Leichenschmaus aufzutauchen, was Vera befriedigt zur Kenntnis nahm.

Das Erscheinen von Alfred Thomsen hingegen freute sie aufrichtig. Die ruppigen, fast ungeduldigen Trostworte ihres alten Chefs gefielen ihr, weil sie selbst ebenso unwirsch mit dem Tod der Vaters umging. Trauer, Tränen – papperlapapp, das war nur Zeitverschwendung. Der Alte war krank und fett gewesen, kein Wunder, dass er gestorben war, das war ja abzusehen gewesen. Die Trauer erschrak und ergriff die Flucht, wie Sommerwinde so sind. Der alte Thomsen ließ sich nicht so hängen wie ihr Vater. Er war zäh, wusste, was er wollte und kommandierte den jungen Mann, der seinen Rollstuhl schob, herum. Der herrische Ton kam Vera sehr bekannt vor, sie selbst hatte sich noch nie daran gestört. Und als der Alte ihr auch noch sagte, dass er mit der Entscheidung seines Sohnes, Vera zu entlassen, ganz und gar nicht einverstanden gewesen sei, das könne sie ihm glauben, da nahm Vera ihm nicht einmal übel, dass er den Verlust ihres Arbeitsplatzes in aller Öffentlichkeit zur Sprache brachte, so wohl tat es ihr, dass jemand sich so deutlich hinter sie stellte. Trotzdem wusste sie nicht recht, was sie darauf erwidern sollte, und während sie noch überlegte, ob ein Dank angemessen sei oder nicht, trat Otto Paulsen auf sie zu, ein weißhaariger rüstiger Bauer, von dem sie nur wusste, dass es ihn gab, aber mehr auch nicht.

«Liebe Frau Lettner, mein herzliches Beileid. Schade um Ihren Vater, er war so ein feiner Kerl.» Dabei ergriff er Veras Hand und schüttelte sie kräftig. Vera nickte nur und machte die Lippen schmal, weil das die einzige Möglichkeit war, ernsten Dank anzudeuten, die ihr einfiel. Doch statt weiter zu gehen und sie mit Alfred Thomsen allein zu lassen, wie es ihr am liebsten gewesen wäre, wandte Paulsen sich an den Alten im Rollstuhl und sagte:

«Na Alfred, und wir kommen auf unsere alten Tage tatsächlich noch mal ins Geschäft.»

Otto Paulsen war nur wenige Jahre älter als Alfred Thomsen, sie kannten sich natürlich vom Stammtisch und von allerlei Versammlungen und Festen, die sie im Laufe der Jahrzehnte in der kleinen Stadt besucht hatten, ebenso wie sie den Verstorbenen gekannt hatten und Kurt Behnke und den alten Tietgen, der Rechtsanwalt gewesen war wie sein Sohn. Otto Paulsen schaute ab und zu bei Alfred rein, hörte sich seine Nörgeleien über das Pflegepersonal an, steuerte eigene Geschichten über unhöfliche Arzthelferinnen bei und dankte im Stillen dem Himmel dafür, dass er noch so munter war und jeden Tag die vier Kilometer von seinem Hof, den er natürlich längst verpachtet hatte, bis in die Stadt laufen konnte, zum Mühlencafé sogar sechs. Doch jetzt starrte Alfred den anderen nur ungeduldig an.

«Was meinst du damit? Was für Geschäfte?»

«Hat Klaus dir denn nichts erzählt? Er will doch mein Grundstück haben, jetzt wo dieser Verein da endlich verschwindet. Für die Spedition, sagt er.»

«So, so, sagt er das.»

Otto Paulsen verfluchte sein loses Mundwerk und fuhr irritiert fort: «Er will da doch bauen. Ich dachte, du wüsstest davon.»

«Nee, davon weiß ich nichts. Und ich wäre mir da auch nicht so sicher, dass er da baut. Ich habe da nämlich auch noch ein Wörtchen mitzureden.»

«Das weiß ich doch. Klaus hat nämlich noch nicht unterschrieben, er meinte, da müsste er zuerst noch mal mit dir schnacken, aber das sei kein Problem.»

Alfred Thomsen wurde rot, sodass die weißen Hautschuppen

seiner trockenen Haut deutlich zu erkennen waren, und schnaubte. Empörung und Verachtung bahnten sich ihren Weg. «So, so, kein Problem, sagt er. Nichts als Flausen hat der Bengel im Kopf. Das mit der Unterschrift kannst du dir abschminken, die kriegst du nie, da kannst du warten, bis du schwarz wirst!» Seine Stimme war lauter geworden, und hier und da drehten sich bereits die ersten Trauergäste um. Vera war es schrecklich peinlich, dieser Szene beizuwohnen, was sollten bloß die Leute denken, nachher machte man sie noch dafür verantwortlich. Sie begriff nicht, worum es ging, doch sie wagte auch nicht einzuschreiten, denn das würde bedeuten, dass sie sich gegen ihren alten Chef stellen müsste, der sie gerade noch gegenüber Klaus in Schutz genommen hatte. Klaus schien irgendeinen Fehler begangen und sich nicht an den Rat des Vaters gehalten zu haben, was Vera selbstverständlich weder verstand noch guthieß.

Otto Paulsen war inzwischen ebenfalls ungehalten, nicht ohne Grund, nachdem ihn vollkommen unberechtigterweise der Zorn des Alten getroffen hatte, nur weil er vor Ort war anstelle des Sohnes. «Mir ist es egal, an wen ich verkaufe, da sind genug, die das Grundstück haben wollen, da leckt man sich doch die Finger nach, bei der Lage!» Zum Glück sprach er nicht ganz so laut wie der alte Thomsen, die Leute schauten weg und Vera beruhigte sich wieder. Die beiden Streithähne musterten sich ein paar Sekunden, dann nickte Otto und sagte: «Da reden wir wohl noch mal in aller Ruhe drüber.»

«Da gibt's nichts zu reden. Ich kaufe nicht.»

Otto sagte nichts mehr, zuckte die Achseln und schlurfte davon.

Alfred schnaubte noch einmal und wandte sich an Vera. «Also, Frau Lettner, denken Sie daran: Das Leben geht weiter!» Dann befahl er dem jungen Mann, ihn nach Hause zu bringen.

Vera war froh, als endlich alles geschafft war: die Beerdigung, der Papierkram und der Verkauf der väterlichen Möbel aus dem kleinen Zimmer und dem Keller. Die nächste Zeit verbrachte Vera damit, die Wohnung wieder in ihren ursprünglichen Zustand zurückzuversetzen. Sie verrückte Schränke und Tischchen und das Sofa und die Sessel. Ungeheure Kräfte entwickelte sie, zäh und beharrlich zerrte und schob sie, verbissen und schwer atmend, bis alles wieder so stand, wie sie es gewohnt war. Der helle Fleck im Schlafzimmer wurde wieder vom Schrank verdeckt, den sie komplett hatte ausräumen müssen, um ihn allein von der Stelle bewegen zu können, doch Vera nutzte sogleich die Gelegenheit, um ihn feucht auszuwischen und die Kleidung frisch zusammenzulegen. Die unansehnlichen Kartons mit dem kostbaren Inhalt verstaute sie schließlich im kleinen Zimmer, nachdem sie zu dem Schluss gekommen war, dass sie im Keller nicht sicher genug waren. Sie beabsichtigte, sich bei dem Verkauf der Wagen Zeit zu lassen und sich vorher gründlich zu informieren. Zuversichtlich ging sie davon aus, dass sich leicht ein Interessent für die Sammlung finden ließe, womit sie nicht Unrecht hatte, und machte sich daran, eine genaue Liste der vorhandenen Wagen zu erstellen, in der sie außer dem Baujahr und der Wagennummer auch den Listenpreis aufführte, soweit sie diesen ermitteln konnte. Sorgfältig packte sie Wagen für Wagen aus, untersuchte ihn auf mögliche Schäden, überprüfte, ob die Angaben auf der Verpackung mit dem Inhalt übereinstimmten, und packte ihn vorsichtig wieder ein. Die Informationen über die Preise bezog sie aus jenem Heft, das sie überhaupt erst darauf gebracht hatte, wie viel dieses Spielzeug wert war. Sie war sogar zum Spielwarengeschäft am Markt gegangen und hatte sich Prospekte und weitere Zeitungen mitgeben lassen. Die Verkäuferin, die nicht in der kleinen Stadt lebte und Vera deswegen nicht kannte, hatte sich über das Interesse der alten Dame, wie sie Vera bei sich nannte, gewundert, ihr aber anstandslos das Gewünschte herausgesucht und sogar noch die Adresse eines Geschäfts in der Bahnhofstraße genannt, dessen Besitzer, selbst ein passionierter Modellbauer, sich ganz auf Modelleisenbahnen spezialisiert hatte.

Die Arbeit befriedigte Vera, denn sie füllte ihre Tage aus. Sie hatte zu tun, und eines Tages würde sie sogar dafür bezahlt werden. Dieser Gedanke schwang ständig mit, wenn sie vorsichtig eine Märklin CCS 800.6 aus der Verpackung zog, sie fast liebevoll musterte, weil sie an die vierstellige Zahl dachte, automatisch, als sei sie in Leuchtbuchstaben auf das Plastik gemalt.

Vera stellte sich vor, dass sie, sobald sie die Modellbahn verkauft hatte, das Haus am Mühlendamm zurückbekäme. Und das nicht nur, weil der Gewinn ihrer Ansicht nach dazu ausreichte. Sie glaubte nicht an so etwas wie Magie oder Zauberei, dennoch hatte sich der Gedanke in ihr festgesetzt, dass sie nur die Eisenbahn loswerden müsse, und schon würde das Haus wieder ihr gehören. Etwas, worüber sie nie nachdachte und für das sie auch keine Erklärung hätte geben können, trieb sie dazu, die Sache so effizient wie möglich abzuwickeln. Wenn man sie fragte, würde sie vermutlich sagen: Das gehört sich so, Ordnung muss sein. Jemand anders würde wohl eher davon sprechen, dass sie Beschäftigung brauchte, um diese ungeheure Menge leerer Zeit zu füllen, die sie plötzlich umgab. Nichts davon war falsch, gleichwohl auch beides zusammen nicht die ganze Wahrheit, denn es fehlte das Unbegreifliche, jene Ahnung, die zwischen Wissen und Glauben lag und die so wenig zu Vera Lettner zu passen schien, dass sie selbst es energisch abgestritten hätte.

Als Frau Keller sie nach der Beerdigung im Treppenhaus traf, fast zwei Wochen waren seither vergangen, und Vera fegte gerade die Treppe, staunte sie, wie erholt die Nachbarin wirkte. Blass war sie noch immer, aber die Wangen sahen nicht mehr so eingefallen aus. Sie schien zugenommen zu haben und machte überhaupt einen lebhafteren Eindruck als noch im

Sommer. Sie begrüßte die Jüngere und fragte, wie es ihr gehe.

«Gut, danke», erwiderte Vera. Sie sah nicht nur so aus, sondern fühlte sich auch ganz und gar aufgeräumt, so positiv wirkte es sich auf sie aus, dass sie ihre Wohnung wieder für sich hatte und ihr Leben langsam wieder in geordneten Bahnen verlief. An die Spedition Thomsen dachte sie nur noch selten, wohl aber an den alten Thomsen. Sie hatte nicht vergessen, wie sehr sie sich über seine Worte auf der Beerdigung ihres Vaters gefreut hatte, die ihr immer noch wohltaten, so wie anderen Menschen warme Trostworte das Herz gewärmt hätten. Manchmal, wenn sie allein war und an Alfred Thomsen dachte, bogen sich sogar die Lippen ein klein bisschen hoch, bis sie fast lächelte, mit verkniffenem Mund zwar, aber dennoch.

Vera hatte sich nicht persönlich bei Frau Keller für ihre Anteilnahme bedankt. Natürlich hatte das Beerdigungsinstitut eine Dankesanzeige in die Zeitung setzen lassen, und damit betrachtete sie die Angelegenheit als erledigt. Doch als sie die Nachbarin jetzt im Treppenhaus sah, erinnerte sie sich, dass der Vater damals nach dem Tod der Mutter bei den engsten Freunden vorbei gegangen war, um ihnen persönlich zu danken. Aber schließlich hatte er auch Dankeskarten verschickt, anstatt eine Anzeige zu schalten, obwohl das viel aufwändiger und alles in allem auch teurer gewesen war.

«Vielen Dank für Ihre Anteilnahme», brachte sie also hölzern hervor, als würde sie den Text ablesen. «Ich habe mich gefreut, dass Sie auf der Beerdigung waren.» Einen Moment stutzte sie, freute man sich, dass jemand an einer Beerdigung teilgenommen hatte? Vera selbst ging nie zu Beerdigungen und war verunsichert, denn wie bei so vielen Dingen kannte sie sich auch hierin nicht aus, wusste nicht, was sich gehörte und konnte sich nicht auf eherne Regeln berufen.

Doch Frau Keller verstand sie auch so.

«Das war doch selbstverständlich», antwortete sie, herzlich, wie sie nun einmal war, und lächelte Vera an. Dass sie gern auf Beerdigungen ging, weil sie dort so viele Bekannte traf, erwähnte sie natürlich nicht. Neugierig musterte sie Vera und fragte sich, ob sie wohl inzwischen erfahren hatte, dass Christian Mersfeld das Haus am Mühlendamm gekauft hatte. Sie hatte, wie die halbe Stadt, die Begegnung zwischen Christian und Vera am Grab des alten Lettner beobachtet, doch Vera hatte ihren Exmann auch früher schon stets kühl und abweisend behandelt. Schweigend stand Vera da, den Handfeger in der einen und die Schaufel in der anderen Hand, ungeduldig darauf wartend, dass sie mit der Arbeit fortfahren konnte. Frau Keller wagte nicht, weiter in sie zu dringen, lud sie jedoch ein, mal auf einen Tee zu ihr zu kommen, was Vera mit schmalen Lippen und einem kurzen Nicken dankend annahm.

Die Begegnung mit Frau Thomsen brachte sie auf eine Idee, die ihr im ersten Moment geradezu verwegen erschien. Sollte sie nicht vielleicht Alfred Thomsen besuchen, um ihm persönlich für die Anteilnahme zu danken? Es fiel Vera nicht auf, dass sie nur bei ihrem alten Chef das Gefühl hatte, sie müsse der Form Genüge tun. Nie käme sie auf die Idee, sich bei Kurt Behnke oder dem alten Rechtsanwalt Tietgen persönlich zu bedanken. Wozu hatte sie schließlich die Anzeige in die Zeitung setzen lassen? Den ganzen Samstag und auch noch den Sonntag dachte sie darüber nach, bis sie schließlich den Enschluss fasste, Alfred Thomsen anzurufen. Schließlich war sie nur seine Angestellte gewesen, und ein Besuch schien ihr doch etwas zu ungehörig zu sein.

Gleich am Montag wählte sie also die Nummer, die seit mehr als zwanzig Jahren in dem kleinen Adressbuch stand, das ebenso lange in der Schublade des Telefontischchens lag. Nach zweimaligem Klingeln wurde der Hörer abgenommen, und eine vertraute Stimme sagte: «Ja?»

Bis auf das kurze Zusammentreffen bei der Beerdigung war es beinahe sechs Jahre her, dass Vera diesen barschen, ungeduldigen Tonfall zuletzt gehört hatte. Augenblicklich fühlte sie sich in die Zeit zurückversetzt, als sie ihrem Chef jeden Morgen eine Tasse Kaffee ins Büro gebracht hatte, mit einem Stückchen Zucker neben dem Löffel auf der Untertasse.

«Guten Tag, Herr Thomsen, hier spricht Vera Lettner.»

Das Schweigen am anderen Ende verwirrte sie. Einen Augenblick war sie überzeugt, einen Fehler gemacht zu haben, und hastig sprach sie weiter, um Schlimmeres zu verhüten. «Ich hoffe, ich störe Sie nicht, aber ich wollte mich bei Ihnen bedanken, für Ihre aufmunternden Worte bei der Beerdigung meines Vaters.» Sie hatte sich diesen Satz vorher genau zurechtgelegt, hatte ihn sogar aufgeschrieben und ein paar Mal murmelnd vor sich hergesagt, sodass er ihr jetzt recht flüssig über die Lippen kam.

«Sie stören nicht. Habe ja sowieso den ganzen Tag nichts zu tun.»

«Ach so.»

Wieder Schweigen. Vera wusste nicht, was sie noch sagen sollte. Sie telefonierte äußerst ungern, nur aus Pflichtgefühl rief sie einmal im Monat ihre Tante an, die in der Nachbarstadt wohnte und die sie nur selten sah. Bei der Arbeit hatte sie diese unangenehme Aufgabe notgedrungen hinter sich gebracht, mit schmalen Lippen und kurz angebunden bis an den Rand der Unhöflichkeit, doch privat verzichtete sie am liebsten darauf.

«Sagen Sie mal, Frau Lettner, könnten Sie nicht mal bei mir vorbei kommen? Natürlich nur, wenn Sie nichts anderes zu tun haben.»

«Aber natürlich, Herr Thomsen, das lässt sich einrichten», antwortete sie überrascht.

«Wie wäre es gleich morgen früh, um neun Uhr?»

«Das passt mir ausgezeichnet.»

«Sehr schön. Also morgen um neun. Auf Wiedersehen.»

Schon hatte er aufgelegt, ohne abzuwarten, ob sie noch etwas sagen wollte, als hätte er nur auf ihren Anruf gewartet, um sie zu sich zu bestellen. Doch so war es schon immer gewesen, schließlich war er der Chef, und Vera machte es wirklich nichts aus, im Gegenteil.

Am nächsten Tag stand Vera um sechs Uhr früh auf. Es war fast so, als würde sie noch in der Spedition arbeiten. In den letzten Wochen und Monaten war sie immer später aufgestanden, Stück für Stück hatte sich der Zeiger ihres Weckers, mit dem man die Weckzeit einstellte, zurückgezogen, als wollte er sich unmerklich aus dem Staub machen. Inzwischen war sie bei kurz nach Sieben angelangt, was für Vera früher undenkbar gewesen wäre, aber gerade in der dunklen Jahreszeit war es ihr ganz recht, etwas später aufzustehen, denn im Hellen ließ sich die Hausarbeit viel leichter erledigen.

Sie duschte ausgiebig, lange und heiß, so hatte sie es sich in der letzten Zeit angewöhnt, denn nur wenn sie mit roter Haut aus der Dusche stieg, fühlte sie sich wirklich sauber. Nach dem Frühstück machte sie das Bett, wusch das Geschirr ab und putzte das Badezimmer. Anschließend hatte sie noch genügend Zeit, um den Staubsauger hervorzuholen. Als sie auch das erledigt hatte, war es immer noch recht früh, also nahm sie die Zeitung und blätterte ziellos darin herum. Schließlich zog sie feste Schuhe und den Wintermantel an und machte sich auf den Weg. Die ganze Zeit über kreisten ihre Gedanken hartnäckig um den bevorstehenden Besuch und vor allem um die Frage, was Alfred Thomsen wohl dazu bewogen haben mochte, seine ehemalige Angestellte zu sich nach Hause bitten. Vera wusste, dass er allein lebte. Seine Frau war schon lange tot, seit bestimmt zehn Jahren. Natürlich war ihr ebenfalls bekannt, dass er seit dem Schlaganfall im Rollstuhl saß, aber da er noch zu Hause wohnte, kam er ja anscheinend ganz gut allein zurecht. Vermutlich, so dachte sie, wird er von Klaus und seiner Frau versorgt, so wie sie sich um ihren Vater gekümmert hatte.

Das war nun einmal eine Pflicht, die Kinder ihren Eltern gegenüber zu erfüllen hatten, egal, ob es einem passte oder nicht.

Zu Herrn Thomsen hatte sie es nicht weit, aus dem Haus rechts bis zur Parkstraße, dann links bis zur Hamburger. Es war erst Ende Oktober, doch selbst um kurz vor neun war es immer noch nicht richtig hell. Der kalte, feuchte Wind kroch durch die Handschuhe und die Mütze, als Vera mit gesenktem Kopf auf eine Lücke im Autoverkehr wartete, um die Straße überqueren zu können.

Warum nur sollte sie zum alten Thomsen kommen? Vera konnte sich nicht vorstellen, dass der alte Mann sich vielleicht einsam fühlte; wie sollte einer einsam sein, wenn er Sohn und Schwiegertochter hatte? Und waren da nicht sogar auch Enkelkinder? Es war ja nicht so wie bei Frau Keller, die in der Stadt niemanden mehr hatte und deren Kinder weggezogen waren, schon vor Jahren. Vera fiel kein Grund für seine Bitte ein, und so blieb dieses Gefühl von Unsicherheit, das ihr ganz neu war, denn es war noch nie vorgekommen, dass sie irgendwo hinging, ohne zu wissen, was auf sie zukam. Sie hasste diese Ungewissheit. Selbst als sie zur Bank gegangen war, um mit Markus Hansen über die Schulden ihres Vaters zu sprechen, hatte sie zumindest gewusst, was sie wollte, mehr noch, sie war überzeugt gewesen, dass sie ihr Ziel auch erreichen würde. Damals hatte sie sich nicht annähernd so hilflos gefühlt wie jetzt. Doch sie war unfähig, diese leise Angst zu spüren und als das zu begreifen, was es war. Das leise Frösteln und die klammen Finger schob sie allein auf die herbstliche Witterung.

Schließlich stand sie vor dem schmucklosen Einfamilienhaus und öffnete energisch das Gartentor. Der Rasen im Vorgarten war sauber geschnitten, die immergrünen Büsche und eine Hecke zum Nachbargrundstück sorgfältig gestutzt. Das gefiel Vera, hatte ihr schon immer gefallen, diese klare Übersichtlichkeit, in der kein Raum blieb für irgendein Un. Es gab kein

Unkraut, keine Unordnung und nichts Unvorhersehbares, keine Stauden oder Blumenzwiebeln, die unvermutet im Frühjahr aus dem Boden schossen,- das wusste sie genau, dazu kannte sie das Haus ihres alten Chefs lange genug. Bislang hatte sie es allerdings nur von außen gesehen, nie von innen.

Vera läutete, hörte Schritte und wunderte sich, bis die Tür von einer jungen Frau in weißem Kittel geöffnet und sie hereingebeten wurde. Sorgfältig streifte Vera die Schuhe ab, zog ihren Mantel aus und hängte ihn an die Flurgarderobe. Die Krankenschwester führte sie ins Wohnzimmer, in dem Alfred Thomsen im Rollstuhl saß, verabschiedete sich und ging. Wenig später hörte man draußen einen Wagen starten, dann waren sie allein.

Alfred Thomsen bot Vera einen Platz auf dem Sofa und etwas zu trinken an. «Aber das Wasser müssen Sie sich schon selbst holen, ich kann ja nicht aufstehen.» Höflich dankend lehnte Vera ab. Sie saß auf dem Sofa und tat, was sie am besten konnte: schweigen und das Schweigen der anderen geschehen lassen. Dabei sah sie sich um und fühlte sich gleich auf gewisse Art zu Hause. Die Bilder an der Wand gefielen ihr, auch die Möbel und dass die Gardinen so ordentlich hingen, wenn auch das Fenster dringend geputzt werden müsste. Unauffällig ließ sie den Blick in die Ecken wandern, entdeckte hier ein paar Spinnenweben, dort einen Krümel auf dem Teppich oder einen grauen Staubschleier auf dem Schrank. Veras Lippen wurden schmal, als sie sich Klaus Thomsen Frau, die sie ein paar Mal in der Spedition gesehen hatte, vorstellte, die hier anscheinend nur notdürftig sauber machte und das meiste liegen ließ. Es kam ihr gar nicht in den Sinn, dass Babette Thomsen hier überhaupt nicht putzte, dass sie nicht einmal im Traum auf die Idee käme, und dass sie dieses Haus nur einmal betreten hatte, um des lieben Friedens willen und nur, weil Klaus sie dringend darum gebeten hatte.

Unwirsch strich Alfred Thomsen über die gelähmte Hand.

Im Umgang mit anderen Menschen war er zwar geübter als Vera, das hatte sein Beruf so mit sich gebracht, doch auch ihm war Schweigen das Liebste, neben dem Befehlen, und so brauchte er eine Weile, ehe er endlich zu sprechen begann. Der Austausch von Höflichkeiten lag ihm fern, doch Vera vermisste auch nichts, floskelhafte Nachfragen nach der Gesundheit, ob sie gut hergefunden hätte oder ähnlich sinnloses Geschwätz hätten sie nur verunsichert.

«Frau Lettner, wissen Sie, was mein Sohn mit der Spedition vorhat?»

Erstaunt schaute Vera ihn an, was Alfred Thomsen an der hochgezogenen Augenbraue erkannte. Sie wunderte sich, dass er nicht wusste, was sein eigener Sohn plante und auch, dass er jetzt sie ins Vertrauen zog. Doch dann dachte sie an ihren eigenen Vater und an die Modelleisenbahn, von deren Wert sie nichts geahnt hatte, ebenso wenig wie von dem Kredit und den Schulden. Sollte es womöglich öfter vorkommen, dass Kinder Geheimnisse vor den Eltern hatten und umgekehrt?

«Ihr Sohn?», fragte sie, weil ihr so schnell nichts Besseres einfiel, und weil sie Alfred Thomsen nicht enttäuschen wollte, indem sie einfach Nein sagte, ohne nachzudenken. Doch da half kein Nachdenken. Vera hatte keine Ahnung, dass Klaus überhaupt irgendetwas vorhatte. Stets war sie davon ausgegangen, dass die Spedition ewig so weiter existieren würde, in denselben Gebäuden, mit denselben Angestellten. Doch sie selbst war auch nicht mehr da, etwas hatte sich also verändert, etwas Grundlegendes, schließlich hatte sie fast fünfundzwanzig Jahre dort gearbeitet, hatte dazugehört, doch damit war Schluss, weil der junge Herr etwas im Schilde führte. Bei dem Gedanken an diese Demütigung, die noch längst nicht vergessen war, wurden die Lippen zu einer schmalen, fast weißen Linie. «Ich weiß nicht recht, es hat sich ja viel verändert, seit Sie ... seit Ihr Sohn die Spedition übernommen hat.»

«Genau deswegen habe ich Sie hergebeten. Sie haben ja bei

der Beerdigung Ihres Vaters mitbekommen, was der alte Paulsen gesagt hat. Klaus will sein Grundstück kaufen, das jetzt noch an den Verein Ihres Mannes verpachtet ist. Wussten Sie etwas davon, dass er umziehen wollte? Hat Klaus mit Ihnen nie darüber gesprochen?»

Vera zögerte. Durfte sie dem Vater erzählen, dass der Sohn sie langsam, aber sicher auf Abstellgleis geschoben hatte, angefangen mit dem Kaffee, den er sich von Nicole anstatt von ihr bringen ließ, bis hin zu den Schikanen, denen sie durch die Fahrer ausgesetzt war und gegen die er sie nicht verteidigt hatte? Oder würde sie damit Alfred Thomsen gegen sich aufbringen, bis er ihr die Anerkennung versagte, die er allein ihr geben konnte?

«Er hat mich nicht in seine Pläne eingeweiht. In der letzten Zeit hat er Fräulein Grönwohld eindeutig vorgezogen.»

«Ach ja, diese junge Kraft, die er eingestellt hat. Taugt die was?»

«Die Fleißigste ist sie nicht gerade. Wehe, es stehen mal Überstunden an, da zieht sie vielleicht ein Gesicht.»

«Kann die denn was wissen? Hat sie Ihnen etwas erzählt?»

Vera versteifte sich und schüttelte den Kopf. «Dazu ist die sich zu fein. Sie fällt mir lieber in den Rücken.»

«Was meinen Sie damit?»

«Wenn die Fahrer mal wieder zu weit gegangen sind, meinen Sie, Fräulein Grönwohld hätte mir auch nur ein einziges Mal beigestanden? Schöne Augen hat sie denen gemacht. Das ist doch das reinste Flittchen, geschminkt wie eine von der Straße, dazu faul und frech ...» Vera steigerte sich in ihre Empörung hinein. So gut tat es, endlich einmal einem Menschen davon erzählen zu können, der sie verstand – woran sie keinen Augenblick zweifelte. Und richtig, Alfred Thomsen schüttelte missbilligend den Kopf, und das rote Gesicht wurde dunkler. Vera beherrschte sich, aus Angst, ihren alten Chef zu sehr aufzuregen.

«Was hat sich eigentlich noch alles verändert, seit Klaus die Geschäfte führt? Erzählen Sie mal!»

Vera gehorchte. Aufrecht auf dem Sofa sitzend, die Hände im Schoß ineinander gelegt, berichtete sie Alfred von der neuen Espressomaschine und vom Verkauf der LKW und dem neuen Computerprogramm, durch das sie jedoch nur noch mehr Arbeit hatte, da es sehr unzuverlässig arbeitete.

«Und die Aufträge? Kommen denn noch genug Aufträge rein?»

Wieder zögerte Vera. Gewiss, sagte sie schließlich, aber sie habe zum Schluss nur noch kleine Frachten bearbeitet, Verschickungen innerhalb Deutschlands, kaum noch eine Lieferung nach Norwegen oder Schweden sei darunter gewesen. Sie wisse zwar, dass es auch größere Aufträge gegeben habe, aber da hatte sie selbst wenig mit zu tun, da habe man sie nicht mitarbeiten lassen. Warum, das wisse sie auch nicht.

«Mein Sohn hat also die großen Aufträge der jungen Kollegin gegeben anstatt Ihnen?»

Vera nickte und verschwieg, dass sie selbst jeden Morgen die Aufträge verteilt und für sich selbst nur die zurückbehalten hatte, die sie bewältigen konnte. Ahnte sie, dass es ein Fehler gewesen war, dass sie vielleicht heute noch bei der Spedition Thomsen arbeiten würde, wenn sie sich nicht so bereitwillig zurückgezogen und Klaus Thomsen einen Grund gegeben hätte, ihr zu kündigen? Nein, Vera Lettner schöpfte keinen Verdacht. Das Wissen, das ihr damals in der Ausbildung beigebracht worden war, galt für sie noch immer. Warum sollte sie dazu lernen, warum sollte sie sich anpassen? Das hatte sie nie gelernt, und die Vorstellung erschien ihr geradezu absurd, denn die Welt hatte sich Vera anzupassen, nicht umgekehrt.

«Sagen Sie mal, wie ist es eigentlich damals zu der Kündigung gekommen?»

Bei diesem Wort zuckte Vera zusammen, als hätte man sie geschlagen. Kein Mensch außer Sandra Mersfeld hatte es bisher gewagt, sie darauf anzusprechen, niemandem würde sie ungestraft gestatten, an dieser Wunde zu rühren. Niemandem außer Alfred Thomsen. Schließlich war es seine Spedition, mit eigenen Händen hatte er sie aufgebaut, und er hatte ein Recht zu erfahren, was damals geschehen war. Die Knöchel ihrer Hände im Schoß wurden weiß, doch ihre Stimme zitterte kaum, als sie sagte: «Ein LKW-Fahrer hatte seinen Wagen quer auf den Hof gestellt, sodass niemand mehr ins Büro kam. Eine Stunde lang klingelten die Telefone, aber ich konnte nichts machen. Ihr Sohn hat mir die Schuld daran gegeben.»

«Und warum hat er das gemacht? Der Fahrer, meine ich?»

«Ich wollte die Papiere von ihm haben, damit ich sie schon fertig machen kann, aber dem Herrn war es zu früh. Er bräuchte seinen Schlaf, behauptete er.» Eine Uhrzeit nannte sie nicht, aber das war auch nicht nötig. Sie wusste, dass Herr Thomsen in diesem Punkt hinter ihr stand, er selbst war oft genug schon im Morgengrauen ins Büro gekommen. Jahrelang galt es unter den Fahrern als selbstverständlich, dass sie früh morgens aus dem Schlaf gerissen wurden, und vor allem, dass es sinnlos war, sich über Vera Lettner zu beschweren. Wenn sie Pech hatten, beschwerte Alfred Thomsen sich seinerseits über sie oder gab ihnen keine Aufträge mehr, wenn sie auf eigene Rechnung arbeiteten. Von wegen selbständig: Klar war man dann der eigene Chef, aber andere konnten trotzdem mit einem rumspringen, wie sie lustig waren. Und je härter die Zeiten wurden, desto öfter hielt man eben den Mund. Erst als der junge Thomsen kam, wagten es die Mutigsten, mal ein Wort zu sagen, vor allem diejenigen, die den alten Thomsen nicht kannten.

Alfred Thomsen schwieg. Was da in der Spedition vor sich ging, war ihm nicht ganz geheuer. Wie Klaus seine tüchtigste Kraft wegen so einer Lappalie vor die Tür setzen konnte, begriff er sein Lebtag nicht. Klaus behauptete zwar, Vera habe nicht mehr die notwendige Leistung erbracht, aber das glaubte

Alfred Thomsen ihm nicht. Er fühlte sich hintergangen, ausgebootet, betrogen. War er denn nicht länger der Herr im Haus, hatte er nicht die Spedition aufgebaut, sich jahrelang abgemüht und geplagt, Tag und Nacht gearbeitet, erst auf dem Bock und dann im Büro? Und wofür? Dass sein eigener Sohn hinter seinem Rücken Geschäfte machte, weil er glaubte, es besser zu wissen? Im Stillen und nicht zum ersten Mal verfluchte er seine Nachgiebigkeit, Klaus studieren zu lassen. Was konnte er da schon gelernt haben, wenn er eine wie Vera Lettner entließ? Nichts als Flausen hatte er in den Kopf gesetzt gekommen, in London und München. So sehr steigerte Alfred Thomsen sich in seine Wut hinein, dass sein Gesicht zu glühen schien, die gesunde Hand verkrampfte sich zur Faust, die kranke sollte es ihr gleich tun, schaffte es nicht und zuckte im Schoß auf der Wolldecke wie die abgetrennte Gliedmaße eines Tieres, in der noch ein letzter Rest Leben steckte.

«Bringen Sie mir mal einen Kaffee, Frau Lettner. Den kann ich jetzt gebrauchen.»

«Aber natürlich, Herr Thomsen.»

«Und machen Sie für sich auch einen.»

Ohne zu zögern stand Vera auf, ging aus dem Wohnzimmer und dann nach links, die Küche hatte sie gleich gesehen, als sie gekommen war. Da stand die Kaffeemaschine, daneben eine offene Packung Kaffee und Filtertüten. Es war nur leidlich sauber, gerade so, dass Vera die Kanne noch anfassen mochte ohne allzu großen Ekel, aber sie sah gleich, dass hier lange nicht mehr gründlich saubergemacht worden war. Sie spülte die Kanne und den Filter gründlich ab, legte Filterpapier ein, löffelte das Kaffeepulver hinein, genug für zwei Tassen, und schaltete die Maschine ein. Dann stand sie unschlüssig herum. Sollte sie wieder ins Wohnzimmer gehen oder warten, bis der Kaffee fertig war? Sie entschied sich für Letzteres, doch je länger sie sich umschaute, desto mehr juckte es sie in den Fingern. Auf der Arbeitsplatte hatte jemand Kaffeepulver verschüttet, überall lagen Krümel, die Spüle war mit eingetrockneten unansehnlichen Wasserflecken bedeckt und auf der Fensterbank sammelten sich Staub und tote Fliegen. Über dem Wasserhahn hing ein Putzlappen. Vera ergriff ihn wie eine Rettungsleine, ließ Wasser in das Becken laufen und tat Spülmittel hinzu, das sie im Schrank fand. Sie wischte die Arbeitsplatte ab, die Schranktüren, die Fensterbank. Das Putzwasser färbte sich dunkel, wie sie es von zu Hause gar nicht kannte, da war immer alles reinlich, selbst das Schmutzwasser. Mein Gott, in was für einem Dreck musste der arme Mann leben! Als sie die Schranktüren öffnete, um die Tassen zu suchen, erschrak sie, ließ frisches Wasser einlaufen, spülte zwei Tassen und Untertassen ab, dazu zwei Teelöffel, und trocknete alles ab, das Geschirrtuch war gottlob fast sauber, bis auf einen Fleck in der Ecke.

Solange sie nicht an das dachte, was sie in den Schränken entdeckt hatte, war sie leidlich zufrieden. Die Tassen standen auf einem kleinen Tablett, das sie mit einem frischen Stück Küchenpapier ausgelegt hatte; ein Stückchen Zucker neben dem Teelöffel der einen und ein Hauch Kaffeesahne in der anderen Tasse. Sie trug das Tablett ins Wohnzimmer, feierlich wie einen Pokal, und stellte Herrn Thomsens Tasse direkt vor ihm auf den Tisch, sodass er sie mit der gesunden Hand bequem erreichen konnte.

Erst als sie wieder auf dem Sofa saß und an ihrem eigenen Kaffee nippte, stark und fast schwarz, wie es sich gehörte, fiel ihr auf, dass sie noch nie zuvor mit Alfred Thomsen zusammen Kaffee getrunken hatte, obwohl sie ihm jahrelang eine Tasse ins Büro gebracht hatte. Vera verspürte eine seltsame Zufriedenheit, die nur getrübt wurde durch den Anblick eines kleinen Flecks auf der Tischdecke und den Staub, der im schüchternen Oktobersonnenlicht durchs Zimmer tanzte.

«Was haben Sie denn da in der Küche gemacht?», wollte der Alte wissen, misstrauisch, wie er nun einmal war.

Vera fühlte sich ertappt und errötete, ohne es zu wissen. Sie spürte nur die Hitze im Gesicht und dachte, das werden wohl die Wechseljahre sein, warum kommen die denn jetzt schon, ich bin doch noch nicht einmal fünfzig.

«Ich habe etwas sauber gemacht.»

Alfred Thomsen trank seinen Kaffee. Er sah sehr wohl, dass sie rot geworden war, nicht sehr, aber bei der blassen Haut fiel es sofort auf. Nachdenklich musterte er die Frau. Auch ihm entgingen weder die Flecken und der Staub noch die Spinnenweben, aber die Putzfrau wollte bezahlt sein, und als Kaufmann hatte er das Rechnen gelernt, selbst bei so kleinen Dingen. «Ja, da gibt es bestimmt viel zu tun», tastete er sich vorsichtig heran an die Idee, die da in seinem Kopf entstand.

Vera zögerte, der schmale Mund öffnete sich ein paar Mal fast, vielleicht auch tatsächlich einen, zwei Millimeter, aber sie traute sich immer noch nicht, zum Vergnügen ihres Chefs, der wusste, was sie wollte und ihr trotzdem nicht half.

«Hat Ihre Schwiegertochter denn so wenig Zeit?»

Verständnislos starrte er sie an, wie konnte er sich so irren, er wusste doch, woran sie dachte: Ob sie nicht ab und zu hier etwas für Ordnung schaffen sollte, das hatte sie ja auch in der Spedition nicht lassen können, obwohl die Zugehfrau dort jeden Tag kam und nicht nur einmal in der Woche wie hier, aber in der Firma konnte er die Kosten auch von der Steuer absetzen. Was kam sie also jetzt mit Babette an, die er nicht ausstehen konnte, diese blasierte Dame, die sich für was Besseres hielt und es nicht nötig hatte, auch nur einen Finger zu rühren, da oben in ihrer Villa am See, mit Au-pair-Mädchen und Putzfrau. Doch dann begriff er, und fast lachte er, weniger über Veras Bild von der Welt, in dem Schwiegertöchter sich um ihre Schwiegerväter kümmerten, als darüber, dass er es beinahe vergessen hatte. Doch Bitterkeit erstickte das Lachen, denn eigentlich war es auch sein Bild von der Welt, wie sie so oft einer Meinung gewesen waren, Frau Lettner und er.

«Meine Schwiegertochter kommt gar nicht. Ich habe eine Putzfrau, die kommt einmal in der Woche.»

Veras Lippen wurden schmal, wie er es gewohnt war. So war das also, das war ja noch schlimmer, als sie befürchtet hatte. Sie nahm einen Schluck Kaffee, sammelte ihren ganzen Mut.

«Soll ich vielleicht ...»

«Könnten Sie nicht eventuell ...»

«... hier ab und zu mal aufräumen?», beendete Alfred Thomsen den gleichzeitig begonnenen Satz.

Vera spürte wieder diese merkwürdige Hitze, die sie nicht einordnen konnte, dazu eine ganz ungewohnte Freude, weil sie gebraucht wurde.

«Sehr gerne.» Sie schaute sich um, jetzt nicht mehr unauffällig, sondern aufmerksam und mit prüfenden Blick. Sie versuchte abzuschätzen, was zu tun war, überschlug und plante bereits, ob der alte Thomsen wohl genug Reinigungsmittel und Geräte im Haus hatte? Egal, sie würde ihre eigenen Sachen mitbringen, wie sie auch in der Spedition ein paar Dinge angeschafft hatte. Da gäbe es aber einiges zu tun, sagte sie schließlich, da sei sie bestimmt ein paar Tage mit beschäftigt, und damit es so bliebe, müsste sie danach auch mindestens zwei Mal in der Woche kommen, das kenne sie noch von ihrem Vater, für den habe sie auch immer sauber gemacht.

Alfred Thomsen sagte nichts, nickte nur zustimmend und musterte seine ehemalige Angestellte, die schon immer so zuverlässig und penibel gewesen war, dass es manchmal sogar ihm zuviel geworden war. Er hatte sie immer machen lassen, mit ihrem Putzfimmel, warum auch nicht, es schadete ja niemandem, und jetzt bekäme er endlich mal wieder ein sauberes Haus, das vermisste er schon. Seit seine Frau tot war und vor allem seit er im Rollstuhl saß, diesem verdammten, war es hier immer schlimmer geworden.

Man einigte sich rasch darauf, dass Vera erst einmal jeden Tag um neun kommen und bis zwölf bleiben würde. Alfred

Thomsen gestatte ihr, auf seine Kosten Putzmittel zu kaufen, und sie würde sich nach und nach die Küche, das Wohnzimmer, das Bad und das Schlafzimmer vornehmen, und wer weiß, vielleicht dann auch noch das Büro, in dem alte Unterlagen sinnlos verstaubten, weil niemand mehr hineinschaute, oder Klaus' Zimmer, das seit seinem Auszug als Gästezimmer ohne Gäste sein Dasein fristete, da weder Klaus noch Babette oder die Enkelkinder jemals über Nacht blieben.

Das Thema Bezahlung kam nicht zur Sprache, obwohl Alfred Thomsen die ganze Zeit darauf wartete, lauernd und misstrauisch. Aber nein, Vera Lettner verlangte nichts für dieses Geschenk des Himmels, ein wenig Ordnung in der Welt schaffen zu dürfen. Alfred konnte sein Glück kaum fassen: Da kam jemand und half ihm aus der Not, einfach so und ohne, dass er dafür zu zahlen hatte.

Doch natürlich tat Vera es nicht nur einfach so. Sie ahnte, dass sie in ihrer eigenen Wohnung auf Dauer kaum genügend Beschäftigung finden würde, um einen ganzen Tag damit zu füllen, und so war sie froh, hierher kommen zu dürfen. Für Alfred Thomsen tat sie es gern, das gehörte sich doch so, schließlich war er ihr Chef, immer noch. Er stand hinter ihr, er verdiente ihren Respekt, und jetzt, wo er hilflos war, ohne eigenes Zutun, dazu noch im Stich gelassen von Sohn und Schwiegertochter, brauchte er Hilfe. Veras Hilfe.

Noch am selben Nachmittag besorgte sie eine umfangreiche Ausstattung an Putzmitteln und Reinigungsgeräten, angefangen bei Lappen, Feudel, Besen, Flaschenbürste, Fensterleder und Staubwedel über Spülmittel, Fensterputzmittel und WC-Reiniger bis zu Desinfektionsmitteln, Bodenreiniger und Brennspiritus. Am Mittwochmorgen dann stand sie pünktlich um neun in der Küche und stürzte sich mit tatendurstig verkniffenem Mund in die Arbeit.

10

Gerade rechtzeitig zum Weihnachtsgeschäft eröffnete Christian Mersfeld Ende November seine Galerie am Mühlendamm. Viel Arbeit hatte er in den letzten Wochen in das Haus gesteckt, er und drei Jungs vom Verein, die er mit einem kleinen Taschengeld dazu überredete, mit anzupacken, obwohl die Tischlerei schon Ende Oktober dichtgemacht hatte. Und so war der Laden rasch fertig geworden, dazu die Fassade und das Dach. Die komplette Elektrik war erneuert worden, die alten Rohre und Wasserleitungen hatte er ebenfalls rausgerissen und neu verlegt. Die Wohnung im ersten Stock war natürlich noch eine Baustelle, aber davon sah man nichts in den schicken Räumen, in denen sich jetzt unter Halogenstrahlern auf Echtholzparkett die Menschen drängten.

In Vitrinen und im Raum verteilt standen die Exponate, Einzelstücke, die Christian in den letzten Jahren gefertigt hatte, kleine Tische und Schränke, hier ein Regal oder dort ein Stuhl. Das sei nicht bloß solide Handwerksarbeit, raunten sich die Besucher zu, wie man diesen Werkstoff nur so ganz und gar beherrschen könne, das grenze wirklich an ein Wunder. Weiche Formen kontrastierten mit scharfen Kanten, die Brüche waren gewollt und gekonnt, Christian zwang dem Holz seinen Willen nicht auf, sondern überredete es sanft lockend. Gleichwohl blieb er beharrlich und unnachgiebig und machte mit dem toten Baum, was er wollte. Die Möbel, die Christian entwarf und baute, waren gefällige Augenschmeichler, die sich leicht einfügten, ohne sich zu verlieren oder anzupassen. Oft entdeckte man erst auf den zweiten Blick das, was den Stuhl, die Kommode zu etwas Einzigartigem machte: hier eine kleine

Schnitzerei oder winzige Intarsienarbeit, dort ein Gestaltungselement, das aus dem strengen Raster ausbrach und dagegen zu revoltieren schien, aber seltsamerweise nicht störte, im Gegenteil; wie ein I-Punkt, der, losgelöst vom Rest des Buchstabens, diesen doch gerade erst vervollständigte.

Viele der Gäste, die zum offiziellen Empfang gekommen waren, kannten Christians Arbeiten bereits und wussten ihn und seinen Stil zu schätzen. Nicht wenige von ihnen hatten bereits das eine oder andere Stück bei sich zu Hause stehen. Ich rief einen Handwerker, und es kam ein Künstler – das dachte nicht nur Markus Hansen, der mit dem Glas Sekt in der Hand Klaus Thomsen zuprostete und sich im Stillen zu der Entscheidung gratulierte, Christian für dieses Haus einen großzügigen Kredit zu bewilligen. Hinter dem Laden würde eine Werkstatt entstehen, die groben Arbeiten waren bereits erledigt, nächste Woche wurden die Maschinen aus der Tischlerei des Vereins abgebaut und hier aufgestellt. Dann konnte Christian endlich anfangen, die Aufträge abzuarbeiten, die sich in den letzten Wochen angesammelt hatten, denn jeder schien plötzlich einen Schrank, ein Bett, ein Tisch von ihm haben zu wollen. Er musste die Leute vertrösten, schließlich brauchte er dafür zunächst eine Werkstatt, doch die Menschen warteten gern; jeder sah, wie er sich hier ins Zeug legte. Der Respekt der kleinen Stadt war ihm sicher.

Und so strahlte Christian Mersfeld auch über beide Ohren, drückte Sandra an sich, seine Sandra, als der Fotograf vom Stadtanzeiger ihn darum bat, und lachte in die Kamera. Heute trug er schwarze Jeans, graues Hemd und schwarzes Jackett, ganz leger und ganz der Künstler. Er hatte eine Weile mit sich gerungen, ob es nicht zu gewollt aussähe, doch Sandra hatte ihn sanft überredet, und wenn er sich umschaute, dann dachte er: eine gute Entscheidung. Immerhin hatte er einen Ruf zu wahren. Sandra lächelte ihm zu, stolz und bewundernd, das Bild hielt es fest, wie sie im roten Kleid in seinen Armen stand

und den Blick gar nicht von diesem erfolgreichen Mann losreißen konnte, von ihrem Mann.

Vera sah dieses Bild am nächsten Morgen in der Zeitung. Es
war Samstag, der erste Dezember, ein Tag vor dem ersten
Advent. Wenn sie gewusst hätte, was sie erwartete, hätte sie die
Zeitung nie und nimmer angefasst, aber jetzt war es zu spät.
Die Nachricht von der Geschäftseröffnung war nicht neu für
sie, aber die Berichterstattung darüber hielt sie für eine Unverschämtheit. Das glückliche Paar schien sie unverhohlen auszulachen, dazu war ein kleineres Bild der renovierten Hausfassa-
de abgedruckt, und die Bildunterschrift lautete: «Der neue
Besitzer Christian Mersfeld verwandelte innerhalb kürzester
Zeit das baufällige Haus in ein Schmuckstück.» Veras Lippen
wurden zu einem dünnen weißen Strich. Sie hätte sich gerne
empört, schaffte es jedoch nicht, da die Demütigung sie stärker
traf als alles andere. Dieses Haus, das eigentlich ihr gehörte
und ihr gestohlen worden war, wurde öffentlich baufällig
genannt, eine Schmähung, die sie umso härter traf, als es der
Wahrheit entsprach. Diesem stillen Vorwurf, die Familie
Lettner habe das Haus am Mühlendamm verfallen lassen,
konnte sie nichts entgegensetzen. Sie musste zugeben, dass
Christian gute Arbeit geleistet hatte, zumindest dem Bild nach
zu urteilen. Natürlich war Vera seit dem Auszug des Vaters
nicht mehr am Haus vorbeigegangen, und um nichts auf der
Welt würde sie die Räume jemals betreten. Wer weiß, vielleicht
hatte Christian ja auch nur die Fassade neu gestrichen, ein
paar Lampen angebracht, das wirkte ja schon Wunder, und
dumm genug waren die Leute ja, um auf solchen Schwindel
hereinzufallen. Und dass Christian ein Schwindler war, wusste
schließlich niemand besser als sie. Sie reckte das Kinn in die
Höhe und vergaß ihre Schmach. Die Leute würden schon
sehen, was sie davon hatten, dass sie diesem Blender jetzt
Honig um den Bart schmierten.

Energisch faltete Vera die Zeitung zusammen und stand vom Mittagstisch auf. Sie war bereits seit sechs Uhr auf den Beinen, hatte indes immer noch eine Menge zu erledigen. Seit etwas mehr als einem Monat ging sie nun schon zu Herrn Thomsen und schaffte dort für Ordnung, zuerst jeden Tag, inzwischen nur noch dreimal die Woche. Inzwischen hatte sie alle Räume einer Grundreinigung unterzogen, die Fenster geputzt, Gardinen gewaschen, Teppiche und Polster gereinigt, gescheuert und gewischt und gewaschen. Wie nicht anders zu erwarten, war Alfred Thomsen mit ihr zufrieden. Mittags tranken sie zum Abschluss eine Tasse Kaffee zusammen, während Vera sich umschaute und befriedigt feststellte, dass von Staub, Spinnweben oder Krümeln keine Spur mehr zu sehen war.

Durch ihre neue Tätigkeit blieb ihr weniger Zeit für ihre eigene Wohnung, sodass sie an den Wochenenden stets einiges nachzuholen hatte. Doch Vera käme nie auf die Idee, sich zu beschweren; so sehr erfüllte sie der Anblick des blitzblanken Hauses in der Hamburger Straße mit tiefer Freude. Als sie noch bei ihrem Vater im Mühlendamm geputzt hatte, hatte sie dieses Glück nie empfunden. Das war für sie vielmehr eine lästige Pflicht gewesen, und niemand hatte ihr Wirken angemessen gewürdigt. Vielleicht war es ja ganz gut, dass der Vater tot war, dachte sie flüchtig, aber nicht zum ersten Mal. Dass sie möglicherweise nicht ganz unschuldig am Tod des Vaters war, kam ihr nicht in den Sinn, an jenem Samstag ebenso wenig wie davor oder danach. Sie hatte ihrem Vater ins Bett geholfen, weil er sich nicht wohl gefühlt hatte, und ihm anschließend seine Ruhe gegönnt. Woher hätte sie wissen sollen, dass er gleich starb? Sie hatte ihre Pflicht erfüllt, was wollte man mehr?

Letzte Woche hatte Frau Keller sie eines Nachmittags zum Tee eingeladen. Etwas unwillig war Vera der Aufforderung gefolgt, da sie an die viele Arbeit dachte, die noch auf sie wartete, nicht zuletzt die Modelleisenbahn, die immer noch nicht vollständig katalogisiert war. Nur aus Pflichtgefühl stieg sie pünktlich um vier Uhr in den ersten Stock hinauf, wo die Nachbarin sie mit Tee und selbstgebackenen Plätzchen empfing. Einen Moment lang empfand Vera so etwas wie Rührung, wann hatte sie das letzte Mal selbstgebackene Plätzchen gegessen? Ihre Mutter hatte früher manchmal selbst gebacken, aber irgendwann, lange Jahre vor ihrem Tod, damit aufgehört. Vera erinnerte sich noch gut an das Durcheinander in der Küche, wie ein Schlachtfeld hatte es immer ausgesehen, Mehl und Kuchenteig und beschmutztes Geschirr, dazu der Fleischwolf, der so schwer zu reinigen war. Nein, so etwas tat sie sich nicht an, diese Mühe und Arbeit, und wofür auch, sie selbst aß ja so gut wie nichts davon. Selbstverständlich kam Vera nie auf die Idee, die Leckereien für andere zu backen, schließlich hatte sie für die Menschen nicht einmal ein Lächeln übrig, und Kekse hatte sie erst recht nicht zu verschenken.

Steif saß Vera in dem Sessel, behielt misstrauisch die Katze im Auge, damit diese nicht womöglich auf ihren Schoß sprang und den Rock beschmutzte, und hörte zu, was Frau Keller erzählte, dass sie sich auf Weihnachten freue, weil sie dann ihre Kinder und Enkelkinder besuchte. Und dann, endlich, traute sich die alte Dame doch, das Thema anzusprechen, das gerade allgemeines Stadtgespräch war: Ob Vera denn schon gehört habe, dass Christian Mersfeld im Haus am Mühlendamm demnächst eine Galerie eröffnen würde. Wachsam beobachtete sie Vera dabei, immer auf der Hut vor einem plötzlichen Aufspringen, vor einem Angriff, wie er Sandra widerfahren war. Aber nein, Vera rührte sich nicht. Selbst die Hand, die in diesem Augenblick die Teetasse zum Mund führen sollte, verharrte reglos in der Luft.

«Nein, das wusste ich nicht.»

«Es ist natürlich bitter für Sie, dass Sie das Haus Ihres Vaters verloren haben, aber ehrlich gesagt, Herr Mersfeld war wirklich ungeheuer fleißig. Haben Sie sich das Haus in der letzten Zeit einmal angesehen?»

Vera konnte sich nicht entscheiden, ob sie die Tasse abstellen oder endlich daraus trinken sollte, also schwebte das zerbrechliche Porzellan weiter in Luft. Stumm presste Vera die Lippen zusammen, ihre Finger umklammerten den filigranen Henkel der Tasse, bis er fast zu zerbrechen drohte.

«Ich kann mir nicht vorstellen, dass das alles mit rechten Dingen zugegangen ist», brachte sie schließlich mühsam und mit heiserer Stimme heraus.

«Wie meinen Sie das?»

«Woher soll er denn das Geld haben? Und warum ist mein Vater erst jetzt vertrieben worden, wo er doch schon seit Jahren Schulden hatte?»

«Ach, Frau Lettner, so spielt das Schicksal eben manchmal. Und das Haus ist ja wirklich ein Schmuckstück, dass Herr Mersfeld sich dafür interessiert hat, kann man ihm nicht verübeln.» Wenn Vera sich nicht hätte scheiden lassen und er es so lange mit ihr ausgehalten hätte, würde ihm das Haus jetzt ja auch gehören, dachte die alte Dame im Stillen. Natürlich, an dem Gedanken war was dran: dass er es sich jetzt eben auf anderem Weg beschafft hatte. In der Stadt gab es einige, die so dachten, aber da Christian im Gegensatz zu Vera ein sympathischer Mensch war, kümmerte sich niemand weiter darum, wie denn dieser andere Weg ausgesehen haben könnte. Mit dem Ergebnis jedenfalls war man allgemein zufrieden.

Vera, die ihre Tasse inzwischen abgestellt hatte, war nahe davor, die Arme vor der Brust zu verschränken. Die Knöchel der zur Faust geballten rechten Hand traten weiß hervor, als sie sagte: «Darauf hat er es doch schon immer abgesehen, auf das Haus. Ganz vernarrt war er darin, auch früher schon. Mein Vater ist auf ihn reingefallen, ebenso wie meine Mutter. Und jetzt führt er die ganze Stadt an der Nase herum.»

«Aber er ist doch wirklich ein großartiger Tischler. Eine Freundin von mir hat sich einen Schrank von ihm bauen lassen, wirklich erstklassige Arbeit hat er da geleistet!»

Vera gab keine Antwort, denn dazu konnte sie nichts sagen. Sie wusste nicht, ob Christian seine Arbeit gut machte oder nicht, aber das spielte auch keine Rolle, denn für sie war und blieb er ein Schwindler. Einer, der ihr etwas versprochen und dann nicht gehalten hatte, und so einer war doch ein unehrlicher Mensch und würde es immer bleiben.

«Ich glaube nicht, dass er das Haus auf anständige Weise bekommen hat», sagte sie schließlich. Sie dachte kurz an Markus Hansen, wer weiß, was da gelaufen ist. Wenn sie den Kredit hätte übernehmen können, ja dann wäre alles anders gekommen, niemand hätte ihr das Haus stehlen können, aber das war nicht gegangen, weil Klaus Thomsen sie entlassen hatte. Er trug die Schuld an dem Unheil, er allein, denn wenn sie noch in der Spedition arbeiten würde, hätte Markus Hansen ihr unmöglich den Kredit verweigern können. Wenn es einen zuverlässigen Menschen in der Stadt gab, dann war das ja wohl sie, Vera Lettner.

Frau Keller beobachtete die Nachbarin und staunte wieder einmal darüber, wie diese Frau es schaffte, sich die Wirklichkeit nach ihren Vorstellungen zurechtzubiegen. Natürlich war es nur Neid, was Vera empfand, und vermutlich war sie auch verletzt, auch der Tod des Vaters war zu berücksichtigen, obwohl sie nicht sonderlich zu trauern schien, im Gegenteil. Jedenfalls war es nur verständlich, dass sie nach Erklärungen dafür suchte, warum andere im Leben erfolgreicher und glücklicher waren als sie, und Verschwörungstheorien waren dafür immer ein beliebtes Hilfsmittel, das wusste Frau Keller nur zu gut.

11

Die Nacht auf den ersten Advent sollte die schrecklichste in Vera Lettners Leben werden. Natürlich hatte sie sich nie träumen lassen, dass sie, ausgerechnet sie, einmal eine Nacht im Gefängnis verbringen würde. Und doch fand sie sich genau dort wieder, in der kargen Zelle der kleinen Polizeistation, in der sonst Betrunkene ihren Rausch ausschliefen. Kahle Betonwände und eine einzige Sitzbank, ebenfalls aus Beton. Es gab kein Fenster, lediglich eine Tür mit Sicherheitsglas zum Gang hin, durch die man sie beobachten konnte. Wie versteinert saß Vera auf der äußersten Kante der Bank, die Lippen so zusammengepresst, dass es wehtat, die Augen aufgerissen, als stünde sie unter Schock, und ja, so war es wohl auch. Sie sah den Schmutz um sich herum, roch das Erbrochene, das vom Geruch der Desinfektionsmittel nur schwach überlagert wurde, und spürte, wie dieser Dreck in sie hineinzukriechen begann, in jede Pore, mit jedem Atemzug, ohne, dass sie sich dagegen wehren konnte. Doch nicht nur ihr Körper, auch ihre Wohnung war kein sicherer Ort mehr für sie. Uniformierte Männer waren dort eingedrungen, hatten ihr Fragen gestellt und in den Schränken und Schubladen das Innerste zuoberst gekehrt, obwohl sie sich das verbeten hatte. Doch niemand hatte auf sie geachtet, hilflos hatte sie mit ansehen müssen, wie ihr Leben durchwühlt wurde, bis jemand ihr sagte, man würde sie mitnehmen auf die Wache.

Kurz nach zehn Uhr war das gewesen, mitten in der Nacht also, doch dieser Abend war so außergewöhnlich gewesen, mit dem Anruf und dem anschließenden Marsch durch die Dunkelheit zur Spedition, und das alles hatte sie so aufgewühlt, dass sie noch nicht im Bett gewesen war, als es an der Tür klingelte und das Unheil seinen Lauf nahm. Das alles erzählte sie Maike Rogalla, die sie in einem tristen Behördenzimmer auf der Polizeistation verhörte. Robuster Filzteppich, ein Schreibtisch, Computer, mehrere Stühle, eine Karte vom Kreis Plön, ein Regal mit ein paar Aktenordnern. Immer wieder musste sie dabei auf ihre Hände starren, deren Fingerspitzen noch ganz schwarz waren von der Farbe, mit der man ihr die Fingerabdrücke abgenommen hatte.

«Was für ein Anruf war das?», wollte die Beamtin wissen, die sich noch von früher an Vera erinnerte. Schließlich war sie damals dabei gewesen, als sie am Mühlendamm die Autokennzeichen wie Trophäen gesammelt hatten, hatte stolz ihren Stift gehalten und mitgeschrieben, wie die Großen, obwohl sie erst in die erste Klasse ging. Eine Zeitlang hatte sie das ältere Mädchen sogar bewundert, das stets wusste, woher die Autos kamen. Doch als Vera Holger und Sabine öffentlich verdächtigte, beim Wagen aus München gemogelt zu haben, wendete sich das Blatt, denn sie hatte das Auto ebenfalls gesehen, an der Hand ihrer Mutter, die sie zum Friseur schleifte, und natürlich hatte sie da nichts zum Schreiben dabei gehabt. Gleichwohl ergriff sie für die beiden Verdächtigen Partei, und fortan schloss Vera Lettner sie mit ein, wenn sie von denen sprach, denen man genau auf die Finger schauen sollte.

«Christian Mersfeld rief mich an, mein Exmann. Er bat mich, zur Spedition Thomsen zu kommen.»

«Woher wissen Sie, dass es Ihr Exmann war?»

«Er hat er sich mit seinem Namen gemeldet, und außerdem habe ich seine Stimme erkannt. ‹Vera, hier ist Christian›, sagte er. ‹Du musst sofort zur Spedition kommen, es ist wichtig.›» Missbilligend betrachtete Vera die schlanke Frau vor sich. Die schulterlangen blonden Haare hatte sie zu einem Pferdeschwanz zurückgebunden, dazu trug sie Jeans und einen bequemen Pullover. Es handelte sich um ein Missverständnis, das musste sie doch einsehen, überhaupt war es eine Zumutung, was ihr, Vera, hier unterstellt wurde.

«Sind Sie sicher, dass es sich bei dem Anrufer um Christian Mersfeld handelte?»

«Ja natürlich.»

«Seit wann sind Sie denn geschieden?»

«Seit 1983.» Die Antwort kam wie aus der Pistole geschossen, keine Sekunde musste Vera da überlegen.

«Das ist ja fast vierundzwanzig Jahre her. Haben Sie denn seitdem regelmäßigen Kontakt zu ihrem geschiedenen Mann, dass Sie seine Stimme so sicher erkennen können?»

Jetzt zögerte Vera, ihre steife Selbstsicherheit geriet einen Moment ins Wanken, aber nein, Vera Lettner konnte sich unmöglich irren, so etwas gab es gar nicht, und so sagte sie schließlich knapp: «Er war es», und Maike Rogalla beließ es dabei.

«Hat er genauer erklärt, worum es ging?»

Vera schwieg, mit verkniffenem Mund und verkrampften Fingern. «Er sagte, er hätte ... Informationen über meine ... meinen Weggang aus der Spedition.» Sie brachte es immer noch nicht fertig, ihre Entlassung beim Namen zu nennen.

«Und daraufhin haben Sie sich auf den Weg gemacht?»

«Ja.»

«Wie spät war es da?»

«Etwa sechs Uhr.»

«Erzählen Sie bitte, was dann geschah.»

Zögernd suchte Vera nach Worten und schielte dabei unbehaglich auf das Tonbandgerät auf dem Tisch vor sich. «Ich zog mich an und ging los. Ich wollte den Bus nehmen, aber der fuhr am Samstag viel zu selten, und Christian hatte gesagt, ich soll mich beeilen. Ich ging also zu Fuß und nahm die Fußgängerbrücke über die Hamburger Straße, Sie wissen schon, die mit diesen Kritzeleien beschmiert ist.» Dabei reckte sie das Kinn ein wenig vor, erleichtert, dass sie etwas gefunden hatte, das sie anprangern konnte, selbst in der jetzigen Situation. Sie sei zur Spedition gekommen, doch dort sei bis auf die Hofbeleuchtung alles dunkel gewesen. Das habe sie auch nicht weiter gewundert, schließlich sei es inzwischen schon fast halb sieben gewesen, dazu ein Samstag, obwohl sie selbst früher natürlich oft um diese Zeit gearbeitet habe, in der Vorweihnachtszeit auch am Samstag, aber seit der junge Thomsen die Spedition übernommen hatte, habe sich ja einiges geändert.

«Wie lange haben Sie dort gewartet?»

«Etwa eine halbe Stunde. Einmal bin ich um das Gebäude herumgelaufen und habe dabei festgestellt, dass die Werkstatt offen war.»

«Die Werkstatt?»

«Ja. Früher, als die Spedition Thomsen noch mehrere eigene LKW hatte, gab es auch eine Werkstatt, aber die wurde immer weniger gebraucht und stand am Ende ganz leer.»

«Woran haben Sie gemerkt, dass die Werkstatt offen war?»

«Das Vorhängeschloss fehlte, und die Tür stand einen Spalt auf.»

«Haben Sie die Tür geöffnet?»

«Nein. Ich habe gerufen, aber niemand hat geantwortet.»

«Hineingegangen sind Sie nicht?»

«Nein, natürlich nicht. Dazu war es in der Werkstatt doch viel schmutzig.» Empörung schwang in ihrer Stimme mit, woraufhin Maike Rogalla ein Grinsen unterdrücken musste.

«Ist Ihnen in dieser halben Stunde, in der Sie dort waren, etwas aufgefallen? Haben Sie jemanden gesehen oder etwas gehört?»

«Nein.»

«Und dann?»

«Dann bin ich wieder nach Hause gegangen. Mir war kalt. Es ist eine Frechheit von Herrn Mersfeld, mir solch einen Streich zu spielen.»

Die Beamtin machte sich ein paar Notizen, dann sah sie Vera

eine Weile nachdenklich an. «Und von dem Feuer haben Sie nichts mitbekommen? Frau Lettner, bitte versuchen Sie, sich zu erinnern. Haben Sie vielleicht etwas gerochen?»

Verächtlich rümpfte Vera die Nase, natürlich habe sie etwas gerochen. Aus der Werkstatt habe es gestunken, wie so eine Werkstatt eben stinke, nach Benzin und Öl und Dreck, selbst nach Jahren noch. Deshalb sei sie ja auch nicht hineingegangen.

Die Beamtin schwieg erneut, dann fragte sie, obwohl sie die Antwort natürlich längst wusste: «Was haben Sie eigentlich mit der Spedition zu tun?»

Veras Mund wurde einen Hauch schmaler, dann drückte sie den Rücken durch und antwortete: «Ich habe dort fast fünfundzwanzig Jahre als Speditionskauffrau gearbeitet.»

«Und jetzt arbeiten Sie nicht mehr da?»

«Nein.»

«Wie kam es dazu?» Eine ganz ungewohnte sadistische Lust, die ihr zum Glück niemand würde nachweisen können, trieb Maike Rogalla dazu, langsam und genüsslich in der Wunde zu stochern.

Vera zögerte, dann sagte sie: «Ich habe im Sommer dort aufgehört.»

«Das heißt, Sie haben gekündigt?»

«Nein. Der junge Herr Thomsen hat mich entlassen. Sein Vater war damit allerdings gar nicht einverstanden.»

Stirnrunzelnd starrte Maike die Frau vor sich an. Was hatte der alte Thomsen denn noch mit der Spedition zu tun, war der nicht zum Pflegefall geworden nach seinem Schlaganfall? Doch dann fragte sie weiter, um den Faden nicht zu verlieren: «Wie kam es denn zu dieser Entlassung?»

«Das weiß ich nicht. Ich habe mir jedenfalls nie etwas zu Schulden kommen lassen.»

«Aber einfach so kann man niemanden entlassen. Herr Thomsen muss Ihnen doch einen Grund genannt haben.»

Vera zögerte erneut. «Ich hatte Streit mit einem Fahrer. Alfred Thomsen, der alte Chef, hat immer hinter mir gestanden. Aber der junge Thomsen hat mich deshalb einfach entlassen.» Sie reckte das Kinn vor, es sah fast ein wenig trotzig aus, und schaute der Polizistin in die Augen.

«Wie würden Sie denn Ihr Verhältnis zu Klaus Thomsen beschreiben?»

Vera verstand die Frage nicht. Sie dachte nie darüber nach, was sie für andere Menschen empfand, ob sie sie mochte oder nicht, was sie mit anderen verband oder von ihnen trennte. Mit einer Ausnahme brachte sie keinem Menschen wirklichen Respekt entgegen, vielmehr verachtete sie die meisten ihrer Mitmenschen, aber sie kam gar nicht auf die Idee, daran etwas merkwürdig oder eigentümlich zu finden. Und so sah sie Maike Rogalla jetzt nur an, als sei diese dumm, und erklärte: «Ihm gehört die Spedition, er war mein Chef.» Dann presste sie die Lippen zusammen, als sei es unter ihrer Würde, überhaupt irgendetwas erklären zu müssen.

«Das ist mir klar. Aber wie kamen Sie miteinander aus? Mochten Sie ihn? Haben Sie sich nicht über ihn geärgert, weil er Sie entlassen hat?» Interessiert beobachtete sie Vera Lettner, doch diese sagte nichts. Nicht, weil sie wusste, dass sie in Teufels Küche kommen konnte, wenn sie von ihrer Verachtung für diesen Menschen erzählte, der für sie stets der pickelige Jüngling ohne jede Erfahrung geblieben war. Nein, sie schwieg, weil sie noch nie, mit keinem Menschen, über ihre Gefühle gesprochen hatte. Nicht einmal sich selbst gestand sie im stummen Zwiegespräch ein, dass andere Menschen ihr zuwider waren, dass sie sie verabscheute, dass sie sie nicht verstand und sich im Grunde vor ihnen fürchtete.

Veras Schweigen zog sich quälend in die Länge.

«Frau Lettner, bitte beantworten Sie meine Frage.»

«Ich habe keine Probleme mit ihm», presste sie schließlich heraus.

«Obwohl er Sie entlassen hat, nach fünfundzwanzig Jahren?»

Wieder brachte Vera keinen Ton hervor. In Maike Rogalla regte sich Mitleid, schließlich hatte die Frau in den letzten Monaten einiges durchgemacht. Sie wechselte das Thema.

«Nach einer halben Stunde sind Sie also gegangen. Wohin?»

«Nach Hause.» Veras Stimme war leise.

«Auf direktem Weg?»

«Ja.»

«Wann kamen Sie zu Hause an?»

«Um zehn Minuten nach sieben.»

«Woher wissen Sie das so genau?»

«Ich habe auf die Uhr geschaut.»

«Haben Sie unterwegs jemanden getroffen.»

«Nein.»

«Was haben Sie anschließend gemacht?»

«Ich habe geduscht.»

Danach hatte sie sich einen Tee gekocht und war ins kleine Zimmer gegangen, um die Modelleisenbahn weiter zu katalogisieren, wie sie es sich für den Abend vorgenommen hatte. Doch sie war so aufgewühlt, dass sie zwei Fehler machte, als sie die Modellnummern abschrieb, gottlob fiel es ihr noch rechtzeitig auf, aber auch, als sie sich ermahnte, sorgfältiger zu sein, kreisten ihre Gedanken weiterhin um Christians seltsamen Anruf und ihren Ausflug zur Spedition. Erst hatte sie gar nicht gehen wollen, aber Christian hatte sie gedrängt und sie mit der Aussicht gelockt, dass sie möglicherweise ihren Arbeitsplatz zurückbekommen könnte, wenn sie nur bereit sei, sich mit ihm zu treffen. Also war sie aufgebrochen und hatte ihre Nervosität hinter einer starren Haltung verborgen.

Vera hatte die kleinen Wagen gerade wieder vorsichtig eingeräumt, als es an der Tür klingelte. Sie zuckte zusammen, dachte sofort an einen Klingelstreich, doch dann klingelte es erneut und hörte gar nicht mehr auf, als hätte jemand einen Finger auf den Klingelknopf gelegt.

Maike Rogalla war nicht dabei gewesen, als vier Beamte die Wohnung regelrecht stürmten und durchsuchten. Vera traf sie erst eine Stunde später auf der Wache. Als man sie zum Polizeiwagen brachte, sah sie, wie sich die Gardinen im ersten Stock bei Frau Keller bewegten, auch in der Wohnung von Frau Kirsdorf meinte sie einen Schatten hinter dem Fenster zu erkennen, und Veras einziger Gedanke war: Was werden sie jetzt nur denken! Ich muss morgen gleich zu Frau Keller gehen und ihr erzählen, dass alles nur ein Missverständnis ist, denn das kann doch unmöglich einer glauben, dass ich ein Feuer gelegt habe und die Spedition angezündet, ich lasse mir doch noch nie etwas zuschulden kommen!

Schweigend musterte die Kriminalbeamtin die Frau vor sich. Es war spät, zumindest für Veras Verhältnisse, bereits kurz vor Mitternacht. Maike Rogalla sah, dass sie müde war, merkte ihr die Erschöpfung an, aber auch die selbstgerechte Empörung, als sei es eine Frechheit, auch nur auf die Idee zu kommen, sie zu verdächtigen. Obwohl sie nichts mit ihr zu tun hatte, war Vera ihr von Grund auf unsympathisch, wie so vielen Menschen in der Stadt. Dieser verkniffene Mund, der altbackene, beige Polyesterpullover und der aufdringliche Geruch nach Desinfektionsmitteln, den sie verströmte, brachten sie gegen die Frau auf, obwohl sie als Beamtin doch neutral bleiben und sich an Fakten und Beweise statt an Gefühle halten sollte. Aber schließlich war auch sie nur ein Mensch. Noch lange Zeit danach dachte sie oft darüber nach, was sie dazu bewogen hatte, Vera einzusperren, wenn auch nur für eine Nacht. Bei Betrunkenen machten sie das oft, oder bei Jugendlichen, die über die Stränge schlugen, ein paar Mal hatten sie auch welche von Christian Mersfelds Jungs hier gehabt, aber das war ja jetzt vorbei. So eine wie Vera hatten sie noch nie hier behalten, und Maike Rogalla wusste, dass es gemein war. Also redete sie sich vor sich selbst heraus, Brandstiftung sei schließlich keine Lappalie, und außerdem hatte sie das Recht dazu, erst morgen musste die Verdächtige entweder laufen gelassen oder dem Haftrichter vorgeführt werden. Vielleicht wollte sie auch nur Veras Gesicht sehen, als sie in das lange Schweigen hinein sagte: «Tja, Frau Lettner, ich fürchte, Sie müssen über Nacht hier bleiben. Morgen früh werden Sie dem Haftrichter vorgeführt.» Gespannt wartete sie auf eine Reaktion, und richtig, sie bekam das zu sehen, worauf Markus Hansen vergeblich gewartet hatte und wovon Sandra Mersfeld manchmal nachts träumte. Veras Mund klappte auf. Sie glotzte die Kriminalbeamtin an, ja, so eine wie Vera Lettner konnte tatsächlich glotzen. Maike Rogalla staunte über diesen Anblick, freute sich ein bisschen, spürte gleichwohl ein leises Unbehagen, wer weiß, nachher flippte die noch aus, auszuschließen war das nicht, die Kollegen von der Nachtschicht würden auf jeden Fall ein Auge auf sie haben müssen.

Es dauerte einen Moment, doch dann siegte ein letztes Mal für wenige Sekunden Veras Empörung. Das werde sie noch bereuen, brachte sie krächzend heraus, sie erhebe Einspruch, das könne sie doch nicht machen. Noch während sie schimpfte, zornig, mit durchgestrecktem Rücken, auf der Stuhlkante sitzend und doch langsam eine aufsteigende Panik spürend, rief Maike Rogalla die Kollegen von der Bereitschaft und ließ Vera Lettner abführen wie eine Verbrecherin.

Die ganze Nacht über löste Vera sich nicht aus der Erstarrung. Reglos saß sie da, stundenlang. Sie schien sogar in dieser Haltung zu schlafen, die Augen manchmal halbgeschlossen, der Mund nicht mehr als eine hauchdünne Linie. Die Beamten, die mehrmals nach ihr schauten, waren fasziniert. Wie aus Stein gemeißelt hockte sie da, doch seltsamerweise schien das ihr natürlicher Zustand zu sein, als hätte sie endlich den Ausdruck gefunden, der zu ihrem Inneren passte wie kein zweiter, und genau das war es, was den Beamten einen kalten Schauder über den Rücken laufen ließ. Vera bemerkte nichts von den neugierigen Blicken, sah nicht die Gesichter auf der anderen Seite der Glasscheibe, die sich mit Grausen wieder abwandten, während sich dem Besitzer die Nackenhaare aufstellten.

Wie war sie nur hier hineingeraten, in diesen Alptraum, in diese sechs Quadratmeter Hölle aus Beton, Neonlicht und Gestank. Veras Äußeres war erstarrt, aber in ihr grübelte es, die ganze Nacht. Sie ließ das letzte Jahr Revue passieren, listete alle ungewöhnlichen Ereignisse auf, angefangen bei der Beschwerde dieses LKW-Fahrers, über die Kündigung bis zum Verlust des Hauses und den Tod des Vaters. Womöglich war alles Teil eines groß angelegten Komplotts, einer Verschwörung. Immer wieder kreisten ihre Gedanken um die Frage, ob es da nicht einen Zusammenhang gab, denn das konnte doch nicht sein, ein Leben lang Ordnung und Ruhe, und dann plötzlich Chaos und Niedergang. Ja, ein Niedergang war es, das sah sie sehr wohl, nicht einmal sie konnte die Augen noch länger vor dieser Erkenntnis verschließen. Wie war es nur dazu gekommen, dass sie hier saß, unschuldig zwar, aber dennoch? Und dann dieses Wort: Haftrichter. Maike Rogalla hatte eine kurze Pause vor dem Wort gemacht, damit es auch richtig wirkte, und tatsächlich, Vera war zusammengezuckt, als hätte man sie geschlagen.

Das konnte doch nicht mit rechten Dingen zugegangen sein, immer wieder kam sie auf diesen Punkt, da war jemand, der etwas gegen sie hatte, und sie kannte diesen Jemand ganz genau. Christian war es, den sie damals davon gejagt hatte und der ihr nicht verzeihen konnte und sich jetzt an ihr rächen wollte, nach all den Jahren.

12

Natürlich war es binnen weniger Tage in der ganzen Stadt bekannt, dass es in der Spedition Thomsen gebrannt und Vera Lettner die Nacht auf der Polizeiwache verbracht hatte, weil sie an jenem Abend am Tatort gewesen war. Maike Rogalla durfte natürlich nichts erzählen, ebenso wenig die anderen Beamten oder der Haftrichter, der Vera sofort nach Hause geschickt hatte, weil keine Fluchtgefahr bestand, aber ebenso natürlich sickerte hier und da doch etwas durch, ein unbedacht ausgesprochenes Wort, ein Kopfschütteln und stilles Murmeln, das begierig und mitleidlos weitergetragen wurde.

Dazu kamen die Berichte von Frau Keller und Frau Kirsdorf aus der Vicelinstraße, die den Polizeiwagen vor dem Haus gesehen hatten. Beide sprachen darüber mit ihren Freunden und Bekannten, und Sandra Mersfeld erzählte ihren Patienten von diesem merkwürdigen Anruf, den Vera angeblich von ihrem Mann bekommen hatte, das sei doch wirklich eine Frechheit, was diese Lettner ihm da unterstellte.

Was den Brandschaden anbelangte, war Klaus Thomsen als Geschädigter natürlich am besten informiert. Das gesamte Gebäude war in Mitleidenschaft gezogen worden und einsturzgefährdet, aber zum Glück war nicht alles verbrannt. Die wichtigsten Unterlagen waren gerettet worden, darunter auch die Videoaufnahmen der Überwachungskameras, auf denen Vera zu sehen war, wie sie im schwachen Licht der Hofbeleuchtung um das Gebäude schlich, als führe sie etwas im Schilde. Zwar hatte sie selbst ohne zu zögern zugegeben, bei der Spedition gewesen zu sein, aber wer weiß, ob sie es sich bis zur Gerichtsverhandlung nicht noch einmal anders überlegte, da war es auf jeden Fall besser, diesen Beweis zu haben: Vera war dort gewesen, und was sollte sie schon dort gesucht haben? An diese lachhafte Geschichte mit dem Anruf glaubte doch wohl keiner so recht.

Christian Mersfeld bekam gleich am Sonntag Besuch von Maike Rogalla. Kurz vor dem Mittagessen klingelte es an der Tür des kleinen Reihenhauses. Lukas, der Zehnjährige, rannte los und riss die Tür auf, neugierig und alles andere als schüchtern. Ob denn sein Papa zu Hause sei, fragte die Kommissarin, aber da tauchte der Gesuchte auch schon auf, ein Geschirrtuch in der Hand. Christian, der natürlich sofort an seine Jungs dachte, führte die Besucherin ins Wohnzimmer. Viel Holz, viele Erdtöne, da war Sandras Idee gewesen, und ihr Mann hatte nichts dagegen gehabt. Im Regal stand das Modell eines Schaukelstuhls, fein gearbeitet, vor Jahren schon, als Christian gerade bei Neustart e.V. angefangen hatte. Die Kinder folgten ihnen neugierig, auch Sandra begrüßte Maike, man kannte und mochte sich schließlich, und verschwand wieder in der Küche. Mit einem Blick fragte Christian, ob es in Ordnung sei, dass die Kinder ... Ja, ja, die störten nicht, es würde wohl auch nicht lange dauern.

«Vera Lettner behauptet, du hättest sie gestern am frühen Abend angerufen und zur Spedition Thomsen bestellt.»

«Wie bitte?»

«Mir selbst kommt die Sache auch seltsam vor, aber das Problem ist, dass es anschließend in der Spedition gebrannt hat.»

Christian riss die Augen auf und erklärte, er habe keine Ahnung, wie Vera Lettner auf die Idee gekommen sei, er habe sie angerufen. Er war schon seit vielen Jahren von ihr geschieden, er rechnete nach, seit fünfundzwanzig Jahren, nein vierundzwanzig, und hatte nichts mehr mit der Frau zu schaffen. Und mit der Spedition Thomsen ebenso wenig.

«Aber du kennst doch Klaus Thomsen?»

«Das schon. Seine Älteste und meine Jüngste gehen zusammen zur Schule, in dieselbe Klasse.»

«Trefft ihr euch manchmal privat?»

«Ja, wie laufen manchmal zusammen. Und ich glaube, letztes Jahr war Lena bei Ann-Kathrin zum Geburtstag eingeladen. Sandra hat sie hingebracht und wieder abgeholt.»

Inzwischen war Sandra dazugekommen, neugierig geworden, als sie die bekannten Namen hörte.

«Und Vera, hast du zu ihr noch Kontakt?»

«Nein.»

«Aber du hast doch das Haus ihres Vaters gekauft.»

Christian zögerte einen winzigen Moment, doch Maike hatte gelernt, auf so etwas zu achten. Auch wenn sie sich nichts anmerken ließ, aufgefallen war es ihr sehr wohl.

«Ich habe es von der Bank gekauft, nicht von Veras Vater.»

Nachdenklich musterte Maike Rogalla den Tischler. «Was hast du gestern gegen zwischen fünf und zehn Uhr abends gemacht?»

Die Kinder starrten Maike mit großen Augen an. Lena, acht Jahre alt, lehnte an Papas Bein und machte merkwürdige, schon fast gymnastikartige Bewegungen, so wie Kinder sie mit Vorliebe machten, wenn sie herumstanden und sich eigentlich langweilten, aber auch nicht gehen wollten, weil sie ja etwas verpassen könnten.

«Zuerst habe ich mit Lukas im Keller gearbeitet, während Lena und Sandra in der Küche Plätzchen gebacken haben. Dann haben wir zusammen gegessen, die ganze Familie, und anschließend ferngesehen.»

«Hast du in der Zeit telefoniert?»

«Nein.»

«Ich muss das natürlich überprüfen lassen, den Festnetzanschluss und alle Handys der Familie.»

«Klar, kein Problem.»

«Hast du in der Zeit das Haus verlassen?»

«Nein.»

«Wie ist denn dein Verhältnis zu Vera Lettner?»

Christian hob die Schultern. «Wir sehen uns ab und zu mal auf der Straße, du weißt ja, wie das ist hier in der Stadt. Aber seit der Scheidung habe ich nichts mehr mit ihr zu tun.» Er schwieg einen Moment, schaute Sandra an und sagte dann: «Vor ein paar Monaten hat es da mal was gegeben. Vera hat Sandra, na ja, bedroht kann man nicht sagen, aber sie hat sie sehr heftig angefahren. Daraufhin bin ich zu Vera gegangen und habe ihr gesagt, sie soll Sandra in Ruhe lassen.»

«Du kennst Vera Lettner also auch?» Maike fragte Sandra direkt und lehnte sich zurück.

«Kennen wäre übertrieben. Eine meiner Patientinnen wohnt im selben Haus wie Vera, eine Frau Keller.»

«Frau Keller? Die alte Lehrerin?»

«Kennst du sie?»

«Ja natürlich, Frau Keller ist eine Institution hier in der Stadt. Sie hat Generationen von Schülern das kleine Einmaleins beigebracht. Aber ihr seid ja nicht von hier, da könnt ihr das natürlich nicht wissen.» Maike grinste, und Christian lächelte zurück, nein, sie waren nicht von hier. Sie gehörten zwar überall dazu, beim Elternbeirat in der Schule und der freiwilligen Feuerwehr und beim Sportverein, doch die Erinnerungen an damals konnten sie nicht mit den anderen teilen, die alten Geschichten aus der Schulzeit, weißt du noch, wie wir damals über die Felder getobt sind, und wie Holger seine Faxen machte und immer frischen Kuchen aus der Bäckerei mitbrachte. Sandra bemühte sich ebenfalls, zu lächeln, doch Maikes Bemerkung versetzte ihr einen Stich, weil sie spürte, dass da doch etwas Wahres drinsteckte. Sie waren nicht von hier und würden es nie sein, die Menschen in der kleinen Stadt nahmen es sehr genau damit. Sandra bekam es manchmal bei ihrer Arbeit zu spüren, nicht allzu häufig, aber doch dann und wann.

«Um was ging es denn bei dieser Auseinandersetzung zwischen dir und Vera?»

Zögernd erklärte sie: «Ich hatte sie angesprochen, kurz, nachdem sie bei der Spedition rausgeflogen ist. Irgendwann im Sommer.» Dann gab Christian die Geschichte wieder, die Sandra ihm an jenem Abend erzählt hatte, die Tränen waren ihr gekommen, so tief saß der Schreck noch, und so unbändig sei der Hass in Veras Blick gewesen, dass Christian gleich noch einmal losgefahren war, um Vera zur Rede zu stellen. Manchmal, fügte Sandra leise hinzu, habe sie heute noch Alpträume wegen dieser Frau, ganz unheimlich habe sie ausgesehen, mit weit aufgerissenem Mund, obwohl sie die Lippen doch sonst immer nur zusammenpresste, aber das sei ja gerade das Unheimliche gewesen.

Maike Rogalla konnte das nur zu gut verstehen, schließlich hatte sie diesen unglaublich offenen Mund selbst erlebt, und ja, unheimlich war das richtige Wort, auch wenn sie selbst keinen Hass in dem Blick gesehen hatte, sondern vielmehr Angst und Panik, eine unermessliche Panik, wie bei einem Tier vielleicht, das um sein Leben fürchtete.

Ob es zu einer tätlichen Auseinandersetzung gekommen sei, wollte sie noch wissen, doch Sandra schüttelte den Kopf, nein, sie habe Vera nicht angefasst, und auch diese habe nichts getan, auch wenn die Hand schon zum Schlag erhoben gewesen sei. Maike zog die Augenbrauen hoch, als sie das hörte. So war das also, sie drohte also schon einmal mit Schlägen, die brave Vera Lettner, wer hätte das gedacht. Wer weiß, vielleicht war ihr ja noch mehr zuzutrauen.

Vera kam nicht über die Scham und der Demütigung hinweg, eine Nacht in der Arrestzelle verbracht zu haben.

Gleich am nächsten Morgen hatte man sie zwar wieder entlassen, der Richter hörte sich an, was Maike Rogalla zu sagen hatte, dann fragte er Vera, wo sie wohne, wie alt sie sei und was beruflich mache. Anschließend blätterte er in den Unterlagen, die vor ihm auf dem Tisch lagen, und sagte: «Sie können nach Hause gehen. Aber bitte sagen Sie Bescheid, falls Sie in der nächsten Zeit verreisen wollen.»

Zu Hause angekommen verriegelte Vera die Tür, riss sich die Kleidung vom Leib, voller Ekel und fast panisch darauf bedacht, sie sofort in eine Tüte zu stopfen, ohne dass sie den Teppichboden berührten, und stieg unter die Dusche. Heißes Wasser und Seife weichten ihre Haut auf und ließen sie rot werden, bis es wehtat, doch sie rieb sich noch einmal mit dem Waschlappen ab und spülte den Schaum gründlich ab. Anschließend nahm sie sich einen frischen Waschlappen und wiederholte die Prozedur. Sie schrubbte sie schwarze Farbe von den Fingerkuppen, bis sie die Haut wund gescheuert hatte, und die Haare wusch sie solange, bis die Shampooflasche leer war. Erst als ihr Herz vom heißen Wasser heftig zu pochen begann, drehte sie den Hahn ab und trocknete sich mit einem frischen Handtuch ab, säuberte gründlich die Finger- und Zehennägel und wusch sich anschließend am Waschbecken noch einmal die Hände. Sauber fühlte sie sich indes noch immer nicht, noch lange nicht, und allein der Gedanke an die dreckige Zelle verursachte ihr Übelkeit. Noch im Badezimmer, nackt, erbrach sie sich, sie weinte auch, weil sie sich so hilflos fühlte, dabei wollte sie doch nicht fühlen und auch nicht weinen. Als sie das Erbrochene herunterspülte, das sie erneut an die Zelle und den Geruch dort erinnerte, wäre sie am liebsten wieder unter die Dusche gestiegen, doch selbst Vera sah ein, dass es unnötig war und sinnlos, denn die Erinnerung würde sie nicht fortspülen können, niemals.

Den Plastiksack auf dem Schlafzimmerboden ignorierte sie, so gut es ging. Sie kleidete sich an und ging in die Küche. Es war Sonntag, fast Mittag, und Vera hatte noch nicht gefrühstückt, aber die verspürte auch keinerlei Hunger oder auch nur Appetit. Lediglich einen Kaffee kochte sie, stark und schwarz, den sie am Küchentisch sitzend trank. Die Haut war immer noch gerötet und ausgetrocknet, und in ihrem Schädel pochte ein milder Schmerz. Mit starrem Blick und zusammengepressten Lippen saß Vera da und versuchte, die Erinnerung an die letzte Nacht auszulöschen. Natürlich war sie unschuldig, wie war Maike Rogalla nur auf die Idee gekommen, sie könnte etwas mit dem Feuer zu tun haben? Unablässig schweiften ihre Gedanken zum gestrigen Abend zurück. Der Anruf und der Einfall der Polizisten in ihre Wohnung allein hätten schon gereicht, um Vera Lettners Leben in den Grundfesten zu erschüttern, mehr noch als der Verlust ihres Arbeitsplatzes oder der Tod des Vaters, doch dann war es noch weiter gegangen. Bei dem Gedanken an das Verhör, an Maike Rogallas misstrauische Blicke und vor allem an die Zelle wurde Vera erneut übel. Sie rannte ins Badezimmer und erbrach den Kaffee.

Noch nie zuvor hatte sie sich so erschöpft gefühlt, doch schließlich hatte sie auch noch nie eine Nacht wachend verbracht. In ihrem Kopf pochte es, dick und pelzig füllte ihre Zunge die Mundhöhle aus, und ihre Gliedmaßen schienen einem anderen Wesen zu gehören. Verständnislos starrte sie die zitternden Hände an, rot gescheuert vom vielen Waschen, weil sie alle paar Minuten aufstand, um sich reinzuwaschen von der Schande und der Qual.

So verbrachte Vera den Sonntag: Sie saß reglos auf dem Sofa, trank Kaffee und Wasser und nickte immer wieder ein. Gleichwohl weigerte sie sich, am helllichten Tag ins Bett zu gehen, oder sich auch nur aufs Sofa zu legen. So etwas gehörte sich nicht, und erst als es dunkelte, gestattete sie sich, das Schlafzimmer zu betreten. So müde war sie, dass sie nicht einmal den Plastiksack mit der verdorbenen Kleidung bemerkte, sondern ins Bett sank und auf der Stelle einschlief.

Am Montag fiel ihr das Aufstehen schwer, doch sie zwang sich dazu, mit jener eisernen Disziplin, die sie ihr Leben lang davor bewahrt hatte, sich gehen zu lassen und abzuleiten in ein Leben in Dreck und Schmutz. Sie hatte immer noch keinen Appetit, doch sie zwang sich, eine Scheibe Brot zu essen. Anschließend machte sie sich daran, trotz Kopfschmerzen die Wohnung gründlich zu putzen, denn die Polizisten, die hier gewütet hatten wie die Vandalen, hatten alles beschmutzt und in Unordnung gebracht. Benommen und mit mechanischen Bewegungen räumte sie die Schränke aus, die die Beamten durchwühlt hatten, und wischte alles mit einem feuchten Lappen aus. Alles hatten sie angefasst, diese Männer, und jetzt würde Vera ihre gesamte Kleidung waschen müssen, denn sie kam ihr wie verseucht vor. Erneut spürte Vera Übelkeit in sich aufsteigen, sie schaffte es gerade noch rechtzeitig ins Badezimmer, wo sie wenig später die halbverdauten Reste des Brotes herunterspülte. Im Schlafzimmer wartete ein großer Berg Wäsche auf sie, eine ungeheure Aufgabe. Der Kopfschmerz und die Erschöpfung waren so gewaltig, dass sie davor zurückschreckte und vorerst nur die Sachen wusch, die sie direkt am Leibe trug. Später, später würde sie alles waschen; vielleicht, dachte sie, wäre es sogar besser, alles neu zu kaufen, denn das Misstrauen, das die Polizisten ihr entgegengebracht hatten, schien an den Stoffen zu kleben und würde sich niemals fortwaschen lassen. Für immer und ewig war es in die Kleider und Röcke und Blusen eingebrannt, und diese Vorstellung war Vera unerträglich. Den Plastiksack mit den Sachen, die sie jener Nacht getragen hatte, warf Vera gleich in den Müll, erleichtert klappte sie den Deckel der Mülltonne zu und schwankte zum Haus zurück. Am Abend war sie so erschöpft, dass sie sich schon um kurz nach acht ins Bett legte.

In dieser Nacht schlief sie schlecht. Unruhig wälzte sie sich im Bett hin und her, immer wieder aus Träumen aufschreckend, bis sie schließlich in den frühen Morgenstunden schweißig nass und wie zerschlagen erwachte. Vera hatte noch nie zuvor Fieber gehabt, deshalb wusste sie zunächst nicht, was ihr fehlte. Gewiss, Halsschmerzen, die kannte sie, und auch eine dicke Nase, doch noch nie zuvor hatte eine einfache Erkältung sie ins Bett gezwungen, stets war sie trotz allem zur Spedition gegangen, ausgerüstet mit Nasenspray, Halstabletten und drei Packungen Taschentüchern, und hatte ihre Arbeit getan. Doch jetzt schaffte sie es einfach nicht aus dem Bett, obwohl sie versuchte, sich dazu zu zwingen, schließlich gab es so unendlich viel zu tun. Die Wohnung war noch längst nicht wieder so ordentlich, wie Vera es gewohnt war, und dann war da auch noch der alte Herr Thomsen, der auf sie wartete. Immer wieder dämmerte sie im Fieberschlaf dahin, halb betäubt, dann wieder schrak sie auf und schaute sich orientierungslos um. Herr Thomsen, dachte sie manchmal, oder auch: Christian, wenn sie ganz verwirrt war, doch die meiste Zeit schlief sie, schwitzte, stank und merkte es nicht, gottlob.

Zum Nachmittag hin sank das Fieber. Erschöpft und geschwächt wachte Vera auf, entsetzt, weil sie den ganzen Tag verschlafen hatte. So etwas war ihr noch nie passiert, und sie konnte es sich nicht verzeihen. Sie erhob sich, ihr wurde schwindelig, doch unerbittlich trieb sie sich an, auf die Toilette zu gehen und sich frisch zu machen. Sie zwang sich unter die Dusche, trotz Kopfschmerz und den flackernden Lichtern vor ihren Augen. Danach war sie so müde, dass sie sich im Morgenmantel auf das Sofa im Wohnzimmer setzte. Sie verstand nicht, was mit ihr los war, diese Schwäche, diese Unlust aufzustehen waren ihr ganz und gar fremd. Sie mahnte und drohte und verachtete sich selbst, aber es half nichts. Der Gedanke an die Arbeit, die noch vor ihr lag, machte ihr Angst, und ihr kamen ein paar Tränen, doch Vera schob es auf die verstopfte Nase. Widerwillig zwang sie sich, zwei Stück Zwieback zu essen und eine Tasse Kamillentee zu trinken, dann bezog sie das Bett neu, in dem sie den ganzen Tag gelegen und geschwitzt hatte, und sank in einen langen, traumlosen Schlaf.

So gut es ging versuchte Klaus Thomsen, das Weihnachtsgeschäft doch noch störungsfrei abzuwickeln. Er mietete ein Büro in der Altstadt, und drei Tage nach dem Brand konnten Nicole Grönwohld und ihre neue Kollegin die LKW von dort aus dirigieren. Zum Glück lagerten sie heute kaum noch etwas ein, und so reichte es, wenn die Fahrer ihre neuen Aufträge per Fax oder E-Mail abriefen. Im Notfall traf Klaus sich mit den Fahrern auf einem Parkplatz am Ortsausgang an der Hamburger Straße, ganz in der Nähe des Grundstücks vom alten Paulsen. Dieser hatte Klaus in den letzten Wochen wiederholt gedrängt, ob er das Grundstück denn jetzt haben wolle, es gäbe schließlich noch andere Interessenten, doch Klaus konnte nicht mehr tun, als ihn wieder und wieder zu vertrösten. Der Alte weigerte sich immer noch, den Vertrag zu unterschreiben, und ohne dessen Unterschrift ging gar nichts. Nach der Beerdigung vom alten Lettner war Alfred Thomsen sogar noch sturer geworden, richtig grantig, weil er sich hintergangen und betrogen fühlte, jawohl betrogen, von seinem eigenen Sohn, sodass Klaus das Thema ein paar Wochen lang gar nicht angesprochen hatte.

Jetzt sah natürlich alles ganz anders aus, und als Klaus das väterliche Haus betrat, hatte sein Schritt etwas Forsches, Lebhaftes, wie schon lange nicht mehr.

«Guten Tag, Vater.»

Zusammengesunken saß der Alte in seinem Rollstuhl. Im Wohnzimmer roch es nach Reinigungsmitteln, die Fenster waren frisch geputzt, nirgends war eine Spur Staub zu entdecken. Es hatte eine Weile gedauert, bis Klaus die neue Reinlichkeit aufgefallen war, doch schließlich war er zu dem Schluss gekommen, dass sein Vater die Putzfrau wohl häufiger kommen ließ. Auf die Idee, dass Vera Lettner seinen Vater regelmäßig besuchte, wäre er nie und nimmer gekommen, doch gefragt hatte er auch nicht, wie käme er dazu, sich mit dem Alten über den Haushalt zu unterhalten, das war doch Weiberkram.

Drei Tage waren seit dem Brand vergangen. Am Samstagabend hatte die Polizei Klaus um kurz nach acht angerufen.

Babette und er hatten Besuch, ein festliches Abendessen unter Freunden, trotzdem war er selbstverständlich gleich zur Spedition gefahren und hatte zugeschaut, wie das Gebäude niederbrannte. Das Feuer war in der Werkstatt ausgebrochen und hatte sich dann durch die dünnen Wände ins große Lager durchgefressen. Die Kartons und Holzpaletten, die dort herumstanden, brannten natürlich wie Zunder, bis die leichte Stahlkonstruktion sich verbog. Die Büros mit den Teppichen und den ganzen Papieren wären beinahe ebenfalls vollständig abgebrannt, doch zum Glück war die Feuerwehr rechtzeitig zur Stelle, sodass sie nur überschwemmt wurden. Wie gut, dass inzwischen ein Großteil des Geschäfts über Computer abgewickelt wurde, natürlich machte Klaus regelmäßige Backups und verwahrte die Bänder sicher bei sich zu Hause auf. Nach zwei Stunden schon war der Spuk vorbei, und die Beamten der Spurensicherung suchten in der Ruine nach dem Rekorder der Überwachungskamera, von der Klaus Maike Rogalla erzählt hatte. Und siehe da, Vera Lettner war deutlich zu erkennen, wie sie in ihrem dunklen Mantel um das Gebäude schlich.

Das alles hatte Klaus seinem Vater erzählt, als er ihn am Sonntag kurz besuchte, um ihn über das Unglück zu informieren. Der Alte war rot angelaufen, fragte, ob denn noch was zu retten sei vom Gebäude, aber nein, es war so einsturzgefährdet, dass Klaus selbst da gar nicht mehr rein durfte, noch nicht, das musste erst von einer Spezialfirma abgestützt werden. Doch er könne beruhigt sein, die wichtigsten Unterlagen würden wahrscheinlich gerettet werden, sie hatten noch mal Glück im Unglück gehabt, und deshalb habe er auch keine Zeit, er müsse gleich wieder los, zur Spedition, oder zu dem, was davon übrig geblieben sei. Am Sonntag hatte er das Thema noch nicht zur Sprache gebracht, aber jetzt war Dienstag, und Klaus sagte: «Das Gebäude müssen wir abreißen lassen.»

Der Alte sagte nichts, strich sich nur über die gelähmte Hand.

«Wenn wir sowieso neu bauen müssen, können wir auch gleich umziehen.»

Alfred Thomsen sagte immer noch nichts, sondern umklammerte nur die tote Hand, wie er sich an das alte tote Gebäude geklammert hatte, das es jetzt nicht mehr gab, und damit die Spedition Thomsen, seine Spedition. Dafür hatte er geschuftet, jahrelang, und jetzt? Alles verbrannt, alles weg. Zum ersten Mal bedauerte Alfred Thomsen es nicht, dass er im Rollstuhl saß und nicht aus dem Haus kam, so musste er sich die Ruine nicht ansehen, wenigstens dieser Anblick blieb ihm erspart.

«Ich habe ein paar Räume angemietet, in der Nähe vom Bahnhof, aber da können wir natürlich nicht auf Dauer bleiben. Wir brauchen wieder einen eigenen Hof.»

«Wir können doch auf unserem Grundstück bauen.»

«Vater, wie oft soll ich dir das denn noch erklären? Das Gewerbegebiet liegt viel zu abgeschieden. Das Grundstück vom alten Paulsen dagegen liegt direkt an der Hamburger Straße, das ist viel besser erreichbar und auch leichter zu finden.»

«Und wie willst du das alles bezahlen? Das neue Grundstück und den Neubau?»

«Wir können das alte Grundstück verkaufen. Und dann ist da das Geld von der Versicherung.» Er stockte einen Moment, ehe er hinzufügte: «Und ich bekäme vermutlich einen günstigen Kredit von der Sparkasse.» Natürlich hatte er bereits Markus Hansen darauf angesprochen, ganz unverbindlich, und sein Freund hatte ihm auf die Schulter geklopft und gemeint, er solle sich da man keine Sorgen machen.

«Papperlapapp, Versicherungen zahlen doch nie, und wenn, dann lassen sie sich elendig Zeit. Und einen Kredit aufnehmen, wenn es nicht nötig ist? Ohne mich!» Mit zittriger Hand griff er nach dem Glas Wasser, trank und verschüttete ein paar Tropfen. Vielleicht waren es mehr als je zuvor, jedenfalls wurde er wütend, weil er hier saß und nichts machen konnte. Hilflos und unnütz fühlte er sich, und jetzt sah es so aus, als würde der

Bengel doch noch seinen Willen bekommen, so sehr es ihm auch gegen den Strich ging. Nein, er wollte nicht klein begeben, da warteten doch nur alle drauf, der Sohn und auch der alte Paulsen, der ihn nach der Beerdigung von dem Lettner noch einmal besucht hatte, um noch mal in Ruhe darüber zu reden, wie er sagte, über die Sache mit dem Grundstück. Aber der war doch auch nur scharf auf sein Geld, das waren sie am Ende doch alle.

«Wieso hat das eigentlich gebrannt? Das passiert doch nicht einfach so.»

«Vera Lettner hat die Werkstatt angezündet. Vermutlich mit Brennspiritus und ein paar Lumpen.»

«Frau Lettner?» Jetzt machte der Alte große Augen, und zum ersten Mal heute sah er seinen Sohn richtig an.

«Das habe ich dir doch schon am Sonntag erzählt, sie war auf den Videobändern zu sehen.»

«Aber warum soll sie das gemacht haben?»

Achselzuckend erwiderte Klaus: «Wird wohl nicht drüber weggekommen sein, dass ich sie entlassen habe. Und wenn sie so den ganzen Tag allein in ihrer Bude hockt, wer weiß, auf was für krumme Gedanken die da kommt, und ob die noch ganz richtig im Kopf ist.»

«Nee, nee, mit der ist nichts, das hätte ich gemerkt, die ist doch ganz vernünftig, wie immer.»

«Woher willst du das denn wissen?» Du Krüppel bekommst doch nichts mehr mit, dachte Klaus weiter, sagte es aber nicht laut.

«Die kommt doch drei Mal die Woche her und sorgt hier für Ordnung. Die hat nie von der Spedition geredet.» Dass er selbst Vera beim ersten Besuch über das Geschäft und seinen Sohn ausgehorcht hatte, verschwieg er, und danach war das Thema in der Tat nie wieder zur Sprache gekommen. Lauernd sah er Klaus an, und richtig, dieser starrte den Vater an, wusste im ersten Moment nichts zu sagen und fragte schließlich:

«Vera Lettner kommt regelmäßig hierher?»

«Ja. Oder hat der Herr Sohn etwas dagegen?» Etwas mulmig war ihm jetzt schon bei dem Gedanken, dass womöglich eine Brandstifterin hier ein und aus gegangen war, doch jetzt wusste er wenigstens, warum sie gestern Morgen nicht gekommen war, die hatte wohl ein schlechtes Gewissen.

«Aber ...» Klaus sagte nichts. Es war ihm unbegreiflich, wie man diese Frau freiwillig um sich dulden konnte, aber da waren sein Vater und er ja von jeher verschiedener Meinung gewesen. Wie es wohl dazu gekommen war, fragte er sich flüchtig, und dass die Lettner ja offensichtlich das Geld brauchte, jetzt, wo sie arbeitslos war und nicht einmal Arbeitslosengeld beantragt hatte, das wusste er, schließlich hatte er vom Amt, das jetzt Agentur hieß, keine Formulare zum Ausfüllen bekommen. Dass Vera aber das Geld gar nicht brauchte und auch nie auf die Idee gekommen wäre, von seinem Vater eine Bezahlung zu verlangen, daran dachte er nicht im Traum. So, so, dann ging sie jetzt also putzen, geschah ihr ganz recht, dieser, dieser ... Ihm fehlten die Worte, wie sollte er diese Frau beschreiben, ein Miststück war sie schließlich nicht, auch keine Schlampe oder was man sonst gerne über Frauen sagte, die einem unsympathisch waren. Eine alte Jungfer, ja, das war sie, aber diese Bezeichnung erregte viel zu sehr Mitleid, und Mitleid war das Letzte, was Klaus Thomsen für Vera empfand.

«Ist es denn sicher, dass es Frau Lettner war?»

«Ich denke schon. Schließlich hat die Polizei sie erst einmal dabehalten.»

«Wie, sie sitzt jetzt im Gefängnis?»

«Nein, nur eine Nacht, von Samstag auf Sonntag. Am nächsten Tag konnte sie wieder nach Hause, aber so weit ich weiß, wird gegen sie ermittelt. So habe ich Maike Rogalla jedenfalls verstanden.»

«*Die* Maike Rogalla?»

Klaus wurde rot. «Ja, die Maike.» In der Schule war sie eine

Klasse unter ihm gewesen, und mit siebzehn, achtzehn waren sie fast zwei Jahre lang miteinander gegangen. Obwohl sein Vater erhebliche Einwände gegen diese Jugendliebe gehabt hatte, das Mädel war ihm zu frech gewesen und hatte ihm zu oft widersprochen, kaum zu glauben, dass sie bei der Polizei so eine genommen haben.

Jetzt schwieg Alfred Thomsen, so war das also, da vertraute er dieser Lettner, und dann zündet sie ihm das Geschäft an. Obwohl er das immer noch nicht so ganz glauben mochte, er hatte sie gerne um sich gehabt in den letzten Wochen und konnte sich nicht vorstellen, dass sie dann einfach losgeht und Feuer legt, so was war doch ein Verbrechen, und so eine war die Lettner nicht.

Aber wenn die Polizei das sagte, dann musste da wohl doch was dran sein. Oder hatte Klaus da was nicht richtig verstanden? Dass der die Lettner nicht ausstehen konnte, war ja nicht zu übersehen, warum, das war ihm ein Rätsel. Aber womöglich stimmte das gar nicht, was sein Sohn da erzählte, vielleicht sollte er sich selbst noch mal umhören in der kleinen Stadt, ein paar Leute kannte er ja noch. Er könnte auch Vera Lettner persönlich anrufen; fragen kostete schließlich nichts.

Doch Vera reagierte nicht auf das Klingeln des Telefons. Mehrmals am Mittwochvormittag schrillte der altertümliche Apparat, aber Vera presste nur die Hände auf die Ohren. Das Fieber war inzwischen abgeklungen, aber sie fühlte sich noch immer schwach, ausgelaugt und bis in ihr tiefstes Inneres beschmutzt. Jetzt, wo ihre Gedanken wieder klar waren, traf die erlittene Demütigung sie mit aller Macht; jede Minute, die sie in der Zelle verbracht hatte, schien sich in ihrer Erinnerung endlos auszudehnen. Vor allem ein Gedanke war es jedoch, der sie bis aufs Blut quälte: Was würde man jetzt von ihr denken?

Bis zu diesem Zeitpunkt war es Vera nie in den Sinn gekommen, dass die Polizei sich gelegentlich irren und hin und wieder vielleicht auch einen Menschen zu Unrecht verdächtigen könnte. Nein, da war Vera überzeugt, wo Rauch war, da war auch Feuer, und jeder, der mit der Polizei zu tun bekam, musste irgendwo Dreck am Stecken haben. Wer sich nichts zuschulden kommen ließ, geriet schlichtweg nie in so eine peinliche Situation. Doch jetzt wurde sie selbst verdächtigt, sie war verhört und eingesperrt worden, man hielt sie für eine Verbrecherin, sie, die sich fast im Wortlaut an die Gesetze hielt, an geschriebene und ungeschriebene. Wieder stellte sie sich die Frage, wie Maike Rogalla nur auf die Idee kommen konnte, sie könnte etwas mit dem Brand zu tun haben. Sie konnte sich noch gut an die kleine Göre von damals erinnern, und auch an ihren Verrat, als sie sich gegen Vera gestellt hatte, bei der Sache mit dem Autokennzeichen. Ein M wollten sie gesehen haben, an erster Stelle, so hatten es jedenfalls Holger und Sabine behauptet, und Maike hatte es nachgeplappert. Womöglich grollte sie ihr immer noch, auszuschließen war es nicht, welchen Grund sollte sie sonst haben, sie wie eine Verbrecherin zu behandeln? Schließlich hatte Vera eine Erklärung dafür geliefert, warum sie bei der Spedition gewesen war, kurz bevor der Brand ausgebrochen war. Warum hatte das Maike Rogalla nicht überzeugt? Konnte sie denn nicht sehen, was offensichtlich war: dass Vera Opfer eines Komplotts geworden war? Doch vermutlich gehörte Maike Rogalla selbst zu denen, die sich gegen sie verschworen hatten. Dieser Gedanke tröstete Vera ein wenig, denn natürlich war sie lieber Opfer als Täterin, lieber unschuldig als schuldig.

Doch die Vorstellung einer Verschwörung genügte nicht, um das brennende Schamgefühl zu besiegen, das Vera immer wieder zu überwältigen drohte. Seit sie am Sonntagmorgen nach Hause gekommen war, hatte sie die Wohnung nicht mehr verlassen, außer, um den Sack mit der verdorbenen Kleidung in die Mülltonne zu werfen. Da sie so gut wie nichts aß und außer Kaffee und Tee nichts trank, fiel ihr dieser Umstand nicht weiter auf, doch am Donnerstag stellte sie fest, dass ihr Shampoo zur Neige ging und sie dringend ihre Vorräte aufstocken musste. Der Gedanke, hinauszugehen und sich den Blicken anderer Menschen auszusetzen, ängstigte sie, ohne dass sie sich das eingestehen konnte. Noch nie hatte sie sich darum gesorgt, dass ihre Mitmenschen schlecht von ihr denken könnten, stets war sie davon ausgegangen, dass man selbstverständlich nur das Beste von ihr hielt, wie konnte es auch anders sein, schließlich boten ihr Verhalten und Auftreten niemals Anlass zu Tadel oder Klage. Doch jetzt hatte sie eine Nacht im Gefängnis verbracht. Im Gefängnis! Ihr Ansehen war beschmutzt, selbst wenn niemand davon erführe. Obwohl Vera sich nach Kräften bemühte, gelang es ihr nicht, die Erinnerungen an die leisen Bewegungen hinter den Gardinen zu verdrängen, in jener Nacht, als die Beamten sie zum Polizeiwagen führten. Nicht auszudenken, was Frau Keller oder Frau Kirsdorf jetzt von ihr halten mochten. Womöglich hatten sie es gar jemandem weiter erzählt! Vera, die selbst nie eine Freundin besessen hatte, mit der sie aufgeregt flüsternd Neuigkeiten und Geheimnisse austauschte, leise und verstohlen und unter dem Siegel der Verschwiegenheit; die nie Teil einer Hast-du-schon-gehört-Welle gewesen war, die sich durch die Klasse, den Sportverein oder die ganze Stadt ausbreitete, wusste nicht, wie so etwas vor sich ging: wie schnell und gnadenlos Gerüchte zu Tatsachen wurden.

In der kleinen Stadt traute man Vera Lettner die Brandstiftung ohne Weiteres zu. Während der Vorweihnachtszeit gab es so gut wie keinen Adventskaffee, bei dem nicht über das Feuer und Veras Verstrickung darin geredet wurde. Wohl gab es hier und da Stimmen, die Vera in Schutz nahmen, die zwar zugaben, dass sie merkwürdig sei, kalt und unnahbar, aber doch ganz und gar korrekt und gesetzestreu, und nein, man könnte sich nicht vorstellen, dass sie auf so billige Art Rache übte. Zu

Veras Fürsprechern gehörten Frau Keller und Christian Mersfeld, die sie vielleicht von allen Menschen am besten kannten. Doch schon Sandra Mersfeld gab den Gerüchten neue Nahrung, indem sie die gegen sie erhobene Hand erwähnte, und den hasserfüllten Blick, dem sie einmal ausgesetzt gewesen war. Markus Hansen erinnerte sich an seine eigene Begegnung mit Vera Lettner und an diese Aggression, die sie ausgestrahlt hatte. Natürlich tratschte er mit niemandem, lediglich mit seiner Frau sprach er darüber, die nur ihre besten Freundinnen einweihte.

Dr. Arnheim musste, als er dieses Gerede hörte, an Horst Lettner denken, an den Kaffeeduft, der durch die Wohnung mit dem Toten geweht war, und die heitere Musik aus dem Radio. Verhielt sich so eine trauernde Tochter? War da vielleicht nicht doch ein wenig nachgeholfen worden, mit einem Kissen vielleicht, das ergab so gut wie keine Spuren, aber nein, schalt er sich, Horst Lettner war alt und krank gewesen, der war ganz von allein gestorben, auch ohne Veras Zutun. Doch sein Verdacht quälte ihn, warum habe ich damals nicht genauer hingeschaut, warum hat sie keine Hilfe geholt, mein Gott, womöglich hat sie doch ... Zumindest zugesehen hatte sie, eiskalt dabeigestanden, da war er sich jetzt fast sicher. Doch anders als alle anderen sprach Dr. Arnheim tatsächlich mit keinem Menschen darüber, schweigend trug er seine Schuld mit sich herum, und schweigend senkte er den Kopf, sobald in seiner Gegenwart die Rede auf Vera Lettner kam.

Und das geschah häufig. Man flüsterte und tuschelte, allen voran Frau Kirsdorf aus der Vicelinstraße und Nicole Grönwohld. Auch Kurt Behnke trug seinen Teil dazu bei, langsam und bedächtig, als wöge er alle Argumente sorgfältig ab, gab er weiter, was Horst Lettner ihm kurz vor seinem Tod anvertraut hatte: dass man ja nie genau erfahren habe, woran der kleine Thorsten Lettner damals eigentlich gestorben sei, und wenn schon der Vater so einen schrecklichen Verdacht hegte, gegen das eigene Fleisch und Blut ... Auch diese Worte machten die Runde, vom Mühlencafé durch den Sportverein über den Stammtisch bis zur Villa von Klaus Thomsen. In diesem Haus galt Vera Lettner selbstverständlich ebenfalls als die Schuldige. Babette war empört und angewidert, selbst die Kinder Ann-Kathrin und Paula bekamen mit, dass diese Frau böse war, weil sie das Büro von ihrem Papa angezündet hatte, und das erzählten sie in der Schule und im Kindergarten, sodass es auch jene Familien erfuhren, die Vera Lettner noch nie gesehen und nichts mit ihr zu tun hatten.

Vera war es gewohnt, dass man ihr auf der Straße hinterher sah, dass Gespräche in ihrer Gegenwart zum Erliegen kamen, als würden sie erfrieren, doch das hatte sie noch nie gestört, denn sie war stets davon ausgegangen, dass andere Menschen sie achteten und respektierten. Als sie jetzt zögernd Mantel und Schuhe anzog, die große Einkaufstasche aus dem Schrank nahm und die Handschuhe aus der Schublade, begriff sie nicht, wovor sie sich fürchtete. Ja, sie verstand nicht einmal, dass sie überhaupt Angst empfand, denn Angst war eine Schwäche, die sie nie bei sich dulden würde. Sie fühlte sich schwach und erschöpft, nach der Krankheit und dem tagelangen Fasten, und daran hielt sie sich fest, als sie sich langsam auf den Weg zum Supermarkt am alten Markt machte: dass es eine einfache Erklärung für ihr Zittern und das Schwindelgefühl gab. Der Weg führte sie durch den Stadtpark und durch die Fußgängerzone. Den Blick hielt sie gesenkt, um nicht zu stolpern, nicht über Unebenheiten im Boden, und auch nicht über neugierige und gierige Blicke der Passanten. Der eine oder andere erkannte sie, stieß seinen Begleiter an, deutete mit dem Kopf in ihre Richtung, guck mal, ist das nicht? Vera sah nichts, aber sie spürte das Misstrauen und die Ablehnung, die ihr entgegenschlugen und gegen die unsichtbare, undurchdringliche Hülle stießen, die sie zu umgeben schien; die sie von den anderen trennte, aber zugleich auch Schutz bot, solange niemand sie direkt ansprach. Im Supermarkt huschte sie eilig durch die Gänge, packte die Sachen, die auf ihrem Einkaufszettel standen, in den Wagen, obwohl sie ahnte, dass sie das Brot und den Käse nicht herunterbringen würde, doch was sollten die andern denken, wenn sie nur Zwieback und Kamillentee kaufte, nein, sie musste zumindest den Schein wahren, durfte sich keine Blöße geben, und so kaufte sie, was sie immer kaufte, legte die Waren auf Band und drückte der Kassiererin einen Geldschein in die Hand, ohne sie anzuschauen. Anschließend warf sie sogar einen Blick auf den Kassenbon, wie sie es immer tat, doch die Zahlen verschwammen vor ihren Augen. Sie konnte die Abrechnung nicht überprüfen, was ärgerlich war, denn wenn sie zu Hause einen Fehler feststellte, müsste sie den ganzen weiten Weg noch einmal machen, und dabei war sie jetzt schon durchgeschwitzt. Das Unterhemd klebt ihr am Leib, ihr schwindelte und sie schwankte leicht, sodass sie sich noch im Geschäft an der Wand abstützen musste. Und da geschah es. Jemand sprach sie an.

«Ist Ihnen nicht gut? Brauchen Sie Hilfe?» Die Frau vor ihr war jung, und sie lächelte freundlich, doch natürlich wusste Vera sofort, dass das nur eine Finte war, hereinlegen wollte man sie, sie war schließlich nicht dumm, und da brauchte sie nur einen Blick auf die gefärbten Strähnen zu werfen, leuchtend grün, also wirklich, und die Augen waren geschminkt wie bei einer ... Nein so etwas aber auch, und so eine ließ man hier arbeiten. Vera riss sich zusammen, straffte die Schultern, die Lippen wurden schmal.

«Nein danke, ich komme sehr gut allein zurecht.» Unfreundlich klang sie, abweisend und unwirsch. Endlich hatte es ihre geliebte Empörung an die Oberfläche geschafft, und mit leiser Verachtung musterte Vera die Frau vor sich. Hocherhobenen Hauptes und den Blick starr geradeaus gerichtet verließ sie das Geschäft und stapfte durch die Straßen, ignorierte Schwindelgefühl und Schweißausbrüche. Im Laden sprach man noch eine ganze Weile über die Frau, das sei doch die Lettner gewesen, die in der Spedition das Feuer gelegt hatte, mein Gott, diese Unhöflichkeit, das grenzte ja schon an Boshaftigkeit. Die war bestimmt schuldig, klar war sie das, so wie sie sich benahm, und schon wurde den Gerüchten, die wie Nebelschwaden durch die Straßen der kleinen Stadt zogen, ein weiteres hinzugefügt.

Für Vera selbst war die Begegnung mit der jungen Verkäuferin ein Strohhalm der Normalität, an den sie sich klammerte, denn so ein Verhalten war sie gewohnt: falsche Freundlichkeit, die sich in Windeseile in Garstigkeit verwandelte, sobald sie ihr einen Riegel vorschob.

Ein paar Stunden hielt ihre gelöste Stimmung an, sie trank einen Tee und aß etwas Zwieback, den sie sogar bei sich behielt, doch am frühen Nachmittag, als sie die Wäsche zusammenlegte, dachte sie unvermittelt an Herrn Thomsen, der jetzt womöglich auf sie wartete. Immerhin hatte sie doch versprochen, bei ihm für Ordnung zu sorgen, und jetzt musste er in seinem Dreck sitzen, ohne ihre Hilfe. Doch wie jedes Mal in den letzten Tagen, wenn sie an ihren alten Arbeitgeber dachte, spürte sie, wie ihr die Hitze in die Wangen stieg, und sie musste die Augen schließen. Schließlich war es seine Spedition, die gebrannt hatte, und sie, Vera, hielt man für die Täterin, was natürlich eine Unverschämtheit war, aber woher sollte Alfred Thomsen das wissen? Er war doch ebenso gesetzestreu wie sie, das wusste Vera genau, und wenn die Polizei jemanden festnahm, dann hatte der auch etwas verbrochen, jawohl, so gut kannte sie den alten Spediteur, dass sie sogar dieses Jawohl zu hören meinte, mit dem er sie verurteilte, verurteilen musste, natürlich, schließlich hatte die Polizei sie verhaftet, und die Polizei wusste doch, was sie tat, die vergriffen sich doch nicht an Unschuldigen.

Verwirrt musste Vera sich setzen. Hatte sie etwas falsch gemacht, ohne es zu wissen? So wie damals bei dem kleinen

Thorsten, der eines Morgens tot im Bett gelegen hatte, einfach so? Vera wusste nicht, warum ihr ausgerechnet jetzt der Bruder einfiel, wo sie doch schon seit Jahren nicht mehr an ihn gedacht hatte. Er war krank gewesen, daran erinnerte sie sich noch gut, und sie hatte ihm Tee und Zwieback ans Bett gebracht. Am Abend hatte Thorsten noch rumgealbert, so krank war er wohl schon gar nicht mehr, wenn auch schwach und müde, aber rumkaspern, das konnte er immer, der Kleine. Zuerst hatte er Grimassen geschnitten, dann den Zwieback in den Tee getunkt und kleine Kügelchen daraus geformt, mit denen er sie beworfen hatte. Lachend hatte sie sich geduckt und die Teigbröckchen zurückgeworfen, hatte die Lippen, die schon damals schmal gewesen waren, geschürzt und den kleinen Jungen geküsst und gedrückt. Es hatte ihr nichts ausgemacht, dass die Eltern Thorsten mehr liebten als sie, schon immer, denn sie liebte ihn ja auch. Sie, die Achtjährige, hatte ihm noch eine Geschichte vorgelesen, stockend und holpernd, doch ihm gefiel es, er hörte ihr gerne zu und war rasch eingeschlafen. Am nächsten Morgen war es ungewöhnlich still im Etagenbett unter ihr, kein leises Atmen, kein sanftes Schnarchen oder verhaltenes Geplapper, das sie üblicherweise morgens weckte, und auch der Geruch war anders gewesen, der weiche Duft nach Kind, diese Mischung aus Unschuld und Staunen, fehlte. Doch erst als die Mutter ins Zimmer trat und gleich darauf zu rufen begann, Thorsten, Thorsten, begriff Vera, dass etwas geschehen war, etwas Furchtbares, und die Blicke der Eltern bestätigten ihr das. Nie hätte sie gedacht, dass er einfach so sterben könnte. Langsam war sie aus dem oberen Bett geklettert und hatte zugesehen, wie erst die Eltern und später der Arzt den Jungen schüttelten, ihn aus dem Bett rissen und ihm übers Haar strichen. Wie benommen ließ sie sich hin und her stoßen, die Lippen zusammengepresst. Vielleicht hatte die Mutter ja Recht, die ihr Jahre später einmal an den Kopf warf, sie sei Schuld, dass Thorsten damals gestorben sei; womöglich hatte sie wirklich etwas falsch gemacht, sie war doch die Große gewesen, die auf den Kleinen aufpassen musste, und wer weiß, womöglich war es nicht richtig gewesen, dass sie mit ihm herumgealbert und sich von seinem Lachen hatte anstecken lassen, damals, am Abend vor seinem Tod. Seitdem achtete Vera darauf, stets alles richtig zu machen, nie wieder sollte ihr ein Fehler unterlaufen. Deshalb hatte sie auch Ja gesagt, als Christian fragte, ob sie ihn heiraten wollte. Natürlich hatte sie Christian nicht geliebt, woher denn, so einen Dahergelaufenen, immer hatte er nach Holz und Leim gestunken, und dann seine Berührungen und Küsse, pfui Teufel, Vera schüttelte sich, wenn sie allein daran dachte. Trotzdem hatte sie ihn geheiratet, denn das war das Richtige: damit es mit der Tischlerei weiterging. Schließlich war es ja womöglich ihre Schuld gewesen, dass Thorsten gestorben war, so wie die Mutter sie ansah, und auch der Vater manchmal, da blieb es ja gar nicht aus, dass man auf diesen Gedanken kam, auch ohne, dass die Eltern ein Wort sagen mussten.

Aber seitdem hatte sie doch immer alles richtig gemacht, immer! Sie war Christian eine gute Frau gewesen, hatte die Wohnung in Ordnung gehalten, hatte für ihn gekocht und darauf geachtet, dass seine Kleidung sauber und heil war. Selbstverständlich hatte sie sich nie für einen anderen Mann interessiert, wie käme sie dazu, wo doch das Zusammensein mit ihrem eigenen schon fast zuviel für sie war. Unerwartet überkam sie die Erinnerung – warum jetzt? – an jene Nächte, in denen Christian sich zu ihr gelegt und sie ihn hatte gewähren lassen, schließlich war es ihre Pflicht, auch wenn sein Alkoholatem und der Schweißgeruch sie abstießen, und vor allem dieser typische unverwechselbare Gestank, nach Tier, wild und ungezähmt, erschreckend und unsagbar schmutzig. Manchmal hatte sie sich die Nase zugehalten, oder zumindest nur ganz flach durch den Mund geatmet, weil sie Angst hatte, sich irgendwie zu vergiften, mit diesem Geruch nach ... nach ... Nie hatte Vera dieses Wort über die Lippen gebracht: Sex. Nicht einmal denken konnte sie dieses Wort, ohne dass es ihr die Kehle einschnürte. Aber falsch gemacht hatte sie nichts, nicht Vera Lettner, sie hatte sich strikt an die Regeln gehalten, hatte ihre eheliche Pflicht erfüllt, da konnte man ihr doch keinen Strick daraus drehen!

13

Natürlich gab es in der kleinen Stadt auch Stimmen, die darauf hinwiesen, dass Klaus Thomsen ja durchaus ebenfalls zu den Verdächtigen gezählt werden könnte, schließlich würde er am Ende von der ganzen Sache profitieren. Der eine oder andere wollte gehört haben, dass er sich für das Grundstück vom alten Paulsen interessierte, Genaues wusste man zwar nicht, aber es genügte, um den Gerüchten Nahrung zu geben. Gleichwohl konnte an den Stammtischen und beim gemeinsamen Walken niemand zufriedenstellend die Frage klären, wie er es denn geschafft haben sollte, das Feuer zu legen, denn schließlich hatte er ein Alibi, wie es besser nicht sein konnte, und das ließ sich nicht wegdiskutieren, von niemandem. Doch es gab ohnehin nicht viele kritische Stimmen, und diese hatten nicht viel Gewicht in der Stadt. Schließlich war Klaus Thomsen wie schon sein Vater ein angesehenes Mitglied der örtlichen Kaufmannschaft, er war hier aufgewachsen und zur Schule gegangen, und darüber hinaus war er sympathisch, den meisten zumindest, was man von Vera Lettner wahrlich nicht behaupten konnte.

Maike Rogalla hatte ihm bereits Samstagabend ein paar Fragen gestellt, und dann noch einmal am Sonntag, als sie sich am Nachmittag bei der Spedition getroffen hatten, wo eine Spezialfirma gerade alles aus den halbzerstörten Büroräumen holte, was noch halbwegs heil geblieben war. Sie wusste von dem Adventsessen bei Klaus und Babette, und natürlich kannte sie auch Markus Hansen und dessen Frau, die sie ebenfalls befragt hatte.

Jetzt saß Klaus einigermaßen bedrückt in dem kleinen Büro

vor ihr auf demselben Stuhl, auf dem auch schon Vera Lettner gesessen hatte. Maike musste an die Zeit denken, als sie zusammen gewesen waren. Schüchtern und anhänglich war er gewesen, doch als er nach Hamburg ging, um BWL zu studieren, hatte er sich von ihr getrennt. Aus Zeitgründen, wie er vorgab, doch sie vermutete, dass er dem Drängen seines Vaters nachgegeben hatte. Das hatte sie ihm damals jedenfalls vorgeworfen: Kriecherei und Duckmäusertum; hatte ihn angeschrien und verhöhnt und geheult, aber es hatte nichts geholfen. Vor fünf Jahren war Klaus dann zurückgekommen, mit seiner schicken Frau und zwei Kindern, aber Maike sah ihn nur selten, und immer nur zufällig, wie man sich in der kleinen Stadt eben immer mal wieder über den Weg lief. Doch seit der Trennung und den Streitereien war inzwischen so viel Zeit vergangen, dass es keinem von ihnen noch peinlich war.

Sie nahm ihren Becher und blies vorsichtig auf den dampfenden Kaffee, der gar nicht mal so übel schmeckte. Klaus hatte ebenfalls einen Becher vor sich. Jetzt blickte er auf und lächelte sie an, als säßen sie in einem Café, in der Altstadt vielleicht oder irgendwo im Süden, draußen in der Sonne. Maike wandte den Blick ab und überflog die Akte, die vor ihr lag.

«Die Gebäude waren natürlich versichert?», leitete sie die Zeugenbefragung ein, nachdem sie dem Mikrofon auf dem Tisch das Aktenzeichen, das Datum und Klaus' Namen genannt hatte.

«Ja, klar.»

«Wie hoch?»

Klaus Thomsen nannte eine Summe, die weder zu hoch, noch zu niedrig erschien und lächelte milde, natürlich, diese Frage musste ja kommen, dafür hatte er vollstes Verständnis.

«Wann wurde die Versicherung abgeschlossen?»

«Schon vor Urzeiten, als mein Vater das Gebäude gekauft hat.»

Maike Rogalla schwieg, dachte kurz nach, sah vor sich eine

Auswahl möglicher Wege und fragte schließlich: «Wem gehört eigentlich die Spedition? Dir oder deinem Vater?»

Klaus errötete. Jetzt also kam es heraus, dass er eigentlich nicht mehr war als ein kleiner Angestellter. Der Vater hatte es so gewollt, und damals nach dem Schlaganfall musste es schnell gehen, also hatte er sich darauf eingelassen. In der Stadt, und auch vor seinen Angestellten, war er natürlich der neue Chef, man ging davon aus, dass ihm die Spedition gehörte, wie es so üblich ist, wenn die Alten Platz machen für die Jungen. Aber im Grunde war das eine Täuschung, und ausgerechnet hier, auf der Polizeiwache, vor dem Gesetz und vor Maike, musste er zugeben, dass er, wenn nicht gerade gelogen, so doch die anderen in ihrem Irrglauben gelassen hatte.

«Ich bin nur der Geschäftsführer. Der Laden gehört immer noch meinem Vater, aber ich habe natürlich weitreichende Befugnisse.»

«Wie weitreichend?»

Klaus lehnte sich zurück und schlug die Beine übereinander. Eine Wolke seines Rasierwassers wehte zu Maike herüber, herb und kräftig. Er sei in seinen Entscheidungen vollkommen frei, könne tun und lassen, was er wolle. «Außer, das Geschäft zu verkaufen natürlich», fügte er lachend hinzu, als sei diese Idee geradezu absurd. Maike spürte das Ausweichen und die Nervosität hinter dem Lachen, das doch so selbstbewusst klang, es aber nicht war.

«Wie kam es denn eigentlich letzten Sommer zur Entlassung von Frau Lettner?», fragte sie nach einer Pause. Klaus seufzte.

«Ach, die Lettner. Sie hat einen LKW-Fahrer so auf die Palme gebracht, dass der sich mit seinem Wagen auf dem Hof buchstäblich quer gestellt hat und niemand mehr ins Büro kam.» Klaus erzählte von Veras Marotte, mitten in der Nacht die Fahrer aus dem Schlaf zu reißen. Ein paar Monate vor ihrer Entlassung hatte sie deswegen schon eine Abmahnung bekommen, die auch in ihrer Personalakte vermerkt worden sei, aber geändert habe sie sich nicht, kein Stück, die sei ja so verknöchert und starr, die zerbreche eher, als dass die sich mal ändere. «Außerdem hatten in der letzten Zeit ihre Leistungen stark nachgelassen. Sie kam mit einem neuen Computerprogramm nicht zurecht und hat immer weniger geschafft. Vermutlich hätte ich sie über kurz oder lang ohnehin entlassen müssen.»

Maike Rogalla nickte und nahm einen Schluck Kaffee. «Wie kamst du denn persönlich mit ihr aus?», fragte sie, obwohl sie sich vorstellen konnte, wie die Antwort lautete, schließlich kannte sie Klaus. Und Vera.

«Gar nicht.»

«Ein bisschen genauer bitte.»

«Ich fand sie unsympathisch, einfach nur widerwärtig. Manchmal wurde mir fast übel, wenn ich daran dachte, dass ich diese Frau jeden Tag ertragen muss, womöglich noch jahrelang.» Er sah sie treuherzig an. «Dieser verkniffene Mund. Diese Selbstgerechtigkeit. Dazu war sie völlig humorlos, und steif bis zur Unhöflichkeit – du kennst sie ja. Und wie sie die Fahrer behandelt hat! Als seien das Bittsteller, denen sie gnädigerweise die ausgefüllten Formulare in die Hand drückt. Mit mir ist sie ähnlich arrogant umgesprungen, als ich nach dem Abi ein Praktikum im Betrieb machte, und später, als ich den Laden übernommen habe, probierte sie es zunächst auch, aber da konnte sie mir fachlich natürlich nichts mehr erzählen.» Klaus machte eine ausholende Geste, als könne so eine wie Vera ihm, dem Mann von Welt, nie und nimmer das Wasser reichen.

«Dann warst du ja vermutlich ganz froh, als du sie endlich los warst.»

«Darauf kannst du wetten.»

«Und sie hat nicht versucht, gegen die Entlassung vorzugehen?»

«Nein. Sie hat sich ja noch nicht einmal arbeitslos gemeldet.»

«Ach so?» Wovon lebt die denn jetzt, fragte Maike sich flüchtig und fuhr dann fort: «Wie hat sie eigentlich auf die Kündigung reagiert?»

Klaus dachte kurz nach, rief sich jenen Morgen im Sommer ins Gedächtnis. Kündigung, dachte er kurz, wie zahm sich das anhört, rausgeflogen ist die, aber im hohen Bogen. «Sie hat geschwiegen», antwortete er schließlich. «Hat den Mund zusammengekniffen und keinen Ton gesagt.» Dann dachte er noch einmal kurz nach und fügte hinzu: «Aber sie war ziemlich wütend, dass konnte man sehen.»

Darauf sagte Maike nichts. Sie blätterte eine Weile in ihren Unterlagen, dann schaute sie auf und sagte: «Ich habe inzwischen einen vorläufigen Bericht von der Spurensicherung. Das Feuer ist tatsächlich in der Werkstatt ausgebrochen, und es war auch wirklich Brandstiftung, auch wenn die Kollegen noch nicht genau herausgefunden haben, wie es bewerkstelligt wurde, aber das kommt schon noch.» Sie sah Klaus bei diesen Worten aufmerksam an, doch dieser nippte gerade an seinem Kaffee und hatte die Augen halb geschlossen. «Die Tür zur Werkstatt war ja offen. Warum?»

Klaus zuckte die Schultern. «Ich habe irgendwann mal das Vorhängeschloss verlegt, und da die Werkstatt inzwischen so gut wie leer stand und nicht mehr gebraucht wurde, habe ich nicht mehr daran gedacht, ein neues zu besorgen.»

«Weißt du noch, wann das war?»

Klaus dachte nach, wog ab. «Im Sommer vielleicht, möglicherweise war auch schon Herbst.»

«Aber es war dieses Jahr?»

Klaus dachte nach, eine leichte Unruhe erfasste ihn, doch schließlich antwortete er: «Ich glaube schon, aber ich kann es nicht sicher sagen, da ich die Werkstatt so selten betrete.»

«Was wolltest du denn da, als du das letzte Mal da warst?»

«Ich wollte mir den Raum mal anschauen, ob sich dort eventuell Akten lagern lassen. Im Büro wurde es langsam eng.»

«Und bei der Gelegenheit hast du das Schloss verloren?»

«Ja.»

«Hm.» Maike Rogalla klang skeptisch, und Klaus Thomsen beeilte sich zu erklären, dass er das Schloss vermutlich in der Hand gehalten und damit herumgespielt hatte, dann war er vielleicht am Telefon verlangt worden, er habe das Schloss irgendwo hingelegt und dann vergessen, er wusste wirklich nicht, wo dieses blöde Schloss abgeblieben sei. Maike ließ sich vom leicht jämmerlichen Klang der Stimme, hinter dem sich eine gewisse Aggressivität verbarg, erweichen, wenn auch nur zum Schein, und wechselte das Thema.

«Seit wann wird denn die Spedition eigentlich per Video überwacht?»

«Schon ewig. Mein Vater hat damit angefangen. Falls mal was passiert. Aber genützt hat es jetzt ja auch nichts, die Lettner hat sich davon ja nicht abschrecken lassen.»

Sie überging diese Bemerkung und sagte: «Aber die Kameras sind ja so eingestellt, dass gar nicht das ganze Gebäude erfasst wird. Die Tür zur Werkstatt zum Beispiel liegt im toten Winkel.»

Klaus lachte bitter auf. «Bisher dachte ich ja auch, dort könnte niemand großes Unheil anrichten, außer ein paar alte Blechteile oder Putzlumpen zu klauen. Der Raum steht schon lange leer, seit wir nur noch zwei eigene Wagen haben.»

«Aber früher lag die Tür nicht im toten Winkel?»

«Weiß ich nicht, da musst du meinen Vater fragen, ich habe an der Anlage nie was verstellt.»

«Die Aufnahme erfolgt auf einen Festplattenrekorder, sehe ich das richtig?»

«Ja.»

«Was für eine Aufnahmekapazität hatte der?»

«Je nach Bildauflösung zwischen 24 und 72 Stunden.»

«Und der zeichnet ständig auf?»

«Ja.»

«Hm.» Wieder ein skeptischer Blick, Maike Rogalla warf

einen Blick in ihre Unterlagen, und sagte: «Am Samstag fehlen am Nachmittag gegen sechzehn Uhr aber fast zwanzig Minuten. Hast du eine Erklärung dafür?»

«Da habe ich den Rekorder umprogrammiert. Normalerweise zeichnet er in der besten Bildauflösung auf, aber dann sind das nur 24 Stunden. Für das Wochenende schalte ich immer um auf die niedrigere Auflösung, dann zeichnet das Gerät 72 Stunden auf. Am Samstag hat es etwas länger gedauert, weil ich noch einen Anruf bekam.»

«Von wem?»

«Von einem Fahrer. Die Lieferadresse auf den Frachtpapieren war falsch, ich musste sie im Computer raussuchen.»

«Wie lautet der Name des Fahrers? Ich muss die Angaben überprüfen.»

«Das war ... verdammt, jetzt fällt mir der Name nicht ein. Ein Subunternehmer, der nur hin und wieder ein paar Aufträge von mir bekommt. Den Namen müsste ich dir raussuchen.»

«Ich bitte darum.» Maike machte sich eine Notiz und fuhr dann fort: «Warum warst du am Samstag eigentlich im Büro?»

Achselzucken. «Weihnachtszeit. Da ist im Speditionsgewerbe die Hölle los.»

«Warst du alleine, oder kamen deine Angestellten auch?»

«Frau Grönwohld und Frau Kessler waren ebenfalls von acht bis zwei da.»

«Wer arbeitet eigentlich sonst noch in der Spedition?»

«Es gibt dann noch Herrn Rollmann und Herr Braake. Die Fahrer stehen kurz vor der Rente, die kann ich einfach nicht rausschmeißen, und Frau Lemke, die macht vier Mal in der Woche sauber.»

Maike staunte, mehr waren es nicht, die die Spedition am Laufen hielten? Sie erinnerte sich, dass es früher viel mehr gewesen waren, mindestens acht LKW hatte der alte Thomsen gehabt. Subunternehmer, erklärte Klaus. Die Männer bekamen einen eigenen LKW, natürlich mit dem Firmenlogo der Spedition, den sie jahrelang abstotterten. Mehr als zwanzig waren es inzwischen, dazu heuerte er manchmal noch Fahrer an, die auf eigenen Rechnung fuhren, für ihn und für andere Speditionen. So machen es heute alle, und dass er Rollmann und Braake das nicht zugemutet hatte, liege nur daran, dass er die beiden schon ewig kannte.

Maike nickte nur schweigend, dann nahm sie den Faden wieder auf. «Am Samstag warst du also zwischen zwei und vier Uhr alleine. Was passierte nach dem Anruf des Fahrers?»

«Ich habe den Rekorder zu Ende programmiert, anschließend habe ich das Büro abgeschlossen und bin nach Hause gefahren.»

«Wann bist du da angekommen?»

«Gegen halb fünf.»

«Und für den Abend hattet ihr Markus und seine Frau eingeladen?»

«Ja. Um acht gab es Essen.»

Sie nickte noch einmal, als würde sie Klaus alles ohne Weiteres glauben. Sie machte sich noch ein paar Notizen, nichts Wichtiges, sondern allein dazu gedacht, Klaus Thomsen zu verunsichern, dann erhob sie sich halb von ihrem Stuhl und sagte, das wäre es dann für heute, doch dann fiel ihr noch etwas ein. «Ach Klaus, eine Frage noch. Stimmt es eigentlich, dass du das Grundstück kaufen willst, das jetzt noch an den Verein von Christian Mersfeld verpachtet ist, du weißt schon, Neustart e.V.?»

Klaus, der sich schon gefreut hatte, dass sie fertig waren, schien ein paar Millimeter zu schrumpfen und sagte vorsichtig: «Ich überlege, ob ich es kaufe, ja.»

«Ich habe gehört, dass du die Verhandlungen schon geführt hast, dein Vater aber bisher die Unterschrift verweigert.»

Still vor sich hinfluchend überlegte Klaus, wer da wohl geplaudert haben könnte, der alte Paulsen vielleicht oder möglicherweise der Alte selbst, aber früher oder später hätte Maike es wohl ohnehin herausbekommen. In der kleinen Stadt ließ sich nichts lange verbergen.

«Das stimmt.»

«Warum willst du denn das Grundstück haben?»

Klaus erklärte es ihr, wie er es seinem Vater oft genug dargelegt hatte: Das Grundstück an der Hamburger Chaussee liege tausend Mal günstiger als das jetzige Gelände im abgeschiedenen Gewerbegebiet, und das alte Gebäude sei ohnehin nicht mehr zeitgemäß gewesen. «Aber Vater begreift es einfach nicht, er klammert sich verbissen ans Alte. Du kennst ihn ja.»

Oh ja, sie kannte den alten Thomsen und wusste, was für ein Sturkopf der sein konnte. Wenn der nicht wollte, dann wollte der nicht. Einmal, als die ganze Jugend-Fußballmannschaft in den Ferien zwei Wochen in ein Trainingslager fuhr, durfte Klaus als Einziger nicht mit, da half kein Betteln und kein Jammern, auch der Trainer konnte nichts ausrichten, nicht einmal der Rechtsanwalt Tietgen, dessen Sohn ebenfalls mitfuhr. Klaus hatte zu Hause zu bleiben, und damit basta. Irgendeinen Unsinn hatte er angestellt, mit dem Fußball eine Scheibe zerschlagen oder Ähnliches, und da blieb der Alte hart: Strafe muss sein.

Jetzt aber saß Maike Rogalla hier nicht als alte Freundin, oder zumindest nicht nur, die den anderen wegen des strengen Vaters bemitleidete, heute war sie auch Polizistin, ermittelnde Beamtin, die herausfinden musste, warum es in der Spedition gebrannt hatte, denn das war schließlich ein Verbrechen, auch wenn letztendlich vielleicht niemand zu Schaden kommen würde außer einem großen Versicherungskonzern. Trotzdem, das konnte man nicht durchgehen lassen, irgendwo gab es Grenzen und Gesetze, an die mussten sich alle halten, auch sie selbst, auch Klaus Thomsen.

«Hat er denn durch den Brand seine Meinung geändert? Ich meine, neu bauen müsst ihr jetzt ja sowieso.»

«Nein, er ist so stur wie eh und je.»

Klaus hatte wohl recht: Der Vater klammert sich ans Alte, auch wenn dieses Alte in Schutt und Asche lag. Maike Rogalla nahm noch einen Schluck Kaffee, der inzwischen kalt war, und verzog angewidert das Gesicht.

«Kennst du eigentlich Christian Mersfeld?»

«Ja, flüchtig.»

«Woher?»

«Über unsere Kinder.»

«Ich habe gehört, ihr lauft zusammen?»

Kurzes Zögern. «Ja, ab und zu.»

«Wusste er, dass du an dem Grundstück in der Hamburger Straße interessiert bist?»

Verblüfft schaute Klaus sie an, und da war noch etwas in seinem Blick, wenn auch nur kurz, doch Maike erkannte es trotzdem, diese Mischung aus Wachsamkeit und Schuldgefühlen und Angst, doch dann sagte er leichthin: «Ich werde wohl mal mit ihm darüber geredet haben.»

«Wann war das?»

«Das weiß ich nicht mehr.»

«Bevor oder nachdem du erfahren hast, dass der Verein aufgelöst wird?»

«Danach.» Die Antwort kam schnell, viel zu schnell, doch Maike sagte nichts und machte sich nur wieder ein paar Notizen, ohne Klaus zu verraten, was sie vom alten Paulsen wusste. Kaum hatte dieser nämlich die Kündigung des Vereins bekommen, da stand auch schon Klaus Thomsen bei ihm auf dem Hof und fragte, ob er das Gelände eventuell verkaufen würde, er habe da so was gehört, dass der Verein vielleicht aufgelöst wurde. «Und dabei hat es erst am nächsten Tag im Anzeiger gestanden, das weiß ich genau, weil danach nämlich gleich fünf Leute angefragt haben, und in der Woche darauf noch mal drei. Aber der Klaus war der Erste, das ist man so sicher wie das Amen in der Kirche!», hatte der alte Bauer gesagt und dabei mit der Pfeife auf den Tisch gepocht.

Schließlich war Klaus entlassen, und Maike legte ihm beim Abschied leicht die Hand auf den Arm, während sie ihn zur Tür des Büros begleitete. Sie bat ihn, in der nächsten Zeit die Stadt möglichst nicht zu verlassen, du weißt schon, falls wir noch Fragen haben. Klaus schien froh zu sein, dass er endlich weg konnte, aber das nahm Maike nicht allzu ernst, das war sie schließlich gewohnt. Die meisten Menschen fühlten sich unbehaglich, wenn sie mit der Polizei zu tun hatten, irgendwo hatte doch jeder Dreck am Strecken, sei es die rote Ampel letzte Woche oder die Trickserei bei der Steuererklärung vor vier Jahren, und sobald sie vor ihr saßen, fiel ihnen alles wieder ein, jede kleine Sünde ihres Lebens, als hockten sie im Beichtstuhl, und fragten sich, wie viel sie, die Vertreterin des Gesetzes, womöglich gar die lange Hand irgendeines Gottes, wohl davon wusste.

Nur Vera Lettner schien kein schlechtes Gewissen gehabt zu haben, erinnerte Maike sich jetzt. Empört war sie gewesen, und später verunsichert, aber diese Angst, dass man ihr auf die Schliche gekommen sein könnte, nein, die hatte sie nicht gezeigt. So etwas kannte Maike sonst nur von den ganz Harten, von den Unverbesserlichen, für die das Gesetz nicht mehr war als ein Fetzen Papier und von denen es in der kleinen Stadt gottlob nicht allzu viele gab. So abgebrüht war die Lettner doch nie und nimmer, dachte die Beamtin, doch dann hörte sie Sandras Stimme, wie sie von der erhobenen Hand und diesem Blick voller Hass sprach. Konnte es sein, dass Vera Lettner sich einfach keiner Schuld bewusst war, egal, was sie tat? Auch ihr war das Gerücht zu Ohren gekommen, dass der Tod ihres Bruders, damals vor fast vierzig Jahren, nie ganz geklärt werden konnte. Doch Maike Rogalla glaubte nicht, dass Vera etwas damit zu tun hatte, nein, das ging dann doch zu weit. Wenn aber doch? Wenn sie die ganzen Jahre mit dieser Schuld gelebt hatte, ohne daran zugrunde gegangen zu sein, musste sie da nicht ganz und gar hart geworden sein, und starr, sodass nichts mehr sie berührte? Die Polizistin grauste es, was nicht häufig geschah, doch diese Frau schaffte es, dass sie sich schüttelte, als habe sie unvermittelt ein eiskalter Lufthauch gestreift.

Doch so sehr sie Vera auch für böse und zu allem fähig halten mochte, mit dem Brand hatte sie wohl wirklich nichts zu tun. Maike konnte nicht die Augen davor verschließen, dass Klaus Thomsen nicht nur ein weit besseres Motiv hatte, sondern sich auch in dem einen oder anderen Punkt höchst verdächtig gemacht hatte. Da war zum Beispiel die Geschichte mit dem verlegten Schloss. Mag sein, dass er die Wahrheit gesagt hatte, aber genauso gut konnte er auch gelogen haben. Dann diese zwanzig Minuten, in denen die Videokameras am Samstag nichts aufgenommen hatten, und der Anruf des Fahrers. Bislang hatte sie allein Klaus' Aussage, aber zum Glück ließ sich das ja überprüfen, da konnten die Datenschützer jammern, so viel sie wollten, für die Polizeiarbeit war die neue Technik einfach Gold wert. Wenn Klaus Thomsen am Samstagabend angerufen worden war, dann würde sie es bald wissen.

Am Freitag vor dem zweiten Advent war Vera körperlich beinahe wieder hergestellt. Sie hatte noch einen leichten Husten und Kopfschmerzen und fühlte sich ein wenig schwach, doch seit Donnerstagabend aß sie wieder, wenn auch nur kleine Mengen, aber immerhin. Nach dem Frühstück fuhr sie mit dem Wohnungsputz fort. Aufgrund der Krankheit war sie noch längst nicht damit fertig, alle Schränke auszuräumen und auszuwischen, in die die Beamten ihre dreckigen Finger gesteckt hatten. Sie wusch ihre gesamte Kleidung, die Waschmaschine war ständig in Betrieb und der Trockenkeller voll mit Veras Wäsche. Die Arbeit ging ihr nur schwer von der Hand, überhaupt hatte sie in den letzten Tagen nicht viel geschafft, was sie sich nicht verzieh. Viel zu oft hatte sie erschöpft auf dem Sofa gesessen, oder in der Küche, und gegrübelt. Immer wieder kreisten ihre Gedanken um den Punkt, wie es sein könnte, dass die Polizei sie verhört und eingesperrt hatte, obwohl sie doch unschuldig war. Das passte für Vera nicht zusammen. Dass sie unschuldig war, dessen war sie sich sicher, selbst in den Momenten, in denen das Fieber für einen Moment zurückzukehren schien. Aber, und das war die Frage, die sie vor allem quälte, was würden die anderen jetzt von ihr denken?

Etwa zur Mittagszeit ging sie zum Briefkasten, und dort traf sie auch Frau Keller, die gerade vom Einkaufen wiederkam, mit Brot, Milch und den neuesten Gerüchten über Vera Lettner. Inzwischen hieß es, sie sei dabei gesehen worden, wie sie einen brennenden Lumpen in die Werkstatt geworfen habe. Niemand fragte laut, wer denn dieser Zeuge, der natürlich nicht existierte, sei, doch so war es nun einmal mit Gerüchten: Sie machten sich selbständig, wuchsen zu ungeahnter Größe heran und kreisten drohend wie Geier über der kleinen Stadt. Wann immer sich die Gelegenheit bot, bemühte Frau Keller sich, diesem Unsinn Einhalt zu gebieten, denn sie besaß genügend gesunden Menschenverstand, um sich davon nicht vollkommen vereinnahmen zu lassen. Als sie allerdings der Frau gegenüberstand, die man in der kleinen Stadt für eine Brandstifterin hielt – und wer weiß schon, was damals wirklich mit dem kleinen Thorsten geschehen war, neulich hatte sogar jemand den Tod von Horst Lettner zur Sprache gebracht –, da erschrak sie im ersten Moment, was Vera gottlob nicht bemerkte, da diese ebenfalls innerlich zusammenzuckte.

«Guten Tag», sagte die alte Dame freundlich und verhalten. Misstrauen war es noch nicht, Vorsicht sehr wohl.

Vera erwiderte den Gruß und richtete sich auf, indem sie sich noch steifer machte. Sie spürte den neugierigen Blick der alten Lehrerin, dachte an diese Bewegung hinter den Gardinen im ersten Stock, die sie in der Nacht von Samstag auf Sonntag gesehen hatte. Was mochte Frau Keller wohl von ihr denken?

Nichts wäre schlimmer, als wenn die Nachbarin einen schlechten Eindruck von ihr gewonnen hätte. So entsetzlich war diese Vorstellung, dass Vera kaum zu atmen wagte. Doch schließlich ertrug sie diese Ungewissheit nicht länger, und sie fragte: «Haben Sie schon gehört, dass es in der Spedition gebrannt hat?» In aller Unschuld stellte sie diese Frage, als sei es eine vorzügliche Taktik, sich unauffällig an das Thema heranzutasten. Doch das Zittern in ihrer Stimme verriet sie, zuviel stand auf dem Spiel.

«Aber natürlich, es stand doch im Stadtanzeiger.»

Vera staunte, das hatte sie nicht gewusst, aber sie war ja auch krank gewesen und erinnerte sich nicht einmal mehr daran, ob sie Montag und Dienstag überhaupt in die Zeitung geschaut hatte. Gut möglich also, dass sie im Fieber diesen Artikel übersehen hatte. Sie räusperte sich, und erklärte: «Stellen Sie sich vor, die Polizei hat mich verhaftet, mitten in der Nacht. So eine Unverschämtheit, ich sollte mich wirklich darüber beschweren!» Vera erzählte ihr von Christian Mersfelds Anruf, von dem Frau Keller natürlich bereits gehört hatte. Auch ihr gegenüber beharrte Vera darauf, ihren Exmann an der Stimme erkannt zu haben.

«Ich habe doch schon immer gewusst, dass er es auf mich abgesehen hat und sich an mir rächen will.» Kaum hatte sie diese Worte ausgesprochen, da spürte Vera, wie eine Last von ihr abzufallen schien. Natürlich, es war eine Verschwörung, wie hatte sie das nur vergessen können! Hatte sie es nicht schon vorher geahnt, dass da etwas nicht mit rechten Dingen zuging? Fast musste sie lachen, über ihre lächerliche Angst, sie könnte etwas falsch gemacht haben. Nein, nein, Christian hatte ihr eine Falle gestellt, und sie war unschuldig und ahnungslos hineingetappt. Für einen kurzen Moment triumphierte Veras Empörung. Wie von allein reckte sich ihr Kinn in die Höhe, die Lippen wurden schmal, und ihr Blick bekam etwas unterschwellig Drohendes, als wollte sie die alte Nachbarin warnen, auch nur den geringsten Zweifel an ihrer Unschuld und Recht-schaffenheit zu hegen. Frau Keller verstand die Botschaft, zumal sie Vera tatsächlich für unschuldig hielt, und wagte nicht, etwas gegen Veras selbstgerechte Empörung einzuwen-den. Also schwieg sie, und die beiden Frauen standen einen Moment lang stumm im Treppenhaus. Vera löste sich als Erste aus der Erstarrung, sie habe noch zu tun, sagte sie, und Frau Keller wunderte sich, nicht zum ersten Mal, womit sich diese Frau eigentlich den ganzen Tag beschäftigte.

So gut es ging, versuchte Vera einen geregelten Tagesablauf aufrechtzuerhalten. Sie stand früh auf, aß eine Kleinigkeit und machte sich ohne Verzug an die Arbeit. Fast zwei Wochen dauerte es, bis sie die gesamte Wohnung geputzt und jede Stelle, die die Polizisten berührt hatten, penibel gereinigt hatte. Doch im Gegensatz zu früher bereitete ihr die Tätigkeit keine Freude und verschaffte ihr kaum Befriedigung. Ihre Bewegun-gen waren hektisch und fahrig, und mehr als einmal nahm sie sich eine Stelle erneut vor, weil sie meinte, beim ersten Mal nicht gründlich genug gewesen zu sein. Die Arbeit, die noch vor ihr lag, schien indes nie weniger zu werden und türmte sich gleich einem riesigen Berg vor ihr auf. Mechanisch und wie in einer Trance wischte und scheuerte sie, saugte Staub, räumte Schränke ein und wieder aus, wusch und bügelte. Erschöpft sank sie abends ins Bett, nie schien es ihr genug, was sie am Tag geschafft hatte. Unerbittlich trieb sie sich voran, planlos und mit einem Grauen, das ihr ganz fremd und unerklärlich war. Immer wieder wurde sie von einer ungeheuren Müdigkeit überwältigt, und sie musste sich ein paar Minuten hinsetzen, doch nie für lang, das ließ die Arbeit nicht zu. Hin und wieder dachte sie an Alfred Thomsen, den sie verraten hatte, indem sie sich verdächtig gemacht hatte, doch vielleicht könnte sie sich eines Tages von der Schuld reinwaschen, die man ihr unterstellte. Dann packte sie den Lappen fester, und ihre

Bewegungen bekamen etwas Gehetztes. Regelmäßig stieß sie beim Putzen im kleinen Zimmer auf die beiden Kartons mit den Modelleisenbahnen und erschrak. Noch mehr Arbeit, die erledigt werden musste. Der Berg, der sich vor ihr auftürmte, wuchs zu bedrohlicher Höhe an, und bei der Vorstellung, dass es immer so weiterginge, überkam sie pure Verzweiflung. Was, wenn ihre Erschöpfung eines Tages so groß würde, dass sie nicht mehr hinterherkäme und diese ungeheure Aufgabe nicht mehr bewältigen könnte? Dann versänke sie im Dreck, die Wohnung, ihre Kleidung und schließlich sie selbst würden verwahrlosen, und dieser Gedanke versetzte ihr solche Furcht, dass sie sich jeden Tag aufs Neue bis an die Grenzen ihrer Kraft verausgabte und jeden Anflug von Müdigkeit ignorierte. Kaum war eine Arbeit erledigt, ein Schrank eingeräumt, eine Ladung Wäsche gebügelt und zusammengelegt, das wartete schon die nächste auf sie. Das Gefühl der Ruhe, das sie früher beim Anblick eines sauberen Fensters oder beim frischen Duft nach Desinfektionsmittel empfunden hatte, hielt nur noch kurz an, ehe sie rastlos weitergetrieben wurde.

Wenn sie einkaufen gehen musste, was sie nur selten tat, hielt sie den Blick gesenkt, sprach mit niemandem und konzentrierte sich ganz auf ihre Schuhe, auf denen sie eines Tages einen Fleck entdeckt hatte, mein Gott, wie peinlich, was sollten die Leute nur von ihr denken. Nach jenem Tag waren die Schuhe stets tadellos sauber, und Vera betrachtete sie zufrieden, fasziniert vom Anblick des makellosen Leders, niemand sollte ihr vorwerfen können, sich gehen zu lassen, alles, aber das nicht.

14

Insgeheim war Nicole Grönwohld froh über das Feuer in der Spedition Thomsen. Das Industriegebiet lag abgeschieden, das Gebäude war trist und langweilig gewesen, und die Einrichtung hatte uralt gewirkt, da halfen auch Klaus Thomsens Neuanschaffungen und Veränderungen nichts. Nicole wusste ebenso wenig wie die meisten anderen Menschen in der kleinen Stadt, dass Klaus nur der Geschäftsführer und mitnichten der alleinige Chef war, und so vertraute sie darauf, dass die Spedition über kurz oder lang in neue, moderne Räume umziehen würde. In den Tagen nach dem Brand hatte Klaus so etwas angedeutet, es gäbe da ein Grundstück, das sich hervorragend eignen würde, aber etwas Genaues wusste sie nicht.

Ihr ganzes Mitgefühl galt jetzt Klaus Thomsen. Er hatte so viel zu tun, der Ärmste, das Weihnachtsgeschäft lief auf vollen Touren, und durch den Brand und den Umzug gab es eine ganze Reihe von Pannen und Ausfällen, um die er sich kümmern musste. Zunächst schien die viele Arbeit ihn geradezu zu beleben und anzuspornen, als sei er froh, dass er den alten Schuppen, wie er die große, hässliche Halle manchmal genannt hatte, endlich los war. Doch je näher das Jahresende rückte, desto unruhiger wurde Klaus Thomsen. Er wirkte nervös, und manchmal fuhr er Nicole an, für Nichtigkeiten, die ihm früher nicht mehr als ein Schulterzucken entlockt hätten.

Natürlich stand er unter enormem Druck, das wusste sie, und sie verzieh Klaus Vieles, so wie Vera dem alten Thomsen Vieles nachgesehen hatte. Wann immer sie Klaus beobachtete, wenn er sich mit fahrigen Bewegungen durchs Haar strich oder ungehalten das Telefon auf den Tisch knallte, musste sie an

Vera denken, diese alte ... dieses Monster, dieses boshafte Weib, das allein die Schuld daran trug, dass es Klaus Thomsen jetzt schlecht ging, bei dem ganzen Ärger, den er jetzt am Hals hatte. Pfui Teufel, und dieses Miststück hatte sie ertragen, jahrelang, sogar Migräne hatte sie bekommen und war deswegen bei Dr. Arnheim gewesen. Und jetzt war sie auch noch zur Brandstifterin geworden, natürlich war sie es gewesen, daran gab es für Nicole gar keine Zweifel, was sie auch ein ums andere Mal Vanessa Keppler erklärte, ihrer neuen Kollegin.

Für den Donnerstag vor dem dritten Advent hatte Klaus Thomsen seine Angestellten zu einer kleinen Weihnachtsfeier eingeladen. Schon vor Wochen hatte er für achtzehn Uhr einen Tisch in dem kleinen italienischen Restaurant in der Altstadt bestellt, und trotz des Brandes wollte er die Feier nicht absagen, das sei er seinen Mitarbeitern schuldig, gerade jetzt, wo sie ihn in dieser anstrengenden Zeit nach Kräften unterstützten, was er durchaus zu schätzen wisse.

Kurz vor sechs verließen Nicole und Vanessa das Büro in der Bahnhofstraße. Die beiden Frauen schlenderten die Straße hinunter, obwohl ein leichter Regen den Asphalt in einen Spiegel verwandelte, in dem die Weihnachtslichter wie Geisterflecken schemenhaft aufleuchteten. Hier und da warfen sie einen Blick in die Schaufensterauslagen und waren froh, heute einmal nicht so lange arbeiten zu müssen. Den ganzen Tag schon war Klaus wortkarg gewesen, und als Nicole ihn morgens in seinem Büro aufgesucht hatte, hatte er nur aus dem Fenster in den grauen Dezembertag gestarrt, der so gar nichts Feierliches hatte, sondern bleischwer auf ihm zu lasten schien.

In der Fußgängerzone, kurz vor dem Marktplatz, befand sich ein Supermarkt, und der Zufall wollte es, dass Vera Lettner just in dem Moment mit gesenktem Blick den Laden verließ, als Nicole Grönwohld mit ihrer Kollegin vorbei kam. Unter dem Regenschirm war das Gesicht fast nicht zu erkennen, doch dieser graue Mantel und die riesige Einkaufstasche waren unverwechselbar. Vera Lettner wäre fast an der ehemaligen Kollegin vorbeigegangen, ohne sie zu bemerken. Nicole hingegen erkannte sofort, wen sie da vor sich hatte, und in der sicheren Gewissheit, im Recht zu sein, platzte sie heraus: «Was machen Sie denn hier? Wieso sitzen Sie denn nicht im Gefängnis?»

Vera Lettner hob den Kopf und brauchte einen Augenblick, um zu begreifen, dass sie gemeint war und wer sie da ansprach, denn Verachtung und Hohn entstellten Nicoles durchaus hübsche Gesichtszüge. Menschen drängten sich an ihnen vorbei, in dicke Winterjacken gehüllt und voll bepackt mit Einkaufstüten, schlecht gelaunt und in Eile, doch die drei Frauen blieben stehen und musterten einander argwöhnisch. Das sei Frau Lettner, erklärte Nicole der jungen Frau neben sich, doch diese hatte sich das bereits gedacht, natürlich, denn dumm war sie ja nicht, die Vanessa, und diese schmalen Lippen waren wirklich außergewöhnlich, und tatsächlich, jetzt wurden sie noch dünner, und ganz weiß, einfach erstaunlich. Diese Lettner reckte das Kinn vor und sagte: «Ich weiß nicht, wie Sie auf so eine absurde Idee kommen.» Dabei flackerte ihr Blick, und die Stimme knarzte wie eine schlecht geölte Tür, als sei sie lange nicht benutzt worden. Sie wollte sich bereits abwenden und gehen, doch Nicole gab keine Ruhe, sie sei doch eine Brandstifterin, hinterhältig und gefährlich, eine Verbrecherin, und so eine wie sie gehöre eingesperrt. Mit lauter Stimme brachte sie ihre Vorwürfe vor, so laut, dass es nicht nur Vera, sondern auch die Passanten in der Nähe hörten. Der eine oder andere hob sogar kurz den Kopf, neugierig, und zugleich ängstlich darauf bedacht, sich die Neugier nicht anmerken zu lassen, und hastete nach einem raschen Blick auf Veras bleiches Gesicht weiter.

Wie ein Gespenst habe sie ausgesehen – aber jemand, der sich nicht zuschulden hatte kommen lassen, brauche sich doch nicht zu fürchten und zu schämen, dass er so weiß und leblos aussähe wie diese Lettner. Das jedenfalls erklärte später eine, die es gesehen hatte, dieses Geistergesicht, ihren Kolleginnen im Café am Markt. Ein paar Gäste hörten es und trugen es weiter: Vera Lettner sei auf offener Straße zur Rede gestellt worden, und sie habe ein schuldbewusstes Gesicht gemacht, als habe man sie ertappt. Natürlich konnte das nur bedeuten, dass sie tatsächlich schuldig war, daran gab es jetzt keinen Zweifel mehr in der kleinen Stadt.

Nicole und Vera indes maßen einander mit stummen Blicken. Veras Mund war nahe davor, aufzuklappen, so erregt war sie. Wie kam dieses ungezogene Gör, dieses Flittchen, nur darauf, sie hier in aller Öffentlichkeit zu beschimpfen? Womöglich ahnte Vera, dass das Flittchen Nicole nicht die Einzige war, die so dachte und sie für schuldig hielt, doch zum ersten Mal sagte ihr jemand ins Gesicht, sie sei schuld an dem Brand.

Vera fehlten die Worte. Im letzten Moment presste sie die Lippen fest zusammen, fest und noch fester, bis sie Blut schmeckte, ballte die Hände zu Fäusten und umklammerte mit aller Macht die Einkaufstasche. Automatisch spulte da ein Jahrtausende altes Programm ab, bei Angriffen sich entweder zu verteidigen oder zu fliehen, und Vera entschied sich für die Flucht. Auf dem Absatz machte sie kehrt, schob sich ohne ein Wort, eilig und mit gesenktem Kopf, durch die Menschenmassen. Sie hastete durch die schmale Gasse zwischen zwei alten Fachwerkhäusern, hinein in den dunklen Park, am Kulturhaus vorbei bis in die Vicelinstraße, in die sichere Höhle, die ihr Schutz bot, und Wärme.

Nicole und Vanessa starrten der Fliehenden nach, sahen sich an und lächelten.

Der kurze Zusammenstoß schlug Wellen in der kleinen Stadt. Nicht nur die Kellnerin trug den Vorfall und ihre Interpretation davon weiter, auch andere Zeugen freuten sich, wichtige Neuigkeiten mitzuteilen zu haben, allen voran natürlich Vanessa und Nicole. Veras bleiches Gesicht wurde erwähnt, die fest zusammen gepressten Lippen – mein Gott, das hättest du wirklich sehen müssen! – und nicht zuletzt ihre Flucht, die von einigen bemerkt worden war. All das wurde angeführt und als Beleg dafür herangezogen, dass Vera Lettner sich verdächtig aufführte, als sei sie von Schuldgefühlen geplagt. Fast täglich erwartete man ihre Festnahme, begierig wurde morgens der Stadtanzeiger durchgeblättert, aber keine einzige Zeile fand sich darin über die ersehnte Verhaftung oder auch nur über den Brand. Vielleicht hatte der Richter Mitleid, schließlich sei es kurz vor Weihnachten, und gab es da nicht eine alte Tante mütterlicherseits, die gerade im Sterben lag, man hörte so etwas, hier und da von den Alten, die Vera und die Familie Lettner schon lange kannten. Was Vera Lettner betraf, ja, da war man sich einig: Mit der stimmte was nicht, das wusste doch jeder.

Auch am Mühlendamm wurde oft über dieses Thema gesprochen. In der Galerie drängten sich die Menschen, vor allem abends und samstags, sodass Sandra oft mit im Geschäft stand. Die Kinder waren bei Freunden oder bei den Großeltern, noch freuten sie sich darüber, fanden es aufregend und spannend, noch vermissten sie die Eltern nicht, die soviel arbeiten mussten in Papas neuer Werkstatt. Die Jungs vom Neustart hatten für den Rest des Jahres Urlaub, zwei hatte Christian in anderen Tischlereien in der Umgebung unterbringen können, doch die anderen mussten gehen, dahin, woher sie gekommen waren, da konnte das schlechte Gewissen Christian noch so sehr plagen.

Die Kunden kamen bei Weitem nicht alle zum Mühlendamm, um etwas zu kaufen. Die meisten wollten sich die neue Galerie, von der sie schon so viel gehört hatten, nur mal anschauen. Man kannte das Gebäude, hatte es jahrelang verfallen sehen und dann seine Verwandlung in den letzten Monaten miterlebt, und jetzt wollte man die Räume von innen besichtigen. «Wenn das der alte Lettner noch erlebt hätte!», hörten Christian und Sandra immer wieder, hinter vorgehaltener Hand geflüstert, aber manchmal auch laut und deutlich. Die meisten Kunden lächelten, wenn sie diesen Satz sagten, nur unter den Älteren waren ein paar, die kopfschüttelnd den Laden verließen, etwas von Schmarotzer und Lumperei murmelten und selbstverständlich nicht einen Cent im Laden ließen. Doch viele von denen, die nur mal schauen wollten, entdeckten die eine oder andere Kleinigkeit, ach sieh mal, das ist doch ein schönes Weihnachtsgeschenk für Tante Gerda, und erstanden das hölzerne Salatbesteck, die kleine Schüssel oder Dose, liebevoll gearbeitete Einzelstücke, von denen Christian in den letzten Jahren zum Zeitvertreib immer mal wieder welche angefertigt hatte. Und manch einer musste später noch einmal mit dem Wagen vorfahren, weil er dem kleinen Tisch oder dem sauber gearbeiteten Regal aus Kirschbaumholz einfach nicht hatte widerstehen können. Abends, wenn er die Abrechnung machte, strahlte Christian übers ganze Gesicht, und Sandra freute sich mit ihm, umschlang ihn von hinten und schaute ihm über die Schulter, wie er Zahlen notierte, die größer waren als alles, worauf sie gehofft hatten.

Natürlich blieb es nicht aus, dass in diesen Räumen auch über Vera Lettner gesprochen wurde. Es begann mit Sätzen wie «Damals, als der Lettner hier noch seine Werkstatt hatte ...», bis man schließlich bei der Tochter des alten Tischlers landete, und haben Sie schon gehört, die soll ja die Spedition Thomsen angezündet haben, dass die noch nicht eingesperrt ist. Christian versuchte zu beschwichtigen, nein, nein, er könne sich das nicht vorstellen, warum sollte sie so etwas tun? Doch es half nichts; jeder schien von Veras Schuld überzeugt zu sein, vor allem in der Woche vor dem vierten Advent, als die Auseinandersetzung zwischen Nicole Grönwohld und Vera Lettner die Runde machte, ausgeschmückt, als handele es sich um einen Boxkampf, bei dem die Ältere schließlich mit eingezogenem

Schwanz das Weite gesucht habe. Christian Mersfeld wurde immer stiller, sobald die Sprache auf Vera kam. Gewiss, die Frau hatte etwas Unheimliches an sich, und einmal hätte sie Sandra fast geschlagen, aber dass sie eine Brandstifterin war, nein, das konnte er sich beim besten Willen nicht vorstellen. Nicht Vera, die ihm schon Vorhaltungen gemacht hatte, wenn er sich nicht exakt an die Geschwindigkeitsbegrenzungen gehalten hatte, damals, als sie noch verheiratet waren. Das erklärte er auch Sandra eines Abends, als er trotz der erfreulichen Zahlen im Kassenbuch ein Gesicht machte und sie ihn verwundert darauf ansprach.

«Ich kenne Vera, die macht so etwas nicht.»

Sandra schwieg. Sie kannte Vera Lettner nicht, jedenfalls nicht so gut wie Christian, aber nach den Beinahe-Schlägen konnte sie kein Mitgefühl mehr für Vera aufbringen, professionelles nicht und persönliches schon gar nicht. In ihrem eigenen Schweigen merkte Sandra nicht, dass Christian ebenso einsilbig war, als sie den Laden abschlossen, und auch auf der Fahrt nach Hause. Daheim warteten die Kinder auf sie, Christians Mutter hatte ihnen erlaubt, vor dem Fernseher auf die Eltern zu warten. Eine halbe Stunde Lachen und Erzählen und Geschrei, heute in der Schule, und Mama, ich brauche eine neue Sporthose, die alte ist kaputt gegangen; Lukas ist blöd, der hat mich geärgert, gar nicht, selber, und außerdem petzt man nicht, und Vera Lettner war vergessen. Die Mutter verabschiedete sich, und beim gemeinsamen Abendessen drehte sich alles um den morgigen letzten Schultag und den Heiligabend und die Ferien, zwei Wochen!, was der kleinen Lena wie eine Ewigkeit vorkam. Als die Kinder endlich in ihren Betten lagen, spürten auch Sandra und Christian ihre Erschöpfung. Der Fernseher wurde eingeschaltet, sie öffneten eine Flasche Wein, aber keiner von ihnen brachte mehr die Sprache auf Vera Lettner und was man sich in der Stadt über sie erzählte. Doch vertreiben ließ sie sich dadurch nicht, wie ein Gespenst schien sie steif auf dem Sessel neben ihnen zu sitzen, mit schmalen Lippen und missbilligendem Blick, bis Sandra schließlich gähnte, als sei sie müde, und beide sich ins Bett flüchteten.

15

Wie fast alle Menschen in der kleinen Stadt ging Babette davon aus, dass Klaus Thomsen die Spedition gehörte. Das war keine böse Absicht, Klaus wollte ihr nichts verheimlichen, nicht bewusst jedenfalls, aber sie hatte auch nie nachgefragt.

Natürlich bekam Babette mit, was in der Stadt geredet wurde, auch wenn sie nicht dazugehörte. Gewiss, sie kannte andere Mütter, war im Sportverein und im Golfclub, hatte Bekannte beim Reitstall, aber sie war und blieb eine Zugereiste, eine Fremde, noch mehr als Christian und Sandra Mersfeld, die ja immerhin von hier oben kamen, aus Lütjenburg und Hamburg. Doch Babette kam aus München, und man kannte ja die Vorbehalte der Nordlichter gegen alles Bayrische, noch dazu in so einer Kleinstadt. Globalisierung hin und her, niemand hatte hier etwas gegen Fremde, aber Fremden aus der Ferne begegnete man dann doch lieber wenn nicht mit Argwohn, so doch zumindest mit Zurückhaltung. Natürlich stellte sich niemand gegen Babette, sie war schließlich die Frau von Klaus, den hier alle kannten, aber musste man sie deswegen gleich besonders mögen? So richtig heimisch war Babette in dieser Stadt und mit diesen Menschen nie geworden. Kalt seien die, erzählte sie manchmal am Telefon einer Freundin im fernen München, und zugeknöpft bis zum geht nicht mehr.

Am Freitag vor Heiligabend kam Klaus noch später als üblich nach Hause. Es war bereits nach zehn Uhr, Anzug und Atem rochen nach Rauch und Alkohol. Einen Moment schwankte Babette zwischen Zorn und Mitleid, was war nur in ihn gefahren, so kannte sie ihn gar nicht, so nervös und fahrig wie in den letzten Wochen, und dass er mitten im Weihnachtsgeschäft betrunken nach Hause kam, mein Gott, hoffentlich war er nicht selbst gefahren!

Was denn los sei, wollte sie wissen, doch Klaus winkte nur ab, ging ins Wohnzimmer, ganz dicht an ihr vorbei, so dass sie seine Angst roch, und goss sich einen Whisky ein.

«Jetzt sag doch schon, was passiert ist!», drängte sie, immer noch schwankend, ob sie der Wut oder dem Mitgefühl Vorrang einräumen sollte. Klaus indes schwieg weiter, er konnte es ihr nicht sagen, nicht jetzt, wie stünde er denn da vor seiner Frau. Denn es reichte ja nicht, wenn er ihr erzählte, dass der alte Paulsen heute den Kaufvertrag unterschrieben hat, allerdings nicht mit ihm, sondern mit einer großen Supermarktkette. Am Morgen hatte der alte Bauer ihn noch einmal angerufen, um ihm eine letzte Chance zu geben, aber da war nichts zu machen, obwohl er sofort noch mal raus gefahren war zu seinem Vater.

«Nein», hatte der Alte gesagt, verstockt wie eh und je, und Klaus konnte nichts dagegen tun, obwohl er den Vater am liebsten erwürgt hätte, aber selbst das hätte jetzt nichts mehr geholfen.

Doch wenn er Babette das erzählte, musste er ihr auch erklären, dass er nie mehr als ein Angestellter seines Vaters gewesen war. Geschäftsführer, das klang gewaltig, aber Alfred Thomsen hatte ihn fest an der Kandare, schon die ganze Zeit, nur dass es bislang nie aufgefallen war, denn das Kleinbeigeben war für Klaus immer einfacher gewesen als das Gegenangehen. Bis jetzt. Das Gefühl der Demütigung, das er angesichts seiner Niederlage verspürte, verging nicht, auch nicht, als Klaus die Augen schloss und den scharfen Alkohol herunterkippte.

Jetzt setzte Babette sich auch noch neben ihn und wollte ihm das halbvolle Glas aus der Hand nehmen. Halbvoll, halbleer, dachte er trübe, auf jeden Fall ist da noch was drin, und die nimmt es mir weg, kann es wohl nicht ertragen, die feine Dame, dass so ein besoffener Kerl hier bei ihr auf dem Sofa hockt. Hat wahrscheinlich Angst, ich kotz ihr gleich das Wohnzimmer voll. Und das schicke Designersofa. Sündhaft teuer, aber es hatte sich gelohnt, allein der neidischen Blicke der Freunde wegen. So ein Sofa hatte nur, wer es geschafft hatte, jawoll, und er, Klaus Thomsen, hatte es geschafft, er war wer, hier in der kleinen Stadt, und da kam diese dumme Gans und wollte ihm sein Glas wegnehmen. Unwirsch schüttelte er sie ab, umklammerte das Glas, gab es nicht her, und Babette wurde zornig, als er ein paar Tropfen auf ihren Rock und das sündhaft teure Sofa verschüttete. Erbost stand sie auf, beschimpfte ihn. Er begriff nicht recht, was sie sagte, aber der Klang ihrer Stimme gefiel ihm, da sie ihre Worte stets sorgfältig wählte, vor allem, wenn sie wütend war. Babette war nicht einfach nur wütend, das war viel zu profan für sie; sie war ungehalten, zornig und indigniert, sie zürnte ihm auf sehr gepflegte Art, bei der sich ihre Stimme kaum hob. Fasziniert lauschte er dieser Melodie, die sich manchmal im Tempo sanft steigerte, um dann wieder leiser und langsamer zu werden. Über allem lag eine wachsende Spannung, die seine Aufmerksamkeit fesselte, er wollte wissen, wie es ausging, dieses Drama, und richtig, mit einem letzten Wort, das vielleicht Schluss sein konnte oder auch genug oder aus, drehte Babette sich um und ging. Fast hätte er ihr applaudiert, wie bei einem Konzert, wenn nach dem Verklingen des Schlussakkords und einem Moment atemloser Stille rauschender Applaus einsetzt.

Bis zum Fest schaffte es der schiefe Haussegen nicht wieder in seine normale Ruhelage zurück. Klaus war lange unterwegs, natürlich hatte er viel zu tun, drei Tage vor Weihnachten, doch jeden Abend roch Babette die Alkoholfahne, und mit jedem Mal wurde ihre Sorge größer, ebenso wie ihr Unmut. Dabei hatte sie selbst genug um die Ohren, die Geschenke wollten eingepackt, die letzten Einkäufe gemacht und die Menüfolge für das Weihnachtsessen geplant werden. Wann immer sie an den Heiligabend dachte, wurde ihr beinahe schlecht. Der

Schwiegervater würde dabei sein, den sie nicht ausstehen konnte und vor dem die Kinder sich fürchteten. Mein Gott, das würde entsetzlich werden, dachte sie, und so kam es dann auch.

Klaus holte seinen Vater gegen vier Uhr ab, nachdem er am Morgen noch im Büro gewesen war und die letzten LKW durchs Land dirigiert hatte. Er kam nach Hause, duschte und zog sich um. Die Kinder waren mit Nadja, dem Au-pair-Mädchen, im Kino. Der Baum im Wohnzimmer war bereits geschmückt, gestern in der Nacht hatten Babette und er sich zusammen an die Arbeit gemacht und sich bei dem Gedanken an das ehrfürchtige Kinderstaunen fast wieder versöhnt. Jetzt stand Babette in der Küche. Klaus nahm sich die Zeit, ihren Nacken mit ein paar zärtlichen Küssen zu bedecken, ehe er tief Luft holte, sich bei seiner Frau bedankte, weil er glaubte, das sei er ihr schuldig, ohne genau zu wissen, wofür eigentlich.

Alfred Thomsen war nur wenige Male im Haus seines Sohnes gewesen. Zu Klaus' vierzigstem Geburtstag vor drei Jahren und dann noch ein oder zweimal zu Ostern oder Pfingsten. Jedes Mal hatte er die gesamte Familie einschließlich Au-pair-Mädchen herumkommandiert. Für seine Enkelinnen Ann-Kathrin und Paula hatte er nichts übrig und für seine Schwiegertochter noch weniger. Klaus gab sich keine Mühe, seinen Grimm zu verbergen, schob den Alten, sobald er ihn samt Rollstuhl die drei Eingangsstufen hochgehievt hatte, ins Wohnzimmer und stellte ihn dort ab wie ein Möbelstück. Babette begrüßte den Schwiegervater, versuchte ein Lächeln, es misslang, und das Handschütteln war eine flüchtige, peinliche Angelegenheit. Höflich erkundigte sie sich nach dem Befinden des Alten, und dieser grummelte etwas, was ganz gut heißen konnte oder auch nicht. Übellaunig starrte er auf den Weihnachtsbaum, dessen Lichterkette bereits leuchtete. Was für eine Verschwendung das sei, dachte er, aber er sagte es nicht, sagte auch nichts zu den Geschenken, die unter dem Baum für die Kinder bereitlagen.

Viel zu viele, für seinen Geschmack. Überhaupt, dieser ganze Protz und Luxus hier in diesem Haus, das gefiel ihm gar nicht, kein Wunder, dass sein Sohn das alleinige Sagen haben wollte im Betrieb. Ha! Auf das Geld hatte er es abgesehen, denn all das hier musste doch bezahlt werden. Misstrauisch ließ der Alte den Blick durchs Zimmer schweifen, fremd sah es ihm aus, alles neu und teuer, das ahnte er, er kannte doch seinen Sohn. Und er irrte sich nicht.

Als die beiden Mädchen, sechs und acht Jahre alt, nach Hause kamen, zuckte er zusammen. Das laute Geschrei störte ihn, nahm denn niemand Rücksicht auf ihn? Und überhaupt, am Heiligabend ins Kino zu gehen, was für eine Unart! An diesem Tag ging man in die Kirche, egal ob man glaubte oder nicht. Er war natürlich nicht beim Gottesdienst gewesen, wie denn, hilfloser Krüppel, der er war. Paula, die Jüngere, wagte sich neugierig ins Wohnzimmer. Sie war vorgewarnt, der Opa sei da, aber sie wollte zum Baum, zu den bunten Kugeln und dem feinen Glitzerstaub, der im Licht so schön schimmerte. Doch dann saß das dieser Mann im Rollstuhl, mit dem roten, schuppigen Gesicht, der lahmen Hand und dem schiefen Mund. Paula erschrak und rannte zurück. Alfred hörte Weinen und leise, tröstende Stimmen, dann betrat Babette mit den beiden Kindern an der Hand das Zimmer. Brav, wenn auch mit deutlichem Widerwillen, gaben sie dem unwillkommenen Gast die Hand. Nur Nadja, ein lebhaftes, offenherziges Ding, klein und mollig, mit halblangen braunen Haaren, die zu einem einfachen Pferdeschwanz zusammengebunden waren, begrüßte den alten Herrn unbekümmert in gebrochenen Deutsch, störte sich nicht an seiner Griesgrämigkeit und übernahm es, sehr zur Erleichterung von Babette und Klaus, dem Alten mit kleinen Handreichungen behilflich zu sein.

Vor dem Essen gab es die Bescherung, was Paula und Ann-Kathrin die Anwesenheit des Großvaters fast vergessen ließ. Begeistert rissen sie das Geschenkpapier auf, enthüllten Bücher und Kleider und Spielsachen, Puppen und Puppenkleider, einen Hockeyschläger und Reitstiefel. Sie versanken in einem Berg aus Papier, wurden von Nadja daraus errettet und lachend zum Tisch geführt, wo bereits ein leichtes Essen bereitstand, verschiedene exotische Salate und Tapas, dazu Brot, Peperoni und Oliven. Babette hatte es sich nicht verkneifen können, denn sie wusste, dass es ihrem Schwiegervater, dem der Sinn eher nach solider Hausmannskost stand, nicht recht sein würde. Und richtig, misstrauisch starrte er die fremdländischen Speisen an, probierte hier und da von dem Salat, der ihm oft genug von der wackeligen Gabel fiel, was sowohl Babette als auch Klaus mit heimlicher Befriedigung zur Kenntnis nahmen, bis er schließlich aufgab und sich mit etwas trockenem Brot begnügte.

Die Kinder warfen hin und wieder ängstliche Blicke auf den Gast, doch gottlob saßen sie weit genug von ihm entfernt, dicht am Weihnachtsbaum, damit ihnen die Freude nicht getrübt wurde, wie Babette im Vorfeld befürchtet hatte. Immer wieder sprangen sie auf, um eines der Geschenke zu bewundern und in die Hand zu nehmen, und schließlich kehrten sie gar nicht mehr zum Tisch zurück, sondern begannen zu spielen, leise plappernd, zufrieden mit der Ausbeute des Abends, so alt waren sie ja noch nicht, da war es noch leicht, sie zu beeindrucken. Die Erwachsenen tranken Wein, später gab es Whisky für die Herren, Likör für die Damen. Nadja gehörte ganz selbstverständlich dazu, das hatten Klaus und Babette mit allen Au-pair-Mädchen so gehalten. Alfred Thomsen hingegen verstand nicht, was das Kindermädchen hier am Tisch verloren hatte, anstatt sich nützlich zu machen. Missmutig starrte er seine Hose an, auf die er ein paar Tropfen von seinem Whisky verschüttet hatte.

Babette und Nadja unterhielten sich, Klaus saß schweigend daneben, genauso brütend wie sein Vater. Die Stimmung war nicht gerade herzlich, aber zumindest friedlich.

Nur so, dachte Babette später, war es wohl zu erklären, dass die kleine Paula sich schließlich mit einem Buch an Alfred Thomsen heranwagte. Vielleicht war sie neugierig, nach ihrem ersten Schreck am Nachmittag; vielleicht tat ihr der Alte auch leid, der nur ein einziges Geschenk bekommen hatte, eine Flasche Wein von Sohn und Schwiegertochter, von dem sie wussten, dass er ihn nicht mögen würde. Jedenfalls hüpfte Paula mit einem Buch in der Hand auf Alfred Thomsen zu, als dieser gerade sein Whiskyglas zum Mund führte. Das Kind stieß gegen den Rollstuhl, der Mann darin erschrak und ließ das Glas beinahe fallen, die Hälfte der Flüssigkeit landete auf der Hose. Auf seiner Stirn bildeten sich Zornesfalten, das Gesicht lief rot an, in Sekundenschnelle, wie Babette erstaunt und Klaus erschrocken feststellte, und dann brüllte der Opa auch schon seine Enkelin an, was ihr denn einfiele, ihn so zu erschrecken.

«Sieh nur, was du angerichtet hast! Kannst du nicht aufpassen? Du bist genauso missraten wie dein Vater!» Zitternde Hände wollten das Glas zurück auf den Tisch stellen, doch die Bewegung ging ins Leere, und das Glas fiel zu Boden.

Paula wurde bleich, verzog das Gesicht und begann zu weinen.

Babette schrie den Alten an, was ihm einfalle, das Kind so anzufahren.

Nadja kroch unter den Tisch, um das Glas aufzuheben, stützte sich aus Unachtsamkeit darauf, das Glas zerbrach. Mit blutender Hand und bleichem Gesicht kam das Mädchen unter dem Tisch hervor.

Alfred brüllte Babette an, sie habe die Gören verzogen und ihnen keine Manieren beigebracht.

Paula rannte laut heulend zu ihrer Mutter.

Ann-Kathrin schloss sich vorsorglich dem allgemeinen Lärm an und begann ebenfalls zu weinen.

Babette stand auf, stützte sich auf den Tisch und herrschte

den Schwiegervater an, er sei derjenige, der sich nicht benehmen könne, schließlich sei er hier nur zu Gast, ob er das vergessen hätte.

«Auf diese Gastfreundschaft kann ich gut verzichten!», höhnte der Alte, deutete mit bebendem Kinn auf die Reste des Essens, neumodischer Kram wurde ihm hier vorgesetzt, ekelhaftes Zeugs, das kein vernünftiger Mensch herunterbekäme, trockenes Brot hatte er am Heiligabend bekommen, jawohl, und sie solle sich was schämen.

Nadja war auf ihren Stuhl gesunken, wickelte ihre Serviette um die verletzte Hand, starrte mit großen Augen von einem zum anderen. Die Kinder hingen schluchzend an der Mutter, während Klaus schweigend dabei saß.

«Dir kann man es doch nie recht machen! Du hast doch immer an allem etwas auszusetzen, und dann jagst du den Kindern auch noch einen Heidenschrecken ein. Was glaubst du eigentlich, wer du bist?»

Das Gesicht des Alten wurde noch dunkler, er zitterte in seinem Rollstuhl, man sah ihm an, dass er am liebsten aufgestanden wäre und sich groß gemacht hätte, so aber hockte er da, hilflos, und schnappte nach Luft.

Der Sohn schwieg.

Ann-Kathrin hatte mit dem Weinen aufgehört und sah interessiert zu.

«Klaus ist mein Sohn und mein Angestellter, und du solltest aufpassen, was du sagst, du hochnäsiges Luder!»

Babette stutzte. Nur Paulas mittlerweile leise gewordenes Schniefen wehte in die plötzliche Stille hinein. Babette sah ihren Mann an, der ihrem Blick auswich.

«Ja, da machst du Augen, nicht wahr? Spielst hier die feine Dame mit großer Villa und Kindermädchen, und dabei ist dein Mann nur mein Angestellter. Ha!» Der Alte feixte.

Die feine Dame versuchte immer noch, ihren Gatten mit Blicken zu durchbohren, doch dieser saß zusammengesunken da und rührte sich nicht und sagte nichts. Schließlich ging sie, den lauernd dasitzenden Alten ignorierend, zu Nadja hinüber, um ihre verletzte Hand zu untersuchen.

«Das muss genäht werden. Ich fahre dich ins Krankenhaus. Und du», sie wandte sich an ihren Mann, «schaffst deinen Vater aus dem Haus. Ich will ihn nie wieder hier sehen.» Dann half sie Nadja beim Aufstehen.

«Das wirst du noch bereuen!», schrie der Alte ihr hinterher, als Babette mit dem Au-pair-Mädchen und ihren Töchtern im Schlepptau das Zimmer verließ. Man hörte leises Geraschel und Gemurmel aus der Diele, dann fiel die Haustür ins Schloss.

Als sie zwei Stunden später nach Hause kam, war der Schwiegervater verschwunden. Klaus Thomsen hatte oberflächlich aufgeräumt, sodass zumindest das Wohnzimmer leidlich ordentlich war, und saß mit einem Glas Whisky auf dem Sofa, dem teuren Stück, auf dem der Alkohol, den er vor drei Tagen verschüttet hatte, Flecken hinterlassen hatte. Mit Nadjas Hilfe brachte Babette die Kinder zu Bett, die erschöpft quengelten und bis zum letzten Moment Widerstand leisteten, um dann von einer Sekunde auf die andere einzuschlafen. Anschließend zog auch Nadja sich zurück, um die verwüstete Küche würden sie sich morgen gemeinsam kümmern, und Babette betrat das Wohnzimmer. Klaus blickte nicht auf.

Sie schenkte sich Wein ein und setzte sich, nicht zu ihrem Mann auf das Sofa, sondern ihm gegenüber in den Sessel. Nachdenklich musterte sie ihn, der zusammengesunken dasaß, ohne sich zu rühren. Eine jämmerliche Gestalt. Herrje, und diesen Versager hatte sie geheiratet. Denn dass er ein Versager war, war ja wohl klar. Babette kannte solche wie ihn, die zunächst einen blendenden Eindruck hinterließen, strahlend, charmant, weltgewandt, auch ohne viel von der Welt gesehen zu haben. Doch irgendwann, nicht bei der ersten Schwierigkeit, aber vielleicht bei der dritten oder vierten oder auch der zehnten oder zwanzigsten, brachen sie dann doch zusammen. Weil sie eben doch kein Rückgrat hatten, weil ihnen, wenn's hart auf hart kam, der nötige Biss fehlte, um sich durchzusetzen und die Ellenbogen zu gebrauchen. Nur dass ausgerechnet sie auf so einen hereingefallen war, das fuchste sie.

Ob er ihr bitte schön erklären könne, was der Alte vorhin gemeint habe. Sie glaubte, das Wort Angestellter gehört zu haben, dabei habe Klaus doch immer von *seinem* Geschäft und *seiner* Spedition geredet, oder habe sie da etwas nicht richtig verstanden? Unter diesen Worten, die sich wie scharfe Klingen in sein Fleisch zu schneiden schienen, zuckte Klaus zusammen. Ja, er wusste schon, warum er seiner Frau nicht früher erzählt hatte, wie die Dinge standen. Aber jetzt war es nun mal geschehen, jetzt war die Katze aus dem Sack und leise, mit knappen Worten, erklärte er, dass er eben nur der Geschäftsführer sei, und damit basta. Damals nach dem Schlaganfall musste es schnell gehen, und das sei die einfachste Lösung gewesen.

Und danach? Warum habe er später nichts daran geändert?

«Du kennst doch meinen Vater.» Jetzt sah er sie zum ersten Mal an, betrunken und elend vor Selbstmitleid. Seine Stimme klang schon ganz verwaschen, er seufzte schwer, und Babette wehte eine übel riechende Wolke entgegen.

Sie verzog das Gesicht, andere wären verstimmt, sie war pikiert. Ob der Brand was mit der ganzen Geschichte zu tun habe, fragte sie.

Wie sie denn jetzt auf den Brand käme, wollte Klaus lallend wissen und nahm noch einen Schluck Whisky. Den habe doch die Lettner gelegt, und sein Vater hatte trotzdem nicht unterschreiben, so ein sturer Bock sei er, ein Geizkragen, aber so sei er schon immer gewesen, schon als Kind hatten die anderen mehr als er gehabt, obwohl doch genug Geld da war, aber der Alte habe ihn immer kurz gehalten. Jetzt begann er tatsächlich zu weinen, was Babette angewidert zur Kenntnis nahm, sie begriff nicht, was Klaus da nuschelte, von welcher Unterschrift sprach er bloß. Es dauerte eine ganze Weile, ehe sie ihm alles aus der Nase gezogen hatte, die Geschichte mit dem Grundstück vom alten Paulsen, auch der Name Christian Mersfeld fiel einmal, und erst nach und nach konnte Babette sich einen Reim auf alles machen.

Trotzdem begriff sie nicht. Was denn jetzt das Problem sei, fragte sie. Dann baue er eben auf dem alten Grundstück neu, dafür würde die Versicherungssumme doch wohl reichen.

«Aber begreifst du denn nicht, das ist totes Gebiet dahinten, da kommt kein Schwein hin, da wird der Laden ewig nur ‹ne kleine piefige Spedition bleiben, aber ich will doch einen Logistikkonzern haben, ich habe mir das alles schon ganz genau ausgemalt, wie das Büro aussehen soll, und die Fassade, das würde dir auch gefallen. Ach Babette, und jetzt wird da nichts draus, weil dieser alte Drecksack nicht unterschrieben hat ...» Schluchzend erzählte er Babette von seinem Traum, der jetzt zerbrochen war. Ein Häufchen Elend saß da auf dem Designersofa und jammerte herum, anstatt sich den Herausforderungen zu stellen, aber Babette empfand kein Mitleid. So war das also, sie würde in dieser kleinen Stadt als Gattin eines piefigen Spediteurs enden, wenn überhaupt, denn der Laden gehörte Klaus ja nicht einmal. Nein, so hatte sie sich das nicht vorgestellt. Sie wünschte, sie wäre nie hierher gekommen in den hohen Norden, der allein mit den blühenden Rapsfeldern im Frühjahr wirklich reizend, aber jetzt im Winter einfach nur schrecklich war. Ihr fehlten die Berge und der Schnee.

Klaus bekam einen Schluckauf und verstummte erneut. Babette stand auf, sah noch einmal auf ihn hinunter. Es wäre ihr lieb, wenn er heute Nacht im Gästezimmer schliefe, erklärte sie. Ihr Mann nickte, dann ging sie.

Für Vera Lettner war es das erste Weihnachtsfest ihres Lebens, das sie allein verbrachte. In den letzten Jahren hatte sie selbstverständlich immer ihren Vater und ihre Tante eingeladen, aber jetzt war der eine tot, und die andere lag im Sterben. Doch Vera ließ sich weder durch diesen Umstand noch durch die Ereignisse der letzten Wochen in ihrer gewohnten Routine stören, denn diese Routine war das Einzige, das ihr geblieben war. Sie kaufte einen kleinen Baum und schmückte ihn lustlos mit den Kugeln, die sie seit Jahren im Keller aufbewahrte. Am Heiligabend gab es Würstchen mit Kartoffelsalat, am ersten und zweiten Weihnachtstag Schweinebraten mit Kartoffeln und Gemüse, freilich aß sie davon, ohne wirklich etwas zu schmecken. Am ersten Weihnachtstag fuhr sie nachmittags mit dem Zug zum Kreiskrankenhaus in der Nachbarstadt, um ihre kranke Tante zu besuchen. Die Schwester ihrer Mutter hatte sich von der schweren Operation im Sommer nicht mehr erholt, und jetzt saß Vera mit schmalen Lippen am Krankenbett. Sie betrachtete das alte, faltige Gesicht und stellte neidisch fest, wie schön sauber die Bettwäsche war und wie reinlich es hier roch. Solch ein Sterben wünschte sie für sich selbst, und sie war überzeugt, dass auch ihre Tante froh war, nicht das Los ihrer Schwester teilen zu müssen, die zu Hause im eigenen Dreck gelegen hatte, bis zum Tod. Die Tante sagte nichts, auch nicht, als Vera mit ungeübten Bewegungen ihre Hand tätschelte und sich wieder verabschiedete, dazu war sie zu schwach. Gleichwohl war sie erleichtert, als ihre Nichte endlich wieder verschwand.

Die Erinnerung an jene Nacht zum ersten Advent verfolgte Vera immer noch. Oft schreckte sie kurz vor dem Einschlafen hoch, schweißgebadet, weil sie meinte, die Hand des Polizisten auf ihrem Arm zu spüren, der sie den schmutzigen Gang zur Zelle hinunter führte; oder den harten Beton der Bank, dessen Kälte durch ihren Mantel zu kriechen schien. Auch die Begegnung mit Nicole Grönwohld hatte sie noch längst nicht verwunden. Nicht nur, dass diese unverschämte Göre ihr jene Vorwürfe ins Gesicht gesagt hatte, vor denen sie sich am meisten fürchtete, nein, andere Menschen hatten den Vorfall mitbekommen, und das war ihr besonders unangenehm, denn was sollten die jetzt nur von ihr halten? Die Blicke der Passanten waren ihr durchaus aufgefallen, denn sobald die Worte Gefängnis und Brandstifterin ausgesprochen waren, wussten alle, wen sie da vor sich hatten, und kaum einer hatte sich noch die Mühe gemacht, seine Neugier zu verbergen. Konnte es sein, dass man Nicoles Worten Glauben schenkte, mehr noch, dass sie nur das aussprach, was alle glaubten? Allein bei dieser Vorstellung wurde ihr ganz elend, sie eilte ins Badezimmer und würgte, die ersehnte Erleichterung indes blieb aus. Anschließend wusch sie sich das Gesicht und machte sich mit zusammengepressten Lippen daran, das Schlafzimmerfenster zu putzen, zum zweiten Mal binnen einer Woche.

Die Mersfelds verlebten ruhige und ungestörte Feiertage. Es war ihr letztes Weihnachtsfest in der kleinen Stadt, was sie zu diesem Zeitpunkt jedoch noch nicht wussten. Die Kinder freuten sich über die Geschenke, und am 1. Weihnachtstag kamen die Eltern zu Besuch. Die Stimmung war beinahe ausgelassen, als man am Nachmittag einen Spaziergang zum Mühlendamm machte. Natürlich kannten die Eltern das Haus und das Geschäft bereits und freuten sich mit ihren Kindern über den unerwarteten Erfolg der kleinen Galerie. Christian erklärte ihnen, wie er in den nächsten Wochen die Wohnung im ersten Stock ausbauen wollte, um sie möglichst rasch vermieten zu können, und Sandra beschrieb, wie sie den Hinterhof begrünen und herrichten wollte, eine kleine Oase wollte sie hier schaffen, und ja, sie würde sehr gerne hier wohnen, das Reihenhaus da draußen sei zwar ganz schön, auch für die Kinder, aber dieses alte Haus habe doch viel mehr Charme und Charakter. Die Mamas und Papas nickten, die Kinder entdeckten eine Lücke im Zaun, die direkt auf den Hof der Bäckerei führte, wo jetzt freilich keine Mehlsäcke mehr standen wie früher, als der alte Lettner hier durchschlüpfte, sondern Lieferwagen und Paletten.

Auch das neue Jahr ließ sich gut an. Sang- und klanglos war der Verein Neustart e.V. zum Ende des alten Jahres begraben worden, nicht einmal dem Stadtanzeiger war es eine Notiz wert, und so schlug dieses Ereignis auch keine großen Wellen. Gleich in der ersten Januarwoche begannen auf dem Grundstück in der Hamburger Straße die Bauarbeiten, und ein großes Schild kündigte die baldige Neueröffnung eines bekannten Discounters an.

Wie erwartet wurde es ruhiger im Geschäft am Mühlendamm, Sandra musste nicht mehr in jeder freien Minute mit anpacken, und die Wohnung im ersten Stock machte langsam Fortschritte.

Die Kunden, die immer noch in den Laden kamen, obwohl niemand mehr Weihnachtsgeschenke brauchte, brachten stets auch die neuesten Gerüchte über Vera Lettner mit. Nicht, dass es viel Neues gäbe, was den Brand anging, aber man habe erfahren, dass die alte Tante gestorben sei, kennen Sie die nicht auch, die Schwester der Mutter, es gab da doch diese Todesanzeige in der Zeitung. Und jetzt habe der Richter ja keinen Grund mehr, Vera zu schonen, warum also war sie immer noch auf freiem Fuß? Manchmal versuchte Christian, vorsichtig gegenzusteuern, doch allzu weit wagte er sich nicht vor, schließlich hatte er eine Menge zu verlieren und wollte seine Kunden nicht vergraulen. Eines Tages Mitte Januar jedoch kamen gleich drei Kunden, die ihm erzählten, sie wüssten ganz sicher, dass Vera die Brandstifterin sei, ein Mann und zwei Frauen, die Christian nur flüchtig vom Sehen kannte, und da regte sich ein Unbehagen in ihm, das ihn nicht wieder losließ, auch nicht, als er schließlich abends zu Hause auf dem Sofa saß, brütend und in sich gekehrt. Draußen war es knackig kalt, der Rasen und die Büsche waren weiß gepudert, doch Christian schien davon nichts zu merken.

Sandra schenkte Wein ein, von dem Roten, die sie vorletztes Jahr aus Frankreich mitgebracht hatten, und ein paar Kerzen machten warmes Licht. Christian schwieg, und Sandra, die ihn gut kannte, besser, als er ahnte, wusste, jetzt kommt gleich was, gleich macht er den Mund auf und spuckt aus, was ihm auf der Seele brennt.

Und richtig, er habe da so ein merkwürdiges Gefühl, begann er, irgendwas gehe da nicht mit rechten Dingen zu. Er nahm noch einen Schluck Wein, stellte das Glas ab und lehnte sich zurück.

«Ich glaube, dass Klaus dahinter steckt. Hinter dem Feuer. Vera würde so was nie machen, ich kenne sie doch.»

«Und wie kommst du darauf, dass es Klaus war?»

Christian druckste herum, wand sich, nahm das Glas wieder in die Hand und spielte damit herum. Schließlich erzählte er von jenem Tag im Mai, als er Klaus Thomsen zufällig beim Laufen getroffen hatte, kurz nachdem Jan ihn niedergeschlagen hatte sei das gewesen. Man habe sich ein wenig unterhalten, rumgeträumt, erzählt, was man so für Pläne hatte, für das Leben.

«Ja und?», drängte Sandra, als er verstummte.

Da seien sie dann auf diese Idee gekommen. Welche Idee, fragte sie ungeduldig, die es gar nicht ertrug, wenn ihr Mann an den spannendsten Stellen auf Zeitlupe schaltete und sich jeden Satz aus der Nase ziehen ließ.

«Klaus wollte gerne das Grundstück vom alten Paulsen haben. Und ich habe schon immer mit dem Haus am Mühlendamm geliebäugelt. Verstehst du, ich habe nichts Unrechtes getan, aber Klaus hat gemeint, er fragt mal rum, ob man da nicht was machen könnte.»

«Rumfragen? Was meinte er damit? Und was hat Klaus mit dem Mühlendamm zu tun?»

Nervös rutschte Christian auf dem Sofa hin und her. «Klaus hat mit Markus Hansen gesprochen, und der ist dann ein paar

Wochen später, beim Feuerwehrball, auf mich zugekommen. Das Haus vom alten Lettner stünde möglicherweise demnächst zum Verkauf, und ob ich es nicht vielleicht daran interessiert sei. Ich sollte doch mal in der Bank vorbeikommen, um über die Finanzierung zu reden.»

Er schenkte sich noch mehr Wein ein.

Er habe sich mit dem Bankdirektor getroffen, und dieser erklärte ihm, dass Horst Lettner hoch verschuldet sei und dass das Haus vermutlich bald in die Zwangsversteigerung käme. Er könne sich vorstellen, dass Christian dafür als Käufer in Frage käme, und er traue ihm zu, das alte Gebäude liebevoll wieder herzurichten. Schließlich habe er sich ja selbst schon einen wunderschönen Schrank von ihm bauen lassen, und es sei durchaus im Sinne der Stadt und der Bank, so einen begabten Handwerker, ja schon fast Künstler, zu fördern. «Und dann hat er mir diesen Kredit angeboten, zu Konditionen, von denen man nur träumen kann. Ohne jede Sicherheit. Die Idee mit der Galerie fand er auf Anhieb Klasse, und mehr brauchte ich fast gar nicht.»

Sandra schwieg und spürte einen kalten Schauder, als würde ein eiskalter Luftzug von draußen durch den Raum wehen. Gewundert hatte sie sich damals schon, dass sie das Geld für den Mühlendamm so einfach bekommen hatten, aber sie hatte nicht weiter nachgefragt, um keine schlafenden Hunde zu wecken. Sie stand auf und zog die Vorhänge zur Terrasse zu. «Und warum hat Klaus das Grundstück vom Verein nicht bekommen? Da wird doch jetzt ein Supermarkt gebaut.»

«Wer weiß, was da schief gelaufen ist. Er hat mich damals gefragt, ob dem Verein das Grundstück gehört, dann wäre es natürlich viel einfacher gewesen. Aber als er gehört hat, dass es immer noch dem alten Paulsen gehört, war er beruhigt. Den kenne er, und der werde ihm das Grundstück auf jeden Fall verkaufen. Du weißt doch, wie das hier ist.»

«Anscheinend war er sich zu sicher.»

«Ich vermute, dass der alte Thomsen noch ein Wörtchen mitzureden hat. Vielleicht hat er sich geweigert, den Kaufvertrag zu unterschreiben.»

Sandra legte sich eine Decke um die Schultern, schaute in eine Kerzenflamme und sagte: «Aber warum sollte Markus Hansen da mitmachen? Der hat doch nichts davon, dass er Veras Vater auf die Straße gesetzt und dir das Haus verkauft hat.»

«Direkt wohl nicht, aber du weißt doch: Eine Hand wäscht die andere. Vielleicht schuldete er Klaus noch einen Gefallen. Oder er hat jetzt bei Klaus was gut. Viel zu verlieren hatte er durch seine Gefälligkeit jedenfalls nicht. Er hat uns doch sogar bei der Finanzierungsplanung geholfen, damit alles wasserdicht ist.»

«Und was hat jetzt der Brand damit zu tun?»

Christian schwieg erneut, schloss die Augen, öffnete sie wieder. «Wenn es stimmt, dass Klaus' Vater sich geweigert hat, den Kaufvertrag für das Grundstück zu unterschreiben, dann könnte Klaus doch versucht haben, ihn umzustimmen, indem er das Feuer gelegt hat. Denn neu bauen muss er jetzt ja auf jeden Fall.»

«Und der Anruf bei Vera?»

Christian nahm einen Schluck Wein. «Damit versucht Klaus, ihr die Schuld in die Schuhe zu schieben.»

«Indem er deine Stimme imitiert?» Sandra lehnte sich zurück und musterte ihren Mann schräg von der Seite. «Ich wusste gar nicht, dass Klaus so viel schauspielerisches Talent hat.» Dann, nachdenklich: «Aber egal, wer es war, warum hat der Anrufer überhaupt so getan, als sei er du?»

Achselzucken. «Weil es die einzige Möglichkeit war, Vera aus dem Haus zu locken.»

«Vielleicht hat sich Vera die Sache mit dem Anruf auch nur ausgedacht, und sie hat doch was mit dem Brand zu tun.»

«Nein, das glaube ich nicht. Vera ist so penibel und gesetzestreu. Außerdem hat sie nicht die leiseste Spur von Fantasie. Ich kann mir nicht vorstellen, dass sie überhaupt so einen Plan aushecken, geschweige denn umsetzen könnte. Sie hat vielleicht ihre Macken, aber sie ist keine Brandstifterin.»

«Aber so harmlos ist sie auch nicht. Immerhin hätte sie mich einmal fast geschlagen.»

«Das war etwas ganz anderes. So eine Brandstiftung muss sorgfältig geplant sein.»

«Und deshalb glaubst du, dass Klaus es getan hat?»

«Ich weiß nicht. Ein Motiv hätte er auf jeden Fall. Eher als Vera.»

«Ist Rache etwa kein Motiv? Vielleicht wollte sie sich an allen rächen, die ihr ihrer Meinung nach jemals Unrecht getan haben. Außerdem», fuhr sie fort, ehe Christian etwas sagen konnte, «hat Klaus nur dann ein Motiv, wenn deine Vermutung stimmt, und der alte Thomsen wirklich noch so viel mitzureden hat.»

«Und was ist mit diesem Gemauschel vom Sommer? Du kannst du nicht von der Hand weisen, dass es alles zusammenpasst.»

«Immerhin hast du mitgemauschelt. Plagt dich jetzt etwa das schlechte Gewissen?» Halb im Scherz sprach sie diese Worte aus, aber eben nur halb.

Christian schwieg, denn genau das hatte er bisher nicht zu denken gewagt: dass er mitschuldig sein könnte an diesen Ereignissen; dass er verstrickt war in etwas, das eigentlich kein richtiges Unrecht war, aber ihm trotzdem die Ruhe raubte. Er dachte an den alten Lettner, den er schon immer gemocht hatte, schon damals, als er als Lehrling zu ihm in die Werkstatt gekommen war. Wenn er nur daran dachte, dass der alte Tischler womöglich seinetwegen aus dem Haus geworfen worden war, in dem er geboren und aufgewachsen war und sein ganzes Leben verbracht hatte, dann wurde ihm ... ganz schlecht wurde ihm da, und er musste das Glas mit dem Wein auf den Tisch stellen. Und kurz darauf war er gestorben, der Alte. Wer weiß, ob Horst Lettner nicht womöglich noch am Leben wäre, wenn er in seinem Haus hätte bleiben können. Doch so war wahrscheinlich alles zu viel für ihn gewesen, der Verlust des Hauses, der Umzug, und dann das Zusammenwohnen mit Vera. Christian wusste schließlich aus eigener Erfahrung, dass mit ihr nicht gut Kirschen essen war.

Doch selbst diese kalte Frau hatte es nicht verdient, dass die ganze Stadt sich gegen sie verschwor und sie für die Schuldige hielt, und vor allem: halten wollte. Christian fühlte einen Stich, da, wo sein Herz war, und dachte sofort an einen Herzinfarkt, aber nein, es war nur die Schuld, die da bohrte und quälte, obwohl er nicht mehr getan hatte als zu träumen und Ja zu sagen und sich den Traum zu erfüllen, ohne Fragen zu stellen.

16

Unbehaglich sah Alfred Thomsen sich in seinem Wohnzimmer um. Staubflocken gewannen langsam die Lufthoheit, und unaufhaltsam eroberten Flecken die Tischdecke. Heiligabend hatte er seinen Sohn das letzte Mal gesehen, seitdem war fast ein Monat vergangen. Von Vera Lettner hatte er sogar noch länger nichts gehört. Gewiss, er wurde mit dem Nötigsten versorgt, doch nachdem er sich auch noch mit dem alten Paulsen zerstritten hatte, bekam er kaum noch Besuch, außer vom Pflegepersonal und dem Mann vom fahrbaren Mittagstisch, der ihm das Essen brachte. Ab und zu schaute Dr. Arnheim bei ihm vorbei, und einmal war Maike Rogalla hier gewesen und hatte ihn gefragt, was es denn mit diesem Grundstück in der Hamburger Straße auf sich habe, aber das war kurz nach dem Brand gewesen, im letzten Jahr noch.

Zornig hielt der Alte seine gelähmte Hand fest und verfluchte den Rollstuhl und diesen vermaledeiten Schlaganfall, der ihn zum Krüppel gemacht hatte, sodass er jetzt auf diesen Nichtsnutz von einem Sohn angewiesen war. Doch der stand ja unter der Fuchtel seiner Frau, dieser Schickse aus München. Die hat dem Sohn schöne Augen gemacht, und der ist drauf reingefallen, und jetzt machten sich die beiden auf seine Kosten ein schönes Leben. Er wusste doch, wie so etwas lief: Der Vater baut es auf, und der Sohn verprasst es! Er hätte dem Jungen nie erlauben dürfen, zu studieren, er hätte auf einer Lehre bestehen sollen, aber Klaus hatte damit gedroht, auch ohne seine Zustimmung und sein Geld zur Uni zu gehen, und seine Mutter hatte ihn dabei noch unterstützt, obwohl die doch gar nichts verstand vom Geschäft.

Ohne die Besuche seines Sohnes wusste Alfred Thomsen natürlich auch nicht, wie es um das Geschäft stand. Gewiss, er könnte Markus Hansen anrufen, aber er wollte nicht zugeben, dass sein Sohn ihn im Unklaren ließ, ja, dass er ihn seit Wochen nicht mehr gesehen und kein Wort mehr mit ihm gewechselt hatte. Das ging schließlich keinen Fremden etwas an. Alfred Thomsen nahm an, dass Klaus inzwischen alles in die Wege geleitet hatte, um auf dem alten Grundstück neu zu bauen. Dumm war er schließlich nicht, der Junge, wenn er nur nicht so verflucht dickköpfig wäre. Aber der würde schon kuschen, zähneknirschend zwar, aber trotzdem. Was blieb ihm auch sonst anderes übrig?

Vom Grundstück in der Hamburger Straße, das den Grund für das Zerwürfnis mit seinem Sohn gegeben hatte, wehte jeden Tag Baulärm zu ihm herüber, und die Zugehfrau, die wieder einmal in der Woche kam, erzählte, dass dort demnächst ein Supermarkt eröffnet werden sollte. Die Frau war übrigens gar nicht erfreut gewesen, wieder für ihn putzen zu dürfen. Was bildete die sich eigentlich ein, die sollte froh sein, dass sie überhaupt Arbeit hatte. Nur nach einigem Hin und Her hatte sie sich schließlich doch dazu bereit erklärt, nicht ohne noch etwas mehr Lohn aus ihm herausgepresst zu haben, wirklich eine Unverschämtheit, aber was sollte er schon machen, als hilfloser Krüppel?

Von den Gerüchten, die man sich in der kleinen Stadt über Vera Lettner erzählte, bekam er nicht das Geringste mit. Weder die Putzfrau noch die Pflegekräfte verspürten übermäßige Lust, ihm davon zu erzählen, obwohl natürlich alle wussten, dass Vera Lettner seine frühere Angestellte gewesen war und dass sie vor dem Brand eine Zeitlang das Haus für ihn in Ordnung gehalten hatte. Selbstverständlich fiel es auf, dass es seit dem Feuer mit der Sauberkeit wieder bergab ging, aber niemand wagte es, Alfred Thomsen darauf anzusprechen oder gar Hilfe anzubieten, denn niemandem lag wirklich an seinem Wohlbefinden, und länger als nötig hielt es keiner bei ihm aus. Außer Vera Lettner.

Er dachte oft an sie, mit einer Mischung aus Groll und etwas, was er nicht benennen konnte, aber Sehnsucht war. Vera, das bedeutete für ihn blitzende Fenster, saubere Tischdecken und reine Luft. Das schmutzige Geschirr würde sich nicht in der Küche stapeln, und mittags könnte er einen Kaffee mit ihr trinken, stark und schwarz, wie es sich gehörte. Sie würde ihn nicht mit einer übertriebenen guten Laune belästigen, die manche der Pflegekräfte an den Tag legten, wenn sie das erste Mal bei ihm auftauchten, ebenso wenig wie mit einem mürrischen Gesicht, wenn er nicht darauf hereinfiel. Vera Lettner war einfach immer gleich: gleich korrekt, gleich ruhig, gleich ordentlich.

Das gefiel ihm.

Natürlich war da diese Sache mit dem Feuer, oder besser, mit ihrem merkwürdigen Verhalten danach. Sie hatte sich seitdem nicht mehr bei ihm gemeldet und war auch nicht ans Telefon gegangen, als er kurz nach dem Brand ein paar Mal versucht hatte, sie zu erreichen. Das empörte Alfred Thomsen, denn so etwas gehörte sich in seinen Augen ganz und gar nicht: einfach wegzubleiben, ohne einen Ton zu sagen! Aus den Andeutungen seines Sohnes und aus dem, was er sich aus den spärlichen Nachrichten im Stadtanzeiger zusammenreimte, war er nicht recht schlau geworden, doch dass Vera Lettner ihm die Spedition angezündet hatte, nein, das konnte er sich beim besten Willen nicht vorstellen.

Umso weniger verstand er, warum sie sich nicht bei ihm meldete. Wenn sie unschuldig war, hatte sie doch nichts zu befürchten, weder von der Polizei noch von ihm. Oder hatte sie womöglich doch etwas mit der Sache zu tun und wurde jetzt vom schlechten Gewissen geplagt?

Es gab niemanden, mit dem er darüber reden konnte, über seinen Unmut nicht und über die Ratlosigkeit erst recht nicht.

Nicht, dass er jemals einem anderen Menschen gegenüber zugegeben hätte, nicht weiter zu wissen, doch er verspürte eine seltsame Leere, weil er sich außer mit dem Pflegepersonal mit keinem Menschen mehr streiten konnte.

Eines Tages platzte Alfred Thomsen der Kragen, als die Putzfrau eine frische Tischdecke auflegte und er sofort einen Fleck darauf entdeckte.

Das sei ja wohl die Höhe, schrie er, wofür bezahle er sie überhaupt, wenn sie ihn hier in seinem Dreck verkommen lasse, unglaublich sei das, was sie sich hier erlaube.

Bei der Bezahlung sei eben nur das Nötigste drin, erwiderte das freche Stück schnippisch, und im Übrigen brauche sie sich hier nicht von ihm anschreien zu lassen.

«Ich schreie nicht!», brüllte er und lief rot an. Aber sie könne wohl keine Kritik vertragen, und er dürfe ja wohl erwarten, dass sie ihre Arbeit ordentlich erledige, das sei ja wohl das Mindeste.

Er solle sich hier bloß nicht so aufspielen, gutes Benehmen scheine er ja wohl nicht für nötig zu halten, woraufhin er nichts mehr zu sagen wusste und wütend nach Luft schnappte. Noch nie war ihm so etwas untergekommen, außer bei Babette, seiner missratenen Schwiegertochter, also wirklich.

«Sie wissen wohl nicht, mit wem Sie hier reden. Wenn es Ihnen bei mir nicht passt, können Sie ja gehen!»

«Aber gerne doch!» Die Frau ließ die alte Tischdecke, die sie noch in der Hand hielt, an Ort und Stelle zu Boden fallen, drehte sich um und verließ das Zimmer, ohne noch ein weiteres Wort zu sagen. Sie habe schon lange auf so eine Gelegenheit gewartet, vertraute sie später einer Freundin an, denn seit diese Lettner bei dem Alten geputzt hatte, war ihre eigene Arbeit plötzlich nicht mehr gut genug. Ständig hatte dieser Giftzwerg etwas zu mäkeln gehabt, und sie sei froh, dass das jetzt endlich ein Ende habe.

Sprachlos blickte Alfred Thomsen der Frau hinterher. Erst als die Haustür hinter ihr ins Schloss gefallen war, begriff er, dass sie tatsächlich Ernst gemacht hatte, diese Hexe.

Also wirklich!

Wie gelähmt starrte Vera Lettner auf den Brief in ihrer Hand. Ein schlichter, weißer Umschlag im Postkartenformat. Die Schrift erkannte sie kaum, so zittrig war sie, doch das A war deutlich auszumachen, und auch das T hatte sich noch ein wenig vom alten Schwung bewahrt. Ein Brief von Alfred Thomsen! Für sie!

In der Küche setzte sie sich auf den Stuhl und hielt das Kuvert einfach nur in der Hand, denn sie konnte sich nicht entsinnen, jemals einen persönlichen Brief bekommen zu haben, sodass dieses Ereignis, als es dann doch eintrat, sie vollkommen überwältigte.

Schließlich nahm sie ein Messer und schlitzte den Umschlag auf.

«Frau Lettner!

Warum melden Sie sich nicht? Kommen Sie am Montag, den 21. Januar um 9:00 Uhr zu mir. Wenn Sie nicht können, rufen Sie an! A. Thomsen.»

Darunter stand die Telefonnummer, die Vera selbstverständlich kannte.

Die Handschrift war genauso schwer zu lesen wie auf dem Umschlag, und Vera hatte Mühe, die Worte zu entziffern. Sorgfältig las sie den Brief ein zweites Mal, um sicher zu gehen, dass sie sich nicht geirrt hatte.

Alfred Thomsen wollte sie sehen.

Seit dem Brand und damit seit ihrem letzten Besuch bei ihrem ehemaligen Arbeitgeber waren mehr als eineinhalb Monate vergangen. Vera hatte es endlich geschafft, die Erinnerung an jene schreckliche Nacht tief in sich zu begraben. In der Zeitung wurde das Feuer nicht mehr erwähnt, und auf der Straße hatte man sie seit dem Vorfall mit Nicole Grönwohld nicht mehr angesprochen. Die Blicke, die man ihr zuwarf, bemerkte sie nicht, da sie sich angewöhnt hatte, starr auf die Spitzen ihrer Schuhe zu schauen, die sie nach jedem Einkauf gründlich putzte und auf Hochglanz polierte. Den Kontakt zu den Nachbarn vermied sie so gut es ging. Sie lauschte jetzt stets aufmerksam an der Tür, ehe sie diese öffnete, zog die Haustür zunächst nur einen Spalt breit auf, jederzeit bereit, zurück in ihre Wohnung zu flüchten, falls Frau Keller, Herr Pätzold oder gar Frau Kirsdorf ihr entgegenkämen. Das Treppenhaus reinigte sie neuerdings in den frühen Morgenstunden, wenn noch alles schlief und sie sicher sein konnte, dass niemand sie hinterrücks überfallen und von der Arbeit abhalten würde.

Den Großteil der Zeit verbrachte sie damit, die Wohnung immer wieder gründlich zu reinigen. Ihr Bedarf an Putzmitteln hatte sich vervielfacht, ebenso der Verbrauch von Seife und Shampoo. Morgens und abends duschte sie gründlich, wobei sie sich jedes Mal die Finger mit der Nagelbürste scheuerte. Ihre Haut war rot und ausgetrocknet, doch selbstverständlich cremte Vera sich nie ein, denn der Gedanke, die saubere Haut mit einer schmierigen Creme erneut zu beschmutzen, war ihr unerträglich. Stattdessen ertrug sie den Juckreiz und das Spannungsgefühl und begann, sich beinahe unwohl zu fühlen, wenn es fehlte.

Am liebsten hätte sie das Haus gar nicht mehr verlassen. Draußen war es so furchtbar schmutzig, und es war so mühselig, nach einem Ausgang jedes Mal die Schuhe zu putzen, den Mantel abzubürsten, Schal, Mütze und Handschuhe zu waschen und zu duschen. Doch ab und zu ließ es sich einfach nicht vermeiden.

Am 2. Januar hatte abends das Telefon geklingelt. Wie gelähmt hatte sie auf dem Sofa gehockt, wo sie sich kurz ausruhte, und den moosgrünen Apparat angestarrt. Zögernd erhob sie sich, hoffte, das Läuten möge aufhören, ehe sie das Telefon erreichte, doch schließlich fasste sie sich ein Herz und nahm ab. Eine freundliche Frauenstimme meldete sich. Ihre Tante würde vermutlich die Nacht nicht überleben, und ob sie bitte so rasch wie möglich ins Krankenhaus kommen könnte. Vor Erleichterung hätte Vera beinahe geweint. Es war nur das Krankenhaus! Dass die Tante starb, war nichts Neues, das tat sie bereits seit Wochen. Gottlob war es kein anonymer Anruf oder Schlimmeres.

Selbstverständlich war Vera nicht gefahren, denn es war bereits nach sechs Uhr gewesen, und sie würde gewiss nicht im Dunkeln in die Nachbarstadt fahren, in einem dieser dreckigen Züge, nein, das konnte niemand von ihr verlangen! Stattdessen rief sie am nächsten Morgen, nachdem sie telefonisch vom Ableben der Tante informiert worden war, den Bestattungsunternehmer an und beauftragte ihn, sich um alles zu kümmern. Die Schwester der Mutter wurde auf dem Friedhof der Nachbarstadt beigesetzt, in der sie seit ihrer Heirat gelebt hatte, obwohl sie schon früh Witwe geworden war. Anders als bei Horst Lettner gab es dieses Mal keinen Leichenschmaus, und am Grab fanden sich außer Vera und dem Pfarrer nur noch eine Handvoll alter Bekannter ein. Der Bestatter, der Vera persönlich mit dem Auto hingefahren hatte, wartete am Friedhofstor. Keiner der Trauergäste kannte Vera oder die Geschichten, die man sich nur wenige Kilometer entfernt über sie erzählte, und so blieben ihr neugierige Blicke erspart.

Kurz nach der Beerdigung hatte Vera schon einmal einen ungewöhnlichen Brief bekommen, vom Rechtsanwalt und Notar Florian Tietgen, der damals die Papiere über den Verkauf des Hauses am Mühlendamm fertig gemacht hatte. Dieses Mal hatte er gute Nachrichten und teilte ihr mit, dass sie die Alleinerbin ihrer Tante sei. Sie möge doch bitte in seiner Kanzlei vorsprechen. Mit Herzrasen hatte Vera zwei Tage später vor dem kleinen, dicklichen Mann gesessen und kaum mitbekommen, was er zu ihr sagte. Manchmal hatte sie genickt, manchmal auch gar nichts getan, außer ihn anzuschauen, bis er ihr mit langsamen Worten erklärte, was sie tun musste, um ihr Erbe antreten zu können. Geduldig, als spräche er mit einem Kind oder einer Verrückten, informierte er sie darüber, dass sie, sobald alle Formalitäten erledigt seien, über das Haus in der Nachbarstadt und eine erkleckliche Geldsumme frei verfügen könne. Was sie denn mit dem Haus machen wolle, fragte er schließlich. Im ersten Moment dachte Vera, es sei die Rede vom Haus am Mühlendamm, aber nein, er sprach vom Haus der Tante. Was sollte sie schon damit anfangen? Verkaufen, schlug er vor, als sie nicht antwortete, und Vera nickte. Dann war er noch so freundlich, ihr seine Hilfe beim Verkauf anzubieten, er könne da einen Makler empfehlen, dann müsste sie sich um nichts kümmern, und Vera hatte erneut genickt. Wie benommen hatte sie auf der Kante des bequemen Stuhls gesessen, die Haut hatte schon längst zu jucken aufgehört, doch sie achtete nicht darauf, weil ihr Kopf voll war mit Zahlen, großen Zahlen, mit denen sie nicht einmal bei der Spedition zu tun gehabt hatte.

Doch nach wenigen Tagen schien der Besuch in der Kanzlei bereits in weite Ferne gerückt zu sein, und die alltäglichen Pflichten hatte sie wieder eingeholt. Sie putzte und scheuerte und wusch, ohne noch recht zu wissen, wofür. Wenn sie jedoch einen kurzen Moment innehielt und sich zu fragen wagte, ob sie diesen Schrank wirklich zum zweiten Mal innerhalb einer Woche ausräumen musste, überkam sie eine furchtbare Angst, und etwas in ihr schrie gequält auf. Schmutz! Dreck! Verwahrlosung! drohten, und ergeben machte sie sich mit gesenktem Kopf an die Arbeit.

Und jetzt war da dieser Brief von Alfred Thomsen.

Sie fühlte sich ein wenig unbehaglich, weil sie sich so lange nicht bei ihm gemeldet hatte. Warum eigentlich hatte sie so nichts von sich hören lassen? Sie verspürte eine Art schlechtes Gewissen und musste tatsächlich einen Moment nachdenken, ehe ihr das Feuer einfiel. An die Zeit danach erinnerte sie sich kaum, vor ihrem geistigen Auge tauchten nur verschwommene Bilder von Krankheit und Fieber auf. Die Tage waren ineinander geglitten, als wüssten sie selbst nicht mehr genau, wo der eine aufhörte und der andere begann. Das Gefühl der Benommenheit war immer noch nicht gänzlich verschwunden, und nur so war es wohl zu erklären, dass sie sich ohne Nachdenken am Montag früh auf den Weg machte.

Sie klingelte an der schmucklosen Tür, und es dauerte eine ganze Weile, bis sich die Tür einen Spalt öffnete. Alfred Thomsen mühte sich mit dem Rollstuhl und der Tür zugleich ab, versuchte seine gelähmte Hand so gut es ging zu ignorieren und kämpfte voller Zorn gegen seine Unzulänglichkeit. Schließlich winkte er Vera herein. Sie schloss die Tür hinter sich, dann stand sie im Halbdunkel vor ihrem ehemaligen Arbeitgeber, der trotzig, fast herausfordernd zu ihr aufschaute.

«Schieben Sie mich mal ins Wohnzimmer!»

Vera gehorchte, nicht ohne an der Flurgarderobe einen Zwischenhalt einzulegen, sich des Mantels und der Schals zu entledigen und ihre große Tasche abzustellen. Mit Rollstühlen kannte sie sich nicht aus, trotzdem gelang es ihr, Alfred Thomsen glücklich zu seinem Stammplatz an der Stirnseite des niedrigen Couchtisches zu manövrieren. Anschließend stand sie erneut vor ihm und wusste nicht, wohin mit den Händen.

Sie musterten einander, verstohlen und unsicher die eine, offen und direkt der andere. Alfred Thomsen fielen die wundgescheuerten Hände der Frau auf, ebenso ihr mageres Gesicht, unter dessen bleicher Haut die Wangenknochen spitz hervorstanden. Allein der Mund war unverändert schmal und leicht nach unten gebogen, die Lippen fest und fast weiß. Insgesamt machte sie einen abgehärmten und erschöpfen Eindruck auf ihn, hoffentlich war sie nicht krank, das konnte er jetzt gar nicht gebrauchen, aber nein, eine wie Vera Lettner wurde nicht krank.

Er selbst hatte sich dagegen nicht verändert. Das rote Gesicht war schuppig wie eh und je, die spärlichen Haare hatte er in langen Strähnen über die Halbglatze gekämmt, und die magere Hand lag nutzlos im Schoß.

«Machen Sie uns erst einmal einen Kaffee!», sagte er schließlich, als er seine Musterung beendet hatte. Vera nickte stumm und verschwand in Richtung Küche.

In der Tür prallte sie entsetzt zurück. Die Unordnung war noch größer als bei ihrem ersten Besuch in diesem Haus. Und wie beim ersten Mal nutzte sie die Zeit, bis der Kaffee fertig war, um den gröbsten Schmutz zu beseitigen, doch es war offensichtlich, dass es hier nicht mit ein paar oberflächlichen Handgriffen getan war.

Im Wohnzimmer erwartete sie Alfred Thomsen. Er beobachtete, wie sie das Tablett vorsichtig auf dem Tisch absetzte und die Tasse in die Reichweite seiner gesunden Hand stellte. Dann nahm sie selbst Platz.

Er wusste zunächst nicht, was er sagen sollte, und das irritierte ihn, denn so etwas passierte ihm gewöhnlich nie. Schließlich riss er sich zusammen, räusperte sich und sagte: «Warum haben Sie sich nicht bei mir gemeldet? Sie wissen doch, dass ich Sie brauche!» Er machte eine unbestimmte Handbewegung, die allen Staub und jeden Fleck im Zimmer einschloss.

Veras bleiche Lippen wurden einen Hauch schmaler. Sie dachte an das Feuer in der Spedition und an diese Kommissarin, die sie verhört hatte wie eine Verbrecherin, und dann ... doch da konnte sie nicht weiterdenken, ihre Gedanken prallten gegen eine Wand, und hilflos suchte sie nach einer Antwort, obwohl sie die Frage schon fast wieder vergessen hatte. Warum hatte sie sich nicht gemeldet?

«Sie haben doch wohl nichts mit dem Feuer in der Spedition zu tun?» Das Misstrauen war deutlich zu hören und zu sehen, die gesunde Hand des Alten zitterte heftig, und er ließ Vera nicht aus den Augen.

Diese schien aus einem Traum zu erwachen, und plötzlich war alles wieder da. Das Feuer. Der Anruf. Die Nacht. Der Vorwurf. Sie streckte den Rücken durch, eine Bewegung, die sie schon lange nicht mehr gemacht hatte und sich tröstlich vertraut anfühlte, und sagte: «Gar nichts habe ich damit zu tun. Ich bin Opfer eines üblen Streichs geworden. Eines sehr üblen Streichs», wie sie betonte. Stockend erzählte sie von dem Anruf und ihrem kurzen Besuch bei der Spedition, und dass sie nichts gesehen habe, keine Menschenseele und auch kein Feuer. Ihre Stimme klang heiser und ungeübt, krächzend und brüchig wie Herbstlaub, das den ganzen Winter über auf der Erde gelegen hatte und im Frühling bei der leisesten Berührung zerbröselte. Sie nahm einen Schluck Kaffe und spürte, wie die Benommenheit langsam schwand.

«Und Sie sind sich ganz sicher, dass es Ihr Exmann war, der Sie angerufen hat?»

Vera zuckte nicht zusammen, und sie nahm Alfred Thomsen diese Frage auch nicht übel. Sie verzieh ihm vieles, mehr als jedem anderen Menschen, und vor allem spürte sie, dass er trotz dieser Frage auf ihrer Seite stand, obwohl sie im Gefängnis gewesen war, aber wer weiß, vielleicht wusste er ja gar nichts davon? Ganz einlullen ließ sie sich von diesem Gefühl, dass da jemand war, der sich nicht gegen sie stellte. Ja, sie ließ sogar zu, dass ihr einen Moment lang Zweifel kamen: War es wirklich Christian gewesen? Immerhin waren seit dem Vorfall schon einige Wochen vergangen, doch Vera wusste nichts davon, dass Zeit die Erinnerung trüben konnte, auch bei jenen Ereignissen, die sich in das Gedächtnis eingebrannt zu haben schienen, und so sagte sie: «Ich habe seine Stimme erkannt und er hat seinen Namen genannt. Wer sollte es denn auch sonst gewesen sein?»

Alfred Thomsen kannte Christian Mersfeld nur flüchtig, doch er mochte ihn nicht. Sein Verein, der sich quasi gegenüber von seinem Haus angesiedelt hatte, um dort asoziale Jugendliche schalten und walten zu lassen, wie sie wollten, war ihm stets ein Dorn im Auge gewesen, aber das hatte jetzt ja gottlob ein Ende. Und dass der Mersfeld seine Angestellte, auf die er so große Stücke hielt, damals betrogen hatte, das hatte er sein Lebtag nicht verstanden. Die neue Frau kannte er auch, ein, zweimal war sie hier gewesen, kurz, nachdem man ihn aus dem Krankenhaus entlassen hatte. Ein vorlautes Weib, was war sie noch, Krankengymnastin, oder nein, Beschäftigungstherapeutin, als hätte er so etwas nötig, Pfui Teufel. Und dann hatte sie sich doch tatsächlich über ihn beschwert, unhöflich sei er, und hatte sich geweigert, ihn weiter zu besuchen. Alfred Thomsen war froh darüber gewesen, obwohl es natürlich unerhört war, dass so eine wie die Mersfeld sich einfach über ihn beschwerte, weil sie mit seinen Anweisungen nicht zurechtkam. Die kannte wohl keine Disziplin, wo sollte das alles nur hinführen heute.

Schon allein aus diesen Gründen also stand Alfred Thomsen auf der Seite seiner ehemaligen Angestellten, und er stimmte ihr zu, dass Christian schließlich guten Grund hatte, Vera Böses zu wünschen und offenkundig auch anzutun. Auch die Frage, warum er in der Spedition ein Feuer gelegt haben könnte, oder zumindest dabei geholfen hatte, streiften sie flüchtig. Mit jeder Minute lichtete sich der Nebelschleier, der Veras Gedanken umhüllt hatte, glasklar sah sie alles vor sich, wie es gewesen sein musste, erkannte die ganze Boshaftigkeit und Verschlagenheit der Menschen.

«Vielleicht wollte mein Exmann sich an Ihrem Sohn rächen, vielleicht hat er sich über ihn geärgert, oder es ging um einen alten Streit, wie bei mir.»

«Ach, die beiden kennen sich? Davon hat mir der Junge nie etwas erzählt.»

«Möglicherweise über die Kinder? Die müssten doch etwa in einem Alter sein.» Vera zögerte, dachte das Wort Verschwörung, das sie schon fast vergessen hatte, und spürte die wohltuende Wahrhaftigkeit dieses Wortes. Ja, so war es gewesen, vermutlich war das Feuer allein aus dem Grund gelegt worden, ihren Ruf zu schädigen. Diese Vorstellung setzte sich in ihr fest und blühte auf: Sie war das Opfer, und dieses Bild verdeckte die starke Mauer, hinter der sich tief in ihrem Inneren Angst und Scham verbargen.

In diesem Moment kam Alfred Thomsen zum ersten Mal der Verdacht, Klaus könnte etwas mit dem Feuer zu tun haben. Immerhin hatte er danach tatsächlich einen Moment lang erwogen, dem Drängen des Sohnes nachzugeben und diesen verfluchten Kaufvertrag für das Grundstück zu unterschreiben, bis er zur Vernunft gekommen war und auf seinem Standpunkt beharrt hatte, felsenfest, wie es seine Art war. Wenn das so wäre, wenn Klaus also hinter der ganzen Sache steckte, dann hatte Christian Mersfeld ihm vielleicht gar nicht schaden wollen, im Gegenteil. Doch Alfred Thomsen schwieg, so weit ging er dann doch nicht, vor Außenstehenden seinen eigenen Sohn zu beschuldigen. Blut war eben doch dicker als Wasser.

Schließlich verstummten beide und starrten den Fleck auf dem Tischtuch an. Nach einer Weile räusperte Alfred Thomsen sich und fragte: «Können Sie hier nicht wieder ein bisschen für Ordnung sorgen?»

«Aber natürlich, Herr Thomsen», erklärte Vera erleichtert. Schon beim ersten Eintreten in das Zimmer hatte sie auf diese Frage gewartet, sie brauchte sich ja nur umzuschauen, um zu wissen, dass sie hier gebraucht wurde.

Und so nahmen sie ihre alte Routine wieder auf. Schon nach wenigen Tagen blitzte es in dem Haus wieder vor Sauberkeit, die Fenster waren geputzt, die Tischdecken gewechselt und über allem schwebte der Duft keimfreier Frische.

17

Dem Pflegepersonal in der Hamburger Straße blieb die neuerliche Sauberkeit und Ordnung natürlich nicht verborgen. Gleich am dritten Tag öffnete zudem eine junge Krankenschwester Vera die Tür und starrte sie überrascht an. Sie erkannte die Frau mit dem mürrischen Gesichtsausdruck und der großen Einkaufstasche, eine Freundin von ihr hatte sie ihr einmal auf der Straße gezeigt, wovon Vera selbstverständlich nichts ahnte. Der jungen Frau fiel auf, wie bleich und mager diese Vera Lettner war, aber sie dachte sich nichts weiter dabei.

Ganz anders Christian Mersfeld, der Vera am Freitag darauf auf dem alten Markt traf. Er kam gerade vom Mühlendamm und hätte sie fast nicht erkannt, so in sich zusammengesunken schlich sie dicht an der Hauswand entlang. Es war Ende Januar und immer noch bitterkalt. Vera trug eine Strickmütze, und die Hände steckten in dicken Handschuhen. Auch die Einkaufstasche fehlte nicht, dieses hässliche beigefarbene Ding, unförmig, aber unverwüstlich.

«Hallo Vera!», sagte er nach einem Augenblick des Zögerns. Veras Kopf schoss in die Höhe, die Lippen fest zusammengepresst wie immer. Es war nicht nur ihre Hohlwangigkeit, die Christian erschreckte, sondern vor allem der Ausdruck in ihren Augen, eine Mischung aus Angst und Abscheu und Entrüstung. Der Blick war unstet, die Pupillen geweitet, und das linke Lid zuckte nervös. Verrückt, dachte Christian, jetzt ist sie wahnsinnig geworden, und freundlich, als spräche er zu einer Kranken, erkundigte er sich, wie es ihr gehe.

«Gut.»

Sie wollte sich bereits von ihm abwenden, doch so schnell

wollte Christian sie nicht gehen lassen. «Vera, wegen dieses Anrufs und des Feuers ...»

Sie blieb stehen, und wenn es möglich war, wurde sie sogar noch bleicher. Wie konnte er es nur wagen, sie darauf anzusprechen! Noch dazu hier, mitten auf der Straße! Doch wohl nur, um sie noch weiter zu demütigen, aber nein, das würde sie sich nicht bieten lassen, das war doch wohl eine Frechheit. Es war auch vollkommen gleichgültig, was er sagen wollte, allein die Tatsache, dass er den Brand ihr gegenüber erwähnt hatte, reichte aus, um Vera gegen ihn aufzubringen, mehr noch, als sie es ohnehin bereits war.

«... ich wollte dir nur sagen, dass ich damit nichts zu tun habe. Und ich ...»

Weiter kam er nicht, und so erfuhr Vera nicht, dass er sie nicht für die Schuldige hielt, was sie im Übrigen auch nie geglaubt hatte: Verschwörer wussten schließlich um die Unschuld ihrer Opfer.

«So eine Unverschämtheit!», zischte sie zwischen weißen Lippen hindurch. «Was willst du denn noch von mir, nach all den Jahren? Kannst du mich nicht endlich in Ruhe lassen?» Und als Christian zu einer Erwiderung ansetzte, fuhr sie mit erhobener Stimme fort: «Du willst dich doch nur rächen, weil ich dich damals vor die Tür gesetzt habe!»

Erneut öffnete Christian den Mund, doch Vera redete weiter, und während sie redete, schien sie zu wachsen und größer zu werden, bis sie Christian beinahe gerade in die Augen blicken konnte. «Gib's doch zu, dass du dahinter steckst. Nicht genug, dass du dir das Haus meines Vaters unter den Nagel gerissen hast, weiß der Teufel, durch was für schmutzige Tricks, du, du ... Verbrecher, du Betrüger!» Ihr Atem bildete weiße Wolken, bis sie einem Drachen ähnelte, der in seiner Erregung Gift und Galle verspritzte.

«Aber ...», begann Christian, doch Vera ließ ihm keine Gelegenheit, sich zu verteidigen.

«Und jetzt wagst du es auch noch, mich in aller Öffentlichkeit zu beschimpfen, nachdem du mir alles genommen hast!» Sie holte tief Luft.

Die Öffentlichkeit bestand zu diesem Zeitpunkt aus zwei alten Damen und einem jungen Mann, die ihre Schritte verlangsamten, die Ohren spitzten und sich angelegentlich die Schaufensterauslagen ansahen. Bereits am Nachmittag wurde im Mühlencafé über die folgenden Ereignisse gesprochen, nein, so etwas aber auch, und die Alten erinnerten sich wieder, dass die Lettner und der Mersfeld einmal verheiratet waren, und wer weiß, was damals wirklich passiert ist, wie es zu der Ehe gekommen war und dann zur Scheidung. Horst Lettner konnte man nun nicht mehr fragen, und sein Freund Kurt wusste auch nicht mehr, als dass die alten Lettners an dem jungen Christian einen Narren gefressen hatten, und dass es dann rasch so gekommen war, wie es kommen musste, schließlich hatte man einen Nachfolger für die Tischlerei gebraucht.

Christian blickte Vera in die Augen und ahnte vielleicht zum ersten Mal etwas vom Ausmaß der Verletzung und des Leids, das Vera in sich trug. Für einen winzigen Moment sah er auch Hass in ihren Augen, einen wilden, unbändigen Zorn, und plötzlich spürte er, dass in dieser Frau etwas lebte, dass sie nicht nur wie ein Stein war, kalt und tot, nein, in ihr pochte und pulsierte und brodelte es. War es Angst, die er verspürte und die ihn einen Schritt zurücktreten ließ? Vera stand vor ihm, der Mund eine schmale Linie, so scharf, als könnte man sich daran wehtun, den Oberkörper gerade aufgerichtet und die Fäuste geballt.

Er schüttelte den Kopf. «Vera, warum sollte ich mich an dir rächen wollen? Glaubst du etwa, ich nehme dir die Scheidung immer noch übel?» Dass er im Gegenteil froh darum war, erwähnte er nicht.

Doch diese Worte beschwichtigten Vera ganz und gar nicht. Sie konnte sich später nicht erklären, was in sie gefahren war, doch zum ersten Mal in ihrem Leben hielt sie sich nicht zurück, als sie dem Mann gegenüberstand, der ihr Leben ruiniert hatte; der sie belogen und betrogen, sie um ihr Erbe gebracht und zu guter Letzt auch noch gedemütigt hatte, indem er sie durch seinen Anruf an den Ort eines Verbrechens gelockt hatte. Wenn jemand schuld war an allem Unglück, das Vera je widerfahren war, dann war es Christian Mersfeld.

Sie machte einen Schritt auf ihn zu. Die Hand mit der Einkaufstasche hob sich, und ehe er es sich versah, hatte Christian einen Schlag abbekommen, mit erstaunlicher Kraft ausgeführt, sodass er, mehr vor Überraschung denn aus Schwäche, ins Taumeln geriet, sodann Veras Arm, der sich erneut erhoben hatte, packte, durch die Wucht ihrer Bewegung noch weiter ins Straucheln geriet, zu Boden ging und dabei die Frau mit sich riss. Jemand schrie auf, vielleicht war es Vera, vielleicht einer der Zuschauer, die jetzt ganz offen und neugierig zusahen und dabei Gesellschaft von weiteren Passanten bekamen. Flüsternd informierte man einander über das Vorgefallene, die Lettner habe den Mersfeld angegriffen, aber nein, genau anders herum sei es gewesen, ich habe es genau gesehen, so eine zierliche Frau, die würde doch wohl nie so einen Schrank von einem Mann angreifen.

Benommen vor Schreck rappelte Christian sich auf, Vera saß neben ihm auf dem Boden.

«Bist du verletzt?», wollte er wissen, doch diese zuckte zurück, als er ihr auf die Beine helfen wollte.

«Rühr mich nicht an!», schrie sie, und die Zuschauer machten große Augen. «Du, du ... Verbrecher, du hast es ja schon immer auf mich abgesehen! Und jetzt fängst du auch noch an zu prügeln, das wird ja immer schöner!» Veras Gesicht war rot angelaufen, ihr Mund weit geöffnet, schon war sie aus dem Schmutz aufgestanden, in den er sie gestoßen hatte, und klopfte sich wütend den Straßendreck vom Mantel, gottlob war er trocken, aber auch so war es schon schlimm genug.

Ihre Empörung schien alle Kraft aufgezehrt zu haben, ihr wurde schwindelig, und sie musste sich an der Hauswand abstützen. Von einer Sekunde auf die andere wurde Vera leichenblass, und wenn eine der alten Damen sie nicht am Arm festgehalten hätte, wäre sie wohl ein zweites Mal gestürzt.

«Rufen Sie einen Krankenwagen!», rief ihre Retterin unbestimmt der Menge zu, die sich inzwischen gebildet hatte, und schon wurden die Handys gezückt. Man führte Vera zu einer Bank, wo man sie nötigte, Platz zu nehmen, und sie war so benommen, dass sie keinen Widerstand leistete, obwohl niemand daran dachte, die Bank vorher notdürftig zu säubern oder zumindest ein sauberes Taschentuch darüber zu breiten.

Zusammen mit dem Krankenwagen kam die Polizei. Beim Anblick der uniformierten Beamten begann Vera, zu zittern. Der Sanitäter, der bereits auf sie zueilte, vermutete einen Schock und wollte, dass sie sich auf die Krankentrage legte.

«Mir geht es gut», erklärte Vera schmallippig, schüttelte unwirsch die Hand des jungen Mannes ab und beobachtete, wie die Beamten, ein Mann und eine Frau, sich einen Überblick verschafften, ein paar Passanten zuhörten, wobei leise Wortfetzen zu ihr herüberwehten, von Schlägen war da die Rede und Beschimpfungen, und pfui Teufel, man schlägt doch keine Frau. Der Polizist, ein Dicker, Gemütlicher, sah von Vera zu Christian und wieder zurück, um sich schließlich Christian zuzuwenden, während seine Kollegin, ein junges Ding mit kurzen Haaren, auf Vera zutrat und sie mit verständnisvoller Stimme fragte, was denn eigentlich geschehen sei.

Natürlich ließ sich die Sache so rasch nicht klären, also nahmen die Beamten nur die Personalien der Beteiligten und Zeugen auf und ließen sich den Vorfall in groben Zügen schildern. Als Vera Lettner ihren Namen nannte, blickte die junge Beamtin kurz von ihrem Schreibblock auf, ach, das war also die Lettner. Christian Mersfeld kannte sie bereits, der hatte schließlich oft genug seine Jungs vom Neustart e.V. auf der

Wache abgeholt, aber die Lettner hatte sie noch nie gesehen, wenngleich sie natürlich alles über sie wusste. Als sie allerdings die bleiche, zitternde Frau musterte, konnte sie sich kaum vorstellen, dass es sich bei ihr um jenes Ungeheuer hielt, über das sich die kleine Stadt seit Monaten das Maul zerriss.

Schließlich teilte man allen Anwesenden in amtlichem Ton mit, man werde sich gegebenenfalls bei ihnen melden, und bitte schön, man könne die kleine Versammlung jetzt auflösen. Der Sanitäter, der die ganze Zeit nicht von Veras Seite gewichen war, wiederholte fast gebetsmühlenartig seine Bitte, sie ins Krankenhaus bringen zu dürfen, mit einem Schock sei nicht zu spaßen, doch da war nichts zu machen. Vera war nicht krank, nie und nimmer. Als der junge Mann ihr Handgelenk ergreifen wollte, um ihren Puls zu messen, hätte sie beinahe aufgeschrien, aber dann presste sie nur die Lippen zusammen, riss sich los und stand auf. Danke, sie käme sehr gut allein zurecht, und er solle sich gefälligst um seine eigenen Angelegenheiten kümmern. Mit diesen Worten ging, nein schritt sie hocherhobenen Hauptes davon, Richtung Stadtpark, und nicht ein einziges Mal dachte sie daran, einen Blick auf ihre vom Straßendreck beschmutzten Schuhe zu werfen.

Zum ersten Mal wusste Frau Keller nicht, wem sie Glauben schenken sollte. Von Sandra Mersfeld hatte sie gehört, dass Vera zuerst die Hand gegen ihren Mann erhoben hatte, von der Nachbarin erfuhr sie, dass der heftige Stoß, den Christian ihr versetzt hatte, nur der Höhepunkt einer ganzen Reihe von Demütigungen und Beschimpfungen gewesen sei. Dazu kam der Bericht der alten Damen, bei denen es sich um gute Bekannte von Frau Keller handelte, die zwar nichts von Beleidigungen zu sagen wussten, die der Tischler seiner ehemaligen Frau an den Kopf geworfen hatte, wohl aber Stein und Bein schworen, dass er tatsächlich die arme Frau geschlagen habe, das müsse man sich einmal vorstellen! Sandra empörte sich über diese Vorwürfe, schließlich wusste sie selbst nur zu gut, wie schnell es gehen konnte, dass Vera Lettner plötzlich die Fäuste ballte, und ihr Christian, nein, nie im Leben würde er eine wehrlose Frau schlagen, das sei doch einfach lächerlich. Vera wiederum, die sich nicht länger davor fürchtete, ihrer Nachbarin zu begegnen, wurde nicht müde zu erklären, dass sie so etwas ja schon immer geahnt habe, nicht nur ein Betrüger sei Christian, nein, dazu auch noch gewalttätig. So erzählte sie es auch Alfred Thomsen, gleich am Montag darauf, stellen Sie sich einmal vor! So empört war sie noch, dass sie für einen Moment aus ihrer Steifheit ausbrach wie aus einem Panzer.

Kurz, binnen weniger Tage war es in der ganzen Stadt bekannt: Christian Mersfeld hatte Vera Lettner auf offener Straße zusammengeschlagen. Auch die Worte Verbrecher und Betrüger, die Vera in ihrem Zorn ausgestoßen hatte, wurden weitergetragen, und der eine oder andere kam darüber ins Grübeln, ob nicht vielleicht sogar etwas dran sei an Vera Lettners Anschuldigung, Christian habe es ja schon immer auf das Haus am Mühlendamm abgesehen, und ob er wirklich so unschuldig war, wie er immer tat. Auch der Brand in der Spedition und dieser merkwürdige Anruf wurden noch einmal ganz neu diskutiert. Hatte Vera womöglich tatsächlich nichts damit zu tun, war das Opfer einer Verschwörung geworden? Wer weiß. Auf jeden Fall mehrten sich die Stimmen, die Zweifel an Veras Schuld anmeldeten und stattdessen auf Christian zeigten: Einem, der eine Frau schlägt, sei doch alles zuzutrauen.

«Das ist doch wirklich lachhaft!», erklärte ein erboster Christian, als er bei Maike Rogalla im Büro saß. «Ich weiß, es hört sich albern an, aber Vera hat mich angegriffen, nicht umgekehrt! Diese Frau ist wahnsinnig, du hättest ihre Augen sehen sollen!»

«Es gibt aber Zeugen, die sagen, du hättest zuerst geschlagen, oder zumindest gestoßen.»

«Die irren sich.»

«Und Vera sagt das auch.»

«Natürlich sagt sie das!» Er könne sich sogar vorstellen, dass sie es glaube, fügte Christian hinzu und dachte noch einmal an dieses Funkeln in ihren Augen, kurz bevor diese alberne Tasche regelrecht auf ihn zugeflogen gekommen war. «Sie bildet sich ein, ich wollte mich an ihr rächen, weil sie sich damals von mir hat scheiden lassen. Wenn sie wüsste, wie froh ich darüber war und immer noch bin!»

Maike Rogalla sah ihn nachdenklich an. Sie würde ihm gerne glauben und erinnerte sich auch an Sandras Aussage, Vera Lettner habe einmal die Hand gegen sie erhoben. Trotzdem musste sie die Sache ernst nehmen, immerhin hatte Vera Lettner Strafanzeige gegen ihren Exmann gestellt: Beleidigung und Körperverletzung.

«Wie war das eigentlich genau mit dem Haus am Mühlendamm?»

Christian hob den Kopf und runzelte die Stirn.

«Wie meinst du das?»

«Wie ist der Kauf vonstattengegangen? Stimmt es, dass du schon damals vor allem die Tischlerei haben wolltest, als du Vera geheiratet hast?»

Christian ließ sich auf dem Stuhl zurücksinken und atmete langsam aus. So war das also; man war ihm auf die Schliche gekommen, und jetzt kam alles ans Tageslicht, diese kurzen, geflüsterten Bemerkungen, die Träumereien, das Händeschütteln und Schulterklopfen unter guten Freunden und Geschäftspartnern. Aber nein, es war noch gar nichts raus, Maike hatte eine Frage gestellt, mehr nicht, und außerdem war alles ganz legal gewesen, das hatte Markus ihm doch versichert und ihm bei der Gelegenheit gleich das Du angeboten, ihm konnte nichts passieren, er hatte sich schließlich nichts zuschulden kommen lassen. Er machte den Mund auf und wieder zu, wollte abstreiten und gestehen, beichten und lügen, herrje, wie hatte er nur so dumm sein können, das konnte ja nicht gut gehen, aber halt, es ist doch noch gar nichts schief gelaufen, er musste nur ruhig bleiben, schließlich war er kein Verbrecher.

«Na ja», begann er langsam, irgendwas musste er schließlich sagen, und damit legte er sich nicht fest, «damals war ich jung.» Aufmerksam musterte er Maikes Gesicht, auf dem sich jedoch nichts rührte, warum auch, so umwerfend war diese Aussage schließlich nicht. «Natürlich war es verlockend, eines Tages die Tischlerei zu bekommen. Und ihre Eltern mochten mich, die sahen in mir wohl einen zweiten Sohn, nachdem ihrer gestorben war. Horst Lettner hat mich irgendwann mal gefragt, ob ich mir vorstellen könnte, die Tischlerei zu übernehmen.» Kurz nach der Gesellenprüfung war das gewesen. Der Alte musste gar nichts weiter erklären, natürlich bedeutete das, dass er auch die Vera mit dazunehmen müsste, das verstand sich von selbst.

«Ich habe mir das eine ganze Weile überlegt. Als ich noch Lehrling war, bin ich ganz gut mit ihr ausgekommen. Ich habe sie ja nur selten gesehen. Damals war sie auch noch nicht so verbittert, wahrscheinlich hätte sie sogar ganz hübsch ausgesehen, wenn sie mal gelacht hätte.»

Nachdenklich hing er seinen Gedanken nach, es war still im Zimmer und er vergaß beinahe, wo er sich befand. «Ich dachte, dass sie vielleicht auftaut, wenn ich ein bisschen nett zu ihr bin, sie ist ja von allen immer nur abgelehnt worden, selbst von ihren Eltern. Ich glaube», fuhr Christian fort, fast erstaunt, «ich habe Vera noch nie lachen sehen.» Er dachte noch einmal nach und schüttelte dann den Kopf. «Nein, tatsächlich: Ich weiß nicht, ob sie überhaupt jemals lacht.»

«Du hast sie also nur geheiratet, weil du die Tischlerei haben wolltest?»

«Nein. Ja. Ich meine, so einfach ist das nicht. Ihre Eltern haben mich sanft gedrängt, meine Eltern ebenfalls, als sie davon erfuhren. Und Vera ... sie schien sich zu freuen, als ich anfing, ab und zu mit ihr auszugehen. So etwas kannte sie ja gar nicht. Ich hoffte eben, dass sie mit der Zeit auftaut und ... na ja, netter wird.»

«Aber ohne die Tischlerei hättest du sie nicht geheiratet?»

Christian musste fast auflachen, so absurd war dieser Gedanke. «Nein, natürlich nicht.»

Maike verspürte dieses leichte Hochgefühl, das sie stets empfand, wenn sie aus einem Menschen etwas herauskitzelte, das dieser eigentlich nicht zugeben wollte. Sie fragte, wie es zu der Scheidung gekommen sei und wie es danach weitergegangen sei, und Christian erzählte ausführlich, wie er sich eine andere Arbeit und Wohnung hatte suchen müssen, von einem Tag auf den anderen, dabei hatte er doch mitten in den Vorbereitungen auf die Meisterprüfung gesteckt. Doch zum Glück hatte alles gut geklappt, er bestand die Prüfung und fand schnell eine neue Stelle. Später lernte er dann seine jetzige Frau kennen, mit der er glücklich sei, ebenso wie mit den Kindern, aber das wisse Maike ja alles. Er erzählte und erzählte, als könne er dadurch dem Unausweichlichen entkommen, der Frage, vor der er sich fürchtete, aber nein, da war Maike ganz die Jägerin und spürte der Fährte nach, unerbittlich, ohne sich ablenken zu lassen.

«Und im letzten Sommer hast du das Haus am Mühlendamm dann gekauft.»

«Ja.»

«Du hast beim Verein aufgehört, um deine eigene Tischlerei aufzumachen?»

«Ja.»

«Hm.» Maike blätterte in ihren Unterlagen. «Dr. Hartmann hat mir erzählt, dass der Verein aufgelöst werden musste, weil du gekündigt hast. Anschließend hast dem Verein die Maschinen zu einem Spottpreis abgekauft.»

«Einen Spottpreis würde ich es nicht gerade nennen, es waren schließlich keine neuen Geräte.»

Sie ging darauf nicht ein, doch bei Christian blieb ein unbehagliches Gefühl hängen, als sei es eine Schande, dass er die Maschinen so günstig bekommen hatte. Gewiss, auf dem freien Markt hätte er dafür mehr bezahlen müssen, herrje, aber machte das nicht jeder so: sparen und Vorteile für sich rausschlagen, wo es nur ging?

«Nachdem der Verein den Pachtvertrag gekündigt hatte, konnte der alte Paulsen endlich das Grundstück verkaufen. Klaus Thomsen hat davon gewusst, bevor die Anzeige in der Zeitung war.»

Christian schwieg.

«Wusste er es von dir?»

«Kann sein.»

«Woher wusstest du eigentlich, dass der alte Lettner aus dem Mühlendamm raus muss? Da gab es doch überhaupt keine öffentliche Verkaufsanzeige.»

Christian spürte, dass er rot wurde wie ein Schuljunge, den man beim Mogeln erwischt hatte. Verzweifelt suchte er nach einer Erklärung, wollte keine Namen nennen, aber warum eigentlich nicht, er hatte doch nichts Falsches gemacht, oder vielleicht doch? Verdammt, verdammt.

«Von Markus Hansen.»

Schweigen. Maike Rogalla machte sich eine kurze Notiz. Christian war erleichtert und bereute, hatte Angst und spürte doch, wie eine Last von seinen Schultern fiel. Noch war nichts verloren, dachte er, obwohl er es besser wusste.

«Wie kam es dazu?»

«Auf dem Feuerwehrball beim Bier sprach mich darauf an, ob ich nicht Lust hätte, das Haus zu kaufen.»

«Woher konnte er denn wissen, dass du daran Interesse hast?»

Achselzuckend erklärte er, dass er sich womöglich daran erinnert habe, dass er früher einmal mit Vera verheiratet war. Sei das denn so wichtig?

Auch darauf ging Maike nicht ein, sondern fragte: «Von Klaus Thomsen konnte er es nicht gewusst haben?»

Wieder spürte Christian, wie sein Gesicht heiß wurde, er senkte den Kopf, doch da ließ sich nichts verbergen, im Gegenteil, die Schuld stand ihm vermutlich in Großbuchstaben auf die Stirn geschrieben. «Ich weiß nicht», sagte er leise, doch das genügte ihr schon.

Und das wiederum wusste Christian. Er öffnete ein paar Mal den Mund, doch da gab es nichts mehr zu sagen, jedes Wort konnte ein Wort zu viel sein, und Maike, das spürte er ganz deutlich, war plötzlich keine gute Bekannte, keine Freundin mehr, durfte es nicht sein, was er ihr noch nicht einmal übel nehmen konnte. Er fühlte sich schuldig, aber verdammt, was habe ich getan. Bestechung ging ihm durch den Kopf, und Bestechlichkeit, aber machte das nicht jeder? Was war denn so schlimm daran: ein Gespräch hier, eins dort? Doch jetzt war der alte Lettner tot, der sonst bestimmt noch gelebt hätte, Vera war verrückt geworden, und in der Spedition hatte es gebrannt.

«Aber mit dem Feuer habe ich wirklich nichts zu tun!», platzte er plötzlich heraus, verzweifelt, als könnte seine Unschuld in diesem Punkt ihn von jeder anderen Schuld freisprechen.

Erstaunt sah Maike Rogalla ihn an. «Wie kommst du denn jetzt darauf?»

«Das hat Vera mir doch auch vorgeworfen, dass ich sie angerufen haben soll, aber das ist nicht wahr, ich schwöre es, herrje, ich habe mit der ganzen Sache nichts zu tun, wirklich nicht!»

Maike schwieg. Sie wusste, dass Christian die Wahrheit sagte, schließlich hatte sie längst Auskunft von diversen Telefongesellschaften erhalten, und tatsächlich, Vera war an jenem Samstagabend gegen achtzehn Uhr angerufen worden. Von einem Mobiltelefon aus, aus der Nähe von Mannheim.

Jetzt schaute sie Christian an, fast mitleidig.

«Mach dir deswegen keine Sorgen», sagte sie schließlich. Sie dürfe ihm natürlich nicht alles sagen, aber es sei erwiesen, dass er in diesem Punkt die Wahrheit gesagt habe. Anschließend erklärte sie die Vernehmung für beendet. Sie informierte

Christian noch über den weiteren Ablauf, und im Übrigen solle er sich keine allzu großen Sorgen machen, schließlich sei Vera Lettner ja nicht zu Schaden gekommen, auch wenn es sich dramatisch anhörte: Körperverletzung. Mit freundschaftlichem Handschlag entließ sie ihn, trug ihm Grüße an Sandra auf und schaute ihm nach. Mensch Christian, auf was hast du dich da eingelassen. Dabei mochte sie ihn aufrichtig, noch immer.

Auf Vera wirkte der Zusammenstoß mit Christian, ebenso wie die Tatsache, dass sie wieder für den alten Herrn Thomsen putzte, ungemein belebend. Obgleich sie immer noch sehr zurückgezogen lebte, begannen die Wunden, die ihr durch die ungerechte Behandlung in den letzten Monaten zugefügt worden waren, langsam zu verheilen. Endlich fand sie auch die Muße, sich wieder der Modelleisenbahn ihres Vaters zu widmen. Zwar war sie seit dem Tod ihrer Tante wenn nicht reich, so doch zumindest wohlhabend genug war, um sich keine Sorgen mehr machen zu müssen, gleichwohl beabsichtigte sie immer noch, die Wagen zu verkaufen. Eines Tages betrat sie das Geschäft in der Bahnhofstraße, das ihr seinerzeit von der Angestellten im Spielwarengeschäft am alten Markt empfohlen worden war. Das Schaufenster war schon seit ewigen Zeiten nicht mehr geputzt worden und die Ladentür hatte einen frischen Anstrich dringend nötig, doch Vera kämpfte sich tapfer die drei Stufen zum Eingang hinauf. Eine altmodische Glocke schepperte, als sie die Tür öffnete. Im Laden war es düster, auf den Regalen stapelten sich die Modelleisenbahnen in Kartons, die ihr schon ganz vertraut waren. Der Besitzer des Ladens, ein großer Mann mit schütterem, grauen Haar, trat aus dem Hinterzimmer in den einzigen Verkaufsraum. Was er für sie tun könne, wollte er wissen, und Vera kramte die Liste aus der großen Tasche, dazu noch einen Karton mit einem Wagen, sorgfältig ausgewählt und in Zeitungspapier gehüllt. Es war einer der Vierstelligen, den sie als Appetithäppchen und als Beweis, dass die Liste nicht nur ausgedacht war, mitgebracht hatte.

Und richtig, Herr Wegner, der Eigentümer dieses Paradieses für kleine und vor allem große Jungs, riss die Augen auf, als Vera die Modelleisenbahn auspackte, und als er einen Blick auf die Liste geworfen hatte, die sie ihm vor die Nase hielt, musste er sich an der Ladentheke festhalten.

«Sie sind Frau Lettner, nicht wahr?»

Veras Lippen wurden einen Hauch schmaler. Es war ihr unangenehm, dass dieser Mensch sie kannte, woher denn, sie lebte doch so zurückgezogen. Doch dann erklärte Herr Wegner, dass er ihren Vater gekannt habe, vom Stammtisch der Modelleisenbahner, und ja, natürlich wusste er von der großartigen Sammlung seines Freundes, ein oder zweimal sei er auch bei ihm am Mühlendamm gewesen, damals, als Horst noch lebte, Gott hab ihn selig. Und jetzt wolle die Frau Tochter also die Sammlung verkaufen?

Vera nickte, misstrauisch, weil dieser Mensch den Mühlendamm erwähnt hatte. Wusste er denn nicht, dass dieses Thema in ihrer Gegenwart tabu war?

Natürlich könne er ihr die Wagen nicht abkaufen, das verstehe sie sicherlich, er führe diesen kleinen Laden eher aus Liebhaberei, und die Summe, die bei der Sammlung ihres Vaters zusammenkäme, könnte er niemals aufbringen, aber wenn es ihr recht sei, würde er sich für sie umhören, schließlich kenne er da den einen oder anderen Liebhaber, der durchaus Interesse haben könnte, natürlich gegen eine kleine Provision, aber dafür könnte sie auch sicher sein, dass das Erbe ihres Vaters in gute Hände käme, da könne sie ganz beruhigt sein.

Es war Vera egal, was nach dem Verkauf aus dem Erbe ihres Vaters wurde, doch das sagte sie nicht laut. Gegen die Provision allerdings erhob sie energisch Einspruch, wo käme sie denn hin, das sei ja eine Frechheit. Herr Wegner hob die Schultern und zog dabei den Kopf ein, bis dieser fast gesenkt war, und gab zu bedenken, dass sie allein diese vielen Wagen nicht so leicht verkauft bekäme, das könne er ihr versprechen, und es sei fraglich, ob sie die geforderten Preise dafür bekäme, schließlich verfüge sie über keinerlei Kontakte, habe keine Erfahrung, oder habe der Herr Vater sie vielleicht eingeweiht, aber nein, das könne er sich nicht vorstellen, er hätte beim Stammtisch sicher davon erzählt.

Grollend sah Vera den Mann vor sich an, der sie bedauernd ansah, denn er wollte ihr wirklich nichts Böses. Verstohlen musterte er die schmalen Lippen und die riesige Einkaufstasche, von denen er schon gehört hatte. Von den Schlägen, die Vera Lettner gelegentlich austeilte oder zumindest auszuteilen drohte, hatte er natürlich ebenfalls erfahren, und dann war da ja noch die Geschichte mit dem kleinen Thorsten und der Tod von Horst Lettner und das Feuer in der Spedition. Auch wenn Herr Wegner selbst nie geglaubt hatte, dass Vera etwas damit zu tun haben könnte, und obwohl sich die Stimmung in der kleinen Stadt langsam wandelte, hielt er eine gewisse Vorsicht doch für angebracht. Wer weiß, wie sie reagierte, wenn er sich offen gegen sie stellte oder nicht tat, was sie wollte.

Schließlich nannte er eine lächerlich niedrige Summe, die er für seine Bemühungen in Rechnung stellen würde, mit fast flehentlicher Stimme versuchte er, Vera zu erklären, dass er fast umsonst für sie arbeiten würde, und, Liebhaberei hin oder her, die Miete für den Laden wollte schließlich bezahlt sein. Zähneknirschend fügte Vera sich am Ende, also gut, sehen Sie zu, dass Sie alles verkauft bekommen. Ungehalten trat sie aus dem Laden, die Modelleisenbahn wieder sicher verstaut, eine Kopie der Liste hingegen hatte sie Herrn Wegner überlassen. Sie hoffte nur, dass die Sache rasch erledigt sein würde, auch wenn sie nicht recht wusste, warum sie es eigentlich so eilig hatte. Gewiss, die unansehnlichen Kartons im kleinen Zimmer störten sie, aber das war es nicht, auch nicht die Erinnerungen an ihren Vater oder jenen Tag, an dem er aus Angst um seine Modelleisenbahn gestorben war.

Nein, es war etwas anderes.

Wenn ihr Vater damals nicht so stur gewesen wäre und die Sammlung verkauft hätte, hätten sie den Mühlendamm behalten können. Sie hasste diese kleinen Spielzeuge und wollte sie loswerden, als bekäme sie damit automatisch das Haus zurück, ihr Haus, das man ihr auf niederträchtigste Art und Weise gestohlen hatte.

Wider Erwarten musste Vera nicht lange warten. Bereits nach einer Woche erhielt sie einen Anruf von Herrn Wegner. Er habe einen Interessenten gefunden, einen wohlhabenden Sammler, der ihr alle Wagen auf einen Schlag abkaufen würde. Allerdings müsste sie ihm mit dem Preis etwas entgegenkommen, ein kleines bisschen, was er ihr aber dringend empfehlen würde. Vera bat sich einen Tag Bedenkzeit aus, sie grübelte und rechnete, mit Zahlen konnte sie schließlich umgehen, und selbst sie sah ein, dass sie dieses Angebot unmöglich ausschlagen konnte, auch wenn es nicht so hoch war, wie sie sich ausgemalt hatte, sechsstellig zwar, aber nur so gerade eben, unglaublich, wofür die Leute ihr Geld ausgaben, aber das sollte schließlich nicht ihr Problem sein. Missbilligend machte sie die Lippen schmal, aber das war nur noch Gewohnheit, denn zum ersten Mal meinte sie es ernst: Es war ihr tatsächlich egal, wenn da jemand so viel Geld für ein bisschen altes Spielzeug ausgeben wollte. Nicht ein einziges Mal dachte sie, dass sich so etwas nicht gehörte. Ja, auch Vera war korrumpierbar, obwohl sie sich das selbstverständlich nie ein-gestehen würde, aber angesichts der zu erwartenden Geldsumme wurde selbst ihr strenger Blick auf die Welt ein wenig milder.

Am nächsten Tag gab sie Herrn Wegner Bescheid, dass sie das Angebot annehme, und eine Woche später waren die Kartons verschwunden.

18

Ungehalten und auch ein wenig resigniert musterte Babette den Garten hinter der Villa. Auf dem großen Rasen mussten dringend Laub und Zweige geharkt und die Beete für das Frühjahr vorbereitet werden. Es war zwar erst Ende Januar und nachts fror es noch, doch es würde nicht mehr lange dauern, und die ersten Schneeglöckchen und Krokusse wühlten sich aus der dunklen Erde nach oben. Klaus jedoch hatte dem Gärtner immer noch nicht Bescheid gesagt, irgendein alter Klassenkamerad, der es ihm besonders gut oder besonders günstig machte, so wie alle hier in der Stadt stets nur das Beste für die anderen zu wollen schienen. Dieses Jahr allerdings stand Klaus wohl nicht der Sinn danach, sich um den Garten zu kümmern, oder um irgendetwas anderes.

Die Anzeichen, dass mit ihm etwas nicht stimmte, mehrten sich. Er war dieses Jahr noch kein einziges Mal zum Sport gegangen, auch mit Christian hatte er sich schon lange nicht mehr zum Laufen verabredet. Sein Gesicht hatte einen käsigbleichen Schimmer bekommen, und manchmal meinte Babette, einen leichten Bauchansatz zu erkennen. Er trank, mehr, als üblich und mehr, als er vertrug, und vermittelte bereits einen leicht verwahrlosten Eindruck. Der Blick war verschwommen, auf dem Kinn blieben nach einer schlampig ausgeführten Rasur hin und wieder ein paar Stoppeln stehen, dazu hier und da ein Kratzer oder eine schief sitzende Krawatte. Hin und wieder schien sogar ein leicht muffeliger Geruch von ihm auszugehen, den er mit Rasierwasser zu überdecken versuchte. Er sagte wenig und reagierte kaum, wenn sie ihn ansprach. Babettes Besorgnis wuchs stetig, doch wann immer sie versuchte mit Klaus zu reden, über ihn, über ihre Ehe, über die Zukunft, wich dieser aus, wechselte das Thema oder gab einsilbige Antworten. Ihm war einfach nicht beizukommen, dabei steuerte er geradewegs auf den Abgrund zu, sah er das denn nicht?

Heute war es noch hell, als sie seinen Wagen hörte, und Babette machte sich bereits Hoffnungen, vielleicht kam ja doch noch alles in Ordnung, obwohl sie wohl schon wusste, dass nichts mehr in Ordnung kommen würde, nie mehr. Im Wohnzimmer steuerte Klaus geradewegs auf die Bar zu, öffnete die Whiskyflasche und goss sich ein Glas voll, doppelt, mindestens. Babettes Hoffnung verflog, sie wandte den Blick wieder dem Garten zu, verwahrlost sah er aus, dabei waren sie so stolz darauf gewesen. Ab und zu hatten sie sogar selbst Hand angelegt, hier ein paar verwelkte Blüten abgeknipst, dort einen Grashalm ausgerissen, der nicht ins Beet gehörte, und im Sommer gesprengt, obwohl sie beide von Gartenarbeit nicht viel verstanden. Aber es war einfach zu schön gewesen, an warmen Sommerabenden durch den Garten zu schlendern und sich so unglaublich friedlich und reich zu fühlen, fast wie im Traum.

Ich werde den Garten vermissen, dachte sie und erschrak, weil sie bis zu diesem Zeitpunkt noch gar nicht gewusst hatte, dass sie gehen würde. Aber sie brauchte nur einen Blick auf Klaus zu werfen, und dann an die weiche, klare Stimme von Alexander, ihren alten Chef in München zu denken, der ihr angeboten hatte, wieder für ihn zu arbeiten, als Assistentin der Geschäftsführung. Ihre lange Pause sei gar kein Problem, er würde ihr da entgegenkommen, und die Kinder, nein, sie solle sich keine Sorgen machen, was zählte, waren ihre Zuverlässigkeit und ihr Organisationstalent, so eine wie sie brauche er hier, sie ahne gar nicht, mit wem er sich habe herumschlagen müssen in den Jahren, in denen sie fort gewesen war. So hatte er es formuliert: Du warst fort, aber jetzt wirst du wiederkommen, gell, und dieses kleine, vertraute Wort, das nichts und irgendwie doch so viel sagte, hatte sie fast zum Heulen gebracht. Hier oben gab es niemanden, der es verstand, hier lachten sie bloß darüber: ach ja, ihr Bayern.

Klaus hatte inzwischen auf dem Sofa Platz genommen, auf dem immer noch die Flecken von jenem Abend im letzten Jahr zu sehen waren, als er ihr fast gebeichtet hätte, dass er bei seinem Vater nur angestellt war, was sie dann ein paar Tage später ohnehin erfahren hatte.

Daran hatte sich auch nichts geändert. Er bekam weiterhin sein Gehalt auf das Konto überwiesen, wenig war es nicht, das nicht, aber es war eben nichts Eigenes. Seinen Vater hatte er schon seit Wochen nicht mehr gesehen. Warum auch. Die Spedition war ihm egal geworden, sollte der Alte doch sehen, wo er blieb, er jedenfalls hatte die Schnauze voll. Aber kündigen konnte er auch nicht, dazu hatte er nicht die Traute, auch fehlte ihm die Vorstellung, was danach kommen sollte: nach dem Ende. Dass es kein Ende, sondern ein Anfang sein konnte, das sah er nicht, nein, für ihn war es eine Sackgasse, aus, Schluss und vorbei. Sollte der Laden doch den Bach runtergehen, das war ihm wurscht, scheißegal war ihm das, jawohl!

Er schien Babette gar nicht wahrzunehmen, als diese sich auf den Sessel ihm gegenüber niederließ. Die Kinder waren noch nicht zu Hause, zum Glück, so blieb ihnen eine Stunde, um zu retten, was keiner von beiden retten wollte, weil sie es längst aufgegeben hatten: ihre Ehe, ihr Glück oder zumindest das, was sie einmal dafür gehalten hatten. Weil der Kitt fehlte, der sie verbunden hatte, das Schmiermittel, das für ein reibungsloses Ineinandergreifen ihrer beider Leben gesorgt hatte: Geld.

«Klaus?»

Er reagierte nicht.

«Markus war heute hier.»

Er rührte sich nicht, aber an der Art, wie er den Atem anhielt, merkte sie, dass er zuhörte.

«Er sagte, wenn du dich nicht zusammenreißt und dich endlich wieder um den Laden kümmerst, ist die Spedition in einer, spätestens zwei Wochen zahlungsunfähig.»

Klaus sagte immer noch nichts, hob nicht den Kopf und sah sie nicht an. Natürlich, so hatte es ja kommen müssen. Schon seit Wochen hatte er keine Rechnung mehr geschrieben, er wusste nicht mal, wann der letzte Auftrag reingekommen war oder wie viele Kunden ihm inzwischen davongelaufen waren. Es war ihm schnuppe.

«Klaus, wie lange soll das noch so weitergehen? Wie willst du das alles hier bezahlen, wenn du die Spedition dicht machen musst?» In die ausholende Handbewegung schloss sie alles ein, den Garten, den Kamin, das Designersofa, den riesigen Flachbildfernseher, selbst die beiden Autos und das Pferd und der Geigenunterricht für Ann-Kathrin fanden darin noch Platz.

Klaus rülpste, dann lachte er, weil er nicht wusste, ob er schon einmal, auf diesem Sofa sitzend, gerülpst hatte, so laut und deutlich. An den Schluckauf erinnerte sich, aber gerülpst, nein, dazu hatte er bislang viel zu großen Respekt gehabt, vor dem Sofa, vor Babette und nicht zuletzt vor sich selbst. Schließlich hörte er auf zu lachen und sagte: «Ich mach die Spedition nicht dicht. Das kann der Alte machen.» Dann lachte er noch einmal und nahm einen großen Schluck Whisky. Damit war das Glas leer, und er schenkte sich nach. Zum ersten Mal an diesem Tag, zum ersten Mal seit vielen Tagen, schaute er seine Frau an, seine Babette, für die er nur das Beste gewollt hatte, die er geliebt und erobert hatte, damals, im fernen München, und die ihn so sehr geliebt hatte, dass sie sogar mit ihm in dieses Kaff gekommen war. Jetzt hatte sie Tränen in den Augen, ja, tatsächlich, Klaus blinzelte und sah genauer hin. Der Anblick erinnerte ihn an den Tag, an dem er ihr den Verlobungsring geschenkt hatte, mit echten Diamanten, nicht ganz billig, aber dann war da dieser Schimmer in ihren Augen gewesen, und er hatte gewusst, dass sie ihn liebte. Nur, dass sie damals nicht so ein Gesicht gezogen hatte wie heute.

Babette konnte sich noch nicht entscheiden, ob es Tränen der Wut oder des Kummers waren. Klaus, wie konntest du nur! War es Verrat, war es Treulosigkeit oder einfach nur Unglück? Sie konnte immer noch nicht fassen, was mit ihr geschah, von der Unternehmergattin zum Sozialfall, mein Gott, so schnell ging das, nur gut, dass sie bei ihrem Besuch in München neulich vorsichtig die Fühler ausgestreckt hatte. Nein, es waren eindeutig Tränen der Wut, die da vereinzelt hervorquollen, nur um energisch mit dem Handrücken zerquetscht zu werden. Klaus hatte das Versprechen nicht gehalten, dass er ihr einst gegeben hatte: sie auf Händen zu tragen, wie sie es verdiente und verlangte.

War sie diesen Ring wirklich wert gewesen? Oder hatte er nur Erwartungen geweckt, die er nicht erfüllen konnte, vielleicht auch gar nicht erfüllen wollte? Warum stellte sie sich jetzt gegen ihn, in diesem Moment? Er spürte doch genau, wie sie ihn ansah, voller Verachtung, als sei er ein Versager, ein Nichts, ein elender Wurm, genau, Wurm würde sie sagen, mit diesem betonten R in der Mitte, Wurrrm. Warum sah sie nicht, wie er litt, wie sehr er sich schämte, vor ihr, vor sich, vor Markus und vor der ganzen verdammten kleinen Stadt. Warum hatte sie zugelassen, dass sie hierher kamen, hatte sie es denn nicht gespürt, diese Enge, die einem die Luft nahm wie einem Ersti-ckenden, aber nein, sie wollte eine Villa und ein Pferd, und nur hier konnte er ihr all das bieten, früher als geplant, wenn sie es sich in München überhaupt jemals hätten leisten kön-nen. Das Gefühl, klein und erbärmlich zu sein, verschwand, wurde vertrieben von Erbitterung: Sie ließ ihn allein.

«Du bist ein Versager, ein Nichts, ein elender Wurrrm!», sagte Babette in diesem Moment, und für Sekunden war er ganz gerührt. Wie gut er sie kannte! Dazu die Tränen auf ihrem Gesicht, ach, vielleicht liebte sie ihn ja doch noch, aber nein, da kamen schon die nächsten Vorwürfe, dass sie sich das nicht länger mit ansehe, und was er sich nur dabei gedacht habe.

«Wobei?», fragte er lallend, aber plötzlich wachsam, denn in ihrer Stimme schwang etwas mit, ein Wissen, das ihm unangenehm war, weil es einer Entblößung gleich kam.

«Damit, dass du die Spedition angesteckt hast. Oder willst du das etwa leugnen?»

Dazu sagte er erst mal nichts. Dass man ihm irgendwann auf die Schliche kommen würde, war ja klar, aber woher wusste Babette Bescheid? Hatte Maike sie womöglich angerufen, hatte ihr brühwarm erzählt, was sie ihm gerade eben erst vorgehalten hatte, als er wieder einmal bei ihr auf der Polizeiwache gesessen hatte, zum vierten oder fünften Mal schon?

Klaus schloss die Augen. Fragen hatte Maike gestellt, die keine Fragen waren, kaum zu glauben, dass sie ihn einmal um seine Liebe angebettelt hatte, damals, als er sich von ihr getrennt hatte. Auch wenn es schon ewig her war, aber trotzdem, war das womöglich der Grund, dass sie sich jetzt so gegen ihn stellte?

Warum er zum Beispiel gelogen habe, was das Telefonat am Tag des Feuers anging, hatte Maike wissen wollen. Schließlich habe nicht der Fahrer ihn, sondern im Gegenteil er den Fahrer angerufen. Frank Hofer sei zu der Zeit in der Nähe von Mannheim unterwegs gewesen, allerdings nicht für Spedition Thomsen, die er gleichwohl gut kenne und von der er manchmal Aufträge bekäme. Bei dem Namen Hofer war Klaus zusammengezuckt und hatte Maike angeschaut.

«Manche von den Aufträgen, die du ihm erteilt hast, waren ... etwas merkwürdig, meinst du nicht?» Als Klaus immer noch nichts sagte, fuhr sie fort: «Ich habe gestern mit Herrn Hofer telefoniert, nachdem wir ihn endlich ausfindig gemacht haben. Zuerst dachte ich, ich hätte mich verwählt. Seine und Christian Mersfelds Stimmen sind sich zum Verwechseln ähnlich. Herr Hofer hat gestanden, dass du ihn dafür bezahlt hast, bei Vera anzurufen, sich als ihr Exmann auszugeben und sie zur Spedition zu locken.»

Darauf hatte Klaus nichts erwidert, hatte trotzig und zugleich seltsam desinteressiert geschwiegen, als ginge ihn die ganze Geschichte nichts an.

Und warum er denn in einer ungenutzten Werkstatt so viele Kanister mit Benzin eingelagert habe, und ob er nicht zufällig eine brennende Kerze in der Werkstatt vergessen habe, damals, kurz bevor er nach Hause gefahren sei, um mit seinen Freunden zu Abend zu essen?

Maike Rogalla hatte tief Luft geholt und einen Blick auf die Unterlagen geworfen.

«Klaus, es sieht schlecht aus für dich. Ganz schlecht.»

Klaus hatte einfach nur dagesessen, bleich und übermüdet, und sich nach etwas zu trinken gesehnt. Er wollte diese ganze Geschichte einfach nur vergessen, doch dann musste er an diesen Tag im Mai denken, als er Christian beim Laufen getroffen hatte, mit einem riesigen Veilchen am Kinn. Sie hatten geredet, und plötzlich hatte er gewusst, was zu tun war, es schien alles so einfach zu sein, damals. Markus hatte sich leicht überreden lassen, unter Freunden half man sich doch gerne, und die Lettner loszuwerden, damit sie keinen Kredit bekam, und weil sie überhaupt so unausstehlich war, war auch kein Problem gewesen. Christian war so dankbar gewesen, für ihn hatte es sich ja auch gelohnt, er hatte bekommen, was er wollte. Nur er selbst stand jetzt ohne alles da, das Grundstück war weg, die Spedition war weg, und bald würde auch die Villa samt Flachbildfernseher, Designersofa und Auto weg sein.

Und Babette?

Jetzt nahm er einen Schluck Whiskey, blickte auf und sah sie an. Sie schien auf irgendetwas zu warten, worauf nur? In seinem Alkoholnebel hatte er die Frage längst vergessen, hatte vergessen, dass sie es eigentlich nicht wissen konnte, dass er das Feuer in der Spedition seines Vaters gelegt hatte, aber sie war schließlich nicht auf den Kopf gefallen, wahrscheinlich hatte sie nur eins und eins zusammengezählt.

Am Ende rückte er doch damit heraus. Eigentlich sei es doch eine gute Idee gewesen, das fand er noch heute. Er fackelt den Schuppen ab, dann wird der Alte endlich weich und unterschreibt den Vertrag mit dem alten Paulsen. Wie er das angestellt habe? Oh, ganz einfach, er habe sich Kerzen gekauft, und ausprobiert, wie lange es dauert, bis sie abbrennen und die Lumpen, die zufällig in der Nähe liegen, entzünden, dann habe er die Kerze aufgestellt, in der Werkstatt, und sei gegangen.

«Und die Lettner? Was hatte die da zu suchen?»

Maike sei einfach zu gewissenhaft, daran sei der ganze schöne Plan gescheitert. Klaus rülpste noch einmal, diesmal ohne zu lachen. Warum habe sie auch so lange gebohrt und gestochert, dabei waren sie doch Freunde, Maike und er, sie waren sogar mal zusammen gewesen, hatte er ihr das eigentlich mal erzählt? Und um diese Lettner sei es doch wirklich nicht schade, mein Gott, die könne doch keiner ausstehen, niemand, in der ganzen Stadt nicht. Er wollte es Maike doch nur so einfach wie möglich machen, denn eigentlich, sagte er, «das weißt du doch, Schatz, bin ich ein guter Mensch», und warum sollte Maike lange suchen und womöglich ihn für den Täter halten, wenn sie Vera Lettner präsentiert bekam, auf dem Silbertablett.

«Aber», so wiederholte er lallend, «die ist einfach zu gewissenhaft, diese Hexe.»

Babette war blass geworden, sie hatte die Hände ineinander verschränkt, fast wie zum Gebet, und saß auf der Sesselkante, ganz vorn, als wollte sie jederzeit aufspringen können, um anzugreifen oder zu fliehen, je nachdem.

Doch Klaus beachtete sie schon gar nicht mehr, und zum Schluss erzählte er die Geschichte nur noch seinem Glas. Dass Babette dabei saß, war ihm egal, alles war egal, auch als sie jetzt mit leiser Stimme sagte, dass er dafür ins Gefängnis käme, auch das scherte ihn einen Teufel, alles war egal, alles war weg, und er war geliefert.

Am folgenden Tag geschahen drei Dinge.

Der Staatsanwalt erhob offiziell Anklage gegen Klaus Thomsen.

Babette verließ Klaus und ging mit Paula und Ann-Kathrin zurück nach München.

Klaus erhängte sich im Keller seiner Villa.

19

Natürlich versetzte die Nachricht von der Anklageerhebung gegen Klaus Thomsen und seinem Freitod die kleine Stadt in hellen Aufruhr. Man war ratlos, verblüfft, erstaunt, glaubte an einen Irrtum, vermutete ein Komplott gegen Klaus Thomsen und schimpfte auf die schlampigen Ermittlungen der Polizei. Einige wenige verkündeten, sie hätten es ja schon immer gewusst, darunter waren auch ein paar von denen, die noch vor wenigen Wochen laut und deutlich die Überzeugung geäußert hatten, Vera Lettner sei unbedingt als die Schuldige anzusehen. Beim Sport und in der Mittagspause, abends in der Kneipe, morgens im Kindergarten und nachmittags beim Einkaufen tauschte man sich aus, tuschelte, diskutierte und trug weiter.

Zur Beerdigung Anfang Februar kamen sogar noch mehr Menschen als letztes Jahr zur Beisetzung des alten Lettner. Vera hatte Alfred Thomsen den Bestatter empfohlen, den sie nach dem Tod ihres Vaters und ihrer Tante beauftragt hatte, und Alfred Thomsen war auch tatsächlich ganz zufrieden mit der Organisation. Einen Tag nach Klaus' Tod hatte Babette ihn angerufen und gebeten, sich darum zu kümmern, was Alfred Thomsen ihr verächtlich zugesichert hatte. Unglaublich, hatte er anschließend Vera anvertraut, erst lässt sie ihren Mann im Stich, und dann steht sie nicht einmal dafür gerade, was sie angerichtet hat. Selbstverständlich kam Babette zur Beerdigung ihres Mannes, auch die Kinder waren dabei, ebenso ein befreundetes Paar, das Klaus noch aus München kannte, doch sie brachte es nicht fertig, in der Villa zu wohnen, so sehr Ann-Kathrin und Paula auch quengelten. Stattdessen quartierte man sich im Schlosshotel ein. Noch vor der Beerdigung suchte sie Markus Hansen und den Rechtsanwalt Tietgen auf und bat sie um Mithilfe beim Verkauf der Villa. Um die Spedition brauche sie sich ja gottlob nicht kümmern – sie lachte bitter auf –, solle doch der Alte sehen, wie er den Karren aus dem Dreck gezogen bekäme, er habe sich ja schließlich den Laden geklammert, und das habe er jetzt davon.

Als Alfred Thomsen erfuhr, dass die Spedition abgewirtschaftet und so gut wie pleite war, wurde er blass. Dass sein Sohn tot war, sich jämmerlich im Heizungskeller erhängt hatte, das brachte ihn auf, aber dass die Spedition ebenfalls dem Tod geweiht war, das traf ihn. Denn in Wirklichkeit hatte er nie nur ein Kind, sondern immer schon zwei gehabt: Klaus und das Geschäft, das ihm wichtiger war als alles andere. Und Klaus, der eifersüchtige Jüngste, hatte es nicht ertragen, dass der Vater das andere Kind vorzog, trotzig und hasserfüllt hatte er sich und den Bruder gemeuchelt, nur um den Vater zu quälen. Der Alte beauftragte Florian Tietgen damit, zu retten, was zu retten war. Doch die Unterlagen ließen Böses ahnen, und schließlich musste selbst Alfred Thomsen einsehen, dass da nichts mehr zu machen war. Die Kunden waren längst über alle Berge, das ging schnell heute, wo die Konkurrenz einem ständig im Nacken saß, und ohne jemanden, der die Zügel in die Hand nahm, musste er den Laden dicht machen, lieber heute als morgen. Der Alte tobte und zeterte, das sei also der Dank für seine jahrelange Plackerei. Mit den eigenen Händen hatte er das Geschäft aufgebaut, hatte sich die Nächte um die Ohren geschlagen, und wofür? Der Herr Sohn verprasst es, als handele es sich um ein Spielzeug, das er nach Belieben kaputtmachen könne, und dann macht er sich aus dem Staub, bringt sich um, so ein Feigling ohne Rückgrat.

Der Notar starrte ihn an, wie er da saß in seinem Rollstuhl, unwirsch mit der gesunden über die gelähmte Hand streichend. Dass ein Vater so über seinen toten Sohn reden konnte! Fast tat es ihm leid, dass er den Alten trösten konnte, so weit er das in der Kürze der Zeit beurteilen könne, hielte sich der Verlust in Grenzen, wenn er sich beeilte, käme er noch einmal glimpflich davon und würde sein Haus behalten können.

«Hätten Sie alles rechtzeitig an Ihren Sohn übergeben, hätte es überhaupt keine Probleme gegeben», konnte er sich indes nicht verkneifen zu bemerken, und der Alte warf ihm einen bitterbösen Blick zu.

Am Tag der Beerdigung hatte es morgens geschneit, doch es war nicht kalt genug, dass der Schnee liegen geblieben wäre, und so hatte das unangenehme Gemisch aus Kälte und Nässe die Wege auf dem Friedhof in eine Aneinanderreihung von Pfützen und Schlammlöchern verwandelt. Neben Babette und den Kindern saß Alfred Thomsen in seinem Rollstuhl, und halb neben ihm, einen Schritt im Hintergrund, jedoch ganz und gar den Blicken der übrigen Trauergäste ausgesetzt, stand Vera Lettner. Er hatte sie gebeten, ihn zu begleiten, denn inzwischen war sie recht geschickt darin, den Rollstuhl herumzumanövrieren, und er wollte nicht auf ihre ruhige, vernünftige Art verzichten. Selbstverständlich fiel ihre Anwesenheit auf, ohne Ausnahme jedem, der ans Grab trat, einen Moment innehielt, eine Schaufel voll Sand auf den Sarg warf, um anschließend der Witwe und dem trauernden Vater zu kondolieren. Doch ebenso selbstverständlich machte niemand eine Bemerkung dazu, nicht jetzt, in diesem traurig-feierlichen Moment, in dem man Klaus die letzte Ehre erwies, dem armen Kerl, mein Gott, wie konnte es nur dazu kommen, wie konnte er nur. Schuld und Vorwurf, Trauer und Groll vermengten sich und gingen ineinander über. Für Alfred Thomsen war und blieb sein Sohn ein Versager, denn Schuld sah er stets nur bei anderen, nie bei sich selbst, und so hielt er es auch dieses Mal.

Christian Mersfeld hingegen war schwer erschüttert. Bleich und mit gesenktem Kopf trat er an das Grab. Klaus, das habe ich nicht gewollt. Seit Tagen schon ging ihm dieser Satz nicht mehr aus dem Sinn, ohne ihn je abstellen zu können, er fühlte sich schuldig, weil er mitgespielt hatte. Gewiss, Klaus war es gewesen, der die Idee gehabt hatte, aber er, er hatte einfach mitgemacht, hatte nicht nein gesagt, hatte sich treiben lassen, und jetzt gab es noch einen Toten, nach dem alten Lettner. Christian schluckte, drückte kurz Sandras Hand neben sich, dann wandte er sich dem alten Thomsen zu und sprach ihm leise flüsternd sein Beileid aus. Er wagte Babette nicht in die Augen zu schauen, doch die achtete gar nicht auf ihn. Hinter einem dunklen Schleier geborgen ließ sie alles über sich ergehen lassen, die Trauerfeier, die Reden, die getragene Musik. Sie ertrug es kaum, diese Stadt und die Menschen hier, wie hatte sie es nur hier ausgehalten die ganze Zeit. Mein Gott, verstand denn niemand, dass sie einfach hier weg gemusst, dass sie es nicht länger ausgehalten hatte? Woher hätte sie denn wissen sollen, dass er sich gleich was antun würde? Früher in München war er doch ganz anders gewesen, da hatte er Erfolg gehabt, er war charmant gewesen, eloquent und attraktiv, ein Mann, der zu ihr passte, aber diese kleine Stadt hatte ihn in die Knie gezwungen und schließlich getötet; alle, alle wie sie hier standen waren schuldig, der Vater und die Freunde, die angeblichen, alle, alle, alle.

Zum Glück ahnten die Trauergäste nichts von den stummen Vorwürfen der Witwe, weder Frau Keller noch Nicole Grönwohld oder Vanessa Keppler, die zusammen mit den anderen Angestellten der Spedition gekommen waren. Sie alle waren aufrichtig erschüttert, sowohl von der Enthüllung, dass Klaus das Feuer gelegt hatte, als auch von seinem Freitod. Kurt Behnke schüttelte traurig den Kopf, dabei hatte er Klaus kaum gekannt, aber sein Mitgefühl galt wohl auch eher Vera Lettner, die er so zu Unrecht verdächtigt hatte. Jetzt war ihm nicht ganz wohl in der Haut, unsicher warf er ihr einen raschen Blick zu, schon fast verstohlen, ehe er sich von Alfred und Babette Thomsen abwandte.

Damit war er nicht der Einzige. Veras Anwesenheit an dieser prominenten Stelle beschämte viele. Sie erinnerten sich an ihr eigenes Weißt-du-schon und Hast-du-nicht-gehört, doch wer würde es ihnen je nachweisen können? Jeder trug einen Teil der Schuld, fast so, wie Babette es in ihrer Verbitterung glaubte, und so senkten viele den Kopf und wagten nicht, die stille Frau hinter dem Rollstuhl anzuschauen.

Maike Rogalla spürte die Blicke auf sich, als sie ans Grab trat. Natürlich machte man sie verantwortlich, das musste ja so kommen, sie hatte es schon immer gewusst, dass es eines Tages schief gehen würde. Wie sollte sie auch gegen die Menschen hier ermitteln und gleichzeitig mit ihnen gut Freund bleiben können? Jetzt hatte sich endgültig gezeigt, auf wessen Seite sie stand: Sie hatte einen Freund ins Messer laufen lassen, hatte ihn so weit in die Enge getrieben, bis ihm kein anderer Ausweg mehr geblieben war. Niemand hatte ihr diesen Vorwurf gemacht, aber sie wusste doch, was sie dachten, wenn sie einen Laden betrat oder über die Straße ging. Hass und Ablehnung schlugen ihr da entgegen, zumindest bildete sie sich das ein, und warum sollte sie sich irren, schließlich würde sie doch genauso empfinden. Klaus war tot, weil sie gegen ihn ermittelt hatte, verflucht, musste sie denn so genau sein? Aber im selben Moment wusste sie, dass sie gar nicht anders konnte, und so würde sie sich immer wieder gegen die anderen entscheiden, entscheiden müssen. Doch die anderen, das waren keine anonymen Bösewichter, sondern Menschen, die sie kannte und mochte, mit denen sie schon im Sandkasten gespielt hatte und die sie heute immer noch hin und wieder zu einem Bier einluden, doch wer weiß, wie lange noch, denn die kleine Stadt nahm einem leicht etwas übel und vergaß nur schwer. Noch tagelang brütete sie dumpf vor sich her, bis Holger Behnke ihr zärtlich eine lange Haarsträhne aus dem Gesicht strich.

«Nimm's nicht so schwer, Kleines, du kannst doch nichts dafür.»

«Ich halte das nicht länger aus», sagte sie. Sie begann zu weinen, und Holger nahm sie in den Arm.

Maike Rogalla hatte jedoch nichts zu befürchten, denn dass das Mädel nur seine Arbeit gemacht hatte, das wusste hier jeder, außerdem kam sie ja von hier. Allerdings hatte man durchaus das Bedürfnis, den wahren Schuldigen zu finden, und es dauerte auch nicht lange, da war dieser ausgemacht.

Resigniert starrte Christian auf den halbfertigen Schrank vor sich. Das Telefon hielt er noch in der Hand, nutzlos jetzt, denn das Gespräch war längst zu Ende.

«Ich möchte den Auftrag zurückziehen, Sie sollen doch keinen Schrank mehr für mein Esszimmer bauen, vielen Dank!» Es war nicht der erste Anruf dieser Art gewesen in den letzten Wochen, im Gegenteil. Nach dem guten Weihnachtsgeschäft hatten sich die Anfragen gehäuft, und Christian war mit der Arbeit kaum hinterhergekommen. Doch dann hatte sich die Begeisterung über seine Arbeit schlagartig gelegt. Bei den ersten Kunden war er beinahe erleichtert gewesen, so bekam er wieder etwas mehr Luft, konnte sich den anderen Aufträgen früher widmen, doch dann häuften sich diese Anrufe. In den Laden kamen sie nie, denn dann könnten sie nicht einfach auflegen, wenn Christian nachfragte: Warum? Dass es nicht an seiner Arbeit lag, das wusste er, die war so gut wie eh und je, sauber und solide, darunter würde er es nie machen.

Er stellte das Telefon in die Ladestation und ging nach vorn in die Galerie. Es war still, der Autolärm drang nur schwach durch die Scheiben, doch die Sonnenstrahlen hatten damit weniger Probleme und umspielten die Ausstellungsstücke im Raum. Es war Ende März und bereits frühlingshaft warm, im Garten am kleinen Reihenhaus blühten bereits die Narzissen. Hier am Mühlendamm hatten sie nur ein paar Blumenkübel mit Buchsbaum aufgestellt, und auf dem Hof hatte Sandra vor zwei Tagen eine Klematis gepflanzt. Christian betrachtete einen kleinen Tisch, den er erst vor Kurzem fertig gestellt, ebenfalls eine Auftragsarbeit, auf dem er dann sitzengeblieben war. Mit den Fingern strich er über die glatte Oberfläche; das Holz war nur geölt und duftete verführerisch nach Harz. Warum war seine Arbeit plötzlich nicht mehr gut genug?

Natürlich kannte er die Antwort. Er brauchte nur an die Gesichter der Menschen zu denken, sobald sie ihn erblickten: verschlossen und abweisend, bisweilen sogar ängstlich, als ginge von ihm eine unbestimmte Gefahr aus, vor der man sich schützen musste. Man wich ihm aus und mied ihn, um dann hinter seinem Rücken zu tuscheln und zu zischeln, so wie man sich zuvor über Vera den Mund zerrissen hatte.

Doch anders als Vera hörte Christian, was sie sagten. Verbrecher und Betrüger und Schläger, und dass man mit so einem keine Geschäfte machen wollte, das verstand sich von selbst. Da konnte Sandra noch so oft erzählen, dass der Staatsanwalt das Verfahren wegen Körperverletzung gegen ihren Mann eingestellt hatte, zu widersprüchlich seien Veras Aussage und auch die der Zeugen gewesen, und überhaupt, was sei denn schon geschehen, doch selbst das nahm man ihm übel. Hatte er es nicht schon immer einen guten Draht zur Polizei gehabt, damals, mit dem Pack vom Neustart? Irgendwie hatte er wohl die Rogalla um den Finger gewickelt, weiß der Teufel, wie er das geschafft hatte, dabei war Maike doch so ein tüchtiges Mädel: Sogar gegen ihren alten Freund hatte sie ordentlich ermittelt, obwohl es ihr schwergefallen sein musste, aber dafür zeigte man Verständnis in der kleinen Stadt.

Es dauerte nicht lange, da kam das Gerücht auf, Klaus Thomsen und Christian Mersfeld hätten letzten Sommer ein krummes Ding gedreht. Geschäfte unter Freunden, das machte jeder mal, aber in diesem Fall waren sie zu weit gegangen, Bestechung, pfui, was für ein hässliches Wort. Sämtliche Ereignisse des letzten Jahres schienen nur einen einzigen Schuldigen zu kennen, einen, der im Mittelpunkt stand, der alles gelenkt und gesteuert und andere ins Unglück gerissen hatte, um seines eigenen Vorteils wegen. Alles deutete auf einen einzigen Bösen in diesem Spiel hin, auf einen Mann, der alle anderen verführt und benutzt hatte. Klaus und Vera, der alten Lettner, selbst Babette und die Kinder: Sie alle waren seine Opfer, ahnungslos waren sie in seine Falle getappt, und jetzt war Vera Lettner arbeitslos, mit achtundvierzig, und Klaus Thomsen und Horst Lettner lagen auf dem Friedhof.

So sah man die Sache in der kleinen Stadt. Christian Mersfeld habe alles eingefädelt, habe Klaus dazu gebracht, Vera zu entlassen, Markus Hansen dazu genötigt, den alten Lettner aus seinem Haus zu werfen, um sich endlich das unter den Nagel zu reißen, worauf er es schon immer abgesehen hatte: das Haus am Mühlendamm. Warum sonst war er damals nach der Scheidung von Vera in der Stadt geblieben, obwohl er doch gar nicht von hier war? Und dann hat er auch noch diese asozialen Jugendlichen in die Stadt geholt, die jahrelang alle tyrannisiert hatten, und sie auch noch vor der gerechten Strafe geschützt. Wie oft hatte er nicht bei Maike Rogalla oder dem Richter ein gutes Wort für sie eingelegt? Aber Nächstenliebe oder so etwas war das nicht, das wusste man ja jetzt, nein, vermutlich hatte er mit den Burschen unter einer Decke gesteckt, dieser Heuchler und Betrüger, jawohl!

So erfand die kleine Stadt nach und nach die Geschichte von Christian Mersfeld neu, getuschelt, geflüstert, entsetzt und erbost, und diejenigen, die seine Arbeit als Tischler lobten, wurden niedergeschrien. Wie kannst du nur, du lässt dir doch wohl nicht etwa von diesem Gauner was bauen, und so kam eines zum andern. Die Aufträge blieben aus, und rasch begann man Sandra ebenso die kalte Schulter zu zeigen wie ihm selbst. Sie verlor ein, zwei Patienten, die anderen verhielten sich ihr gegenüber verhalten und misstrauisch, was die Arbeit mit ihnen sehr erschwerte.

Das Fass zum Überlaufen jedoch brachte die weinende Lena,

die eines Tages Mitte April schluchzend erzählte, ihre Freundin dürfe nicht mehr mit ihr spielen, weil ihr Vater ein Verbrecher sei, Papa, was ist ein Verbrecher, bist du böse?

Christian schaute Sandra an, ihre Blicke trafen sich.

Abends, als die Kinder im Bett waren, unterhielten sie sich leise flüsternd darüber: Ob sie noch einmal glücklich werden könnten in der kleinen Stadt?

Sie habe sich mal in Hamburg umgehört, sagte Sandra, bei alten Freunden und so, in der einen Praxis würde demnächst eine Stelle als Ergotherapeutin frei, und ob nicht vielleicht, oder lieber nicht, aber das Haus und die Kinder und das Geld. Ja, Verluste würden sie machen, aber verloren hatten sie ja ohnehin, ob sich das noch einmal wieder einrenken würde? Aber der Traum, mein Traum, unser Traum, der Mühlendamm, die Galerie?

Loslassen, sagte Sandra.

20

Noch wochenlang trug Maike schwer an ihren Schuldgefühlen. Klaus war tot, und sie konnte nicht so tun, als sei sie vollkommen unschuldig daran, mochten die anderen sagen, was sie wollten. Sie hätte ihn gleich verhaften sollen, als er wie ein Häufchen Elend vor ihr gesessen und nach Alkohol gestunken hatte, obwohl es helllichter Tag gewesen war. Doch sie hatte nicht gewusst, wie es um seine Ehe stand, und dass die Spedition so gut wie pleite war, hatte sie ebenfalls erst nach seinem Tod erfahren. Trotzdem plagte sie das schlechte Gewissen, schließlich hatte sie ihn immer weiter in die Enge getrieben und dann gehen lassen. Sie wollte ihm die Gelegenheit geben, sich in Ruhe zu verabschieden, von Babette und den Kindern und dem Leben, wie er es gewohnt war, und vielleicht sich selbst zu stellen, angedeutet hatte sie so etwas beim letzten Verhör. Klaus hatte die Gnadenfrist, die sie ihm eingeräumt hatte, genutzt, aber auf andere Weise, als sie erhofft hatte. Anstatt ihn nach Hause zu schicken, hätte sie ihn dabehalten und einen Haftbefehl beantragen müssen. Sie hätte ihn in die kleine Zelle auf der Wache sperren sollen, wo am Wochenende die Betrunkenen ihren Rausch ausschliefen und in der Vera Lettner im Dezember eine Nacht verbracht hatte.

Maike schloss die Augen und dachte an diesen weit aufgerissenen, vor Panik aus den Fugen geratenen Mund, bei dessen Anblick sie eine seltsame Befriedigung empfunden hatte. Bilder vermischten sich, von Veras schmalen Lippen und dem arroganten Blick, von endlosen Listen mit Autokennzeichen, und dann dieses M, das sie ganz genau gesehen hatte, damals, als sie gerade erst lesen und schreiben gelernt hatte, in der ersten Klasse, und doch so sicher sein konnte, weil es derselbe Buchstabe war, mit dem auch ihr Name begann: M, wie Maike. Aber Vera hatte ihr nicht geglaubt, hatte sie schlecht gemacht und eine Lügnerin genannt.

Und dafür habe ich mich jetzt gerächt.

Richtig heiß wurde ihr bei diesem Gedanken, mein Gott, wie albern, wie peinlich, das kann doch wohl nicht sein, dass ich mich von solchen Kindereien beeinflussen lasse, aber sie war ehrlich genug, um es nicht weiter zu leugnen, zumindest nicht vor sich selbst, und auch vor Holger Behnke nicht, mit dem sie kurze Zeit später darüber sprach, als sie ihn in Hamburg besuchte, wie sie es seit Jahren regelmäßig tat.

«Dass du dich daran noch erinnerst», staunte der Sohn des Bäckers. Aber seltsam, ihm sei dieser Vorfall ebenfalls im Gedächtnis geblieben, und, er lachte verblüfft, und ja, das sei ein Grund gewesen, warum er der kleinen Stadt den Rücken gekehrt habe, denn für ihn sei die ganze Stadt wie Vera Lettner, verbissen und engstirnig, grau, steif und kalt. Es galten allein die Regeln der Stadt, und wer nicht mitspielte, wurde durch Verachtung gestraft. Niemals hätte er dort glücklich werden können. Und er staunte noch einmal, weil ihm all das erst jetzt auffiel: Diese Stadt war Veras Welt, nicht seine.

Maike jedoch war in der Stadt geblieben, und sie würde auch weiterhin hier ausharren. Also musste sie sich mit der Lettner versöhnen, irgendwie, auch wenn die vielleicht nie davon erfahren würde. Aber sonst würde das Unrecht, das sie Vera zugefügt hatte, Maike noch jahrelang nicht zur Ruhe kommen lassen, wie ein Stachel, der sich hartnäckig und dickköpfig in der Haut festklammerte.

Schließlich bat sie Christian Mersfeld und Markus Hansen zu einem Gespräch auf die Wache. Draußen hagelte und stürmte es, als wollte der April kurz vor seinem Ende seinem Ruf noch einmal alle Ehre machen. Während Christian blass und mit hochgezogenen Schultern vor ihr hockte, wirkte der Sparkassendirektor beinahe ungehalten, saß auf seinem Stuhl und machte sich groß. Er hatte die Beine lässig übereinandergeschlagen, der dunkelblaue Anzug war maßgeschneidert, die dunkle Krawatte dezent gemustert. Mit dem kräftigen Duft nach Rasierwasser und den gegelten Haaren erinnerte er Maike an Klaus Thomsen. Seit er angekommen war, hatte er noch nichts gesagt, doch hinter seiner Fassade der Ungeduld erahnte sie seine Nervosität. Maike wusste, dass die Mersfelds die Stadt verlassen wollten. Vor ein paar Tagen hatten sie es ihr erzählt, bei einem Glas Wein im kleinen Reihenhaus am Rande der Stadt. Mit der Galerie ging es bergab, Sandra hatte es bei der Arbeit immer schwerer, und sogar die Kinder hatten in der Schule unter Hänseleien zu leiden.

«Du bist doch von hier, du kennst die Leute doch, meinst du, dass sich das noch einmal einrenkt?»

Maike hatte von Christian zu Sandra geschaut und den Kopf geschüttelt. Nee, du, wenn du nicht von hier bist, hast du schlechte Karten. Kaum zu glauben in der heutigen Zeit, aber so war das nun mal, Globalisierung hin oder her, da konnten die Leute in der ganzen Welt herumziehen und überall zu Hause sein, aber wenn du dir etwas zuschulden kommen lässt, bist du plötzlich der Fremde.

Aber er habe sich doch nichts zuschulden kommen lassen, hatte Christian protestiert, und die Kinder schon gar nicht, doch Maike hatte nur gesagt: «Und das Haus am Mühlendamm? Das vergessen dir die Leute nie.»

Jetzt betrachtete sie die beiden Männer vor sich. Was sie vorhatte, war verboten, oder zumindest nicht so ganz legal, jedenfalls, wenn man es ganz genau nahm, aber herrje, sie wusste schließlich, was dabei herauskommen konnte, wenn man es ganz genau kam. Und wem würde es nützen, wenn sie es ganz offiziell machte und die beiden am Ende womöglich im Gefängnis landeten, wenn es ganz schlimm käme? Noch zwei Leben zerstört, dazu noch das der Frauen und Kinder, nein, das wollte sie nicht, egal, was das Gesetz sagte. Knatternd wie kleine Steinchen schlug der Hagel gegen das Fenster, doch in dem kleinen Raum war es still, nur das Summen des Computers war zu hören. Am liebsten hätte sie Markus Hansen, den sie nicht ausstehen konnte, noch etwas zappeln lassen, doch um Christian tat es ihr leid, der beinahe so grau aussah wie der Himmel über der kleinen Stadt.

«Wenn Vera Lettner ihr Haus zurückbekommt», sagte Maike schließlich, «vergesse ich die Sache mit der Vetternwirtschaft vom letzten Sommer.» Vorteilsnahme hieß das offiziell und war genauso verboten, wie es sich anhörte.

Markus Hansen richtete sich auf, stellte beide Beine auf den Boden und sagte empört: «Von Vorteilsnahme kann gar keine Rede sein, es ist alles mit rechten Dingen zugegangen. Ich habe kein Gesetz gebrochen, und der Verkauf des Hauses war rechtmäßig.» Er warf Christian einen wütenden Blick zu, diesem Verräter, diesem Feigling, warum hatte der nicht einfach den Mund gehalten? Aber nein, er musste ja alles ausplaudern, und jetzt saß er selbst hier, als Verdächtiger auf der Polizeistation. Vorteilsnahme, ha! Welchen Vorteil hatte er, der unbescholtene Filialleiter, schon davon gehabt? Doch Maike sah ihm an, dass der Gedanke an offizielle Ermittlungen ihm ganz und gar nicht behagte. Es wurde ohnehin schon genug über die Sache gemunkelt, und der eine oder andere hatte ihn auf dem Stammtisch schon scheel gemustert. Schließlich zuckte er die Achseln, was soll's, immerhin hätte er auch dieses Mal keinen Nachteil, im Gegenteil, er würde ja noch daran verdienen, Provisionen und die Ablöse für den Kredit. Doch so einfach kam er nicht davon.

Maike griff nach der Mappe vor sich auf dem Tisch und schlug sie auf. Sie war gut vorbereitet, und in der nächsten Stunde stritten sie erbittert um Zahlen und Gelder, die hin und her geschoben werden sollten, Christian sollte nicht zu viel für das Haus verlangen, und Markus, bitte sehr, du verzichtest gefälligst auf deine Provisionen und Gebühren.

«Aber die müssen doch bezahlt werden, sonst fällt es auf.»

«Dann zahlst du sie eben aus eigener Tasche. Lass dir was einfallen, wie du das deichselst, aber an diesem Geschäft verdienst du nichts. Ist das klar?» Davon ließ sich Maike nicht abbringen, da blieb sie stur.

Christian dagegen brauchte gar nicht erst überredet zu werden. Gewiss, er schluckte, als ihm klar wurde, dass er nicht so billig davonkäme, wie er gehofft hatte, aber immer noch besser, als wenn ihn das schlechte Gewissen noch länger plagte: Vera bekommt das Haus zurück, vielleicht kann ich dann endlich wieder ruhig schlafen.

Als die beiden verschwunden waren, saß Maike noch lange an ihrem Schreibtisch und starrte aus dem Fenster. Inzwischen schien die Sonne, und der Wind zerrte an den Baumwipfeln, bis diese sich wie Kreisel drehten. Ihr Blick fiel auf die Akte mit den wenigen Notizen, die sie sich gemacht hatte. Mulmig war ihr immer noch bei dem Gedanken an das, was sie hier vorhatte: eine Mauschelei durch die andere wieder gutzumachen. Sie erinnerte sich nicht, jemals zuvor in einem Fall von Korruption ermittelt zu haben, obwohl ihr natürlich immer wieder mal Gerüchte zu Ohren gekommen waren, die den Schluss nahelegten, dass es bei dem einen oder anderen Geschäft nicht ganz sauber zugegangen sein konnte. Der Bauunternehmer mit dem Schwager bei der Behörde bekam seine Anträge immer einen Tick schneller durch als die Konkurrenz; dem Versicherungsvertreter wurde bei der Einbauküche ein großzügiger Preisnachlass gewährt, dafür half er bei der nächsten Schadensmeldung, die Formulare richtig auszufüllen. Bisher hatte Maike stets die Ohren verschlossen, schließlich war sie nicht nur Ermittlerin, sondern auch Bewohnerin dieser Stadt, da konnte sie doch nicht jedes Mal alles auf die Goldwaage legen, wo sollte das denn enden, und wer tat nicht ab und zu dem Freund einen Gefallen, das machte doch jeder:

Was war denn schon dabei?

Aber wo waren die Grenzen, wo hörte freundliches Entgegenkommen auf und wurde zu verbotener Vetternwirtschaft? Gab es überhaupt eine klare Grenze, oder handelte es sich nicht vielmehr um eine Grauzone, in der niemand sich über die Redlichkeit oder Ungesetzlichkeit des eigenen Handelns im Klaren sein konnte? Maike seufzte, als sie an die beiden Toten dachte. Der alte Lettner hatte mit der ganzen Kungelei rein gar nichts zu tun gehabt, doch er hatte am meisten zu leiden gehabt. Und der jungen Thomsen? Gewiss, er war der Drahtzieher gewesen, aber den Preis, den er dafür gezahlt hatte, war eindeutig zu hoch. Und wer trug die Schuld am Tod der beiden Männer? Wen sollte, wen konnte sie überhaupt dafür zur Verantwortung ziehen? Ihr Gerechtigkeitsgefühl schrie nach Befriedigung, aber wer, wenn nicht sie, konnte hier noch was tun – das Gericht etwa? Dort wurde keine Gerechtigkeit produziert, sondern Urteile, wie ihr einer der Richter mal halb lachend, halb resigniert erklärt hatte, und verurteilt wurde in der kleinen Stadt ohnehin schon zu viel.

Allmählich kam die kleine Stadt wieder zur Ruhe. Seit fast vier Monaten lag Klaus Thomsen unter der Erde, von seiner Frau und den Kindern hatte man seitdem nichts mehr gehört. Sang- und klanglos waren sie nach der Beerdigung verschwunden, es war beinahe so, als hätten sie nie existiert, so wenig Spuren hatten sie hier hinterlassen. Nur Babettes Pferd stand noch im selben Stall und gehörte jetzt der Frau des Zahnarztes.

Wenn man Vera Lettner dieser Tage auf der Straße begegnete, sah man nicht mehr durch sie hindurch, als wäre sie Luft, oder warf ihr hämische Bemerkungen nach, geflüstert oder nicht, nein, man grüßte sie, verhalten und respektvoll, mit einem kurzen Nicken, manchmal auch mit einem leise gemurmelten Gruß. Natürlich war sie ein wenig sonderbar, diese Frau mit den schmalen Lippen, aber sie war eben doch von hier und hatte sich nie etwas zuschulden kommen lassen, das wusste man ja jetzt, ganz im Gegensatz zu ihrem Exmann, diesem Gauner und Betrüger.

Die Mersfelds hatten die Stadt verlassen, nach Hamburg waren sie gezogen, soviel wusste man. Ende Mai schaute Sandra noch einmal bei Frau Keller vorbei, als sie in der Stadt waren, um das Reihenhaus in der Neubausiedlung für den Verkauf vorzubereiten. Vorsichtig schlich sie die Treppe hinauf und war froh, dass sie Vera Lettner nicht über den Weg lief.

«Ich wollte mich von Ihnen verabschieden und Ihnen danken», erklärte sie der alten Dame, die ein trauriges Gesicht machte, denn sie mochte Sandra aufrichtig, und es tat ihr leid, wie alles gekommen war. Nie, so sagte Sandra, habe sie von ihr ein böses Wort gehört, nicht gegen sich selbst und auch nicht gegen Frau Lettner, und das rechne sie ihr hoch an.

«Hat Ihr Mann denn schon etwas gefunden?», fragte die alte Dame, als die beiden Frauen bei Kaffee und Kuchen zusammensaßen. Helena, die Katze, wurde ein letztes Mal von Sandra gestreichelt und schnurrte leise.

Ja, in einer Berufsschule, Gott sei Dank, denn allein mit ihrem Gehalt als Ergotherapeutin kämen sie nicht über die Runden, auch wenn es natürlich nicht das war, wovon er träumte. Sandra verstummte, als sie an den Traum dachte, der diesen Alptraum erst ausgelöst hatte. In Zukunft würden sie wohl vorsichtiger sein, was das Träumen anbelangte, nein, wie hatte das alles nur so weit kommen können, so ganz begriff sie es immer noch nicht. Doch davon sagte sie nichts, erzählte stattdessen von der neuen Wohnung, der neuen Schule für die Kinder, natürlich sei noch alles fremd und ungewohnt, auch die Großstadt, man müsse sich erst eingewöhnen, und ja, auch einschränken, aber alles in allem sei es eben ein Neuanfang, und wie alles Neue bärge es auch Chancen, wer weiß, sie sei da ganz optimistisch. Aber Christian, Sandra seufzte leise, den habe das alles doch sehr getroffen. Fast dreißig Jahre in dieser

Stadt, und dann das. Sie sah Frau Keller an, als könnte sie es immer noch nicht begreifen. Doch diese wusste darauf nichts zu erwidern, denn sie war immer drinnen, nie draußen gewesen und wusste nicht, wie sich das anfühlte: nicht dazuzugehören.

Über Vera Lettner sprachen sie nicht, wozu auch. Sandra wusste natürlich, dass sie demnächst in den Mühlendamm ziehen würde, und Frau Keller dachte nur mit Unbehagen an ihre letzte Begegnung mit Vera zurück, im Treppenhaus war es gewesen, wieder einmal. Triumphierend hatte die Nachbarin ihr unter die Nase gerieben, dass sie es ja schon immer gewusst habe: Es habe eine Verschwörung gegen sie gegeben. Niemand habe ihr glauben wollen, aber am Ende habe sie doch recht behalten. Die Lippen schmal zusammengepresst wie eh und je, hatte sie die alte Lehrerin gemustert, wer nicht für mich ist, ist gegen mich, und gehörten Sie nicht auch zu den Zweiflern, zu den Ungläubigen? Natürlich hatte sie es nicht gesagt, aber gespürt hatte es die alte Dame doch, und insgeheim war sie froh, dass Vera Lettner bald ausziehen würde. Nein, diese Blicke könnte sie nicht auf Dauer ertragen, diese Arroganz des Siegers, ohne Mitleid, ohne die Fähigkeit, zu verzeihen, dabei hatte sie sich nicht einmal gegen Vera Lettner gestellt.

Zum Abschied überreichte Sandra Mersfeld ihrer Lieblingspatientin noch die beiden Qigong-Kugeln, mit denen sie so oft gearbeitet hatte.

«Ich weiß, dass sie bei Ihnen in guten Händen sind», sagte sie, und die alte Dame freute sich.

«Besuchen Sie mich doch einmal, mit Ihrem Mann und den Kindern», sagte sie, doch beide wussten, dass nichts die Mersfelds so leicht wieder in die kleine Stadt locken konnte, auch Frau Keller nicht.

21

Befriedigt schaute Vera Lettner vom Küchenfenster auf den ordentlichen, kleinen Hinterhof am Mühlendamm. Seit zwei Tagen waren die Pflanzen, die Sandra Mersfeld in einem letzten Anflug von Hoffnung dort gepflanzt hatte, verschwunden. Vera wusste nicht, dass es sich um Klematis gehandelt hatte, dieses Unkraut, das eines Tages womöglich die Mauer verdeckt hätte. Unerbittlich hatte sie das Gestrüpp, wie sie es nannte, herausgerissen, mitsamt den Wurzeln, und gleich am nächsten Tag einen Handwerker kommen lassen, der das Loch im Zaun reparieren sollte, jene Lücke, durch die ihr Vater und Kurt Behnke schon als Kinder geschlüpft waren.

Seit zwei Monaten wohnte sie jetzt am Mühlendamm. Als sie die Wohnung im April das erste Mal besichtigt hatte, zusammen mit Markus Hansen, war sie schweigend, mit zusammengepressten Lippen durch die Räume geschlichen und hatte nach Fehlern und Pfusch und Schlamperei gesucht. Aber sie fand nichts. Alles konnte man Christian Mersfeld nachsagen, aber nicht, dass er ein schlechter Handwerker war. Und wenn so einer dann noch an seinem Traum bastelte, dann steckte in jedem Türrahmen, jeder Fußleiste und jeder Bodendiele so viel Liebe und Hingabe, dass selbst jemand wie Vera Lettner nichts auszusetzen fand.

Außer in der Küche. Missbilligend hatte sie den Mund verzogen, als sie Schränke und Arbeitsplatten aus Holz sah. Wie sollte sie das nur sauber halten, da sammelten sich doch Keime und Bakterien, unhygienisch war das, das wusste man doch. Aber bei so einer wie dieser Sandra war das ja nicht anders zu erwarten, die reinste Schlampe war das. Vera machte ihr Lachgeräusch, zum ersten Mal seit langer Zeit. Ungewohnt fühlte es sich an, aber auch ungemein wohltuend: Wer zuletzt lacht, lacht am besten. Nein, eine ordentliche Küche musste her, mit reinlichen Resopalplatten, darauf bestand sie, und nach einigem Hin und Her versprach Markus Hansen, sich darum zu kümmern, jawohl, sie würde eine neue Küche bekommen, billigen Plastikschrott, aber das sagte er natürlich nicht laut, sondern überlegte im Stillen, ob er Christian diese Luxusküche nicht günstig abkaufen sollte, aber nein, er war besser vorsichtig, wer weiß, was Maike ihm sonst wieder anhängte.

Jetzt war die Wohnung mit hellem Teppichboden ausgelegt, der die frisch aufgearbeiteten und geölten Dielen komplett verdeckte, die neue weiße Küche mit den pflegeleichten Oberflächen blitzte und glänzte, und in der Luft hing der Duft von Reinigungsmitteln. Die beiden vorderen Räume hatte sie sich zum Wohnen und Schlafen eingerichtet, im kleinen Zimmer, ihrem Zimmer, standen das Bügelbrett und der Wäscheschrank.

Ihre alte Wohnung in der Vicelinstraße würde sie verkaufen, sie hatte bereits einen Makler damit beauftragt. Um die Kaufverträge für den Mühlendamm und die Vicelinstraße kümmerte sich der Notar Florian Tietgen, obwohl dieser sie stets höflich und zuvorkommend behandelte, was ihr verdächtig vorkam. Wann immer sie miteinander zu tun hatten, presste sie verächtlich die Lippen zusammen, und der Mann duckte sich innerlich. Natürlich wollte er sich die lukrativen Geschäfte mit dieser Frau nur ungern entgehen lassen, schließlich war sie inzwischen einigermaßen wohlhabend.

Für den Laden im Erdgeschoss hatte Vera Lettner bereits einen Mieter gefunden. In einem Monat würde der Bestattungsunternehmer, der ihren Vater, ihre Tante und Klaus Thomsen beerdigt hatte, dort seine neuen Geschäftsräume eröffnen. Der Mann war auf sie zugekommen und hatte angefragt, ob sie sich vorstellen könne, ihm die Räume zu vermieten, er müsse aus seinem jetzigen Geschäft raus, weil das Haus abgerissen wurde. Vera war der allein von Berufs wegen sehr zurückhaltende und ruhige Mann sehr angenehm, also hatte sie zugesagt, und man war sich rasch einig geworden. Auf die besorgte Nachfrage des Mannes, ob sie wirklich keine Probleme damit habe, ein Beerdigungsunternehmen bei sich im Haus zu haben – immerhin würden täglich trauernde Hinterbliebene das Geschäft aufsuchen, und hin und wieder würde es sich vielleicht als notwendig erweisen, dass ein Toter dort aufgebahrt wurde – hatte Vera den Mann nur verständnislos angesehen, nein, sie habe keine Angst vor Leichen, warum auch, immerhin machten diese weder Dreck noch Lärm. Ihre Lippen waren bei diesem Satz fast entspannt, zwar immer noch schmal und dünn, aber man musste nicht mehr fürchten, sich an ihnen zu verletzen. Der Bestatter zuckte zusammen, sagte jedoch nichts und unterschrieb den Mietvertrag.

Jetzt wandte sich Vera vom Fenster ab, zog Schuhe und eine Strickjacke an. Es war ein warmer Sommertag, und auf der Straße liefen die Menschen in T-Shirts herum, doch sicher war sicher, wer wusste schon, wie schnell das Wetter umschlagen konnte, von einer Minute auf die andere. Sie nahm ihre große Tasche und verließ die Wohnung. Auf dem Weg zum Bus ging sie einkaufen, dann fuhr sie mit der Linie drei die Hamburger Straße hinunter bis zum Haus von Alfred Thomsen.

Ihr alter Chef hatte Glück im Unglück gehabt. Die Spedition war abgewickelt und Markus Hansen hatte sich bereit erklärt, ihm bei der Abbezahlung der Schulden entgegenzukommen, damit er nicht auch noch das Haus verlor, jetzt, wo er nur noch seine Rente hatte. Alfred Thomsens Groll auf seinen Sohn, diesen Feigling, hatte nicht nachgelassen. Manchmal wachte er nachts auf, stöhnend und fluchend, aber was sollte er machen, geschehen war geschehen, die Spedition war weg, der Sohn tot, und von der Schwiegertochter und den Enkelkindern hatte er seit der Beerdigung nichts mehr gehört.

Allen Erschütterungen auf seine alten Tage zum Trotz ging es ihm gesundheitlich gut, besser als je zuvor seit dem Schlaganfall. Das stellte auch Dr. Arnheim fest, der seinen Patienten regelmäßig zu Hause besuchte. Der Arzt wusste, dass Alfred Thomsen von Vera Lettner versorgt wurde, und dieses Wissen beruhigte ihn, nicht nur um des alten Spediteurs willen. Wenn die Lettner sich so hingebungsvoll um ihren alten Chef kümmerte, um diesen griesgrämigen Tyrannen, dann wird sie ihren eigenen Vater wohl doch nicht vernachlässigt haben. So tröstete sich Dr. Arnheim, wann immer die Bilder an den toten Horst Lettner ihn quälten, manchmal sogar nachts im Schlaf. Nein, die Vera Lettner war eine gute Frau, entschied er, schwierig im Umgang, gewiss, aber fehlende Höflichkeit war schließlich kein Verbrechen. Und so grüßte er sie fortan respektvoll, wenn er sie traf, auf dem alten Markt oder manchmal auch beim alten Thomsen.

Dieser war Vera Lettner dankbar, dass sie ihn besuchte, jeden Tag inzwischen, und nicht nur unentgeltlich für ihn putzte, sondern auch kochte und sogar die Lebensmittel dafür mitbrachte. Allerdings aß sie auch selbst mit, dazu kam der Kaffee, denn sie morgens als Erstes zusammen tranken, warum also sollte er für das Essen zahlen, und das bisschen Aufräumen, mein Gott, da tat er der Frau doch einen Gefallen, was sollte sie sonst den ganzen Tag allein in ihrem Haus am Mühlendamm anfangen. Zuweilen konnte sich Alfred Thomsen nicht gegen einen Anflug schlechten Gewissens wehren, wenn sein Blick durch das ordentlich aufgeräumte Zimmer auf die frisch geputzten Fenster fiel oder er sich nach einem leckeren Kotelett, gabelfertig klein geschnitten, mit grünen Bohnen, den Mund mit der Serviette abwischte, doch diese Momente wurden immer seltener. Gleichwohl traute er sich nicht, Vera Lettner herumzukommandieren, wie er es mit dem Pflegepersonal tat, aber seit wann musste man der Lettner sagen, was sie zu tun hatte, schließlich war sie eine vernünftige und umsichtige Person, das hatte er ja schon immer gewusst, schon als sie als junge Frau bei ihm vorgesprochen hatte, damals, in der Spedition.

Er lächelte sogar, als er sich daran erinnerte und dem Geräusch des Schlüssels in der Tür lauschte. Die gelähmte Hand lag friedlich auf dem Schoß. Als sie endlich das Wohnzimmer betrat, hocherhobenen Hauptes und mit schmalen Lippen, musterte er sie einen Moment zufrieden. Sie schien beim Friseur gewesen zu sein, und auch der Pullover war von einem fast fröhlichen hellen Braunton, der an Vera Lettner geradezu lebhaft wirkte. Sie nickte ihm zu, und die Mundwinkel hoben sich leicht, als sie in die Küche ging, um Kaffee zu kochen, stark und schwarz, wie es sich gehörte.